"原来你这么坏？"

"坏点儿不好吗？"

根号柔♡

犬马

Quan Ma

根号桑 著

浪荡子溺于忠贞
何阳花溺于黑夜
我溺于你的
声色犬马敲骨吸髓

根号桑

广东旅游出版社
GUANGDONG TRAVEL & TOURISM PRESS
悦读书·悦旅行·悦享人生

中国·广州

图书在版编目（ＣＩＰ）数据

犬马 / 根号桑著． — 广州 ： 广东旅游出版社,2022.11
ISBN 978-7-5570-2879-4

Ⅰ．①犬… Ⅱ．①根… Ⅲ．①长篇小说－中国－当代
Ⅳ．① I247.5

中国版本图书馆 CIP 数据核字（2022）第 192484 号

出 版 人：刘志松
责任编辑：陈　吉
责任校对：李瑞苑
责任技编：冼志良

犬马
QUAN MA

广东旅游出版社出版发行

（广东省广州市荔湾区沙面北街 71 号首、二层）
邮编：510130
电话：020-87347732（总编室）　020-87348887（销售热线）
投稿邮箱：2026542779@qq.com
印刷：长沙鸿发印务实业有限公司
地址：长沙市长沙县黄花镇黄花工业园 3 号鸿发印务
开本：787 毫米 ×1092 毫米　16 开
字数：480 千字
印张：20
版次：2022 年 11 月第 1 版
印次：2022 年 11 月第 1 次
定价：49.80 元

夏日骄阳炽热，

　　人声鼎沸的欢喜里，他唯独望向她。

HAPPY GRADUATION

目录
Contents

Quan Ma

乔以笙，你偷看我睡觉？

第一章
化作泡沫

站在落地窗前，乔以笙俯瞰着整座城市的浮华夜景。

手机屏幕亮起，弹出郑洋的微信消息。

郑洋："宝贝，我还在和兄弟们喝酒，估计要通宵，别等我了，乖。"

玻璃的反光影影绰绰映照出乔以笙的面无波澜，她回复道："好，你少喝点儿。"

郑洋："遵命，宝贝。"

盯着这条回复，乔以笙听到浴室门打开的声音。

顷刻间，窸窸窣窣的脚步声停了，那人停在她的背后。

乔以笙转头。

陆闯湿漉漉的头发向后梳着，腰间仅系了一条浴巾，身体沾染着温暖潮湿的水汽，轮廓分明的肌肉散发着浓烈的荷尔蒙。

他的双眸深不见底，正玩味地打量着乔以笙。她脱去羽绒服，身上穿着性感的吊带连衣裙。

"我对兄弟的女人没兴趣。"

乔以笙走近他，道："可你还是放我进门了。"

陆闯的黑眸微垂，视野范围内，吊带裙的低领尽显她勾人的资本。

他笑而不语。

这一刻乔以笙感觉自己在他眼里显得特别轻浮。可她相信，男人骨子里都是一样的，嘴上再冠冕堂皇，也不会拒绝送上门的女人。

何况在郑洋那群兄弟里，陆闯的名声向来没多好，万花丛中的浪荡子弟，并非谦谦正人君子。

乔以笙主动地抱住他，丢出撒手锏，道："我不信你不知道郑洋现在就在隔壁和别人厮混。"

陆闯挑了一下眉，没有否认。

乔以笙想,此刻的自己在他眼里肯定特别可怜。连陆闯都对郑洋的所作所为一清二楚，其他人多半也心里有数。

只有她这个正牌女友被蒙在鼓里，没有人告诉她，与她爱情长跑8年的男友背地里和其他人纠缠不清！

乔以笙搭着他的宽肩，踮起脚亲吻他。

在撩人这方面，她完全是个新手，只能凭借本能胡乱地摸。

"原来你这么坏。"他的语气听不出任何情绪。

可这些字眼落在乔以笙的耳朵里无疑充满了嘲讽。

她从小到大都是外人眼中的乖乖女，一直循规蹈矩，在今晚之前做过最离经叛道的事情就是当年不顾舅妈的反对非要和郑洋在一起。

"坏点儿不好吗？"乔以笙反问，后背陷入柔软的棉被里，盯着上方陆闯瞳仁深处映出的她的面容。

她来之前化了很浓的妆，浓得她快要不认识自己了。

陆闯用粗糙的拇指擦掉她唇角的些许口红，冷淡的眼睛里浮出一丝漫不经心的玩味。

……

乔以笙的闺密欧鸥与她分享了心得，有经验的男人比较体贴，懂得照顾女人的感受。

果然，选择陆闯是对的。

乔以笙只是想利用陆闯。

陆闯前脚进了浴室，她就毫不犹豫地起身了。

裙子已经被撕坏，没法再穿了。

乔以笙穿走了陆闯的衬衣，再裹上自己的羽绒服，如来时一般悄悄离开酒店。

这家酒店便是明天陈老三举行婚礼的酒店，今晚郑洋和他的兄弟都住在这里，他们还为陈老三举办了单身派对。

第二天中午，乔以笙也来了，她到餐厅和郑洋会合，而郑洋正在吃早餐。

几人见到乔以笙纷纷眉开眼笑，道："嫂子来查岗啊。"

郑洋亲昵地搂住乔以笙的腰，道："他们可以做证，我们昨晚除了喝酒聊天，什么出格的事儿都没做。"

乔以笙以戏谑的口吻道："我怎么知道你们哥几个是不是相互包庇？"

陈老三忽地朝乔以笙身后的方向招手喊："我们的闯爷姗姗来迟！比我这个新郎的架子还大。"

陆闯懒洋洋的，脚上还穿着酒店客房的拖鞋，他落座在陈老三为他留的空位上，恰好就在乔以笙的右手边。她的鼻间顿时充满了陆闯身上凛冽的雪松味。

木质香调的雪松味儿有着高山雪原般独特的清凉与凌厉，透着一丝疏离的冷调，而她的脑海中瞬间闪现出昨夜滚烫的记忆。

乔以笙不动声色地接过郑洋为她倒的果汁，听到陈老三问陆闯："你昨晚不是最早回房的，怎么起得最晚，还一副没睡饱的样子？"

没等陆闯回答，郑洋别有深意地问道："闯子，你房间夜里进女人了吧？"

陈老三当即激动地道："真的假的？"

刚从洗手间回来的许哲接茬："真的，动静挺大的，我就在闯子的隔壁，隐隐约约听见了声响。"

乔以笙下意识地握紧手中的果汁杯。她瞥了一眼许哲，问道："阿洋昨晚没喝多吧？"

坐在郑洋另一边的许哲戴着一副眼镜，文雅地笑道："没有，嫂子放心，我们都帮你监督着呢。"

郑洋靠近她耳边低语："宝贝，我真的有听话。"

那边陈老三用手肘撞了撞陆闯，道："你可以啊，骗我们说回房间补觉。刚回国就上赶着去玩。"

陆闯这几年被他家老头子赶到国外，昨天刚回到霖舟市。

他的手指骨节分明，把玩着桌上的青瓷茶杯，薄薄的眼皮上附着灯光的阴影，拖腔带调道："确实寡淡很多，而且最麻烦也最难搞。"

每一个字都清晰地传入乔以笙的耳朵里。不知是否因为她在场，他才故意说给她听的。

"那你还玩？"陈老三懂陆闯的意思，在外面玩自然不想负责任，况且以陆闯的脾气也没那耐性陪女人慢慢磨。

郑洋打断了陈老三和陆闯的交谈："哎哎，你们注意点儿行不行？我家以笙还在呢，回头她以为我近墨者黑。"

陈老三自然想在女士面前维持良好形象，笑着对乔以笙说："嫂子别误会，我和洋哥都'妻管严'，被家里收拾得服服帖帖。主要是闯子爱玩，我们劝闯子定定心。"

陆闯发出一声嗤笑，斜眼看陈老三，道："你能介绍一个让我定心的？"

"你家里不是给你安排……"陈老三话没讲完就硬生生被陆闯冷冰冰的眼神堵了回去。

下午接亲的时候，陈老三就把伴娘团介绍给陆闯，任凭陆闯挑选，放话说只要陆闯瞧得上，一定帮陆闯追到手。

事实上根本不用陈老三帮忙，早在陆闯出现的那一刻，就没有一位伴娘不把视线放在陆闯身上。

明明都穿着一样的西服，但陆闯仿佛自带光芒，在五位伴郎中尤为突出。

在乔以笙的记忆里，陆闯和郑洋上学时曾被女生评选为"霖舟双帅"，最初郑洋的爱慕者更多，但不知何时起，被陆闯反超了。

郑洋问陆闯："你的内搭是怎么回事？"

伴郎的服装是统一的，西服和衬衣，而陆闯的西服里面穿的却是一件T恤。

"衬衣被贼偷了。"

离他们近的乔以笙，听到他们的对话，意识到陆闯口中所谓的"贼"就是自己。

她耳根不禁发烫，不问自取确实和偷无异。当时她没好意思开口跟他打个招呼，一心只想赶在他从浴室出来前离开。他衣服多，她以为他不差这一件衬衣，便穿走了。

"什么？"郑洋没明白陆闯的意思。

陆闯没再回复，抬头示意郑洋，伴娘团开始出题了。

陈老三的接亲，就是把新娘从酒店楼上的套房里，接到酒店楼下的婚礼现场。而要接到新娘，首先得接受伴娘团的堵门游戏。

伴娘团设计了一系列整蛊游戏。

郑洋素来讲义气，眼下为了能让好兄弟成功接亲，很豁得出去，每个游戏都积极参与。

郑洋先是被罚撑在许哲的身上做俯卧撑，紧接着又要和许哲玩巧克力棒接力，逗得大家哄笑和喝彩，而乔以笙开始只是冷眼旁观，最后还是忍不住离开了现场，眼不见为净。

如果没有看过郑洋手机里那些露骨的聊天记录及亲密照，她现在可能也是哄笑和喝彩人群中的一员。

乔以笙坐在厕所的马桶盖上冷静了几分钟，出来后就看见了陆闯。

陆闯站在洗手间旁的阳台上，面朝里，背倚围栏，挺拔的身姿撑起熨帖的深色西服，左手手腕上戴着银色的钢表，食指和中指夹着根雾气袅袅的烟，右手正在滑动手机屏幕。

窗外灰蒙蒙的，他的周身流露出一股沉郁气息，看起来心情似乎不太好。

听到她开门的声音，陆闯抬了一下头。他凸出的喉结因为这个动作露了出来，十分性感。

淡漠的深眸和她的目光触碰一瞬，他低头，继续滑动手机。

乔以笙原本想直接走人，但想起一件事，道："你的衬衣在我那儿，我借走的。中午没来得及清洗，明天我会送去干洗店清洗干净之后还你。"

陆闯抬眸。他将烟塞进嘴里，细白的烟雾从他两片薄薄的唇瓣间徐徐溢出，他眼神轻佻地打量她，道："裙子不错，比昨晚那条有味道。"

乔以笙看了眼自己的开衩包臀半身裙，心道原来他喜欢这种不过分性感的穿着。

但她没明白陆闯突然评价自己的裙子做什么。她又说道："你的衬衣我怎么还你？邮寄，还是……"

"我不免费借人东西。"陆闯敛眸，飘飞的烟雾似乎在他的瞳仁深处激起淡淡涟漪，转瞬又消失无痕。

乔以笙这才懂了他的意图，有些好笑，道："你不是说'寡淡''麻烦''难搞'？"

陆闯的眉峰挑了下，半带玩味儿道："你耳朵很好使。"

"谢谢夸奖。"乔以笙礼尚往来，"你嘴巴也挺能说。"

陆闯眯眼瞧她，指间的烟安静地燃烧，他口中吐出几个轻浮的字眼："再寡淡，急的时候也能凑合。"

到底是自己送上门的，乔以笙照单全收他的评价，不再做任何反驳，扭头要走。

郑洋的声音隐隐约约传来，在找她，叫着她的名字。

乔以笙还没反应，陆闯的手臂倏地自她身后横过她的腰肢，拐她进了卫生间。

陆闯将她抵在墙上，垂眸看她，两人鼻尖不过两指的距离，他似笑非笑地问："要不要玩点儿刺激的？"

"以笙，是你在里面吗？"郑洋敲了敲卫生间的门。

隔着门板的逼仄空间里，乔以笙艰难地撑在洗手池台面上，紧抿自己的唇。

掐在她腰间的手很大，腕骨结实而充满力量感。

手的主人从容不迫，平稳的嗓音不泄露半丝端倪："是我。"

"闯子？"郑洋意外，"你在上厕所？"

"不然？"陆闯竟还和郑洋聊起来，"你以为有女人在？"

"……"乔以笙攥紧陆闯的衣摆，想骂人。

郑洋笑了笑道："你小子。"

"那你看见嫂子没？"这次发问的是许哲。

陆闯说："没。"

就在郑洋第二十次拨打乔以笙的电话时，陆闯回来了。

陈老三埋汰道："你躲哪儿偷懒去了？伴娘们一个个全等着。我找不着你人，在我老婆跟前多没面儿？"

陆闯朝郑洋和许哲点了点下巴道："他俩没告诉你，我在厕所便秘？"

陈老三："……"

郑洋的目光扫过陆闯满是褶皱的衣摆，电话恰好在此时接通，乔以笙的声音传过来："阿洋，抱歉，手机静音了，刚看见你打给我。"

"你人呢？"

"买东西。"

"……"

5分钟后乔以笙进入宴厅，婚礼仪式刚刚开始。

伴郎和伴娘凑在一桌，乔以笙作为郑洋的家属也坐在这一桌。

酒筵全程，坐在她斜对面的陆闯和几位伴娘相谈甚欢。

晚上9点半散席时，郑洋察觉乔以笙有些走神，关心道："怎么了？哪里不舒服吗？"

"……高跟鞋穿太久，脚有点儿疼。"乔以笙不动声色地瞥了瞥罪魁祸首，此刻他正在被陈老三安排着送伴娘回家。

不一会儿，乔以笙又凑至郑洋耳边，解释她生理期提前了，之前去买的东西就是卫生棉。

郑洋并不怀疑，只是有些许责怪："那你还不忌口，刚刚又喝那么凉的酒。"一如既往地，二十四孝好男友的形象。

过去乔以笙便是为他这个形象所蒙蔽。

眼尾余光瞄着许哲，她旁若无人地搂住郑洋的脖子道："我忘了嘛。"

郑洋微微一愣，因为乔以笙很少在大庭广众之下主动与他有亲昵举止，也很少有这种近乎撒娇的语气。

郑洋回神后推开乔以笙，道："既然不舒服，就赶紧回去休息。"

和陈老三道别后，乔以笙随郑洋和许哲离开酒店。

老样子，郑洋先送乔以笙回家。

两人没有同居，各自有住所，乔以笙一般到了周末才会去郑洋的公寓，原因是他俩的工作地点相距比较远，住在一起上下班都不方便。现在乔以笙才知道那只是借口。

郑洋如往常一般体贴地送她上楼，而乔以笙在确认郑洋的车子驶离后，进卫生间洗澡。洗完澡，她从脏衣篓里捡出陆闯的那件衬衣，点开微信里和陆闯的对话框。

她是昨天才和陆闯互加好友的。

消息记录里，她连句寒暄也没有，单刀直入地问道："见一面？"

5分钟后，陆闯回复了她一个酒店房间的号码。

于是有了昨晚，以及今天。

第二天，乔以笙上班迟到了。

她去年刚从霖舟大学建筑系硕士毕业，入职当地一家小有名气的留白建筑事务所。

乔以笙初入职场，又非出身著名的建筑老八校，目前只是很初级的助理建筑师，日常工作就是打杂和画图纸。

到所里时，周一的例行早会已经开完了，她只好灰溜溜地参加她所在的设计部A组的组会。

组会结束后，她被自己的顶头上司薛素喊进办公室。

"不好意思薛工，天气冷，太好睡了。"乔以笙主动道歉。

薛素却并非要批评她早上迟到的事，道："我是想告诉你，万隆地产的那个住宅项目换了新的项目负责人。你手里的图纸可以先停一停，下午跟我过去和新项目负责人开会，等出了修改意见后再继续。”

“新负责人”四个字一出来乔以笙心里就有数了，怕不仅仅是“修改”那么简单，大概整个设计方案都要重新来过。

“明白了薛工。”乔以笙既头疼又无奈，“没其他事的话我出去干活了。”

薛素在她转身的时候提醒：“你脖子后面要不要遮一遮？”

乔以笙去卫生间照镜子才发现，原来昨天陆闯在她的后颈处吮出了一枚暧昧的粉色痕迹。

她今天穿的圆领打底衫，办公室里开着暖气，温度高，她一来就脱掉外套，可不让人一览无余。

乔以笙往上面盖了一层粉，回到工位里，又找出创可贴贴上。

同事李芊芊滑动椅子轮凑到她身侧调笑道：“昨晚和男友挺激烈啊。”

乔以笙顿时生出不祥的预感，问：“你也看见了？”

李芊芊伸一根手指摆了摆，道：“错，是我们A组所有人都看见了，并且现在差不多整个所的人都知道你迟到的原因了。”

乔以笙：“……”

上学的时候忙，工作后更忙，很难抽出时间谈恋爱，所里好些人都单着，如果有内部消化的机会，大家是不愿意放过的。

乔以笙长得漂亮，故而去年一来，就被所里单身的男同事盯上了。

即便乔以笙上班第一天就把她和男友的合照明晃晃地摆在桌面上，表明有主了，且郑洋还多次前来接乔以笙下班，但所里单身的男同事们仍然不死心。毕竟她只是交了男朋友，又不是结婚了，何况就算结婚了，也有出轨和离婚的。

今天乔以笙这一出，可是比摆合照和男友来接下班更为暴击的“狗粮”。李芊芊八卦道：“你们感情这么好，什么时候请我们喝喜酒？都顺利度过七年之痒了，谈了有8年了吧？”

乔以笙拿起笔筒旁的相框。

照片是去年7月在她的毕业典礼上拍的，她身穿硕士服，怀里抱着郑洋送她的99朵红玫瑰，她挽着郑洋的胳膊，笑得很开心。

“这么盼着我步入爱情的坟墓啊？”乔以笙一笑而过，将相框塞进抽屉里。

下午3点，乔以笙跟随薛素准时抵达万隆地产，在会议室等了10分钟后，她见到了传闻中的新项目负责人。

“这是我们万隆地产的小陆总。”秘书介绍。

“你好，薛工，幸会。”陆闯礼貌地伸出手，和薛素轻轻握了握。

乔以笙站在薛素的斜后方，莫名地感觉颈部那一小块皮肤隐隐发烫。

这样西装革履、一本正经的陆闯，比他昨天当伴郎的时候还要令她刮目相看。

更准确来讲是不适应。这与陆闯浪荡子的不羁形象相去甚远。

那两次和她在一起时的那副德行，才是陆闯的"正确打开方式"，完美诠释了什么叫"人模狗样"。

而会议开始没多久，陆闯就原形毕露。他明显是来镇场子的，全程在旁边玩手机，真正和他们沟通建筑方案的是他带来的规划设计部部长。

这位部长和他们先前接触的不是同一个人，态度不如先前的那位和善，可以说把甲方的傲慢展露得淋漓尽致。乔以笙一边做会议记录，一边为薛素憋了一肚子火。

薛素是他们留白建筑事务所的三大合伙人之一，虽然和那些排得上名号的顶尖大佬没法比，但也曾经是在甲级建筑设计院里挑过大梁的前辈。

当年薛素从体制内出来，不知多少公司和事务所抢她，到现在仍有人锲而不舍地想高薪挖走她。

如今薛素的设计方案却被对方明里暗里批得一无是处。

不过薛素也是见识过风浪的人，沉得住气，对方的每一条意见，她都会认真听取，又细致分析实际的可行性，再提出折中的方案。

会议因此持续了近3个小时，最后还是陆闯被磨得没了耐性，一锤定音终止道："行了，不管实际可行性怎么样，你们都先按照我们要的东西来做。"

丢完话他径自离开，手里还接着电话："这不我会议一结束就往回赶，急什么？"

不用猜，多半是赶着奔赴某个温柔乡。

乔以笙收拾起平板电脑，也准备和薛素走人。

那位部长现在倒客客气气地给薛素甜枣吃，表达了对薛素的敬意，让薛素不要把会议过程中的摩擦放在心上，一切都是为了能圆满地完成这个项目。

最后对方还将话头扯到乔以笙身上，道："我和以笙是大学同学，我也不可能故意为难老同学。"

乔以笙闻言愣了愣，狐疑地端详对方的面容，却无法从记忆中搜寻到这人究竟是哪门子的老同学。

"是我啊，"对方眨了眨她的韩式双眼皮，"刚刚的自我介绍我说的是我工作时用的英文名，我的中文名是朱曼莉。"

"朱曼莉？她现在是你的甲方？"

隔着电话，欧鸥的诧异完全不亚于半个小时前的乔以笙。

朱曼莉确实是乔以笙的同学，是她大学建筑系的同班同学，而她们两人之间隔着"血海深仇"。

欧鸥连连啧声："那你节哀顺变。"

乔以笙幽幽地道："我是让你安慰我，不是让你取笑我，谢谢。"

欧鸥闻言反倒笑得越发肆意猖狂，道："你还有空跟我诉苦，看来朱曼莉没有给你提太多修改意见。"

乔以笙一脸冷漠。事实恰恰相反，正因为修改意见太多，等于推翻原方案，所以薛素说不着急今晚加班。

嗯，不着急今晚加班——明天起多的是加班的日子。

"不过你一开始怎么会没认出朱曼莉？"欧鸥好奇地问道。

乔以笙捏捏眉骨道："等你出差回来，亲眼见一见，看能不能认出来。"

欧鸥当即猜测："她整容了？"

何止是整容，简直从头到脚换了一个人。但乔以笙现在不想继续聊朱曼莉，于是问欧鸥："你到底什么时候能回来？"

欧鸥听出不对劲儿，着急问道："怎么了？发生什么事了？"

郑洋的事，她都不知道该如何和欧鸥开口，只能苦涩地嗫嚅道："当面说吧。"

这时，原本平稳行驶中的出租车猛地急刹车。猝不及防地，坐在后座的乔以笙身体重重地往前倾，额头狠狠地砸向前座的椅背。

司机师傅降下车窗朝肇事的车主破口大骂："有病啊！会不会开车？想死滚远点儿！"

乔以笙晕头转向地捡起掉落在座椅下的手机，抬头看到车窗外极其地引人注目的红、黄、蓝三辆酷炫跑车歪七扭八地将她所乘的这辆出租车包围住。

其中那辆湖蓝色车的车主打开车门，走了过来，弯下身，单只手臂压在车窗口，语气不明地道："没听清，你再说一遍。"

司机师傅被他一副不好惹的架势给唬得没了方才的气势，胆怯道："没有，没说什么。对不住。我这儿还有客人要送呢，不打扰了，玩得开心。"

陆闯的视线往后座瞟了一眼。

乔以笙就这么和他四目相对了。她轻轻蹙着眉，默不作声，只想当作不认识他。

陆闯明显和她有一样的想法，也没和她打招呼，平淡地收回视线。

红色和黄色两辆车的车主吹起响亮的口哨催促陆闯："磨磨叽叽的！你还走不走啊！"

陆闯朝乔以笙点了点下巴，对司机师傅说："我觉得，你的客人没准有病。"

无缘无故骂她做什么？乔以笙忍不住捧回去："你才有病吧！"

陆闯轻轻歪一下脑袋，倏地走到后面，二话没说打开车门，将她拽了出去。

"你干什么？"乔以笙的力气根本敌不过陆闯，片刻的工夫就被他塞进他那辆招摇过市的车里。

司机师傅吓得立即连人带车开溜，装作没听见她的呼救，连车费也不要了。

乔以笙使劲拍打被锁上的车门，大声喊道："你放我下去！"

陆闯用安全带强行将她固定在副驾驶座椅里，不耐烦地说："要么给我用那天晚上的声音叫，要么就闭嘴。"

不等乔以笙有更多的反应，跑车猛地冲出去，轰轰作响。

强大的惯性使她瞬间靠向椅背，她的心脏怦怦狂跳，条件反射地攥紧车内的把手，紧张得喉咙发紧，想再出声都觉得困难。

红色、黄色两辆车几乎与陆闯驾驶的车并驾齐驱，发出的引擎声更是震耳欲聋。三辆车逐渐将市中心的璀璨霓虹甩在后头，咆哮着驶入看不见尽头的盘山公路。

这条盘山公路是霖舟市政府为刺激当地旅游业，和陆氏集团联合建造的专业赛道。赛道环山而建，随山势起伏，弯道又多又险。这里已经举办过多次省级的赛车比赛。

盘山公路的宽度勉强够两辆车并行，陆闯非但没有减速，反倒越发风驰电掣，甚至还和红色、黄色两辆车相互挤车道。

乔以笙简直要疯了！

不多时，陆闯超车跑在最前面，她的身体又因为陆闯不断地随弯道转动方向盘而反反复复地被往左甩又往右甩，上一秒她眼瞧着自己这一侧马上就撞上陡峭的山壁，下一秒就发现车窗外面紧挨空荡的悬崖。

红色、黄色两辆车因此选择了合作，联手包夹，要将陆闯挤出车道。

车身被撞得剧烈一抖，轮胎摩擦地面的声响刺耳，车头开始偏离方向，朝悬崖冲过去。

乔以笙只觉得自己的屁股脱离了座椅，吓得几乎窒息，她本能地闭上眼睛。

一阵天旋地转之后，她仿佛灵魂出窍了，感知不到外界的任何动静。

直到她被推了一把——"别弄脏我的车。"

乔以笙这才睁开眼睛，扶着车门爬下去，腿脚发软，如同踩在棉花上，无法站稳。她当即扑倒在地，手掌撑着满是沙砾的粗糙地面，呕吐不止。

她晚饭还没吃，午饭早已消化，此时胃里空空如也，吐出的只是些酸水。

顷刻，轻蔑的嗤笑声入耳。

乔以笙有气无力地抬起面色灰白的脸。

夜幕下，陆闯两条腿交叠，精瘦的腰身微微后仰，歪歪斜斜地倚靠着车身，右手食指点了点烟灰，居高临下地睨视她，玩世不恭的面容上盛满兴味儿，俨然在欣赏她的丑态。

相当面目可憎。

乔以笙咬着牙，恶狠狠地瞪他，只想抓起地面的沙石砸他！

红色、黄色两辆车这时也抵达这处山顶平地，两位车主分别携带一位身材火辣的美女从车里出来。

不仅两位车主和陆闯一样浑然无事，两位美女也丝毫不见狼狈，狼狈的只有乔以笙。

陆闯懒洋洋地转头，望向他们，道："我都两年没玩车了，你们还是比不过我。"

红车车主不服气，道："嚣张什么？三局两胜！这才第一局！"

陆闯眉头高挑，欣然应承："你们想输得更难看点儿，我只能满足你们。"

乔以笙闻言脸色又白一度。还要比？是不是还要她坐在副驾驶座上？

"那抓紧时间比第二个项目！"

黄车车主开口说的话恰恰消除了乔以笙的担忧。

既然他们是玩新项目，她多半不必再遭罪。然而不等她松一口气，便听陆闯问她："你还站得起来吗？"

乔以笙生出不祥的预感，问："你又要干什么？"

陆闯没回答她，只道："起不来，你坐着也行，就坐在那儿，别动。"

说罢，陆闯丢掉半截没抽完的烟，径自上车。

他们的第二个比赛项目比第一个更惊险刺激。乔以笙完全不想回忆了，最后被带下山的时候仍旧手脚冰凉、浑身发僵。

月色黯淡，窗外的霓虹在车子的急速行驶之下化作两条彩色的溪流。

乔以笙有点儿晕车，忍不住出声："慢点儿。"

嗓音是惊魂未定的沙哑。

陆闯瞥她一下，问："确定要慢点儿？"

她恼羞成怒道："我让你车速放慢点儿，否则我吐你车上。"

比赛以2：0结束，陆闯赢了。现在他们已经回到市中心路段，他有必要开这么快？

陆闯根本没理她，依旧我行我素。

乔以笙顶着虚弱发白的脸，不得不闭上眼睛，以减弱恶心感，脑海中循环播放着不久前第二轮比赛的画面。

那一刻她觉得自己和死亡的距离无限接近于零。

到现在她还处于眩晕之中。

"哭了？"熟悉的轻嘲声入耳。

乔以笙往自己这一侧的车窗偏头，躲避陆闯的视线，深吸一口气，将眼睛里的水汽强行憋回去，才睁开眼。

车子停在路边，是她公寓楼下的街道。乔以笙二话不说解掉身上的安全带，拎起自己的包就要推开车门。

陆闯抓住她的手腕拽她回座椅，朝他那一侧的车窗外面轻轻抬了抬下巴。

乔以笙望过去，看见了不远处的郑洋。她连忙低下身体，翻出包里的手机，发现郑洋已经打过好几通电话。

陆闯忽然揉了揉她的头发，好似很怜惜她道："女人哭我可受不了。看在你乖乖听话的分上帮我赢了比赛，我就给你点儿补偿。"

湖蓝色的车过分醒目，它刚开来，郑洋就注意到了。

乔以笙所住楼层房间的窗户还黑着，人应该还没回来，但手机始终无人接听，郑洋很难不担心。

他又拨了两通电话，仍旧无果，正准备到留白建筑事务所看看她是不是在加班。

这时，蓝色车驾驶座的车窗敞开一半，路灯照出车主半明半暗的脸。

"闯子？"郑洋意外，上前和他打招呼，"原来是你的车，新买的啊？"

走近便见陆闯怀里还坐着个女人，牢牢地圈住陆闯的脖子，脸埋于陆闯的颈侧，身上还盖着陆闯宽大的外套。

车内没开灯，昏暗光线之下女人被遮得挺严实，仅露着后颈的一小片雪白皮肤，贴着枚创可贴。

但郑洋还是有点儿尴尬，道："算了，你先忙。"

陆闯反倒没事人似的与他聊起来："你怎么在这里？"

"找以笙。"郑洋往居民楼指了指，"她住上面。"

"这么巧啊。"陆闯拖长的尾音显得饶有意味。

郑洋反问："你怎么也在这里？"

"不够明显吗？"陆闯动了动。

郑洋失笑道："你继续，我去以笙的工作单位看看她是不是还在加班。"

陆闯又喊住他："你打算一直这样骗下去？"

郑洋身形一顿，露出不明所以的神色，狐疑道："我怎么了？"

陆闯漠然的黑眸比往常越发沉冷："没什么。祝你和乔以笙百年好合，永结同心。"

郑洋笑笑，道："会的，我和你们嫂子感情很好。你也知道当年我有多么不容易才追到她，一辈子对她好，是我的承诺。"

陆闯的瞳仁深处浮上一丝嘲讽，而后关上车窗。

怀里的女人不比方才抗拒，反而主动亲吻他的耳朵。

郑洋驱车离开，从蓝色车旁边经过，一只女人细白小巧的手掌按在因水汽蒸腾而模糊的玻璃上。脑海中突然闪过刚刚那女人的轮廓，郑洋莫名地感觉有点儿熟悉。

汗黏在身上很难受，车内气味也不好闻。

乔以笙理了理头发，想回家洗澡。

陆闯反倒有意见，问道："急着去投胎？"

乔以笙侧眸看一眼他，道："不打扰你去约会。"

她的眼尾残留着一丝浅红，衬得她多了一分平日里没有的娇媚。

陆闯搂过她的腰，将她重新扣回座椅里："有你这个现成的，我何必舍近求远？"

乔以笙下车离去，没有搭理他。

陆闯目送着她离去的背影，还故意问："要不要我扛你上楼？"

乔以笙愤愤地转头瞪了他一眼。

回到家，郑洋又打来了电话，她这才接起，解释说自己下班后一直和薛素在咖啡店修改方案。

郑洋嘘气，道："宝贝，你又吓到我了。"

乔以笙道歉："是我不好，让你担心了。"

"你没事就行。"郑洋没怪她，"我也没要紧事找你，昨天你不是说你的生理期提前了？我妈叮嘱我给你送点儿中药调理调理。"

乔以笙笑笑，道："不就生理期提前嘛，不是大毛病。你帮我谢谢阿姨。"

郑洋语气无奈："你知道我妈向来如此，对女人的身体方面特别较真，她担心小毛病积成大毛病，以后影响我们生育。"

乔以笙蓦然沉默。

隔着电话，郑洋看不见她的神情，以为她害羞，他也有点儿难为情道："没关系，我妈送归送，你收了之后随便怎么处置。"

郑洋的妈妈并非第一次暗戳戳地催促了。

前两年催他俩结婚时，郑洋口口声声说不想给她太大压力，以她还在念书为由搪塞掉。

今年，郑洋的妈妈又开始打他俩未婚先孕的主意，多次暗示他们可以先生小孩。

谁能想到，他俩交往8年，至今清清白白。

乔以笙是在大二和郑洋在一起的。

她不是没有考虑过这方面的事，不过郑洋始终循规蹈矩，她身为女生自然不好主动，更何况她脸皮也薄。

有一次，和朋友们外出旅行，她和郑洋被安排在一个房间。在欧鸥的怂恿下，洗完澡后她鼓起勇气，只裹一条浴巾在郑洋面前晃悠。

郑洋简直是当代柳下惠，全然不为所动。

也是那天晚上，她和郑洋盖着棉被躺在一起聊天，正式聊到了这件事。

郑洋非常恳切地表示自己要做个有担当、负责任的男人，他对这种事有郑重的仪式感，想把一切都留到他们结婚那天晚上。

乔以笙很单纯地相信了他的话，并被感动得一塌糊涂。

犹记得欧鸥得知此事后曾告诫过她，没有一个男人不贪色，根本不存在肉送到嘴边也不张开嘴吃的道理。郑洋要么是对她没兴趣，要么是那方面不行，有心无力，所以才找了个冠冕堂皇的借口。

彼时的她并不认同欧鸥的话，还认为欧鸥是过度揣测。

在她心目中，倘若全世界仅剩一个好男人，必然非郑洋莫属。

如今，残酷的现实给了她一记火辣辣的耳光。她根本就是被糊住了眼……

结束通话，乔以笙坐着发了一会儿呆，开始脱衣服。光滑的镜面照出她凹凸有致的身材。她的额头隐约显现出一抹瘀青，是先前出租车紧急刹车时撞伤的。

不久前陆闯还恶作剧地戳了戳，疼得她狠狠地咬了他一口。

走进浴室时，乔以笙忽然琢磨起来，刚刚郑洋和陆闯的交谈，似乎坐实了他们兄弟面和心不和的传闻？

接下来几天，乔以笙马不停蹄地赶方案图和效果图，忙碌之中她也不忘折腾郑洋。

以往她是个过于乖巧懂事的女友，与欧鸥口中最好命的"撒娇女人"完全沾不上边，有时候欧鸥也忍不住吐槽她的性格太独立。

欧鸥认为，女人就该时不时作一作、闹一闹，牵动男人的神经，玩弄男人的心，让男人以你为中心团团转。

像乔以笙和郑洋这般平平淡淡的相处模式，在欧鸥看来非常索然无味，简直是提前进入老夫老妻阶段。

因此欧鸥私底下隔一阵就好奇乔以笙腻不腻。

乔以笙每次都无奈地强调，自己和郑洋的这种恒温状态叫作"细水长流"。

她见证过欧鸥从学生时代到现在的无数段恋情，每段恋情都轰轰烈烈，她一个旁观者瞧着都替欧鸥"肝疼"。

虽然心底里她羡慕欧鸥的热烈与极致，但她觉得欧鸥对待恋情的方式并不适合她。

受父母的影响，她更崇尚安稳和踏实的感情。

然而现在郑洋令她难堪，她也不会让郑洋好过。

于是乔以笙以加班的时间太长，她晚上一个人回家不安全为理由，要求郑洋每天晚上到事务所接她；又从同事李芊芊那里搜罗来各种网红美食，拜托郑洋四处奔波帮她买，当作她的夜宵。

每晚许哲均同行。许哲是郑洋公司的合伙人，上下班时间几乎一致。据说许哲不会开车，所以经常蹭郑洋的车。

许哲原本坐在副驾驶座，见乔以笙出来也没让座的意思，毕竟以往遇到两人一起来接乔以笙的情况，乔以笙都直接坐后座。

现在乔以笙笑眯眯的一句"谢谢阿哲帮我把椅座焐热"，就把许哲打发到后面去。

趁着红灯停车期间，乔以笙还将她咬了半口的夜宵喂到郑洋嘴边，让郑洋也尝尝。

等郑洋送她到小区楼下，乔以笙又当着许哲的面圈着郑洋的脖子，依偎在郑洋的胸口。

郑洋察觉她变得比从前黏人，问："这几天出了什么事吗？"

"没事不能抱你吗？"乔以笙故意将声音放软，视线越过郑洋的肩膀偷偷瞄车上的许哲，轻轻叹气，"其实就是压力有点儿大。"

郑洋听她说了她近期工作方面的新情况，摸摸乔以笙的后脑勺儿，道："我一会儿和闯子打个招呼，让他交代他的下属别刁难你们。"

"可以吗？"

"当然可以。"郑洋笑，解释道，"闯子爱玩，他爸强行丢他到那个地产子公司里磨炼，他也巴不得早点儿糊弄过去早完事。"

乔以笙也笑道："那还不如你早点儿把我娶回家，我辞掉工作，你赚钱养我。"

郑洋知道她事业心很重，揶揄道："你舍得辞职？"

"舍得啊，怎么不舍得？"乔以笙抬头与他四目相对，神情认真，"阿洋，我最近突然特别想结婚。"

那一刹那，郑洋的表情，有趣得让乔以笙心里直发笑，连日加班的沉闷都一扫而空。

隔天郑洋再来接她下班，许哲就没跟着了。

乔以笙假意关心地问："今天怎么不见阿哲？"

郑洋解释道："阿哲约了客户见面。"

乔以笙感觉到他心不在焉，问："你好像有点儿无精打采？"

"有吗？"郑洋打消她的疑虑，"可能是太累了。"

乔以笙反省道："怪我胆子小，听同事说最近有跟踪狂出没，就不敢一个人回家了。你的工作那么忙还要来接我，明晚我自己打车吧。"

"接女朋友下班是男朋友的义务。"郑洋宠溺地拍拍她的脑袋，"我只是昨天晚上没睡好。"

乔以笙口吻戏谑道："该不会被我的玩笑话吓到了吧？"

"说什么呢。"郑洋笑笑，语气却略显生硬。

第二日，乔以笙没有再让郑洋来接，因为欧鸥终于结束差旅回霖舟了。

恰好是周五，乔以笙在下班前和薛素确认了最终的图纸，而后将新方案提交给与她对接工作的朱曼莉，才得以开启周末时光，直奔与欧鸥约定的酒吧。

酒吧是欧鸥喜欢去的场所，乔以笙不感兴趣，也不习惯那种酒精和烟味混杂的环境，平日里极少踏足。

今晚乔以笙不同往常地主动提出在酒吧见，碰上面后欧鸥的第一句话便是："你和郑洋终于掰了？"

乔以笙默不作声地抓过欧鸥的酒杯一饮而尽。

欧鸥来不及阻止："大小姐！我的酒很烈的！你别喝这么猛！"

乔以笙呛得咳了咳，喉咙里辣辣的，有点儿烧，但感觉特别爽，她拉过欧鸥的手往舞池走，说："教我搭讪。"

欧鸥感情经历丰富。既然是开窍了的亲闺密要学，欧鸥自然倾囊相授。

不过此时舞池里有一个女人正成为焦点。迷离的镭射灯，镶钻的迷你短裙，性感的劲爆热舞，引得周遭无数男女不断吹哨、喝彩、起哄。

欧鸥盯着对方唇色猩紫的脸道："好眼熟啊，在哪儿见过吧？"

乔以笙冷眼旁观道："就是朱曼莉。"

"还真和你说的一样，从头到脚换了一个人。"欧鸥险些惊掉下巴，紧接着反应过来为什么眼熟，"乖乖，她是照着你的脸整的吧。"

乔以笙："？"

欧鸥勾起乔以笙的下巴道："你不知道自己长什么样吗？没发现朱曼莉现在的脸完全就是你的'低配版'！"

乔以笙茫然地将视线落到舞池里的朱曼莉身上。

此时朱曼莉正被三个男人围着。然而朱曼莉谁也没理，兀自扭动着水蛇腰，走到另一个男人身边，妖娆的动作足以令旁观者热血沸腾。

男人似乎也对朱曼莉感兴趣，嘴角噙着花花公子惯有的来者不拒的笑意，放纵朱曼莉的撩拨。男人不是别人，恰恰也是一个认识的——

"陆闯？"欧鸥有点儿意外，"他不是在国外？"

"上个星期刚回来。"说话间，乔以笙看见朱曼莉搂住陆闯的脖子，送上魅惑十足的猩紫色嘴唇。

欧鸥忽然上前，高声打招呼："嘿！陆闯！我以为我眼花了！没想到真的是你！"

陆闯应声转头，眉梢微挑。

欧鸥仿若睁眼瞎，无视正如藤蔓般缠在陆闯身前的朱曼莉，自顾自地和陆闯聊起天："什么时候回来的？哇，国外的水土养人吗？感觉你比以前两年更帅了。"

陆闯勾唇道："霖舟的水土也不差，你也比以前两年漂亮了。"

"那要重新考虑我吗？"欧鸥眨了个电眼，风情万种地撩了撩她茶褐色的卷发。

乔以笙记得欧鸥从前是追过陆闯的。

当时学校里但凡有点儿姿色的单身男性，上至教职员工，下至食堂打饭大哥，欧鸥全部追过，只除了郑洋，因为郑洋一早就表示对乔以笙有好感，欧鸥在感情方面的原则之一就是不和好姐妹抢男人。

陆闯作为"霖舟双帅"中的一帅，被欧鸥追得格外起劲儿。

但陆闯的眼睛也不知道是不是瞎，偏偏瞧不上欧鸥，后来出现在他身边的女人，乔以笙认为没一个比得上欧鸥。

欧鸥没死缠烂打太久，半个月后就更换了目标，把陆闯踢出了她的追人名单。

俩人倒并未因此而尴尬，再碰面时就像现在这样。如果不是欧鸥主动提起，乔以笙也差点儿忘了曾经还有过这茬。

没等陆闯回应，欧鸥又邀请道："这边太吵了，不方便说话，我和乔乔的座位在那边，要不要过去喝两杯？"

朱曼莉忍无可忍，出声说道："不好意思，陆闯有女伴，我和陆闯是一起的。"

欧鸥假装才发现朱曼莉的存在，轻慢地上下打量朱曼莉一眼，惊奇地问陆闯："你去了一趟国外，怎么眼光还下降了？"

朱曼莉猩紫的唇色好似瞬间蔓延到了脸上，她拉住陆闯的手，道："小陆总，我们继续跳舞。如果你想去只有我们两个人的地方，也可以……"

后面一句朱曼莉是踮起脚贴在陆闯的耳边轻轻吹出的气音，暗示性特别明显。

陆闯颇有意味地笑笑道："时间还早，不着急。既然遇到了，不妨先和她们喝两杯。"

朱曼莉轻轻咬了咬嘴唇，貌似想再说什么。

欧鸥立刻拽走陆闯，道："走吧，走吧，这家店的老板我熟，等一下酒水都算我账上，当我给你接风洗尘了。"

经过乔以笙身旁时，欧鸥的另一只手又拽住了乔以笙，独独落下朱曼莉。

朱曼莉冷着一张脸，跟在他们后面。

面对欧鸥的自作主张，乔以笙有点儿头疼。四人来到卡座后，她立刻以上洗手间为由将欧鸥拉去单独谈话。

"你是不是又对陆闯感兴趣了？"

"怎么啦？"欧鸥取出粉饼和口红给自己补妆，"乖乖，你看起来很紧张。"

乔以笙背过身深呼吸两下，然后转回来道："我得先把我最近的情况告诉你。"

"嗯？"

虽然乔以笙只是单纯地利用陆闯，但有必要让欧鸥知情，以免欧鸥后续和陆闯真发生什么，她夹在中间，难免尴尬。

她言简意赅地告诉了欧鸥她和陆闯之间的事。

"……"欧鸥正在涂口红的手顿时滞住，嘴巴因过度惊讶而张成"O"字形。

欧鸥听到郑洋劈腿这件事气得一佛出世二佛升天："他伪装得可以啊！连我的火眼金睛都逃过了！"

"不过你和陆闯也让我很意外。"欧鸥感叹道。

乔以笙轻轻打了一个酒嗝，回到最初的问题，问道："你是不是又对陆闯感兴趣了？"

"哪儿啊，我现在的口味是年轻'小鲜肉'。"欧鸥呵呵笑，"就是纯粹想气气朱曼莉。从前在学校她就没少给你使绊子，我给你出出气。而且她顶着'低配版'的你的脸，恶心到我了。"

乔以笙脑子有点儿迟钝，顿了一会儿才说道："可她现在是我的甲方，现在气到她，我们过瘾了，回头她展开报复，受气的还是我。"

"她算哪门子的甲方？真正的甲方是陆闯。我看她今晚对陆闯的那股劲儿，肯定是还没和陆闯发生什么，那我们更得搞破坏了。现在她只是陆闯的下属，就狐假虎威，要真让她和陆闯有点儿什么，还不变本加厉？"

欧鸥越分析越觉得有道理："走了，别给她和陆闯太多独处的时间。刚刚只是餐前开胃小菜，看我不狠狠再治治她。"

　　乔以笙揉揉突突直跳的太阳穴道："你先去，我上个厕所就来。"

　　"快点儿啊，别错过好戏。"欧鸥迫不及待地往回走，却见卡座空了。

　　舞池里也没有朱曼莉和陆闯的身影，欧鸥以为朱曼莉趁她们不在快一步勾走了陆闯。

　　然而朱曼莉很快重新出现，怒气冲冲地质问欧鸥："陆闯人在哪儿？"

第二章
游戏人间

/////////////////

酒的后劲迟迟到来，乔以笙晕晕乎乎地从厕所出来，猝不及防地被人扛上肩。

倒挂的姿势令她的太阳穴跳得越发厉害，她拼命挣扎，并拍打对方的背，却无济于事。而在酒吧这种地方，她的呼喊也无人在意。

那人带着她从后门离开了，将她摔进车子后座。

乔以笙一骨碌翻身爬起来，就看见陆闯挤身进来，关上车门，双眸危险地眯起看着她。

乔以笙下意识地舔了舔唇，扶着额，靠住陆闯的肩膀道："鸥鸥，我头好晕好疼……刚刚那是什么酒……"

陆闯盯着她酡红的脸蛋，哼笑一声，打电话叫代驾来开车。

听到交代给代驾的地址是她的住所，她便知道陆闯是要送她回家，对陆闯的印象稍稍改观。

算他有绅士风度。

她心下稍安，身体随之放松，感觉陆闯的肩膀很舒服，不由自主又挨近些。

结果乔以笙就真的睡过去了。

陆闯被她不停作响的手机吵得烦躁，推了她一下，没推醒，便捡起她掉落在座椅底下的包。

拿出她的手机，他瞥一眼来电显示，滑过接听键："喂。"

"乔——"与他同时出声的欧鸥辨认出这是陆闯的声音，"你和乔乔在一起？"

陆闯道："嗯。"

欧鸥问："你们在忙？"

陆闯道："嗯。"

欧鸥道："那没事了，你们忙得愉快。"

通话结束。陆闯准备将乔以笙的手机塞回她的包里时，却看到了乔以笙的手机屏保。

是她和一对中年夫妇的合影。

十七八岁的乔以笙稚气未脱，那对夫妇是她已过世的父母。陆闯认得。

屏幕亮光熄灭，他眼底墨色深沉，叫人窥不到半分情绪。

乔以笙的身子这时候从他的肩膀往下滑。陆闯皱眉，宽大的手掌堪堪于半空托住她的脑袋。

明明睡得很沉，可车子一停，乔以笙就醒了。她仍然迷迷糊糊，不知道自己枕在什么地方，很好睡。

乔以笙狐疑地抬起头来，视线缓缓上移，先是看见眼熟的皮带，然后掠过隔着衣服也能感觉到的男性身躯，对上一双黑漆漆的眼。

片刻，乔以笙迟钝又飘忽的思绪回笼少许，她从容地从陆闯的大腿上慢吞吞地爬起来，揉了揉还在一阵一阵疼着的太阳穴，与他道别："谢谢。"

推开车门，乔以笙下车。外套落在酒吧的卡座里，现在的她只着单薄的打底衫，被冷风一吹，冻得她直打战。

陆闯也下车道："你的包。"

乔以笙跟跟跄跄地转身，哆哆嗦嗦地拿回包。陆闯在她伸手的一瞬拽了她一把，她猛地扑进他坚硬的胸膛，撞得她鼻子有点儿疼。

紧接着她的身上一暖——陆闯把他的外套给她披上了。

撑着他的手臂稳住身形，乔以笙仰着脸注视他。

她的长相属于老式胶片里的那种复古美，不加任何修饰便有独特的辨识度，加了修饰也不艳俗。她的眼尾天生自然上翘，显得她看谁好像都在微微笑，此时真的笑起来，在橙黄光线的衬托下更是摇曳生辉："谢谢。"

乔以笙不客气地拉紧外套，往小区里走。

发现陆闯在后面跟着，她回头，很不高兴地轻轻蹙起眉，问："你干什么？"

"你冷，我就不冷？"陆闯刚从裤兜里摸出烟盒取了一支烟低头点燃，说道，"外套只借你穿到楼道里。"

"呵，小气鬼。"乔以笙的声音中带着一分慵懒的鼻音，她继续走自己的路。

路灯恰好将陆闯的影子从后往前拉得长长的，打在她的脚底，她不偏不离地一步一步踩着走。

乖乖女就连醉酒的时候都挺乖，只是玩心比平时重了一些，不像其他醉鬼撒泼行凶、丑态百出。陆闯瞧得有趣，某些久远的零碎记忆在脑海中闪现。

忽然乔以笙折返到他面前，又很不高兴地指着他的鼻子问："你、你走路怎么歪歪扭扭的？难道你不会走直线吗？"

陆闯反应过来时，她已经重新和他拉开距离，踩着他的影子颐指气使道："不许歪歪扭扭！走直线！要很直很直！"

"真给我服气的。"陆闯黑着脸呵一声，用力把烟戳在路边的垃圾桶上碾灭。

陆闯旋即迈开大步，三两下来到乔以笙身边，拖着她加快速度走，制止了她慢悠悠踩影子的无聊行为。

乔以笙罕见地既不挣扎也不闹，任由陆闯拖她进楼道，等到了楼梯口，她才甩掉陆闯的手，脱了他的外套，很没好气地丢到地上，道："还你。"

陆闯冷笑着捡起来，拍拍灰尘道："你是不是还少我一件衬衣？"

乔以笙扭头就上楼。

她在事务所附近租的这套单身公寓是老式小区，一共6层楼，她住在5楼，没有电梯，得爬楼梯。

乔以笙几乎爬一层就停下来休息一会儿，脚步还特别不稳，陆闯跟在后面，数次觉得她要滚下楼。但她还是一次没滚，顺利抵达楼层了。

倚靠着门，乔以笙掏她的包，掏着掏着一股脑儿地将包里的东西全倒出来，蹲下身找着钥匙。

陆闯双手抱臂，居高临下。

很快，他发现乔以笙一动不动，而地面上滴落了一颗又一颗的泪珠。

陆闯拧起眉，也蹲下身，手指刚捏住她的下巴，乔以笙就直接往前栽进他的怀里，哭出声。

"鸥鸥，钥匙好像丢了，我找不到钥匙。"

陆闯抬起她的脸，问道："又装不认得我？"

乔以笙近距离盯着他，轻轻打了个酒嗝道："鸥……鸥鸥，你怎么变样了？"

陆闯："……"

"鸥鸥，我的钥匙丢了，进不去家里，怎么办……"乔以笙迷瞪着眼睛上前搂住他的脖子，眼泪全蹭在他的衣服上。

蹲得太久，脚发酸，于是她想直接坐在地上。

陆闯及时搂住她的腰，拉着她一块起身，问道："找借口去我家吗？"

这时有东西从他的外套口袋里掉出来，恰恰是一串钥匙。

不难猜测，是乔以笙之前穿着他的外套时顺手塞进去的，但她忘记了。

然而乔以笙见状指着他的鼻子说："原来被你偷了。"

陆闯警告道："再指着我的鼻子，我咬断你的手指。"

乔以笙应声定住，连睫毛都不多眨一下。

陆闯弯腰捡起钥匙，重新站直身子后，乔以笙的唇突然啄了啄他的鼻尖道："很挺。"

陆闯微抿的嘴角勾出一丝笑，道："就当你在邀请我今晚留下来过夜。"

用钥匙打开锁，他吻着她进了门。

两人刚滚入沙发，乔以笙就推了推陆闯说道："我想吐。"

陆闯的表情有一瞬间的凝固。他粗喘着气从她身上起来。

乔以笙翻下沙发，跌跌撞撞地冲进卫生间，但最后什么也没吐出来……

扶着门从卫生间出来后，乔以笙疲累地重新倒在沙发上，恹恹地说："鸥鸥，我难受，帮我拿药。"

陆闯开了扇窗户，正站在窗边抽烟，没理她。

乔以笙继续叫唤："鸥鸥……"

在她喊魂似的喊第五次时，陆闯到底还是掐灭了烟头，问道："药在哪儿？"

乔以笙闭着眼，眉心紧蹙，一只手搭在额间轻轻揉着，另一只手有气无力地抬起，指了指某个柜子。

陆闯从医药箱里找出解酒药，折返沙发前先到饮水机给她接了一杯温水。

乔以笙攀着他的肩膀坐起，将药吞进嘴里，然后低头就着他的手直接喝杯子里的水。

因为这个动作，她露出后颈皮肤上那颗浅淡的小痣。

乔以笙很渴，把整杯水啜完，又让他倒第二杯。可第二杯她并没有喝，反而开始脱衣服。

陆闯双手抱臂好整以暇地旁观。

乔以笙狐疑地问他："你怎么不脱啊鸥鸥？不脱怎么洗澡？"

说着，她上前来扯他："我们好久没过闺密日了。"

陆闯挑眉，很有兴趣地看她接下来还会做出哪些事。

乔以笙很高兴地拉着他的手一起进了浴室。温热的水从头顶上的莲蓬头里淋下来，淋浴间内迅速水汽蒸腾，雾气蒙蒙。

空间本就很小，两个人挤在里面更显狭窄。某个醉鬼却毫无察觉，还当他是欧鸥，揉开了洗发露和沐浴露玩起了吹泡泡，看起来还挺开心。

"是不是很香？我最近新换的。"她边说边把手里新揉出的泡泡捧到陆闯眼前说，"你怎么不用？"

她此时的声音仿若沾了水的羽毛，反复刷过陆闯的心。

陆闯的喉结轻轻滚动，扣住她的手腕，吻上她的嘴唇。

乔以笙很快便软绵绵地往下滑。

陆闯托住她问："现在认得我是谁了没有？"

乔以笙上气不接下气地说："泡沫进眼睛了，难受。"

陆闯不耐烦地用清水帮她冲掉眼皮处的泡沫。

乔以笙紧闭着眼睛，两条手臂勾着他的脖子，突然问："你说我看起来是不是很好骗？"

陆闯拽下挂在旁边的一条干毛巾，盖在她的脑袋上，擦她的眼睛，也擦她的头发，免得水又从头发流进她的眼睛里。

没等他回答，乔以笙又哭了，声音哽咽："否则郑洋为什么专挑我来骗？"

陆闯揭开毛巾，轻轻掐着她的下巴，没什么表情地问："就那么喜欢他？"

乔以笙摇摇头又点点头。

陆闯没明白什么意思。

乔以笙整个人挂在他身上，声音减弱："鸥鸥，好困，我想睡觉了。"

陆闯："……"

从浴室到卧室的短短距离，乔以笙便睡死过去了。

陆闯都要怀疑刚刚她吃的究竟是醒酒药还是安眠药。

隔天，乔以笙是在头痛欲裂中醒来的。

揉着发涨的太阳穴，她习惯性地先伸手去摸手机，结果摸到了一手不同寻常的温热触感。

睁开眼，入目的是陆闯熟睡的面容，乔以笙愣了半晌，倏地坐起，环视四周，确认是她的公寓，然后她用力推搡陆闯问道："你为什么在我家？"

被吵醒的陆闯脸色不太好，反问道："这不是该问你自己？"

乔以笙眉心轻蹙，努力回想，模模糊糊的记忆逐渐归拢。她陷入……微妙的沉默。

陆闯的手臂搭在单只屈起的膝盖上，饶有兴味地欣赏她的表情："记起来了？"

乔以笙不承认也不否认："你现在可以带着你的衬衣走了。"

一周都忙着赶图纸，她确实忘了归还他的衬衣。

但乔以笙现在以清醒的脑子复盘昨晚发生的事，严重怀疑陆闯嘴上说的拿衬衣是借口。他多半看出昨晚她刚被他逮住时是在装醉糊弄他，所以顺势送她回家，戏弄她。

但是后来她倒是真醉了，他又趁机留宿。

说着乔以笙要去取他的衬衣。

陆闯拽她回床上，轻呵道："你打发乞丐呢？"

"你想怎么样？"虽然陆闯并没有趁她不省人事占她便宜，但现在他俩都没穿衣服，她有些尴尬，拉起滑落的被子包住自己。

而她这一拉，不小心扯走了原本盖住陆闯的被子。饶是乔以笙第一时间别开眼，那画面还是深深烙进了她的脑海，无论如何都挥散不去。

陆闯轻笑道："既然看见了，你说我想怎样？"

乔以笙道："我现在没有想法。"

陆闯道："马上能让你有。"

乔以笙耳根发烫，觉得他脸皮很厚。

陆闯附在她耳边，轻轻吻她，道："你和你的好姐妹蓄意破坏我和朱曼莉，是不是也该补偿给我？我原本不用在这里被一个酒鬼使唤来使唤去。"

乔以笙敏感得很，根本受不了他的撩拨。她抓住陆闯搂在她腰间来回摩挲的手掌，说："你如果有打算之后和朱曼莉在一起，那么我们之间到此为止。"

她侧眸看他，也不怕惹怒他，说："我嫌脏。"

陆闯敛眸，道："你以为我不挑，随便哪个女人都能凑合？"

乔以笙想撑他，难道不是？

但陆闯没有给她机会——她迅速沦陷在他的攻城略地之中。

乔以笙睡过去前，听到他问："还失望吗？"

再醒来时已是中午，乔以笙是被饿醒的，睁眼就见陆闯又倚靠着窗台抽烟。

他宽肩窄腰，肌肉线条流畅美好，浑身都蕴藏着生机勃勃的力量，有一种难以驯服的野性。

她还是第一次这样完整地打量他。

陆闯的视线不在这边，他正盯着地板上的一个透明玻璃罐。

玻璃罐原本摆于床头柜，不久前被震倒，然后滚落在地板上。

而这个玻璃罐算乔以笙和郑洋的定情信物。

在她高考那一年，父母遭遇车祸，母亲当场死亡，父亲虽然捡回了一条命，但陷入昏迷，医生也无法保证能否清醒。

因此她高考失利，没考上更好的学校，索性留在霖舟，进了霖舟大学的建筑系，这样还能守着父亲。

大二时，学校里忽然流传开金色许愿沙的说法——从霖舟北部大霖山的冻土里挖出的金色沙子能帮人实现愿望。

乔以笙不是一个封建迷信的人，可这个说法越传越玄乎，很多同学都开始组队一起进山。

无能为力的时候，寄最后的希望于神明，大概是人类最质朴的自救方式。当年她最大的愿望莫过于父亲能早日清醒，所以她决定去试一试。

郑洋得知后，帮乔以笙组了一个队，他带上他的兄弟，她带上欧鸥及几位同学，当作周末出游联谊，顺便寻找许愿沙。

郑洋一手包办了行程，包括租车、住宿、伙食等，安排得妥妥帖帖，充分向乔以笙展示了他当男朋友的潜力。

进山之后大家终于明白为什么之前的同学都铩羽而归——大霖山的地形比他们所认知的还要复杂，而且时逢冬天，天气很冷。

"寻找许愿沙"这事儿便没人再当回事，只剩下玩了。

饶是乔以笙心里仍有不甘，但客观条件不允许，她也没有办法。郑洋察觉了她的心思，便提出女生全体留守大本营，他和他的兄弟去走一趟。

结果郑洋差点儿出了事。

搜救队成功解救出郑洋时，郑洋还处于昏迷状态，手里紧紧握着装有金色沙子的瓶子。

乔以笙深深地被感动了。郑洋出院后，她和郑洋正式开始交往。

她将沙子装在这个玻璃罐里面，一装就是 8 年。

可她的父亲还是去世了。

而当年为她豁出性命找到沙子的人也今非昔比。

想到这瓶许愿沙旁观了她和陆闯的荒唐行径，她更是感到讽刺。

意识回笼，乔以笙发现陆闯的目光不知何时移到了她的脸上。

她抽出满是褶皱的被单裹住自己，默默地从衣柜里翻出家居服，走进浴室。

等她出来，陆闯竟然还没走，懒懒散散地靠在床头，手指摁着手机屏幕，似乎在和谁聊天。

"你还有什么事？"乔以笙蹙眉。这究竟是她的地盘还是陆闯的地盘？

陆闯盯着手机没抬眼道："我的衣服在你的洗衣机里。"

"我这儿有衣服能先借给你穿。"乔以笙推开衣柜门，给他看挂在里面的两套男士服装，"尺寸应该合适。"

陆闯看了看，眸底一片暗沉，道："我不穿别人穿过的。"

乔以笙解释道："没人穿过。"

这是她买来打算送给郑洋的，可一直没送出去，现在也不用送了。

陆闯神情冷酷，道："我只穿自己的。"

说罢他继续玩手机，姿势就像等人伺候的爷儿似的。

——噢，忘了，他本来就是个爷儿。

乔以笙哂笑，暂时不管他了，径自去厨房做午饭。刚烧上水，她就听见手机响了起来。

乔以笙找了一会儿，才从沙发缝里找到自己的手机。

打来电话的是郑洋，问她人到哪儿了。

今天周六，按照惯例，她该出发去他家了。

"我还在家里。"

"怎么还在家里？"

"刚睡醒。"乔以笙扯谎，"昨晚和鸥鸥聊太迟，没休息好。这周我就不去你那边了。"

话音尚未落下，她倏尔被人从身后抱住，耳垂也被轻轻咬住。

郑洋听到她短促的一声喘息，狐疑道："怎么了，宝贝？"

乔以笙握紧险些掉落的手机，极力镇定地说道："没事阿洋，我厨房还烧着水准备做饭，先这样。"

匆忙挂断电话，她推开陆闯。

"怎么不让他继续听着？"陆闯后退一步。

说话间他还意犹未尽般地舔了一圈嘴唇，更有种难以言喻的性感。

乔以笙的耳垂尚残留温热的湿濡，见状轰然烧得灼烫。

"你不怕被郑洋发现？"她的声音里带着一丝自己也没察觉到的亲昵的责怪。

"你怕？"陆闯反问道。

既然做得出来，乔以笙怎么可能怕？何况她没有对不起郑洋。

她只是觉得，这么快曝光就没意思了。她想知道郑洋要把她当傻瓜一样骗到什么时候。

"你和郑洋可真是好兄弟。"乔以笙的语气透着讽刺。三番两次下来，陆闯显然比她更热衷于刺激郑洋。

陆闯斜斜倚在沙发里，说道："不好的话，我现在怎么会在这儿？"

乔以笙还记得，那年和郑洋一起去寻找许愿沙的人里，也有陆闯。由此来看，他们兄弟几个应该是过命的交情。

故而从前听闻郑洋和陆闯面和心不和，她不相信。她认为只是因为郑洋和陆闯的关系不如郑洋和其他几个人亲近，才生出的传言。

陆闯的眉眼隐匿在背光之中，声音变得冷淡："你的锅快爆炸了。"

经他提醒，乔以笙暗道一声"糟糕"，飞快地冲进厨房。

锅里的水已烧干了大半，乔以笙又重新倒了一些水进去。

正在她拆意面的时候，陆闯的手冷不防伸了过来，多抓了一把扔进锅里。

乔以笙转头。

陆闯嘴角挑着欠欠的弧度，说道："我辛苦送你回家，你好意思只煮自己的份？"

"……"乔以笙想怼他一句"好意思"，可终归是转回头，沉默地搅拌着锅里的面。

陆闯倚着门框，饶有趣味地欣赏她从发丝缝隙间露出的耳朵染上难为情的绯色。

吃完这顿简单的午餐，乔以笙才成功送走这尊大佛，随后去收拾卧室。

拆枕套和被褥时，乔以笙发现那个玻璃罐被摆回了床头。

陆闯干的？

乔以笙蹙眉，不悦地拿过玻璃罐，扔进纸箱里，准备趁着这个机会把屋内所有关于郑洋的物品一并清理掉。

欧鸥在这个时候到访，专程前来送还昨晚她落在酒吧的外套。

乔以笙刚给欧鸥打开门，欧鸥就窜进来四处打量。

"还害羞呢？"欧鸥俨然一副见得自家女儿终于出息了的老母亲架势。

乔以笙否认道："没有害羞。"

欧鸥揭穿："我在你家楼下，刚想打电话问你在不在，就看见陆闯开车离开了。"

乔以笙指着桌上还没洗的碗道："他赖在我家蹭饭，所以才拖到现在。"

"噢？"欧鸥以一种"我就静静看着你狡辩"的眼神注视她。

乔以笙无语凝噎，推了她一把道："既然来了，帮我一起搞卫生。"

欧鸥蹲在纸箱前，拿起那罐许愿沙，有点儿感慨道："也不怪你瞎了眼，当初郑洋确实对你很用心。"

乔以笙将被罩、床单和枕套塞进洗衣机，摁下启动键，不置一词。

欧鸥放回许愿沙，不厚道地说："好期待郑洋知道你和陆闯现在的关系后会是什么反应。"

乔以笙："……"

欧鸥摸摸下巴自行猜测："郑洋和陆闯这么多年的兄弟，大霖山那次也多亏了陆闯，他才捞回一条命，估计也不会大动干戈。"

乔以笙困惑道："郑洋的命是陆闯救回来的？"

欧鸥搭住她的肩道："你当时眼里只有郑洋，跟着郑洋坐着那辆救护车走了，所以没听到陈老三跟我们说的情况。

"他们几个男生和郑洋走散了，是陆闯最先找到了郑洋，也是陆闯施救得当，郑洋才熬得到搜救队出现。陆闯好像因为救郑洋也受了伤，而且伤得还不轻呢。"

原来如此。乔以笙确实一无所知，她从未听郑洋提过这件事。

这样的话，乔以笙就更难理解为什么郑洋和陆闯的关系如此表面了。

不过倒令乔以笙参悟，可能陆闯和欧鸥想到一处去了，毕竟陆闯救过郑洋一命，所以丝毫不畏惧被对方发现。

欧鸥见她收走桌上的两份餐具，跟进厨房里，追问道："饭是你做给陆闯吃的？"

乔以笙强调："我只是做给自己，他强行蹭的。"

欧鸥的语气严肃了两分："乖乖，我得提醒你，如果没想深入发展关系，不要和一个男人太过亲密。"

"……"乔以笙转身，看着欧鸥保证，"我绝对没有。"

她和陆闯之间，除了第一次，主动的都是陆闯。

"那就好。"欧鸥放心地捏捏她的脸，"陆闯那种类型的，不是你能驾驭的，我担心你受伤。"

乔以笙促狭道："是啊，我得再向你多请教学习，提升段位。"

"可不。"欧鸥骄傲，马上就给她上一课，"你知道我当年为什么没有锲而不舍地追陆闯吗？他至今还保留着被我最快放弃的纪录。"

乔以笙从没觉得这是个值得思考的问题，答道："不就是陆闯没有让你锲而不舍的吸引力吗？"

欧鸥因她的回答乐得不行："对，这是标准答案，哈哈哈。"

"但真正的原因是——那时候陆闯心里有人了。"

乔以笙诧异道："谁啊？"

"不知道。"欧鸥耸耸肩，"我只知道，他那种人如果心里装着一个人，除非自己放弃，否则外力赶不走。我当然不白费劲了。"

乔以笙委实难以想象。

欧鸥接着道："对了，昨晚你离开之后我碰到陈老三了，他告诉我陆闯快结婚了。"

结婚对象是陆闯的家里人安排的，和陆闯门当户对。

乔以笙不意外。陈老三结婚那天她就隐约听见了一些内容。像陆闯、陈老三几个，全是想玩随便玩，但婚姻必须由家中长辈拿主意。

第二天中午，乔以笙就在商场里碰到即将结婚的陆闯，他的身边是朱曼莉。

最先看见陆闯的其实是郑洋。

乔以笙正在帮郑洋为他妈妈挑衣服，听见郑洋忽然喊了一声"闯子"。

她抬眼看去，看到朱曼莉挽着陆闯的手臂刚刚走进这家店。

"新女朋友啊？"郑洋同样没认出如今的朱曼莉。

朱曼莉笑着问候乔以笙："这么多年了，你和郑洋竟然还没分手。"

郑洋闻言微微皱眉。

既然前天晚上在酒吧，欧鸥已经和朱曼莉针尖对过麦芒，现在乔以笙也毫无做表面功夫的必要，所以她没回应朱曼莉。

郑洋和陆闯两个男人坐在一旁的沙发椅上说话。

朱曼莉走上前来，指着乔以笙手中的衣服问导购员："这件还有没有？"

导购员告知朱曼莉，店里的所有服装都是限量款。

朱曼莉头一点道："好，那这件我要了。"

毕竟是乔以笙先看的，导购员小声询问乔以笙买不买，乔以笙不甚在意地让了出去，去挑其他的。

朱曼莉偏偏跟在乔以笙后面，乔以笙拿起一件，她就抢一件。

乔以笙感到好笑，问道："你最近很缺衣服？"

朱曼莉大有炫耀的意味："陆闯说，我喜欢什么就买什么。"

乔以笙点点头道："行，那你把这家店包下来吧，我去其他店给伯母挑。"

朱曼莉疑惑道："伯母？"

乔以笙唇角微扬道："嗯，你刚买的，全是我帮郑洋的妈妈选的。"

朱曼莉的脸顿时跟调色盘似的。

乔以笙将手中新拿的一件主动交给朱曼莉，道："你的眼光不错，都挺适合你。"

朱曼莉阴着脸抓住乔以笙的手腕，问："你那天晚上是和陆闯一起离开酒吧的？"

乔以笙露出困惑的表情，问："陆闯的女伴不是你？"

"少和我装蒜。"朱曼莉冷笑，"否则怎么那么巧，陆闯不见了，你也不见了。你和欧鸥两个人配合了吧！"

乔以笙懒得搭理，甩开她道："我们没那么无聊。"

朱曼莉又从后面拽住她的围巾道："你等等！"

乔以笙猛地被勒了一下，有点儿生气："朱曼莉，你非要把旧怨延续成新仇？"

郑洋留意到动静，飞快奔来乔以笙身边，从朱曼莉手中扯回乔以笙的围巾，并搂着乔以笙护到自己身后，问："怎么了？"

乔以笙拉着郑洋就走，道："没事。"

换了一家店，她感觉空气都变得清新通畅了。

郑洋体贴地帮乔以笙整理松掉的围巾说："和闯子聊过我才知道，原来她就是朱曼莉，变化太大了。"

"她和陆闯现在不是单纯的上司和下属的关系，你交代陆闯在工作上别为难我们事务所，确定还有效？"乔以笙冷着一张脸，胸口萦绕着一股难以控制的烦躁。

她怎么就忘了，男人在床上的话不可信。

她昨天却信了陆闯说的！

半晌没得到郑洋的回应，乔以笙回神，发现郑洋抓着她的围巾有些呆滞地盯着她的脖子。

乔以笙心头顿时"咯噔"一下。

她今天之所以戴这么厚实宽大的一条围巾，就是因为陆闯又在她的脖子上吮出痕迹了。

比之前的痕迹更多，也更明显。

她没有穿高领的习惯，也没有高领的内搭，临时能找来遮挡的只有围巾。

原本她把围巾系得非常严实，束进了外套的领子里，方才被朱曼莉一扯，这才有些松松垮垮。

乔以笙的脸上尚能维持镇定，她镇定自若地摸摸脖子，流露出一丝难为情："很丑是不是？"

她双肩垂下，轻轻叹气："陪鸥鸥喝了点儿酒，结果不知道为什么就过敏了，昨天发得更厉害，没去你那边也有这方面的原因。抹了些药膏，今天好多了。"

郑洋发怔："过敏？"

"嗯，过敏啊。"乔以笙自行拢着围巾，佯作费解的样子，"不然你以为是什么？"

郑洋注视她纯良清澈的眼睛，摇摇头道："没什么。"

乔以笙笑着抱住他的胳膊道："那继续给你妈妈挑衣服吧。"

郑洋绕回去答复她前面的问题："你别担心，闯子和朱曼莉肯定只是玩玩，过几天就断了，不会长久。"

乔以笙蹙眉道："朱曼莉可不只是想和陆闯玩玩吧。你的这位兄弟，游戏人间没点儿原则和底线的吗？"

大学时，朱曼莉暗恋陆闯，很多人都知道。因为朱曼莉写给陆闯的情书，被人通过学校广播念了出来，堪称大型"社死"现场。

朱曼莉受尽嘲笑，大家笑朱曼莉不自量力，丑小鸭妄想天鹅肉。朱曼莉为此请了一个月的病假。

而这件事也导致乔以笙和朱曼莉的关系变得恶劣。

彼时乔以笙已经和郑洋是男女朋友，而朱曼莉和乔以笙住同一个宿舍，知道乔以笙能经常接触到陆闯，所以拜托乔以笙帮忙转交情书。

举手之劳的事，乔以笙欣然答应了。当天傍晚结束课程，她先去广播站值班，情书夹在她的笔记本里，取笔记本时她并没发现情书掉了出来。乔以笙去了趟厕所的工夫，朱曼莉的情书就被一起值班的男同学恶意地朗读给了全校师生听。

乔以笙多次向朱曼莉道歉，朱曼莉却死活不相信乔以笙的解释，认定是乔以笙故意的，使得她当众出丑，从此处处和乔以笙作对。

乔以笙对朱曼莉的歉疚，便在朱曼莉一次次的咄咄相逼中消磨殆尽。

如今朱曼莉站在了陆闯的身边，乔以笙不清楚朱曼莉是否还带有当年的感情。

郑洋闻言笑了笑，道："你总是这么善良，明明和朱曼莉不对付，还担心朱曼莉被闯子欺负。"

"我对事不对人而已。"乔以笙背过身，心想，善良是不是等于单纯好骗？

她也从不认为自己如他想象中的美好。

其实他们之间，不仅她对他的了解有限，郑洋对她同样如此。

郑洋揉揉她后脑勺儿的头发说道："怎么感觉你似乎突然很讨厌闯子？"

乔以笙一顿，转头，微微一撇嘴，道："你这个男朋友当得不合格，我一直就没喜欢过你那几位爱玩的兄弟吧？"

确实，她对私生活乱七八糟的人向来没好感。但因为陆闯和陈老三几个是他的兄弟，出于对他交朋友的权利的尊重，她不曾像方才那样情绪激动地置喙过。

郑洋一贯地二十四孝好男友的样子道："宝贝教训得对，我不合格。"

"那闯子的订婚宴，你是不是不乐意陪我出席了？"郑洋紧接着问。

"什么时候？"乔以笙拿起一件绛色的连衣裙比画。

"刚刚闯子告诉我，下周末。"

"这么着急？"

"嗯。"郑洋压低声，"本来定在正月。但他爷爷越来越不清醒，大概熬不过除夕，所以把日子提前了，让老人家高兴高兴，也冲冲喜。"

乔以笙揶揄："听起来，陆闯这次从国外回来，是专程来给他家里冲喜？"

郑洋轻轻戳了戳她的额头，极为宠溺地说道："这话在我面前说说就算了。"

乔以笙耸耸肩，询问他手上这件裙子如何。

"你做主，你的品位好，我妈会喜欢的。"郑洋示意手机，"我接个电话。"

乔以笙瞥见屏幕的来电显示了，是许哲打的。

郑洋一如既往地在她面前坦坦荡荡地接电话。不多时，许哲就来了。

许哲在家做饭，不小心切到了手，打算出门买药。

买药需要到商场里？

乔以笙关切道："没大碍吧？"

"有大碍的话也不可能只是买药。"许哲伸出包扎过的手指给她看了一眼。

"你一开始就跟着我们出来吃饭不就行了？"乔以笙带着裙子去收银台结账，"平时不是没少一起？阿洋，你今天忘记喊阿哲了吗？"

郑洋递出信用卡，很无辜地说道："他不想总当我们的电灯泡。"

许哲点头道："是啊，你们约会，我跟着，我都不好意思。"

乔以笙没瞧出他不好意思，甚至隐隐感觉，他在等着她说"有什么不好意思的"，然后允许他以后继续当电灯泡。

搁以前乔以笙确实会如此回答。

但现在她如何能遂他们的愿："你也赶紧找个对象，到时我们两对情侣一起约会，多有趣。"

许哲扶了扶鼻梁上的眼镜道："不是谁都能像阿洋这么幸运，早早遇见嫂子你。"

乔以笙将唇角的弧度扬起得更甚道："那还不好办，你如果有意向，我让鸥鸥帮忙留意，给你介绍几个合适的。"

镜片后，许哲的眸光晦暗不明："不劳烦嫂子了，其实我一直有对象。"

瞬间，乔以笙接收到了一股挑衅的电波，有趣得使她感到兴奋，道："谁啊？什么时候的事情？怎么之前没听你提过？"

正在付款的郑洋表情突然僵硬，接过装好衣服的购物袋交给乔以笙，道："不要听他瞎说，他就是害怕别人给他介绍对象。"

"这样吗？"乔以笙看着许哲，一语双关，"怎么还骗我？"

许哲沉默不语，视线落在郑洋脸上。

乔以笙不动声色地将两人之间不同寻常的暗流涌动尽收眼底，猜测他们可能吵架了。

片刻后，许哲重新推了推眼镜，对乔以笙笑笑道："嫂子不用为我操心了，我还想多过几年单身生活。"

随后许哲走了。而郑洋送乔以笙回小区后，没有着急离开，反而跟着乔以笙进了公寓。

一进门，郑洋便狐疑道："许愿沙怎么不见了？"

乔以笙突然有一种郑洋是来巡查的即视感。她庆幸自己昨天没有偷懒，第一时间对公寓进行过清理。也庆幸自己后来听了欧鸥的提醒，把收起来的与郑洋相关的东西放归原位，暂时维持原貌，除了装许愿沙的玻璃罐。

乔以笙走向床头柜，从抽屉里取出道："这儿呢。"

郑洋接过，握在手里问："怎么不摆着了？"

乔以笙以前说过，早上起床后的第一眼和晚上睡觉前的最后一眼都要是许愿沙，这样她会觉得每一天都是以幸福开始，以幸福结束。

所以这么多年，玻璃罐一直在她目之所及的位置，在学校宿舍时放在她的枕边，搬进这套公寓后就摆在她的床头。

乔以笙摸了摸瓶身，解释道："昨天搞卫生，不小心掉到地上了，吓得我心脏险些跳出来，还好没碎。"

"我打算给它换个抗摔的罐子，再把床前这块地毯换块软点儿的。你觉得呢？"临末了乔以笙如常征询他的意见，就像征询他如何布置两人的家一般，"等我选好样式，你记得帮我参考啊，别再说我做主就行。"

郑洋笑着点点头道："好，听宝贝你的。"

他既然来了，乔以笙也不可能赶他走，假装和过去一样，很开心他在她的公寓里逗留，去切了点儿水果做水果捞，又榨了果汁。

郑洋把客厅的窗帘拉严实，打开投影仪，选好一部老电影，等她一同观看。这是每次郑洋过来，俩人的固定活动。比起电影院，现在他们更喜欢这种观影方式。

而在上学时，则恰恰相反，他们最爱去电影院。因为全场灯关掉之后，观影厅漆黑一片，在明知周围有其他观众，也深知监控看得见一切的情况下，偷偷搞亲密的小动作，又紧张又刺激。

但乔以笙和郑洋在电影院里只有过他们的第一次牵手。

那时候她还没和他正式交往，他说有多余的电影票，送了她两张，她就和欧鸥去了。去之后如欧鸥所预料的，郑洋也在。

当然，郑洋并非一个人，照旧带上了他的好兄弟为他充场面、壮胆子。那天陪在他身边的好兄弟恰恰是陆闯，陆闯和欧鸥便坐在她和郑洋的后排。

在乔以笙的记忆里，最早郑洋和陆闯的关系确实是最好的，至少表面看起来是，之后才变得疏离。

郑洋喂到她唇边的水果拉回了乔以笙飘忽的思绪，她咬进嘴里，听他给她讲电影剧情。

乔以笙有点儿蒙："什么？"

郑洋敲敲她的脑门儿，道："想什么呢？电影都没看进去。"

"明天周一，担心我们的新方案又被提出一箩筐的修改意见。"乔以笙将脑袋往他的肩膀上靠。

正在播放的电影画面突然变为男女主人公的一段亲热戏。以前乔以笙很容易因为这种场景脸红心跳，和郑洋两个人尴尬得脚趾抓地。

往往郑洋会先找借口躲开一会儿。今天郑洋却没有。

乔以笙便抓过她的杯子，准备去饮水机添些水。结果郑洋倏尔吻上她的脸颊。

太过突然，乔以笙一时僵住。郑洋搂在她腰间的手臂收紧，嘴唇又从她的脸颊，摸索到她的嘴角。乔以笙神经一绷，下意识躲闪，猛地推开他。

郑洋手掌按住地板，稳住自己将要倒下的身体，惊讶地看着她。

乔以笙意识到自己的反应是不对的，但郑洋的行为也很反常。

"你怎么了？"她先发制人，摆出既羞赧又被他吓到的神色。

"抱歉。"郑洋坐直身体，显得有些颓丧。

乔以笙捡起打翻的杯子，抽纸巾给他擦了擦衣服上被水打湿的地方，也道歉："对不起，你很少突然对我这样……我……"

说着，她主动圈住他的脖子，回亲一口他的脸颊，紧接着慢慢往他的嘴角靠近。

郑洋制止了她，道："水渗到里面了，我去换一件。"

"嗯，正好我上个星期给你新买了两套衣服。"乔以笙从沙发起身，进去卧室从衣柜里将衣服取出来。

郑洋一贯地捧场，两套都试穿给她看，毫不吝啬地夸赞她的眼光。

乔以笙示意他的手机，道："好像有人找你，有急事吧？"

她知道是许哲。从郑洋送她回来一直到现在，许哲的电话和短信没少。想来她的猜测没错，他们确实吵架了。

郑洋点开微信消息，表情闪过一丝难看，抬头面对乔以笙时掩藏了起来，道："是有点儿急事，公司的。"

乔以笙懂事地点头道："那你快去忙。"

"明天晚上再来接你下班。"郑洋轻轻抱了她一下，直接穿着身上的这套新衣服离开。

乔以笙关上门，抬起手背擦拭自己的嘴唇，拧起眉到卫生间刷牙洗脸。

外面的郑洋走进电梯，将手机塞进衣兜，碰到了什么东西。他摸出来，脸色瞬间紧绷。

不知是郑洋的嘱咐起了效果，还是朱曼莉无暇再找碴儿，周五乔以笙提交的那个新方案通过了，而接下来便是准备全套施工图。

施工图一般是一个月之内出，万隆地产没有压缩时间，他们的工作压力便比上个星期小一些。

薛素统筹大局，乔以笙和A组其他同事分工协作。终于不用再加班了，她可以按时下班。

乔以笙和李芊芊在事务所门口道别，发消息让郑洋不用来接自己。

郑洋第一时间打电话过来，问道："怎么不用接了？"

"现在时间早，路上行人还很多，没什么好怕的。你安心工作，不要再奔波。"

"行，那你小心，有事找我。"

"好的。"乔以笙挂断电话。

她本该继续折腾郑洋，可昨天郑洋的行为让她余悸未消，她认为有必要让郑洋多冷静两天。她的公寓距离留白建筑事务所约莫两站的地铁。乔以笙打算步行回家，顺道散散步。而不知是不是她的错觉，总感觉有人尾随她。

上个星期她告诉郑洋附近有跟踪狂出没，其实不完全是撒谎，只不过那是一个月前的事情。

她现在不免忐忑。为安全起见，她拨打了欧鸥的电话。

幸而只是虚惊一场，最后乔以笙平安回到小区里，欧鸥等她进门了才结束通话。

隔天晚上下班，乔以笙不敢再步行回家，而是搭乘地铁回去。奇怪的是，她依旧感觉有人在尾随。

乔以笙留了一个心眼儿，没有直接进入小区，而是拐进小区楼下的花店里，将情况告诉老板娘，在老板娘的安排下，她从花店的后门绕到小区的侧门。

她刚回到公寓，郑洋就打来了电话。因为害怕，乔以笙就顺便把事情和他说了。

郑洋怪冷静地安抚道："可能是你工作太累，产生错觉了。"

乔以笙觉得郑洋的反应不太对，于是说道："你明天晚上还是来接我吧。"

第二日，郑洋来接她下班，她才觉得尾随自己的人终于消失了。

送走郑洋，乔以笙准备关门，一道人影从6楼的楼梯间快速下来，腕骨结实的手按住门板，将她推进屋。

乔以笙吓得下意识要惊叫。陆闯及时捂住她的嘴，两条腿用了巧劲使她的身体无法动弹，嗓音低沉，语气玩味："想把郑洋重新招上来，你就尽管叫。"

乔以笙脸色泛红，一半因为他轻佻的言语，一半因为被他捂得喘不上气。她怒目圆瞪，用力掰他的手。

陆闯没松，似乎觉得她现在的样子非常有趣，脸上满是欣赏的表情。

乔以笙挣扎无果，齿尖愤愤然咬进他手掌的皮肉里。

陆闯这才疼得轻轻"嘶"一声，放开了她问："你属狗的？"

"你才是狗。"乔以笙揉了揉脸，想抹掉自己皮肤上属于他的温度和触感，"你来干什么？谁允许你进来的？你现在是私闯民宅！"

说着乔以笙就想去打开门。

只听陆闯说："没准现在郑洋就站在门外。"

乔以笙拧在门把上的手霎时顿住，回头看陆闯，问："你什么意思？"

"就算他不在门外，也肯定还等在楼下，你确定要我现在出去撞见他？"边补充着，陆闯边踹掉了脚上的鞋子，径自走进客厅，黑色长款外套携裹着冬夜冷冽的寒气。

乔以笙追在他身后，问："你究竟是什么意思？"

陆闯又当这里是他自己家似的，脱掉外套，拿起一只杯子，走向饮水机，问："你没感觉这两天有人跟踪你？"

联系他前面的话，乔以笙脸色微变："是郑洋跟踪我？"

"可他为什么跟踪我？"因为那天她脖子上的痕迹？他还是起疑了？

不对，以她对郑洋的了解，当时郑洋绝对相信了她的解释。

乔以笙立刻又问道："你怎么知道他这两天在跟踪我？岂不说明你也在跟踪我或者郑洋？"

陆闯转身，似笑非笑地喝着水，暂时没说话。

乔以笙才发现陆闯用的是自己的杯子，此时此刻陆闯的嘴唇正含住杯口的位置……

饶是他们有过几次亲密行为，这一幕仍旧令她面红耳热，她想把杯子抢回来："你别动我的东西！"

陆闯敏捷地躲开她，端着杯子朝她的卧室里走去，道："你衣柜里那两套男装被郑洋穿走了？"

乔以笙被他突然转移的话题搞得一头雾水。

陆闯停在衣柜前，推开柜门，瞥一眼，道："噢，穿走了一套。"

乔以笙的脑海中蓦地闪过灵光，道："……你做了什么？"

陆闯又喝了一口水，瞧着她，眼里缓缓泛起笑意，道："你可以看看剩下这套衣服的口袋里有什么。"

乔以笙的手指因不妙的预感而有些发僵，僵硬地伸进口袋，掏出里面的东西。

辨认出的一瞬，她难以抑制愤怒的情绪，猛地将东西丢到陆闯的脸上，道："你有病！"

他竟然偷偷做了这样的小动作？

怪不得郑洋跟踪她。

陆闯撇开头，没有被砸中，气定神闲地说："你不是要报复郑洋？我不过助你一臂之力。"

"可我又没让你帮我！"乔以笙气结，"我有自己的计划和安排！"

"不想让我帮你，你还挑我来刺激郑洋？"陆闯讥讽着勾勾嘴角，"那你说说你的计划和安排是什么？"

乔以笙深吸一口气，压制自己的愤怒，道："我没必要告诉你。"

陆闯伸手捏住她的下巴，道："我现在教你，这种刺激的玩法才有趣。"

乔以笙不领情地拍落他的手，道："我谢谢你！"

陆闯竟装作没听懂她的讽刺，道："不客气。"

乔以笙一口血闷在胸腔。她不再和陆闯浪费唇舌，转身走去阳台，假借收衣服的行为，悄悄观察郑洋是不是还在楼下。

结果她真发现了郑洋的车子，无语地折返屋内。

陆闯正优哉地跷着二郎腿坐在墙角小书架前的藤椅里，翻开她的一本专业书籍，道：

"我原先期待的是郑洋当着你的面翻出口袋里的东西，那才更有趣。"

所以他的乐趣就是看她出丑？乔以笙刚刚平复没几秒的愠恼又被他激起，道："你怎么不干脆向郑洋揭穿我？"

陆闯的左手架在藤椅的扶手上，支着他的脑袋，腕间佩戴的银色钢表和他的脸一起笼在光晕里，问道："你真不觉得现在这样最有趣？"

他微微眯眼，唇角挑起冷酷的弧度，道："现在从郑洋的角度看，就是相恋8年的女朋友出轨了。这是男人的耻辱，为了找出出轨对象，他只能先按捺着性子隐忍不发，偷偷跟踪你。他看着你和平常一样对他笑的时候，心里是什么感觉？"

乔以笙的心思完全被戳中。因为陆闯现在所描述的，大部分是她已经经历过的。什么感觉？她当然知道。

而想到郑洋此时此刻的感觉之后，乔以笙承认，她身心舒爽。

明知自己的女友和别人在一起了，却不能立马揭穿她，比起之后她主动告知他真相，现在这样对郑洋来说才更折磨、更煎熬。

但这依旧不代表陆闯可以擅作主张。

"请你不要再做这种事情。"乔以笙心平气和地道，"之前几次是你情我愿，仅此而已，现在到此为止。我和郑洋的事情我会处理，不需要其他人插手。"

欧鸥的告诫她谨记在心，她不想再和陆闯有联系了。何况他还骗了她，和朱曼莉在一起了。

"噢？"陆闯挑眉，"意思是你利用完我，要丢了？"

倒也不必讲得如此难听。乔以笙蹙眉道："怎么就利用了？你没听清楚吗？我们一直都是你情我愿——"

"听清楚了。"陆闯微微眯了眯眼，说道，"但我们的理解存在偏差。"

"什么偏差？"乔以笙又生出不祥的预感。

陆闯眸底闪动着危险的暗芒，道："你情我愿地开始，是不是也该你情我愿地结束？现在你单方面说到此为止，问过我的意见没？"

虽然答案显而易见，但乔以笙还是尝试性问道："行，那我现在和你商量。我们到此为止，行吗？"

陆闯笑出声，道："不行。"

乔以笙："……"

"那你想怎样？"她问。

陆闯站起来，缓缓朝她踱步而来，行走间一双长腿将黑色的长裤撑得挺括。

乔以笙下意识地后退一步。

"当然是继续戏弄郑洋。"陆闯的影子笼罩住她，他低头凑在她耳边说，"他越想找出那个人，我们就越应该在他眼皮子底下来往。"

他的气息极具侵略性，混合着他低沉的嗓音轻轻撞击她的心头，乔以笙将双手隔在中间，稍稍拉开和他之间的距离，说道："你和郑洋究竟什么仇、什么怨？"

乔以笙猜想，其中或许有追求刺激的因素，但现在毋庸置疑的是，陆闯想借此机会报复郑洋。

总之不可能是单纯地想帮她，或者还没腻味她。一来他没那么好心，二来他不缺女人。

陆闯又不耐烦了，道："别扯题外话。"

乔以笙抬头："你想和我联手报复郑洋，可以。但我不想延续之前的方式。"

"怎么？"陆闯睨视她，道："不让碰了？"

乔以笙依旧无法习惯他的直白。

"因为朱曼莉？"陆闯洞若观火。

乔以笙讨厌被他猜中，道："不完全是这个原因。"

"那还有什么原因？"陆闯追问，"又有哪儿让你失望了？"

他重新拉近了他们之间的距离，贴得她极近，每说一句话他热烫的呼吸都喷洒在她的皮肤上，痒痒的，乔以笙的心跳不由得加速，脑子也变得迟钝。

她张了张嘴想说话，就被陆闯落下的唇堵住了。

乔以笙原本隔在中间的手，下意识地抓紧他胸前的衣服。

混乱之中，郑洋的声音突然传入她的耳朵："宝贝。"

乔以笙吓得浑身一激灵，迷离的眼神瞬间变得清明，原来是陆闯偷偷用她的手机拨通了郑洋的电话。

而罪魁祸首正若无其事地咬她的唇，企图让她发出声音。

他是有多热衷于这种恶劣的行径？一而再再而三！

此时此刻乔以笙根本无法像上次那样骗过郑洋，果断选择直接挂断电话。

陆闯轻笑出声，呼出的气带着她熟悉的热烫温度，气得乔以笙只想骂人。

她的这通电话果然引起了郑洋的怀疑，郑洋迅速回拨了过来。

乔以笙将手机丢到陆闯碰不到的地方，防止他再恶作剧。

而很快，郑洋出现在了她的公寓门口，他的呼喊声伴随叩门声一起传了进来。

"以笙？"

郑洋喊着她的名字，继续拨她的电话。

却始终得不到回应。

住乔以笙对门的邻居被吵得打开门查看情况。

郑洋跟对方道歉，然后锲而不舍地敲门、摁门铃、打电话，持续了约莫15分钟，最后邻居投诉，并把保安招来了。

郑洋向保安解释自己女朋友可能在家里出事了，要报警。

门在这时候打开了。

乔以笙探出半个身子，满脸困惑，问："阿洋？你怎么在这儿？出什么事了？我刚刚洗完澡，就听到这外面吵吵闹闹的。"

保安认为郑洋可疑，向乔以笙确认郑洋的身份。

乔以笙解释郑洋是她的男朋友。

保安教育了他们两句，让他们不要大晚上的扰民。

等人一走，郑洋即刻越过乔以笙进门，不动声色地打量目之所及的空间，检查是否存在异常。

"你怎么了？没头没尾地给我打了一通电话，又没头没尾地挂断。"他的语气没有平时温和。

"我给你打电话了吗？"乔以笙一头雾水地从书桌上摸起手机翻看，深深蹙起眉，"咦，还真有？多半是我洗澡前不小心摁到的。"

"对不起阿洋，又让你担心了。"她道歉。

"这回是真的吓到我了，你昨天才跟我说好像被人跟踪，刚刚就发生那样的事情。"郑洋神情严肃，目光从敞着门一览无余的卧室收回来，落回乔以笙身上。

她穿着一套橘色的家居服，头发裹在干发巾里，脸颊透着绯色，浑身上下散发着一股说不出的妩媚。

"我下次洗澡把手机也带进浴室。"乔以笙懊恼。

她走上前，踮起脚，亲昵地圈住郑洋的脖子，道："跟踪狂的事情，洗了个热水澡我就没之前那么害怕了。也跟鸥鸥聊了聊，她说这两天如果有空的话会先过来和我一起住。我打算再买一个防狼电棒或者防狼喷雾。"

郑洋点点头，"嗯"一声，道："有这样的安全意识很好。"

"你说在门口再装个监控摄像头，会不会太小题大做了？"乔以笙征询他的意见。

"不会，可以装。"郑洋低垂视线，看向她的领口。

她的衣领是竖起来的，雪白的脖颈仅露出一小块皮肤。

"那我一会儿也上网搜一搜。回头还是发你帮我参考参考，你会不会嫌我麻烦？什么都要你一起看。"乔以笙笑笑。

"怎么会？你是我的女朋友。"郑洋的眼神深沉。

乔以笙感觉出他在特地强调"女朋友"三个字。

"你先去把头发吹干了，别包太久，小心以后头疼。"郑洋又恢复成二十四孝好男友的状态。

"好啊。"乔以笙松开他，走向卫生间。

郑洋趁机到厨房和阳台查看两眼，旋即跟进去。

卫生间里残留着蒙蒙雾气，看起来确实是她不久前在里面洗过澡的样子。

"我帮你。"郑洋从乔以笙手里接过吹风机。

乔以笙一副受宠若惊的样子，道："你今天好像……有点儿奇怪。"

"哪儿奇怪了？"郑洋插上吹风机的插头，"男朋友想帮你吹个头发就奇怪了？"

刚刚强调"女朋友"，现在强调"男朋友"，乔以笙按下心底的讥嘲，用打趣的语气道："可不，第一次享受男朋友帮我吹头发呢。"

"好，记住了，以后多找机会帮你吹。"郑洋回之以笑容。

运作中的吹风机嗡嗡响。

郑洋站在她的身后，手指梳理她及肩的柔软的头发，趁机将她睡衣的领子拨开。

没有在她的脖子上发现新的痕迹。

他状似随意地关心道："过敏都好了？"

乔以笙闭着眼，声音有种昏昏欲睡的迟钝感："嗯，已经没事了。"

郑洋又关心地说道："还是抽空去一趟医院，把过敏源找出来，省得下次又不小心。"

"好啊。"

吹完头发，乔以笙说："时间差不多，你快回去休息吧，别影响明天上班。"

郑洋却说："我今晚就在你这里吧。"

猝不及防间，乔以笙眼底的错愕一时难以遮掩。

郑洋问："不方便吗？"

"我当然方便啊。"乔以笙微微歪着脑袋注视他，"可你不方便吧？"

"欧鸥不是明天才过来陪你？今天我先陪你。"郑洋揉了揉她的头发，说道，"就一晚，没什么不方便。为了你，我什么都可以克服。"

乔以笙面色动容，道："谢谢你阿洋，你对我真好。"

郑洋神情温柔，道："对你好是应该的，我不对你好，还能对谁好。"

乔以笙为他们此时此刻各怀心思的虚情假意暗暗发笑。

"那你先去洗澡？"

"嗯。"

"我去帮你拿换洗的衣物。"乔以笙走进卧室，瞄一眼客厅，确认郑洋没有跟着，她推开衣柜的拉门。

坐在里面的陆闯姿态还挺惬意，正悠闲地玩着手机。

见他如此，乔以笙更加恼火。虽然郑洋对不起她在先，但现在这样的状况，她没办法做到丝毫不紧张。

乔以笙忍不住瞪他一眼。

陆闯报复性地伸手在她腰间掐了掐，掐得她又险些出了声。

按下想踹他的冲动，乔以笙关上衣柜门，将衣物送出去。

郑洋开始洗澡，她折返回衣柜，示意陆闯可以趁这个时候离开。陆闯却一动不动，甚至玩起了游戏。

乔以笙气得抓住他的手臂，想将他拽出来，小声问："你难道想整晚都躲在这儿？"

"你管我？"陆闯勾唇，眼底却没笑意。

"宝贝。"这时浴室里的郑洋又喊她。

乔以笙只能暂时丢下陆闯，快步走到卫生间门口，问："怎么了？"

"你忘记给我毛巾了。"

"哦哦，好，你稍等。"乔以笙找出一条没用过的毛巾递进去，郑洋很快就出来了，乔以笙根本没有时间再去赶陆闯走。

这是郑洋第一次留下来过夜，她根本不用费劲地去表演自己的局促不安，因为她的神经就没松下来过。她当着郑洋的面新套了一个枕头，准备摆到她平常睡的枕头旁边。

郑洋主动开口道："我睡客厅的沙发就行。我明天起得要比你早，会影响到你休息。"

乔以笙心底默默松了半口气，道："好，我给你铺沙发。"

等给郑洋收拾妥当，她熄灭客厅的灯，与郑洋互道晚安，进了卧室。

门一关上，她就被陆闯从身后搂进怀里。

乔以笙躲避他的亲吻，道："别闹了，行不行？"

"害怕？"陆闯问。

"已经够了。"乔以笙掰扯陆闯箍在她腰间的手。

"噢？"陆闯似笑非笑。

陆闯的声音懒洋洋的，拖腔带调却极具蛊惑力："现在这样可比刚刚还要刺激。郑洋以前不也是这么对你的？"

"……"乔以笙承认，她的意志又不坚定了。

第三章
撕毁面具

////////////////////////////

次日清晨，乔以笙被门外的动静惊醒了，但首先映入眼帘的是陆闯精致的下颌线。

紧张感重新从脊背蔓延上来，乔以笙挣开他的怀抱，迅速穿好衣服，小心翼翼地打开房门，再关上房门，循着声响来到玄关——看见了正在门口僵持不下的郑洋和许哲。

乔以笙佯装无知，问道："阿洋，出什么事了？"

郑洋即刻整理好表情，转身将许哲挡在门外，搂着乔以笙的肩膀推她进去，道："抱歉宝贝，吵醒你了，才六点，你再睡一会儿。"

"阿哲怎么了吗？"乔以笙口吻关心。

郑洋解释道："没什么，我落了文件在公寓，让他帮我带过来，我顺便和他一起上班，路上讨论新产品。"

眼瞧着郑洋还要帮忙打开卧室房门，乔以笙及时止步，道："你别管我，去刷牙洗脸吧——我帮你拿备用的牙刷？"

"不用，办公室里有我为加班准备的洗漱用品，我直接去公司洗漱。"郑洋阻止她。

乔以笙点点头道："也好，不要让阿哲等你太久，快去吧。"

"嗯。"郑洋便这么匆匆离开了。

乔以笙终于一身轻松。但转头回到卧室，记起房间里还有一尊最棘手的大佛，她又头疼了，连回笼觉都不想再睡，转去卫生间洗漱。

她在衣柜前搭配衣服时，陆闯单只手臂支住脑袋在床上侧躺着，懒洋洋地盯着她，不忘发表意见："那条杏色针织裙不错。"

和之前被他夸过有味道的包臀裙是同款不过分性感类型的衣服。乔以笙原本也打算挑这条，但听见陆闯一说，她果断换成了直筒裤。

她带着成套的衣服离开卧室，到卫生间去换好。

陆闯见状"啧"一声，语气特别轻佻："还怕被我看？"此时，乔以笙想拿针线缝住他的嘴。

不一会儿，陆闯从卧室来到客厅，打算到阳台上抽烟。

乔以笙弯身在玄关的鞋柜前穿鞋，裤子的布料因为她的姿势而绷紧，使得她被包裹着的臀部显得越发挺翘。陆闯的视线不禁多停留了一会儿。他舔了一下后槽牙，朝她走过去。

乔以笙穿好靴子，正准备直起腰板，冷不防被抱住，男人的大手掐在她的腰间，腕骨结实而充满力量感。

"你有完没完？"乔以笙急忙挣脱他说，"我要去上班了。"

"这么早？"陆闯抬腕看表，"还不到 7 点半。"

"你管我？"乔以笙用他昨晚对她说过的话回敬给他。

乔以笙不予理会，拎上包道："请你等下离开的时候，把属于你的东西全部带走。"

其实，她心里已经盘算好了，中午抽空回来一趟再仔细清理一遍。

陆闯却道："谁说我要离开？"

乔以笙顿时止步，回头道："你不走，还要干什么？这是我家！"

陆闯将还没点上的烟叼进嘴里，显得吊儿郎当又无赖："我就想在这儿等你下班回来吃夜宵。"

"你——"乔以笙感觉浑身血液都往脑门儿上涌。

陆闯饶有兴味地欣赏她的怒气，仿佛看到她脸上写了"浑蛋"两个字。

乔以笙隐忍地咬牙，道："我还是那句话，我可以和你联手报复郑洋，但不想延续之前的方式。"

继而她把昨晚没讲完的话补充道："你要订婚了吧？我可不想以后被你未婚妻当成小三。"

陆闯乌黑的瞳仁里涌上一层深沉的情绪，沉默地盯着她。乔以笙被一股无形的力量压迫着。

顷刻，陆闯语调无波无澜地说："那也是我订婚之后的事，现在我还没订婚。"

意思不言而喻，反正她就是逃不过去了。乔以笙双手握成拳头，抿着唇和他无声地对峙着。

两人不欢而散。

乔以笙踩着点抵达事务所。她坐在工位里没一会儿，李芊芊就又蹬着办公椅的轮子靠来到她身边，道："哇，工作日你和你男朋友也过夜生活啊？你们这样分开住还有什么意义？搬到一起还能省房租。"

乔以笙心一梗，问道："你怎么又知道了？"

"还真让我猜中了？"李芊芊笑嘻嘻的，骄傲地炫耀她敏锐的观察力，"我是看到你又在一模一样的位置贴了创可贴。"

乔以笙闻言下意识地摸了摸自己的后颈，无语而无奈，心里再次暗骂陆闯。也不知道他什么癖好，就挑那一处啃。此时乔以笙开始嫌自己的头发不够长。

令她没想到的是，距离她下班还有15分钟时，郑洋直接来事务所接她。

前台的同事都认得郑洋是她的男朋友，直接领他来到A组的办公区域。他礼貌地问候大家，还专门给她的同事们买了奶茶，说感谢他们平时对乔以笙的照顾。

同事们都热心地让乔以笙直接下班。这种状况下，乔以笙也不愿意继续待在办公室里，顺势收拾东西走人。

郑洋体贴地接过她的包，又拎起她的外套提醒她外面风大。

乔以笙沉默地穿上。

郑洋在帮她理了理夹在外套领子里的头发时，看见她后颈的创可贴，他的瞳孔骤然一缩。相同的位置，相同的创可贴。他的脑海中第一时间浮现曾经在乔以笙公寓小区，隔着车窗看到的坐在陆闯身上的那个女人。

彼时他就莫名觉得那个女人的轮廓有点儿熟悉，现在似乎也得到了解释。

乔以笙转回头时，郑洋迅速收敛内心因刹那间的震惊而展现在脸上的神色，显露出平日的温柔笑容，道："宝贝，你看起来好像不太高兴？"

乔以笙只是觉得他的表情略显僵硬，并未意识到其他。闻言她没掩饰自己的不满，道："影响不太好，其他的同事如果有家属来找，一般也不进办公室。你之前来接我，不也都在外面等吗？"

"就是因为每次都在外面等，没有机会和你的同事打过招呼，所以我今天才进去送奶茶的，也想着给你一个惊喜。"郑洋认真地解释着，而且认错态度良好，"是我考虑不周，保证不会有下次了。"

乔以笙不再多言。

郑洋送她去和欧鸥碰面。见到欧鸥，乔以笙才有了一个能吐苦水的对象，一箩筐地将自己的憋屈往外倒。

她的重点是郑洋开始跟踪自己，欧鸥的重点则落在她轻描淡写带过去的一句话——"你又和陆闯一起了？"

"最后一次了，以后不会了。"乔以笙不想在这件事情上多聊。

之后的两天，欧鸥应她的要求搬来和她一起住，毕竟乔以笙要在郑洋面前圆谎。

大概因为有欧鸥在，乔以笙发现郑洋没再跟踪自己，甚至也没继续到事务所接自己下班。

当然，乔以笙找欧鸥过来另有一个目的，便是防陆闯。不知是她的这个办法奏效了，还是陆闯信守承诺，之后再没有出现。

直到周六，陆闯订婚……

周六傍晚，郑洋来接乔以笙。

乔以笙坐进副驾驶座，瞥一眼空着的后座，问道："为什么没看见阿哲？"

"阿哲今天坐陈老三的车。"

"怎么坐陈老三的车？"

"听你的语气好像阿哲不能坐陈老三的车似的？"

"就是觉得你和阿哲形影不离，他从来都是坐你的车，今天不坐，谁都会奇怪吧。"

半个小时后，俩人抵达宜丰庄园。

宜丰庄园是陆家在霖舟投资建设的最大规模的高端休闲度假区，分为东、西、南、北四个庄。

乔以笙第一次来是在大二下学期，那时东、西两个庄刚刚竣工。陆闯过生日，做东请客，她以郑洋女友的身份一起出席，成为庄园的第一批客人。

前两年南、北两个庄也竣工，宜丰庄园成为霖舟标志性的建筑之一，乔以笙又以建筑专业高才生的身份跟随老师来实地观摩过。

去年参加工作，所长慷慨地组织大家来宜丰庄园团建。算起来，这是她第四次来宜丰庄园了，但从未去过南庄。

陆闯此次举办订婚宴的地方就是南庄，这里是从不对外开放的陆家的私人区域，一般用作陆家办家宴。

乔以笙随郑洋下车时，陈老三载着许哲也刚刚开进南庄的这个停车场，开的恰恰是某辆眼熟的湖蓝色车。

郑洋问："这不是闯子的新车？"

陈老三说："不是啊，好像是他那天急用，跟别人临时借的。估计又和人飙车去了，把这车整得乱七八糟，开完后直接拉进厂子里维护。一早他打电话交代我今天帮忙从厂子里开出来，一会儿要还给人家。"

跟在陈老三后面下车的许哲，第一眼落在穿着黛色丝绒长裙的乔以笙身上，问候道："嫂子今天很漂亮。"

乔以笙觉得许哲的语气有点儿阴阳怪气，面色如常地抿唇微笑道："谢谢。"

陈老三纠正许哲："应该是，嫂子今天比之前更漂亮了。"

乔以笙揶揄道："不愧是已经有老婆的人了，被调教得嘴巴比之前更甜了。"

陈老三转头看郑洋："洋哥，听见没？嫂子暗示你嘴巴不够甜，得向我学习。"

郑洋笑笑道："懂了。"

这时候，两个女人忽然走到乔以笙跟前，问道："就是你这个女人勾搭的陆闯？"

乔以笙的脑子"嗡"地有刹那间的空白。她和陆闯的关系曝光了？

下一瞬两个女人自行争执起来——

"怎么感觉和照片不太像？"

"哪儿不像了？不就是本人比照片更漂亮——啊呸，狐狸精一个！"

"你把照片再拿出来瞅瞅。"

穿粉裙子的胖女人应言开始翻手机。

回过神来的陈老三成为他们四个人之中最先反应过来的，道："骂谁呢？给我讲清楚！否则别以为你们是女人，我就不敢动手！"

穿紫裙子的瘦女人问乔以笙："你是不是叫朱曼莉？"

乔以笙："……"

郑洋伸手将她护到身后道："你们认错人了，她是我女朋友，不是朱曼莉。"

陈老三恍然道："你们眼睛瞎了吧？我嫂子不知道比朱曼莉漂亮多少倍。"

"休想赖！就是你！照片看起来模糊了一些！"穿粉裙子的胖女人递出手机。

穿紫裙子的瘦女人拿过手机仔细对比照片里的人和乔以笙。

凑过去看照片的陈老三一愣，道："朱曼莉现在怎么长这样？还真跟嫂子有点儿像。"

陈老三知道最近陆闯和朱曼莉打得火热，但还没见过现在的朱曼莉。他对朱曼莉的印象还停留在大学那会儿，从广播里听到了朱曼莉写给陆闯的情书，他去替陆闯看一眼朱曼莉长什么样，回来后笑话陆闯尽吸引歪瓜裂枣，不如喜欢郑洋的女生质量高。

已经镇定下来的乔以笙只是淡淡地"嗯"一声。

穿紫裙子的瘦女人面露狐疑，问道："你真的不是朱曼莉？"

乔以笙微抿唇，反问道："要不要我把身份证给你们看？"

穿紫裙子的瘦女人道歉，拉着穿粉裙子的胖女人走了。

陈老三比乔以笙这个当事人还生气，道："嫂子，你脾气太好了，就这样白白挨那俩女人一顿骂。"

郑洋安抚："看她们的样子应该也是陆家今晚的客人，和新娘的关系多半还不错。既然只是认错人，解释清楚就行了，多一事不如少一事。"

"要真是新娘的好朋友，那新娘肯定也不是什么善茬。"陈老三为陆闯默哀，"我们闯爷原本最是浪荡不羁爱自由，现在看来，后半辈子怕要成为我们几个里头最家宅不宁的喽。"

乔以笙好奇道："听起来，你们都不认识陆闯的未婚妻？"

陈老三点头道："嗯，不认识，连闯子都不认识。目前只知道是陆爷爷一位故交的孙女，早年两家人订过娃娃亲。原本落不到闯子头上，但现在只剩闯子是合适的人选。"

郑洋抓着乔以笙的手摸了摸，问："冷吗？怎么这么凉？"

不是，是刚刚被那两个女人给吓的，乔以笙心道，嘴上却回答说："嗯，有点儿冷。"

她感觉郑洋的这句关心另有深意。

许哲瞥过俩人交握的手，道："那快点儿进去，嫂子冻感冒就不好了。"

陈老三没有察觉到许哲的阴阳怪气，走在最前面带路，附和道："这边，这边。"

法式浪漫建筑风格的复式别墅，于夜幕之下由灯光点缀得宛若梦幻的城堡。

出示请帖签到的时候，乔以笙看到了"陆闯、聂婧溪订婚之喜"几个字，是用朱砂写的，笔走龙蛇，铁画银钩，似出自书法大家之手。

订婚宴并不是传统宴席，而是社交晚宴的形式，比较随性。

一行四人进去宴厅后，很快就看到了陆闯。

陆闯穿着深蓝加金丝条纹的双排扣戗驳领西服，典雅贵气的同时又衬托出他潇洒风流的气质。

乔以笙脑海中闪过"万花丛中过，片叶不沾身"这句话。

她跟在郑洋身边，听着郑洋、陈老三和许哲分别向陆闯道贺。

"我以为你肯定要玩到30岁，没想到啊没想到。"说着，陈老三用手肘捅捅郑洋的手臂，"洋哥，闯子都订婚了，你是不是也要抓紧？以前你可是领先在起跑线上的。"

乔以笙揣着私心为郑洋解围，祸水东引道："你们不能把阿哲落下，与其操心阿洋，不如多关心关心阿哲。这些年你们谈了一个又一个，从不见你们帮阿哲物色一个对象。"

许哲口吻间的阴阳怪气比前两次更甚："谢谢嫂子关心。"

出乎乔以笙意料的是郑洋揽住她的肩，笑言："会抓紧的，我和你们嫂子很快会重新领先在起跑线上的。"

陈老三立刻看向乔以笙的肚子，问道："嫂子你不会已经……"

"没有的事。"乔以笙断然否认。

郑洋伸手往陈老三面前了挥了挥，也笑着说："嗯，还没有的事，你眼睛别乱瞄。"

一个"还"字，虽然帮着她否认了，但也透露了额外的信息。

陈老三的表情分明就是默认她和郑洋最近正努力造人。

陆闯嘴角勾起一抹弧度，朝郑洋举了一下手中的酒杯，别有深意道："很期待你的重新领先。"

乔以笙极轻地蹙眉，不明白郑洋闹的是哪一出。她也没有机会立刻询问郑洋，因为今晚出席订婚宴的人中有不少郑洋平时很难接触到的名流，他正忙着去打交道。

乔以笙自行寻了一个角落，吃东西打发时间，等待订婚仪式的开始。

很快，许哲来到她身边，问道："嫂子会不会无聊？"

"还行。"乔以笙要给自己重新拿一杯果汁。

许哲帮她代劳，问道："还要什么吗？"

"暂时没有了，谢谢。"乔以笙接过，抿了一口，"你不用跟着阿洋吗？"

"不用，我来陪嫂子。"镜片后，许哲的眸子泛着笑意。

乔以笙以为许哲有什么话要背着郑洋单独对她说，她都做好了迎战的准备，但半晌过去，许哲只是安安静静地玩手机。

反倒是乔以笙渐渐坐不住了。可能宴厅内的暖气开太足，她觉得越来越热，身体里好似有团火在四处窜动。

"我去一趟洗手间。"

"好的，嫂子。"许哲轻轻推一下眼镜，目送她略微踉跄的背影。

乔以笙刚从侧门离开宴厅，就撞进一个熟悉的怀抱，她的鼻间顿时充满了凛冽的雪松味。

乔以笙一离开，许哲就朝始终流连于附近的一位男侍应生使了一个眼色。

侍应生会意，即刻尾随乔以笙而去。然而没一会儿侍应生便匆匆忙忙跑回来，告诉许哲人不见了。

"怎么会不见了？"

"不知道，我一追出去就没瞧见人，还在走道上找了一圈。"

"我去看看。"许哲猛地起身。

"出什么事了？"郑洋走过来，瞥了一眼乔以笙落在椅子里的手提包。

原本他应该带着郑洋去偶遇乔以笙和侍应生的苟且现场。虽然现在情况有变，但许哲并不慌张，道："嫂子刚刚说去洗手间，有阵子了，还没回来。这个侍应生说他见过嫂子，好像和一个男人在一起，我有点儿担心。"

郑洋的第一反应是环视整个宴厅，寻找陆闯的身影。

今晚陆闯的好几位前女友也在，全是陆闯出国之前明确交往过的对象。

陆闯方才就是忙于和他的前女友们一个接着一个叙旧。

陈老三玩笑道："这究竟是陆闯的订婚宴，还是陆闯的前任集合会。"他怀疑是陆闯故意找来硌硬未婚妻的。

但现在，流连于花丛中的陆闯也不在了。

郑洋表情微变，问侍应生："你在哪儿看到我女朋友的？"

许哲帮侍应生回答："就在洗手间。"

郑洋立马迈开阔步。

许哲指示侍应生再去找，要赶在郑洋之前找到乔以笙。然后他又追上郑洋，陪郑洋搜寻洗手间。结果确实如侍应生所言，连乔以笙的影子都没发现。

从这扇门出来，一共就通往两个地方，要么洗手间，要么后庭。而后庭是陆家的地盘，宾客无法过去。

许哲建议："会不会在哪间休息室？"

仅余留给宾客休憩之用的几个房间没有找过。

郑洋却仍然盯着后庭的方向，对许哲说："你先回宴厅，我去找。"

许哲没动弹，道："多一个人，多一个帮手。"

郑洋态度坚决："阿哲，我去找。"

许哲的眼镜镜片折了一下光，问："我怎么就不能帮你一起找了？你和乔以笙有什么事是我不能知道的？"

郑洋微微愠怒道："前两天我不是都已经和你讲清楚了吗？我和以笙最近确实有些事情要处理，但和我们之间没有关系，不会影响我们的。我们还是和以前一样，这么多年了，你对我怎么能没有信任？"

许哲沉默不语。

郑洋充满安抚性质地拍拍他的肩，道："你先回宴厅，我找到以笙后马上回去。"

说完，郑洋朝后庭的方向走。

这时另一位侍应生拎着东西出现在了长长的过道里，停在某间休息室门口，叩了叩门。

郑洋应声滞住，回身看去。远远地，他看见房间打开一条缝，男人的手从门缝间伸出来，接过东西，又把门关上了。

郑洋认得陆闯今天的衣服，和眼下这男人露出来的一截衣袖一模一样。他的脑子仿佛被敲了一棒槌，眼前再次浮现乔以笙后颈的创可贴。

所以真的是陆闯？

亲眼验证的机会就这样猝不及防地摆到他的面前了？

郑洋握紧拳头，身体僵硬地与侍应生擦肩而过。他来到休息室前，摸出手机拨通陆闯的号码。

陆闯的手机没有开静音，门内很快隐隐约约传出手机铃声。

手机铃声停止的同一时刻，听筒里传出陆闯的嗓音："喂。"

呼吸略粗重。

郑洋捕捉到了背景里掺杂着女人的声音。用了很大的力气，郑洋才从喉咙里挤出话："开门。"

陆闯没说话。

郑洋抬起空着的那只手敲门，道："如果弄得尽人皆知对她没好处，现在开门，我知道你们在里面。"

隔着听筒，陆闯笑了一下，笑中带着嘲讽。

郑洋死死地攥紧拳头，强行克制住了自己的怒气，才没在门打开的瞬间一拳抡到陆闯的脸上。如郑洋所料，陆闯笑意中的嘲讽也完全写在了脸上，非常刺目，刺得郑洋很难不记起某些往事。

"我怎么不明白你的意思？"陆闯抵着门，西服是敞开的，里面的衬衣也不平整，扣子解到了胸口，靠在门框上的手懒散地擦了擦脸颊的口红。

郑洋的目光越过陆闯，看向里面。以他现在的视角，看到女人被扯掉扔在地上的袜子，雪白的半条腿挂在沙发边缘。

陆闯挪动一下身体，重新挡住郑洋的视线，道："你不好好在宴厅里待着，来打断我的好事，我可以不和你计较。但你眼睛还乱瞄，是不是就太过分了？"

郑洋上前一步，陆闯却没有要让开的意思。

郑洋因愤怒而咬紧牙关，压低声音："要么让我进去，要么让她出来。"

陆闯挑眉，玩世不恭的脸上尽是挑衅的神情，问："凭什么？"

郑洋霍地揪住陆闯的领口。

这时候，浩浩荡荡的一票人气势汹汹地往这边过来，带头的恰恰是不久前在别墅外面见过的穿粉裙子的胖女人和穿紫裙子的瘦女人，俩人推搡着刚给陆闯送过东西的那位侍应生，最终站定在休息室门口。

陆闯不慌不忙扫视他们，问道："你们这是干什么？"

"还有脸问我们干什么？"穿粉裙子的胖女人双手叉腰走出来一步，说道，"早听说你不是个好东西，天天不务正业和人厮混，陆家还忽悠我们阿溪嫁过来。都玩到订婚宴上来了！哈哈！这回被我们抓个现形！看你们还有什么可狡辩的！"

陆闯的三叔陆家坤从最后面焦急地挤到最前面，擦着冷汗解释道："哪有什么女人？误会！误会！你看陆闯这不正在跟他的好兄弟谈事情！"

郑洋自始至终都不想把事情闹大，现在自然帮着陆闯说话："你们搞错了，确实是我和陆闯在商量事情。"

穿紫裙子的瘦女人冷笑道："这么说他脸上的口红是你亲出来的？"

郑洋："……"

"和他们废话那么多干吗？"穿粉裙子的胖女人拎起裙摆，利用她壮硕的身体，猛地撞开拦路的陆家坤，又推开站在门边的郑洋。

陆闯眼明手快地自行闪躲。

胖女人冲进房间的沙发前，拽起被衣服盖住的女人，喊道："狐狸精！哪里逃？"

女人紧紧地攥住衣服。

粉裙子的胖女人被惹毛了，道："你有本事勾搭男人！你有本事露脸啊！别躲在底下不出声！"

跟在胖女人后面要上前去护的郑洋这时已经发现不对劲儿。

随着衣服的揭开，他终于看清楚，那人不是乔以笙，而是朱曼莉。

郑洋驻足，转头望向陆闯。

陆闯皱着眉走过来，将朱曼莉从胖女人手中解救出来，语气很不高兴："你们是我未婚妻的朋友？怎么一个比一个像泼妇？她让你们来的？婚还没结就管东管西，管上我了？"

"你给我闭嘴！"闻讯赶来的陆家晟怒骂道，乱哄哄的场面一时之间陷入寂静。

针剂注入没多久，乔以笙身体里那股四处乱窜的无名火苗便逐渐平息。

在注射针剂之前，她强行扑倒了陆闯……越是不愿意回想，脑子里就越是不受控地一遍遍为她循环播放，她对陆闯是如何地死乞白赖。

而得知自己变成这副模样的原因是被人下了药，乔以笙的愤怒更是无以复加。谁干的，一点儿不难猜。如果没有遇到陆闯，后果不堪设想。

当然，这并不代表乔以笙愿意和陆闯又一次搅和在一起。

而且现在又多了两个人知道她和陆闯的关系——尽管乔以笙不想面对现实，但她也不得不睁开眼。

"醒了？"杭菀语气温柔，关切询问，"还不舒服吗？"

乔以笙摇摇头，之前她神志不清，恍惚间听陆闯称呼面前这个人为"二嫂"，想来这人便是陆闯哥哥陆昉的太太。

这是她第一次见到他们夫妻俩。在此之前她仅从郑洋、陈老三他们偶尔几次的闲聊中听到过。陆闯的哥哥陆昉从小身体差，结婚对象是在身边照顾他好些年的医生。

"没事就好。"杭菀收起医药用品，打量她两眼，说道，"你比我高，也比我瘦，不过我的衣服你应该也能穿，我去给你找一套。"

"谢谢。"乔以笙难为情极了，下意识地往被子里缩了缩，先前的裙子被她扯坏弄脏了。

"不用这么客气。"杭菀笑起来有两个特别漂亮的酒窝，"小闯的朋友，就是我们的朋友。"

她对陆闯的称呼令乔以笙极度不适应，身上泛起了鸡皮疙瘩。

头有些涨痛，手脚也有些乏力，但杭菀送来衣服之后，乔以笙还是第一时间换上。

杭菀见她这么快从里间开门出来，连忙迎上前，问道："怎么不再休息一会儿？"

乔以笙颤着腿说："不了，我想早点儿回去。"

"你不等等小闯送你？"

"我和我男朋友一起来的。"

"你男朋友？"杭菀略感意外，旋即迅速收敛表情，"哦哦……"

显然，杭菀误会了她和陆闯的关系。乔以笙尴尬地道："谢谢你，我先走了。"

"我送你吧，你不认得路，等会儿如果有必要，我可以帮你向你男朋友解释你这段时间的去向。"

"嗯。"乔以笙点头，再次道谢，"谢谢。"

临出门时，杭菀从药箱里取了一管子药膏，塞到乔以笙的手心，低声说道："你大概率被弄伤了，回去自己抹一抹，最好是去医院让妇科医生做个检查。"

"……"乔以笙不用照镜子都知道自己脸红得能滴血了，心里纳闷杭菀怎么就瞧出自己不适的？

因为她是医生吗？她不是妇科大夫吧？为什么能马上拿出对症的药？

杭菀又叮嘱道:"即便不做妇科的专项检查,也去做个体检。那药不是什么好东西,虽然我给你打了针,但为了自己的健康,全面检查很有必要。"

俩人刚从后院走到前面来,就碰到了陆昉。陆昉长得和陆闯很不像,他坐在轮椅上,身体单薄,面容清癯,脸色透着不健康的白。

"仪式是不是快开始了?"杭菀自然而然地从乔以笙身旁走到陆昉后面,握住轮椅的两只推手。

陆昉朝乔以笙轻轻点一下头算作问候,然后回答杭菀:"出了点儿意外,推迟了,等通知。"

杭菀轻轻叹喟:"我早知道不会这么顺利。"

乔以笙向他们道别:"杭医生,你不用送我了,我可以自己回去。"

杭菀原本也是想着顺便来找陆昉,现在既然陆昉在这儿,杭菀便止步了,道:"好,乔小姐你沿着这条过道直走,之后右拐就到了。"

这和乔以笙之前撞见陆闯的地方不是同一条道,进去宴厅后她确认是另外一扇侧门。

宴厅内的气氛乍看之下和她离开前并没有什么不同,大多数人应该和郑洋一样,比起陆家的喜事,更在意的是在这场宴席上的社交。

乔以笙找到她之前坐的那个位置,拾起她的包,既没看见郑洋也没看见许哲,她摸出手机准备给郑洋打电话。

猝不及防间一双枯皱的手忽然握住她的手,轻轻抚摸她的手背。

乔以笙吓一跳,抬头看去。入目的是一位年过八旬白发苍苍的老人家,胸前扎着可爱的三角小餐巾。老人笑眯眯地凝视她,感怀道:"佩佩,你尚若年轻时美好,我却敌不过岁月的苍老。"

乔以笙怔愣住了。

很快有一个姊姊小跑过来,看样子是保姆,她帮忙拉开老人家的手,向乔以笙道歉:"不好意思,他老年痴呆,认错人了,希望没有冒犯你。"

老人家像个小孩一样不高兴地噘起嘴:"我没认错人,她就是佩佩。"

保姆无奈地哄他:"佩佩不在这儿,佩佩在给你烤小蛋糕,我现在带你去找佩佩好不好?"

老人家开心地拍手,道:"好耶!找佩佩!吃佩佩做的小蛋糕!"

保姆搀着老人家,边走边小声嘀咕:"怎么一转头你就不见了?唉,病得这么重,手脚却还很麻利。"

乔以笙忽然意识到,他应该就是郑洋口中提及的脑子越来越不清醒,大概率熬不过除夕的陆闯的爷爷。

正思忖着,她猛地被人从身后拽了一把。

"以笙？"

确认是她，郑洋紧拧的眉心短暂一松，而后又拧得越发紧，打量她："你去哪儿了？"

她穿的衣服和之前不一样，太明显了。这也是他刚刚看背影没能立刻断定是她的原因。

乔以笙的视线越过郑洋，望向郑洋身后的许哲，冷冷地道："这你得问他。"

郑洋不明所以，问道："什么意思？"

乔以笙难以抑制情绪，甩开郑洋的手，三两步跨到许哲面前，狠狠扇了他一记耳光。

许哲没有躲，脸一歪，眼镜从鼻梁脱落，掉到地上。

郑洋抓住乔以笙时已慢了一步，问道："到底出什么事了？"

这既是问乔以笙，也是问许哲。

乔以笙和许哲却都不说话，前者红着眼眶满面愤慨，后者脸上浮着巴掌印，默默地捡起眼镜，擦了擦镜片，重新戴到脸上。

郑洋揣测道："阿哲，你是不是对以笙做了什么？"

许哲这才出声："我也想请教嫂子，为什么突然这样对我？"

没想到许哲竟能恶毒至如此地步，乔以笙气得声音都微微变了调："你做了什么自己心里清楚！"

三人的动静难免惹来周围宾客探究的目光。

乔以笙不愿意被人围观，身体的难受也令她无法继续待下去。她忍着眼泪对郑洋说："我现在要回去了。"

如果可以，她只想自己一个人走，但宜丰庄园是打不到车的。

陈老三不知从何处窜了出来，道："咱们闯爷了不得！我就说他怎么出国了一趟，人还转性了，竟会乖乖听从家里人的安排！原来憋了个大——"

话讲到一半，陈老三才慢一拍地察觉到他们三人之间诡异的气氛，小心翼翼地问："你们……怎么了？"

乔以笙顺势问陈老三："你送我回市区？"

看样子是询问，实际上语气里是不容拒绝的意思。

陈老三忘记先去看郑洋的眼色，也没问她为什么要走，下意识地点头应承："哦，好的，可以。"

郑洋接话："我送你。"

"不用。"乔以笙断然拒绝，避开郑洋伸来的手，瞥一眼许哲，"你还是先处理好你们之间的事情吧。"

她的意有所指使得郑洋心神一震，等他回过神来时，乔以笙已然和陈老三离开了宴厅。

郑洋转头，正色："现在只剩我们两个，你可以跟我讲清楚，你对以笙做了什么？"

"你这质问的口气，已经断定我伤害她了？"许哲面无表情地答道，"你让我信任你。但为什么你首先选择相信她的话，而不是相信我？"

陈老三猜测乔以笙和郑洋吵架了，不过一路也不敢多问。

况且乔以笙上车后就合着眼假寐，一副谁也不乐意搭理的样子，他得多吃饱撑着没事干才会傻乎乎地上赶着讨嫌？

来了一通陆闯的电话。陈老三接起，以为陆闯是关心他怎么突然走了，结果陆闯开口问的是："乔以笙在你车上？"

"嗯，是啊，在呢。"陈老三有些迷糊，"怎么了？"

"你找个地方靠边停车，然后把位置分享给我。"

吩咐完，陆闯直接挂了电话，陈老三连再讲一句话的机会都没有。虽然不知道陆闯想干什么，但他还是照陆闯的意思办。

乔以笙好一会儿才察觉车子停在前不着村后不着店的地方，根本还没进市区，问道："为什么不继续开了？"

"等闯子，他好像要过来找你。"陈老三稀里糊涂的。

乔以笙闻言亦蹙眉，陆闯找她做什么？终归不太可能有好事，乔以笙让陈老三开车，不要等陆闯。

陈老三犹疑，在陆闯和乔以笙之间他还是偏向陆闯，道："要不等闯子到了看看他有什么事吧。"

乔以笙看了看车窗外，外边是荒无人烟的马路，她完全没得选择。

约莫5分钟，陆闯驾着一辆越野车出现，打开副驾驶座的车门，不由分说地将乔以笙抱走了。

乔以笙仓皇挣扎，问道："你干什么？"

陆闯自上而下睨视她，面上没有多余的表情："还能动得这么厉害，看来是不够疼。"

乔以笙："……"浑蛋！

眼皮一掀，陆闯看向目瞪口呆的陈老三，道："往后500米，朱曼莉被我丢在路边了，你负责送她。"

撂完话，陆闯抱着乔以笙，将她塞到自己车里，然后扬长而去。

乔以笙手指攘着勒在身前的安全带，脸色比夜色更沉，道："陈老三他——"

陆闯料到她要说什么，打断道："他即便知道我们不同寻常，也不会乱嚼舌根。"

乔以笙尚未来得及舒气，便听陆闯又说："而且郑洋差不多已经知道你和我的事了。陈老三去不去他面前嚼舌根已经无所谓了。"

"？！"乔以笙惊异，脸色微微苍白，"怎么会？"

陆闯平视前方的视线快速瞟了她一下，将她的表情尽收眼底，饶有趣味地道："你再缠得我久一点儿，迟一些放开我，郑洋捉到的就不是我和朱曼莉了。"

好不容易压下去的画面，因为他的话，又开始在她脑海中回旋。

乔以笙躁得不行，道："我当时完全被生理本能操纵，失去了主观意识。无论遇到谁，我都会那样。"

陆闯敛眸，讥诮道："那你难道不应该庆幸遇到的人是我，而不是什么阿猫阿狗？"

她还真不认为应该"庆幸"，终归都是糟糕的情况，不能比哪种更糟糕。但乔以笙确实欠他一句："……谢谢。"

"你说什么？"陆闯问，"没听清。"

乔以笙："……"

"嗯？"陆闯似笑非笑，毫不掩饰他的故意。

乔以笙深切体会到了看不惯又干不掉的憋屈，提高了音量重复道："我说，今晚谢谢你。"

陆闯回得特别欠："哦，不用谢，我应该做的。"

应该个鬼！乔以笙腹诽。

陆闯却还不放过她，道："除了谢谢，你是不是还少我一个道歉？"

乔以笙一时没反应过来，道："道什么歉？"

陆闯勾唇，煞有介事地掏了掏耳朵，道："我要走，你不让我走的时候，你是怎么骂我的，要我一句句帮你回忆？"

乔以笙的耳朵"唰"地又红了，道："我说了我不清醒。"

陆闯一副兴师问罪的口吻："不清醒难道就不算骂了？"

到底是她的错，乔以笙遂他的愿，道："对不起。"

然而陆闯说："一句'对不起'就完了？"

"否则，你要怎样？"说出这句话的同时，乔以笙就有预感，他多半打算趁火打劫。

陆闯还真没叫她失望，手指在方向盘上轻轻叩两下，说："先攒着，等我想到要怎样，再告诉你。"

乔以笙被气笑了，道："有你这样的吗？"

陆闯嘴角扯出一个弧度，道："我这算得上对你有救命之恩，还挨你的骂，最后只拿你的一个条件，占便宜的是你。"

"……"乔以笙怎么瞧怎么觉得他像个无赖，赖上她了。

车子才开进市区，乔以笙就让陆闯将她放下，她可以自己打车。陆闯充耳不闻，强行带她去了一家私立医院。

"我二嫂介绍的，她朋友在这里工作，保密性很好。"

既然如此，乔以笙便没忸怩，在陆闯的安排下做了整套的检查，其中自然包括妇科检查。

尴尬的是，医生误以为她和陆闯是男女朋友关系，检查后专门把陆闯喊进来劈头盖脸地教育了一顿，批评他性子急不知轻重。

乔以笙崩溃得脑袋根本不敢抬起来，更遑论帮陆闯解释。但是陆闯没为自己做任何辩解，医生说的话他照单全收，并且不断道歉，最后还虚心询问之后的注意事项，仿佛真的是她的男朋友。

离开医院时，乔以笙的脸仍旧红得和煮熟的虾无异，甚至对陆闯有点儿生气，道："你随便敷衍两句就可以了，没必要那么认真。"

陆闯将医生开的药扔进车里，道："你信不信，如果我随便敷衍两句，现在我们还走不了？"

"或者你希望我坦白告诉医生，我也不是你男朋友，不用和我讲这些？而你会这样也全是自己造成的？"陆闯的黑眸眯起，表情和语气都特别欠。

乔以笙原本没觉得自己如此理亏，现在被他撑得一个字都回不了，只能红着耳根别开脸，盯着车窗外快速流淌而过的霓虹。

而从方才起，郑洋就没有停止打来电话，乔以笙权当没听见。

郑洋改为发消息——

郑洋："宝贝，陈老三说已经送你回家了，我现在在你家门外，你房间的灯没亮，摁门铃也没反应，你是不是还在外面？你在哪儿？"

乔以笙没回。

郑洋接着发来消息。

郑洋："阿哲做的事，我都已经知道了。我们必须当面聊一聊，你什么时候愿意见我，我都等你。"

乔以笙心烦，不想回公寓之后被郑洋堵着，发消息问欧鸥今晚能不能借宿。

倒霉的是欧鸥今天一早就和她父母去了隔壁市，不在家。

欧鸥问她怎么了。

乔以笙："说来话长，等你回来再告诉你。"

熄灭手机屏幕，她转头看陆闯，道："随便找家酒店放我下车就行了。"

陆闯斜睨她一眼，什么话没说，掉转了方向盘，驶离她公寓的方向。

车停后，乔以笙才发现陆闯没有送她去酒店。

"这是……"她狐疑道。

"我的公寓。"

"可——"

"别废话那么多，不自己下车跟着，我就当你走不了，那么我就扛你上楼。"陆闯连话都不让她讲完。

他先下了车，就站在车外，肩宽，腰挺，腿长，一手拎着药，一手搭着他的西服外套，眉目锋利地注视她，好整以暇的模样似在无声地倒数，给她下最后通牒。

强势且霸道。

乔以笙微微抿一下唇，终是推开车门。

进了地下停车场的电梯，陆闯摁下楼层数字"13"。

乔以笙盯着轿厢镜面反射出的他的高大身影，问："你一个人住？"

陆闯玩味地勾起唇角，道："你是希望我一个人住，还是有其他人和我一起住？"

乔以笙对他的东拉西扯感到无语，道："我的意思是，你没有和你的家人一起住？"

陆闯又把问题丢回给她："我为什么要和家人一起住？"

电梯一路直达，没有停过，很快发出清脆的"叮"的一声。陆闯迈开长腿率先走出电梯。

乔以笙在他身后亦步亦趋，问："你不是今晚订婚？"

陆闯从陈老三车里接走她时，她就该问了，但那时候她的心思全在自己身上，忘了陆闯订婚的事。订婚宴的男主角，怎么能那么快就离开宜丰庄园，大晚上的还陪她到医院就诊，现在又带她来这儿。

陆闯正摁着密码，闻言侧眸看她，语调很是漫不经心："是啊，今晚原本是我的订婚仪式。"

乔以笙注意到了"原本"两个明晃晃的关键字眼，恍惚记起，陆昉当时对杭菀说"出了点意外，推迟了，等通知"这样的话。

现在究竟什么情况？

"进去。"陆闯轻抬下巴示意。

乔以笙刚跨入门内，冷不防一道黑影迅猛地朝她扑过来。

"汪汪！"

乔以笙被吓得三魂七魄直接去了一半，她条件反射地后退，退到了陆闯的怀里，没有叫出声已经是她最大的克制。

陆闯的手臂以圈住她的方式，从她身体两侧往前伸，稳住扑过来的那团硕大黑影。

随着陆闯摁亮玄关的壁灯，乔以笙这才看清楚，原来是一只拉布拉多。

在陆闯的安抚下它蹲在了他们面前，约莫半米高，通体为黄色，两只耳朵的颜色略深一些，从后背到下腹逐渐变浅，到两只前爪几乎成白色。

非常漂亮。

刚刚受到的惊吓刹那间被抛诸脑后，悉数转变为惊喜，乔以笙忍不住问："如果我摸它，它会不会咬我？"

转头间，她的唇与他低着的下颌仅毫厘之距，她这才发现自己完全紧密地贴着他。

乔以笙立刻想和他拉开距离。奈何拉布拉多离她很近，她之于它是陌生人，几秒钟前它的凶猛犹在眼前，她喜欢它的同时又不免怕它。

权衡之下，乔以笙愣是没敢动弹，指望陆闯能退开些。

然而陆闯没有，他似乎不认为现在有任何不妥，回答道："我也不知道，你得自己试一试。"

乔以笙："……"她怎么敢擅自试？

"这不是你的狗？"她蹙眉。

"是我的狗。"陆闯说，"我的狗，我就得懂它所有的心思？"

"……"乔以笙竟无言以对。

"但它肯定不会咬我。"说着陆闯抓住她的手，一起伸向拉布拉多的脑袋。

在忐忑中，乔以笙顺利摸到了它柔软的毛发。

它依旧乖巧地蹲着，只是吐出半条红色的舌头，黑色的眼珠子巴巴地望着他们。

陆闯好像很失望，道："不行啊，圈圈，你居然不咬她？"

乔以笙闻言愣了一下，道："你在喊它的名字吗？"

"怎么？"陆闯挑眉，平静无澜的眸底隐约打了一个漩涡，转瞬又消失无痕，"是在喊它的名字，圈圈。"

乔以笙心底漾起一丝淡淡涟漪，旋即蹲身，与拉布拉多平视，道："没什么，就是觉得你给它取的名字太土了，配不上它帅气的形象。"

话毕，不知是赞同她的话还是什么，圈圈忽然欢快地狂舔她的掌心。

乍然，黏糊的触感又令乔以笙惊了一下。

陆闯鼻间溢出一丝轻嗤，吐槽道："别又吓哭了。"

乔以笙瞪他，道："你的狗可没有你飙车那般恐怖。"

陆闯连狗也不给她玩了，径直往里走，恣意地吹着口哨，圈圈屁颠屁颠地跟在他身后。

乔以笙自行从鞋柜里找了一双棉拖鞋穿上。

陆闯这套公寓面积有 100 多平方米，是平层，除了卫生间单独隔开，其他全部相通。

屋内的家具也没多少，如果不算狗窝的话，放眼望去就一张床、一张懒人沙发和一个简易的移动挂衣架，显得空荡荡的。

"你是刚买的吧？"乔以笙揣测。

陆闯正在给圈圈喂狗粮，没否认："狗也是前几天才从国外托运回来的。"

陆闯的回答解了乔以笙的疑惑。她原本还好奇，这只狗这么大，和他这么熟，一看就不是刚养的，可他明明前两年还在国外。

门铃"叮咚"作响，陆闯让乔以笙去开门。

来的是外卖员，陆闯的订单。

乔以笙帮陆闯拎进来，陆闯却说："你的。"

乔以笙不明所以地打开袋子，看见了毛巾、牙刷等洗漱用品，以及……女士一次性内裤。

陆闯紧接着丢了一句话："我这儿没女人的衣服。从我的衣服里随便挑一件，能穿就穿，不能穿，我也不介意你光着。"

他头也没抬，和他的狗子玩得正欢。

乔以笙想把陆闯最后说的那句话塞回他的嘴里。

他的衣服根本也没几件能供她挑选的，最后乔以笙拿了他的一件 T 恤。

她洗漱完出来时，恰巧撞见陆闯在脱衣服。她急忙将视线从他精壮的身体上移开，背对着他坐在地毯上，默默地与圈圈对视。

圈圈吃饱喝足之后就趴着，一副懒得再动弹的样子。

顷刻，陆闯从她面前晃过。

乔以笙红着脸闭上眼睛，道："你干什么？不能穿件衣服？"

陆闯好笑地反诘："我在自己家，现在准备去洗澡，为什么要穿衣服？"

乔以笙愠恼，道："可你家现在不是只有你一个人。"

陆闯闷出一声越发轻慢的笑，道："你怎么不说说自己？在别人家，而且是个单身男人的家里，你只穿着 T 恤，露着两条大白腿算怎么回事？"

乔以笙气得脸都红了，下意识地缩了缩自己的腿，道："你这里根本没有我能穿的裤子！"

"噢，那还是我的错了。"陆闯拖腔带调的。

落在乔以笙耳朵里，嘲讽之意十足。

她想回答：是！她本来要住酒店的，他非逼她到这儿。

陆闯没再说话。

听着窸窣的脚步声像是要进卫生间，乔以笙喊住他："你等等。"

"说。"

"你这里地址是什么？"

"干吗？"陆闯的语气有少许不耐。

"我要下单买点儿东西。"

"什么东西？"

"就是买点东西。"乔以笙难以启齿。

陆闯问："我怎么知道你是不是买的危险物品？"

乔以笙一口老血卡在胸口："……买药。"

那会儿他没做防护措施。

陆闯安静一瞬，说："我下单。"

乔以笙道："……谢谢。"

隔两秒，陆闯叮嘱道："吃这种药的话，医生开的口服消炎药就先别吃。"

乔以笙低着头"嗯"了声。

等陆闯从卫生间出来，药刚送到没一会儿，乔以笙正站在岛台前接水。他的 T 恤穿在她的身上松松垮垮的，她还专门挑了件长的，没过她的膝盖。但这件 T 恤很薄，在强光的照射下，显得很透，半遮半掩，别具风情。

乔以笙吃完药转身，毫无防备地对上陆闯极具穿透力的目光，有种自己没穿衣服的错觉。

他悄无声息地，也不知道站那儿多久了，简直吓死人。

陆闯轻抬下巴，朝她刚刚用过的杯子点了点，说道："那是圈圈的。"

乔以笙："……"

怪不得杯子上印着一只狗，她还纳闷陆闯怎么有如此可爱的玩意儿。

——狗的就狗的吧，反正她洗过。

陆闯捡起之前杭菀送的那一管子药膏，问："你还没涂？"

乔以笙又尴尬了，道："……嗯。"

陆闯微微眯眼，道："我帮你。"

乔以笙："！"

他这人！他以什么心理说出要帮忙的？乔以笙觉得陆闯是故意想看她的笑话。

"不用，我自己可以。"乔以笙绷着脸走过去，要从他手里取走药膏。

陆闯却不松手，道："你确定你自己可以？"

乔以笙问："我为什么不可以？"

"医生交代了我帮你涂。"

"我怎么没听见？"

"你当时没脸得脑袋快垂到胸口，能听见什么？"

"……"乔以笙又被他气到了，当下恼羞成怒，"那又不是我愿意的。"

"说我能说，我看你比我更能说。"陆闯失去了耐心一般，伸手捞过她的腰，强行将她掳到床上，钳住她乱踢的两条腿，将她按倒，"有和我闹的这点工夫，药都能给你上完两遍了。"

谁和他闹了？明明是他处处强迫人。乔以笙怒目圆瞪，心里委屈得不行。

"再瞪，眼珠子给你挖出来。"陆闯撑在她的上方，浑身散发着刚洗过澡的潮气。他的发尖还悬着水珠，湿湿的头发全往后梳，有一绺不服帖地翘到前面来，黏在他的额前。

灯光打在他的睫毛上，于他眼睛下方呈现出扇形的阴影，他斜挑着唇，黑漆漆的双眸居高临下地俯视她，道："少折腾，少受点儿罪。"

反抗不了，只能接受，乔以笙索性歪过头，闭上眼，一副任他宰割的模样。

陆闯嗤笑一声，明显在嘲笑她现在宛若视死如归的样子。

乔以笙耳根的烫蔓延到了脸颊："你涂药就涂药，能不能别再吭气？"

"不能。"陆闯的口吻欠欠的。

她听见陆闯又笑了一下，大概在笑她难堪的窘境。反正她不想睁开眼睛，跟掩耳盗铃同样的道理，只要她不睁开眼睛，尴尬和羞赧就能少几分。

但即便闭着眼睛，她也能感受到他的目光。想象着他盯着她的画面，她心梗得不行。或许是心理作用，她觉得比刚刚冷点儿，本能地瑟缩了一下。

"圈圈，别动。"陆闯冒出这句话。

乔以笙眼皮一跳，心底的涟漪应声又轻轻泛开一圈。她的眼睛微微眯开一条缝隙，果不其然看见陆闯的那条拉布拉多收回了扒在床边的两只前爪，吐着舌头乖巧地蹲坐在地上。

见它似乎打算这样一直从旁观看，乔以笙略感不自在，道："……你能不能让它回它的狗窝？"

陆闯语气轻佻："它是条母狗，你怕什么？"

"母狗？"乔以笙意外，然后看他的眼神变得不太对劲儿了。

陆闯有所察觉，面色一冷，道："怎么？我是男的就不能养母狗，只能养公狗？"

"没有，随便你养。"乔以笙重新闭上眼，扯过旁边的被子，盖住自己的脑袋，将自己闷得更严实。

好半晌，她终于听见陆闯说："可以了。"

乔以笙连忙把自己整个人都缩进被子里头。

陆闯收拾着药品，非要再犯欠地取笑她一句："不怕闷死？"

乔以笙不予理会，打算继续躲着，躲出一身汗也无所谓，顺便在被子里摸出手机，把郑洋后续的几通未接来电和未读消息统统点掉。

耳边传来窸窸窣窣的声音，不知道陆闯又在忙什么，时不时还传出圈圈低低的"嗷呜"声。

得知圈圈是一条母狗之后，现在乔以笙觉得圈圈像在冲陆闯撒娇。

直到察觉身旁的位置微微陷下来，乔以笙才掀开一截脸上的被子，露出眼睛查看情况："你干什么？"

陆闯斜眼，道："你现在这个样子，我能干什么？"

"我的意思是你躺这儿干什么？"

"这是我的床，你说我干什么？"

"……"乔以笙怔住，怀疑自己的脑子可能真的被被子闷糊涂了。

不过她确实现在才意识到，他这个大平层的公寓里没有第二张床，她又得和他同床共枕。

陆闯扯了扯被她一个人霸占的被子，道："怎么，还指望我睡地板，把床留给你？"

乔以笙红着脸把被子还他一半，然后一声不吭地背过身。他这套公寓里要什么没什么，还不如自己睡酒店舒坦。所以她的判断没错，他让她来，就是图个乐子。

陆闯熄灭屋里的灯，道："圈圈，晚安。"

懒懒散散的声调，在黑暗的加持下，显得格外有质感。

"……"乔以笙心里的一根弦再次被拨动，他这狗子的名字属实是……

她没忍住询问："为什么给它取名叫'圈圈'？"

"怎么？你对圈圈这个名字有意见？"陆闯的气息忽然离她很近，温热的呼吸全喷洒在她的后颈。

乔以笙默默地往床铺边缘挪去些，拉开和他之间的距离，道："你的狗，我能有什么意见？纯属好奇，不说就算了。"

"你想掉下去？"陆闯很嫌弃似的，手臂一伸，箍住她的腰，捞她回来。

她的后背完全贴在了他坚实的胸膛上，被他自后往前拥着。

乔以笙委婉拒绝他的好意："……你不嫌热？"

"别打扰我睡觉。"陆闯弓着腰腹，下巴抵着她的发顶，大有拿她当抱枕的架势。

现在究竟谁打扰谁睡觉？乔以笙郁结。

郁结敌不过困意的侵袭，她到底还是睡了过去。

第二天早上，乔以笙是被一声又一声"圈圈"的叫唤声吵醒的。

并不是陆闯的声音，而是一个女人的声音，听起来很年轻。

乔以笙迷迷瞪瞪地睁开眼，循声望去。陆闯坐在玻璃窗前的地毯上，两条长腿交叠，精瘦的腰身微微后仰，搂圈圈于怀里，举着平板电脑正和人视频，另一只手夹着一根烟。

不知是晨光朦胧的作用，还是因为视频对象，他锋利的轮廓比以往柔和许多。

圈圈有点儿兴奋地叫了几声，似是和屏幕那头的女人打招呼。紧接着圈圈猛地挣脱开陆闯的手臂，飞速朝乔以笙奔来。

乔以笙的反应不过慢了一拍，已经来不及用被子重新盖住自己，被圈圈按在床上舔。

"……"她吓得一动也不敢动，忍受着圈圈黏糊糊的口水，生怕下一秒圈圈对她伸出的就不是舌头，而是牙齿了。

女人的声音又传来："圈圈怎么突然跑了？你家里来人了？"

陆闯侧眸瞥一眼乔以笙，慢悠悠地回答："估计电梯那边有动静，可能是快递员吧。"

乔以笙："……"

女人"哦"一声，道："你买东西了？"

陆闯道："圈圈的狗粮。"

女人道："它喜欢吃的就那两个品牌，我已经在国外买了给你寄回去。"

陆闯淡淡地"嗯"了一声。

"圈圈怎么还没回来？"女人狐疑，继而又唤圈圈的名字。

圈圈明显是想跑回平板电脑跟前的，但非拖着乔以笙不放，咬住了乔以笙肩膀的T恤，使劲地扯。

乔以笙顿时不知道该怎么办，用眼神向陆闯求助。陆闯只会幸灾乐祸地瞧热闹，压根儿没理她，径自回答视频那边的女人："圈圈被新玩具勾住了。"

乔以笙："……"很好，她又从快递员变成狗的玩具了。

"什么新玩具？"女人好奇地喊道，"圈圈，快叼来给妈咪看看。"

乔以笙闻言眸光一闪。

陆闯也在这时挂掉了视频电话："我去拿快递，不说了。"

圈圈的力气很大，加之乔以笙不敢和圈圈抗衡，所以已经被圈圈从被窝里拖了出来。本来乔以笙就只穿了一件他的 T 恤，现在被圈圈扯得有些走光，权衡之下她只能攥紧领口，不至于让圈圈把 T 恤从她的肩膀处脱了去。

但也因此，乔以笙被勒得有点儿喘不上来气。

"圈圈！"陆闯大步走来，拍了拍手，语气略凶。

圈圈第一时间松开嘴，低声哼哼着往陆闯脚边蹭，像是跟陆闯道歉，又像在哄陆闯别生气。

乔以笙捂着脖子咳了咳，默默地拉好衣服，重新钻进被子里。

陆闯蹲在床边摸着圈圈的后背，见状，道："圈圈都到外面遛了一圈，你还不打算起？它一会儿又得拖你。"

这是什么道理？乔以笙不懂，道："你平时睡迟了，你的狗也这么折腾你吗？"

陆闯捧着圈圈的脸道："嗯，它每天定点出去遛弯，否则闹起来要人命。"

乔以笙更困惑了，道："你不是都遛完它了？它拖我做什么？我又不是它的主人。"

陆闯眼珠子转向她道："大概因为你躺在我的床上，和我睡了一夜，身上沾染了我的味儿，它觉得我们应该一起遛它。"

"……"乔以笙下意识地闻了闻自己。

陆闯忽然伸手指着她，对圈圈说："咬她。"

圈圈"汪"一声，竟当真立刻扑向她。陆闯的指令她也听得很清楚，当即抱住头没忍住惊叫出声，然后入耳的便是陆闯恶作剧得逞后肆无忌惮的笑声。

乔以笙从圈圈热情舔舐她的舌头之下抬起脸，很想抓过枕头砸向陆闯。

早饭是陆闯下楼遛狗的时候顺手带上来的皮蛋瘦肉粥，以及几道清淡的小菜。

乔以笙原本打算睡醒就走的，既然他买了，看在他昨晚好歹收留了她一晚的分上，她终究没有拂掉他的好意。即便对他的收留，她并不领情。

陆闯已经吃过了，现在坐在高脚椅上，给圈圈扔飞盘。看着圈圈敏捷地一次次从半空中接住飞盘后开心地叼回来给陆闯，乐此不疲，乔以笙意识到他这个大平层还有这点儿作用。

陆闯忽然问道："谁给你下的药，你有头绪吗？"

乔以笙嘴里正含着食物，口齿含混地道："嗯。"

"许哲是吧。"陆闯用的是肯定句，嘴角勾起一丝讽刺。

乔以笙沉默，提出一个疑问："你是什么时候知道郑洋劈腿的？"

陆闯反问："这个问题的意义何在？"

乔以笙的唇牵得费力，道："确认一下，我究竟被你们这群知情人像看傻瓜一样看了多久。"

陆闯从烟盒里抽出一支烟，道："郑洋这点儿事在我们这个圈子里根本不算什么，最多觉得郑洋挺会玩，但比郑洋会玩的人多了去。

"玩伴归玩伴，女朋友归女朋友，结婚归结婚，相互不影响。所以陈老三他们虽然早两年就知道，但并没有像看傻瓜一样看你，总归不会有好结果。就像陈老三，最后的归宿还是和一个正经女人结婚。"

"正经女人……"乔以笙于唇齿间轻轻重复这四个字，自嘲，"正经女人就活该受委屈，还得感谢你们给出的'正经'定义？"

陆闯叼着烟，一时半会儿间没有点燃，只是看着她。

圈圈叼着飞盘蹲在他面前，因为他不继续和它玩，它干巴巴地叫了两声，在突然陷入寂静的房间内显得格外突兀。

"你要这么理解也不是不行。"陆闯说着，拍拍圈圈的脑袋，示意它先自己找乐子。

圈圈却转到乔以笙跟前，企图将嘴里的飞盘塞到乔以笙手里。乔以笙已经没什么胃口了，放下筷子，接过飞盘，带着发泄性质胡乱地丢了出去。

"我刚刚问的是你。"她注视着陆闯，"你什么时候知道的？和陈老三他们一样吗？"

她也不知道自己出于何种心理，非得探究得如此清楚。

圈圈蹦了回来，一个劲儿地舔乔以笙的腿，乔以笙又痒又怕。

陆闯把圈圈拉回来，叼着烟的嘴吐字不太清晰："不是。"

他深邃的眼睛和他的声音一样没什么太大的情绪波动，他说："这两年我不在国内，陈老三认为这种事情无聊所以也没专门跟我说过。我这次回国后，是在陈老三的单身派对上才知道的。"

乔以笙莫名地松一口气，想回他点儿什么，但手机忽然振动起来，来电显示是郑洋的妈妈。

虽然有可能是郑洋借了他妈妈的电话打给她，但隔了一晚，睡了一觉，身体利索了，乔以笙的情绪也整理得差不多，已经做好处理事情的准备，所以她拿起手机。

陆闯的手机也恰恰在此时响了起来。乔以笙瞄见他的屏幕上显示的是"陆昉"。

俩人便各自接各自的电话。

出乎意料的是，乔以笙接到的电话既非郑洋打来的，也非郑妈妈打来的，而是一名自称医院护士的人，告诉她手机的主人在路上晕倒了，现在人在他们医院里，请家属立刻赶去。

之所以打到乔以笙这边，是因为郑洋妈妈的手机通讯录里，存为"儿子"的那个号码打不通，所以护士打了在手机上存为"儿媳妇"的这个号码。

结束了和护士的通话，乔以笙就尝试着给郑洋打了一通电话。

确实如护士所言，关了。乔以笙转而翻出许哲的号码。

许哲的电话通了，他倒能依旧在她面前维持平日的态度，问："嫂子，怎么了？"

乔以笙则比以往冷淡多了，问："郑洋现在人在哪儿？"

"嫂子怎么问我？他不是去你家等了你一晚上？"

"那你去找他吧，告诉他，他妈妈在医院里。"

挂断后，乔以笙就换回昨晚那身衣服，跟陆闯道别："我现在要走了。"

"去哪儿？我送你。"陆闯穿上外套，"我也要出门，回趟陆家。"

"那不顺路，谢谢了，我去打车。"乔以笙拎上她的包。

"也行。"这回陆闯没强求，只是把消炎药和药膏塞进她包里，"晚上要是不方便的话，你可以打电话给我，我可以再帮你涂。"

乔以笙的脸因为他的话一秒钟烧起来。

陆闯却还没说完，故意晃了晃那盒药，道："这个就先留我这儿，或许很快有机会再用到。"

"……"乔以笙听了想打人！

乔以笙很快赶到医院。伍碧琴刚从晕厥中清醒过来，乔以笙忙上忙下帮忙补住院手续，又张罗着给伍碧琴排队做剩余的几项检查。

等床位的时候，郑洋姗姗来迟。伍碧琴为此责怪郑洋，乔以笙把事情都差不多办完了，他才赶到。

当然，伍碧琴还是心疼郑洋的，看到郑洋胡子邋遢和一脸没睡好的模样，问郑洋是不是又加班了。

郑洋用泛着红血丝的眼睛看了一下乔以笙，扯谎道："嗯，昨晚在公司加班，天亮刚补了一会儿觉，没留意到手机没电了。"

伍碧琴叹气道："身体要紧，工作上不要太拼命。我又不靠你养老，好不容易过个周末，你应该和以笙一起过二人世界。"

二人世界的言外之意其实就是催促他们生小孩，这一年来乔以笙不知道听多少次了，唯独今天这次，她没有丝毫难为情。

郑洋转移话题："妈，你再歇会儿吧，等下我去听听医生怎么说。"

伍碧琴摆摆手，道："我没事，肯定就是早上少吃了顿饭，低血糖，你别担心了。我的问题一直不在身体，在心结，你又不是不晓得。"

"妈……"

伍碧琴抓过乔以笙的手，亲近地揉了揉，自顾自继续道："女人的青春最宝贵，耽误不得，以笙都和你谈 8 年了，你还不和她结婚，是想拖着不负责任吗？"

她这番话完全是从乔以笙的立场考虑，外人如果见到这个场景，定然以为伍碧琴是乔以笙的妈妈，在向女婿催婚。

一直以来伍碧琴对乔以笙也确实是很好。乔以笙不说话，让郑洋看着办。

郑洋说："妈，我和以笙已经在选日子了，很快就会去领证。"

简直和昨晚他告诉陈老三要重新领先在起跑线上一样荒谬。乔以笙蹙眉，没有当场质问他。

伍碧琴肉眼可见地开心起来，开始唠叨她手里有几个黄道吉日。直到护士来通知空出床位了，伍碧琴住进病房，躺在病床上疲累地睡过去，俩人这才得到清净。

俩人来到病房外的过道上，郑洋的声音听起来好似很虚弱，道："谢谢你，宝贝。"

乔以笙微抿唇，道："我守着你妈妈，你趁这个时候把自己捯饬明白了。"

郑洋打量她的衣服，问："你昨晚没回家，去哪儿了？"

"酒店。"昨晚在去医院的路上，乔以笙追问过陆闯，陆闯把当时的情形言简意赅地告诉了她。

既然郑洋对她和陆闯的关系还停留在怀疑的层面上，那么最后那层窗户纸便暂且先维持着。只是乔以笙没想明白，郑洋怎么就突然锁定陆闯了？她质疑陆闯是不是又背着她搞小动作，但陆闯否认了。

乔以笙知道郑洋不相信她的这个回答，但郑洋并未打破砂锅追究到底。

他扶住她的双肩，道："很抱歉，昨晚你遭遇了那种事情，我身为男朋友却没有第一时间保护好你。你现在还好吗？"

乔以笙没什么表情，道："如果我不好呢？"

"对不起。"郑洋将她拉入怀中，"真的很对不起，我不会原谅阿哲的。那样的朋友不交也罢，以后我会和阿哲断绝往来的。"

乔以笙感到可笑，推开他，道："你还在把我当傻瓜吗？"

她不想演了。

郑洋抓着她的手不放，道："我从没有把你当傻瓜。"

乔以笙不想再和他打哑谜，打算挑明："我已经知道你劈腿的事情了。"

"不是的。"郑洋打断她，"不是你想的那样。"

"不是我想的怎样？"乔以笙捭开他的手，"事到如今你就不要再狡辩了。不然你解释给我听，你手机里那些照片都是什么？"

郑洋面若霜色，嘴唇翕动着，却半晌哑口无言。

乔以笙轻轻笑了笑，道："看，留给你一整晚的时间，你都编不出一个合理的借口来搪塞我。"

"以笙。"郑洋还是拉住乔以笙，不让她走。

乔以笙觉得累，眼前又没椅子可以坐，身子往后微仰，靠住墙，催促道："还有什么想说的，快点儿说吧。"

郑洋与她肩并肩，亦用后背抵着墙面，闭了闭眼，深深吸一口气，嗓音微微发哑："你什么时候知道的？"

"重要吗？"

"怎么知道的？"郑洋又问。

"若要人不知，除非己莫为。"乔以笙还是没能挣开他的手，"如果我没发现，你打算骗我到什么时候？"

郑洋却否认道："我没有想骗你。"

他有所察觉地将她的手指缠绕得更紧些，道："我当初追求你，是真心喜欢你，一直到现在，我也喜欢你。"

"你摸摸你的良心。"乔以笙啼笑皆非，"别告诉我，你只是玩玩而已。"

郑洋的声音低下来："我只是……只是陷入迷茫中了。"

他的样子看起来似乎很痛苦，乔以笙面无表情地听着。

"但是不管怎样，我很确定，我是真的很喜欢你，你是我第一个生出倾慕之心的女生，我的努力也没有白费，成功追求到你了。

"以笙，我不想和你分手。"他用布满血丝的双眸注视着她，饱含深情，重复道，"以笙，我还是喜欢你的。"

乔以笙的内心毫无波澜。她忽然怀疑起自己对郑洋的感情。

为什么知道受骗之后，她能抽身得如此之快？是她远没有自己以为的那般喜欢郑洋，还是如欧鸥所言，长期的平淡如水是会腻的，而她其实在这8年里早就对郑洋腻了，只是她没意识到，继续把习惯当成感情而已。

无从探究，乔以笙也不想探究，只想遵循此时此刻脑海中的真实念头，道："你的喜欢，我受不起。"

"以笙——"

护士这时候前来通知，伍碧琴的检查报告出来了，打断了郑洋。

乔以笙借机抽离自己的手，道："你先去听听医生怎么说伯母的情况吧。"

"你等我。"郑洋一步三回头地前往医生办公室。

乔以笙回到伍碧琴的病房时，伍碧琴还在睡。

病床边的许哲望了过来。

背光的缘故，镜片后许哲的眼神让她探不分明。

乔以笙从沙发里拿起自己的手提包，说："既然有你在，我就先回去休息了，明天再过来看伯母。"

许哲点点头道："好的，嫂子。"

身心俱疲的一个周末，到家后乔以笙整个人才放松了。

没有郑洋骚扰和陆闯打扰的一夜，她睡得格外好。

翌日，乔以笙照常到事务所上班。

下午她正对着图纸头晕脑涨、困顿不堪时，刚上完厕所的李芊芊兴奋地回到工位，满脸花痴地与她小声咬耳朵："途经所长的办公室，见到一位帅哥。"

"多帅？"乔以笙手里的活没停，继续在画图软件上操作着。

李芊芊把手机递到她的跟前，道："喏，眼见为实，我偷拍到的。嘻嘻，是我中意的那款。"

乔以笙凝神一瞧，一口老血险些吐出来。

可不就是陆闯。他大驾光临他们这个小小的建筑事务所做什么？工作上的问题，也不必他亲自来交涉吧？

乔以笙抓起手机，点开微信，想问一问他。视线触及消息框里，她和他的对话尚停留在之前约他见面的内容，她默默地放下手机——问什么问……她和他又不熟……

没多久，去茶水间泡咖啡的李芊芊又比方才更为兴奋地小跑回来，将乔以笙从工位里拉起就走，道："快！快！快！跟我来一趟！"

"干什么？"乔以笙一头雾水地被一路拉出办公室，来到事务所门口。

然后乔以笙看到了摆成爱心形状的满地红玫瑰、无数飘挂着的彩色气球，以及亮闪闪的小灯组成的两个英文单词："*Marry me*（嫁给我）。"

以及郑洋。

见她出来，郑洋大步迈到她面前，单膝下跪，并打开戒指盒，郑重地对她举起一枚钻戒。

"从你答应做我女朋友开始，我就在幻想着和你结婚的那一天。只是一直以来我都担心自己配不上你，怕自己无法给你一个美好的未来。

"今年是我们交往的第8年，我觉得时机总算成熟了，我也不愿再等更长的时间了，我想尽快把你娶回家。"

铺垫完前言，郑洋取出钻戒，道："以笙，嫁给我吧。"

"嫁给他！"

"嫁给他！"

"嫁给他！"

围观的人大声地起哄。

郑洋明显有备而来，把陈老三那几位好哥们儿也找来了，带头起哄的就是陈老三，有手持摄像机拍摄记录的，也有拿着礼炮随时准备好拉响的。但其中不包括许哲。

许多建筑事务所里的同事跑出来围观，李芊芊也迅速加入起哄的行列中，甚至帮忙推了推乔以笙的手肘，怂恿乔以笙接过钻戒。

乔以笙突然想起，以前女人被男人当众求婚时，总会羡煞旁人。

而近些年众人对此的看法较之早年有了些变化，部分女性认为，在毫无准备的情况下被当众求婚，还要被围观群众起哄，比起惊喜、感动，更多的是尴尬，这种行为甚至涉嫌道德绑架。

大家的起哄宛若邪恶的诅咒，一句句地往她身上砸。

乔以笙扫视一圈，一张张面孔仿佛也是扭曲变形的。

这些扭曲变形的面孔中，唯独一个人的脸是正常的——陆闯。

陆闯不知何时从事务所里走出来，驻足于人群之外，单手抄着裤兜，玩世不恭的脸上尽是不屑的神情，他轻飘飘地瞥过郑洋，那双冷冰冰的眸子无声地和她对视。

走神间，察觉到自己的手被抓住，乔以笙敛眸，原来是郑洋见她没有做出反应，主动要将戒指套到她的右手无名指上。

乔以笙急忙蜷缩手指，并按住他的手，阻止他的动作，用只有郑洋能听见的音量说："不想丢人的话，就把戒指收起来。"

"以笙……"郑洋眼波微动，"我是真心的。我知道错了，现在我重回正轨，我们一起步入人生的下一阶段，不好吗？"

"不好。"乔以笙冷漠道，"念在我们这些年的情分上，我给你1分钟，收起戒指站起来，自己圆场。"

或许是她之前的乖巧懂事给了郑洋继续下去的自信，郑洋根本没听进去她刚才说的话，坚持跪着，道："宝贝——"

乔以笙不再给他说完话的机会，抽出手，扭头就往事务所里走，留下难堪的郑洋和一群不明所以、面面相觑的围观群众。

她回到工位上继续画图。

李芊芊等凑热闹的同事也陆陆续续地回来了。虽然乔以笙跟没事人似的，但办公室里的氛围终归还是因为她有了变化。

乔以笙眼角的余光留意到了李芊芊的欲言又止，显然是好奇她为什么没有答应求婚，想知道她和郑洋之间发生了什么。

可惜乔以笙无法满足李芊芊的八卦之魂，只是转头小声和李芊芊说了一句："我和郑洋已经分手了。"

李芊芊听出她的言外之意，立马道歉："对不起。我以后不会再乱帮忙了。"

乔以笙笑了一下，道："这次不怪你，是我没告诉你们。"

然后乔以笙主动进了薛素的办公室，向薛素道歉，为她的私事影响到了事务所的正常秩序。出来后，乔以笙再向同组的同事道歉。

这反倒令那些看热闹并起哄的同事感到不好意思。

让乔以笙意外的是，她都让郑洋当众丢人了，郑洋竟然还在事务所外面等她下班。

不过陈老三那群人倒是都已经不见了，门口的求婚痕迹也被收拾干净。

乔以笙的记忆中，郑洋是不抽烟的，至少在她面前不抽，因为她不喜欢，所以她这位二十四孝好男友几乎不碰烟，就连酒也能不喝就尽量不喝。即便有时候因为工作的需求，他沾了烟酒，也会在见她之前收拾干净。

但现在，郑洋的脚边落了一地的烟蒂。

乔以笙很想提醒他，他这样随地乱扔烟头是要被罚款的。最终她忍住了，只是心平气和地问："你还有什么事？"

"真的不可能了吗？"郑洋的眼睛里依旧装着希望。

乔以笙从来不是薄情的人，此时难免心软，但语气依旧强硬："我8年的青春都已经被你耽误了，你现在还想继续耽误我吗？你是觉得我傻还是觉得我好欺负？

"你是有多恶毒才会想着跟我求婚？都这样了我还嫁给你干什么？干什么？！"

乔以笙又气又委屈，眼圈忍不住泛红，身体也控制不住地颤抖。

她也不是非要谈个对象、非要结婚不可，可谁能轻易接受自己男朋友的背叛……

"对不起，对不起，你别激动，对不起……"郑洋想抱她。

乔以笙推开，微微仰高脸，抑制住眼泪，道："没其他的事，我先走了。"

"有。"郑洋犹豫道，"我妈那儿……"

"我不会跟你妈妈透露你的事。"

"不是，我知道你不会。"郑洋看了看她，"我……没办法现在就告诉我妈你和我分手，她知道了肯定会追问原因的。而且昨天检查报告出来了，她的身体情况不太好。"

"你直说要我怎么做。"

伍碧琴同样也被蒙在鼓里，郑洋的错算不到伍碧琴的头上，乔以笙也不希望伍碧琴因此受刺激。

"她很惦念你。如果可以的话，你照常去探望她吧，分手的事我之后会慢慢告诉她，让她有个心理准备。"

郑洋的意思就是他们要在伍碧琴面前假装还好好的。这不是难事，乔以笙可以帮这个忙。

她正打算点头，郑洋却又把戒指递过来，继续说道："我妈知道我今天跟你求婚了。我也没办法告诉她求婚失败了。所以你去见她的时候，得戴上戒指。"

乔以笙顿时不乐意了，道："忙我可以帮，戒指我绝对不会戴的。"

"好……"郑洋失望地收回戒指，"那，现在可不可以陪我去一趟医院？"

乔以笙亮起手机屏幕看了看时间，颔首道："走吧。"

第四章
谎言与纠缠

///////////////////////

前往医院的途中，她从郑洋口中了解了伍碧琴的情况。伍碧琴的颅内发现了一颗肿瘤，万幸是良性的。伍碧琴暂时住院，等医生确定治疗方案，不排除要动手术的可能。

俩人统一了说辞之后，乔以笙跟着郑洋走进病房。许哲正坐在病床前喂伍碧琴吃晚饭。原本正开心地聊着什么，发现乔以笙的身影，伍碧琴立刻推开许哲，欢喜地朝乔以笙招手，道："快来！快来！"

乔以笙笑着将拎来的补品放上床头柜说道："伯母今天的气色可算恢复了。"

"人逢喜事精神爽。"伍碧琴握住乔以笙的手，一摸又一看，愣了一下，"怎么没戴戒指？阿洋没跟你求婚吗？"

"求了。"郑洋接过话茬，如常搂住乔以笙的肩，解释道，"戒指先收起来了，以笙怕弄丢。而且她平时工作总要画图，不方便戴。"

乔以笙补充了一句："嗯，伯母，钻石太大了。阿洋在我单位门口求婚已经够张扬的，我再戴个大钻戒到我同事们眼前晃，太高调了。"

伍碧琴倒也没追究："好吧，收着也好，反正戒指只是形式。既然求完婚了，接下来抓紧时间把证领了，我看明天的日子就很不错——"

"妈，你怎么好像总是怕以笙跑了似的？"郑洋语气无奈。

"可不就担心以笙不要你。"伍碧琴不留情面地回道。

郑洋表情讪讪的，道："领证的时间我和以笙有另外的安排，定在情人节了。"

"2月14号啊？"伍碧琴皱眉，"那得到年后。"

许哲帮腔道："阿姨，我们年轻人挑日子一般都流行挑情人节这天，你就别为难他们了。"

伍碧琴不再纠结了，道："行行行，反正有个确切的日子，我有个盼头就行。那婚礼——"

"伯母，你再这么操心，我明天就不敢来看你了。"乔以笙笑着打断她，"您先把晚饭吃了。"

伍碧琴不再多言，接过许哲递过来的筷子，转而开始唠叨许哲："阿哲，你也该谈个对象了。别嫌阿姨啰唆，你父母不在身边，我得替他们关心你。"

许哲看了一眼郑洋，道："嗯，我知道的，谢谢阿姨。"

乔以笙挣开了郑洋的手臂，坐到沙发上给伍碧琴削水果。

待了半小时后她离开了，只让郑洋送她到医院门口。

乔以笙拦下一辆出租车，临上车前提醒郑洋："你尽快吧。拖得越久，只会让伯母越失望。"

她虽然答应帮忙，但内心其实不赞同郑洋的做法，尤其是郑洋还在伍碧琴面前谎称求婚成功了。

郑洋神情复杂，忽然问："是不是会影响你交新男朋友？"

乔以笙蹙眉道："这和我交不交新男朋友有关系吗？"

"没关系。"郑洋垂了一下眼皮，为她打开车门又说道，"路上小心，到家后可以发消息给我报个平安。"

似乎担心惹她反感，他又说："即便分手了，我们也还可以是朋友吧。"

乔以笙点头，能和平相处自然是最好。

等她回到小区楼下，时间将近晚上8点。

乔以笙先进去花店买了今天没卖掉的有点儿蔫的花。老板娘干脆送给她，还选了不同的品种帮她包成漂亮的一束。

乔以笙郁闷的心情得到了些许缓解，上楼梯的步伐都变得轻快不少。

刚上到5楼，冷不防听见一声讥诮："这是和郑洋又和好了，还相处得很愉快？"

被吓了这么多次，乔以笙的抗吓能力依旧没有任何提升，还是抖了一下。

楼道间不太灵敏的声控灯此时缓慢地亮起，完全照亮陆闯，冷调的光线将他英挺的轮廓勾勒得有些冷硬。

陆闯坐在通向6楼的楼梯上，嘴里塞着根烟，却没点火，手中弹着打火机的金属帽盖，来回地开合发出"叮叮"脆响，他面容冷漠，眯起眼瞧她，周身的气息十分不善。

乔以笙眉心微拢，问道："你怎么又在这儿？"

"检查你的伤。"陆闯的音调一贯低而稳。

乔以笙亦难以抑制耳根的发烫，道："谢谢，不过你不用为弄伤我负责。"

陆闯没动，也没再说话，只是看着她。

乔以笙不知道他想怎样，和他对视了几秒，径自摸钥匙开门。

陆闯起身，跟在了她的身后。

"你干什么？"乔以笙来不及阻拦他。

陆闯大摇大摆地掠过她，坐在沙发上，两条腿交叠着搁在茶几上，道："需要我重复一遍刚才的话？"

乔以笙道："那你也需要我重复一遍我刚才的话吗？"

"我想怎样就怎样。"陆闯淡漠的目光在她脸上扫视，莫名给人一种巡查自己领地的即视感。

"……"乔以笙简直要被气笑了。

一个两个的，全当她好欺负。解决了一个郑洋，又惹上这位爷。

按照前几次的经验，乔以笙深知她再说什么也是徒劳，根本赶不走他，索性不浪费工夫了，还是采取当他不存在的策略，随他吧。

但完全无视又是不可能的，譬如因为他，乔以笙改变了以往回家先换家居服的习惯，于是直接走进厨房，决定先做饭。

下了班就直奔医院，晚饭都没顾上吃。郑洋和伍碧琴问她时，她撒谎说不饿。

陆闯又像上次那样，让她多煮一个人的份。

乔以笙置若罔闻。下一瞬间，轻轻的冷哼声响起，随即她的双脚腾空——陆闯将她抱起来，放到了流理台上。

她短促地惊叫起来，还没叫出声就被抵来她身前的陆闯用嘴唇堵了回去。他的吻极其凶猛，她觉得牙齿都被磕到了。

他手臂如铁，紧紧困住她，她毫无反抗之力。吻得她快窒息之际，陆闯才松开，但额头靠着她的额头，仍衔着她的下嘴唇，微哑的嗓音彰显着欲望，道："不多煮一个人的份，你是打算亲自喂饱我？"

"……"他的话令乔以笙脸上的温度继续攀升。

每次因为陆闯而陷入羞恼的窘状，她都觉得自己白长这么大了，已是27岁的成熟女性了，怎么还跟一个17岁的纯情少女似的。

乔以笙喘着气，手上使不上劲儿，轻轻推他一下，道："我的锅要煮开了。"

陆闯捏着她的下巴将她别开的脸转回来直视她，问："我还饿着，你凭什么吃？"

乔以笙郁结，道："我这儿又不是饭店！"

陆闯活脱脱像个恶霸，道："我等了你两个小时，你不管饭？"

"又不是我让你等的。"乔以笙没见过如此蛮不讲理的人。

陆闯的瞳孔泛着冷光，视线锐利得堪比针尖，道："你再说一遍。"

他周身那股不善的气息再次发散，蔓延过来，无形地包裹住她，乔以笙有点儿无法呼吸，怕了他，道："再不放开我，我们都没得吃。"

陆闯松手。

乔以笙从流理台滑落地面时，脚瞬间无力，没站稳，条件反射地抓住他的手臂，引得陆闯轻声嗤笑，她不由得瞪他。

她用昨天的剩饭做了炒饭，又白灼了一盘青菜。

陆闯倒不似上回那般饭来张口，主动帮忙摆了碗筷。而乔以笙正好把那束花插入花瓶中，摆在餐桌靠墙的一面。

陆闯瞥了一眼，道："别告诉我是郑洋送的。"

"不是。"乔以笙不爽他这兴师问罪的语气，刚才在门口，他也是阴阳怪气的回答，道，"我和郑洋已经分手了，你不都看见我拒绝他的求婚了吗？"

陆闯质疑："分手你还一下班就跟着他走了？"

"我那是——"话至一半，乔以笙意识到不对劲儿，她没必要跟他解释吧？

"你看见我下班跟着他走了？"

陆闯轻哂，道："我又不像你，眼神不好使。"

分明在讽刺她看错郑洋这件事。

白白又被他羞辱了一番，乔以笙气血上涌，眼睛发了酸，在郑洋面前憋住的那份眼泪涌了上来。

她离开餐桌，假装去饮水机前接水，悄悄擦掉眼角溢出的泪珠。

却还是被陆闯察觉了。

"又哭？"他的语气很不耐烦似的。

乔以笙想否认。然而陆闯已然大步走来，动作粗暴地用纸巾往她脸上擦拭，道："一个垃圾，值得你一哭再哭？"

疼得乔以笙更想哭了，愤愤地攥住他的手，道："你也说他是垃圾了，怎么可能值得我哭，是你嘴欠！你再惹我，我把鼻涕眼泪全抹在你身上！"

陆闯稍抬眉骨，神情反倒不若方才冷峻，道："那你试试。"

话毕，他就着她的手，拉她入怀，另一只手掌抓在她的后脑勺儿，将她的脸按在他的胸口。

"扑通——扑通——"他的心脏强而有力地跳动着。

隔着薄薄的衣服，他滚烫的体温传递过来，从她的脸颊蔓延至她的四肢，激起一层层热浪。

乔以笙的心脏猛地乱跳起来，出乎意料地不想推开他，反而想贴得他再紧些。她的身体比她的脑子反应得更快，两只手默默地抓住他腰侧的衣服。

很长一段时间，他没动，她也没动。

最终是她逐渐为尴尬、难为情和不自在等诸多交织的复杂情绪所支配，小声说："饭要凉了。"

陆闯抬起她的脸，语气玩味："擦干净了？"

乔以笙撇开脸，径自先回到了餐桌前。大概出于不愿意被他看扁的心思，她主动向他解释了她下班后和郑洋一起离开的原因。

陆闯听完又是一阵嘲笑："你原谅他了？现在不仅不报复他了，还跑去帮他？许哲对你干的事，你也既往不咎一笔勾销了？"

并不是。乔以笙用筷子戳了戳碗里的炒饭，道："好聚好散吧。也没什么可再报复他的了，继续和他纠缠下去反而会影响自己的正常生活。"

至于许哲，她除了吃下那个哑巴亏还能如何？

"你帮他在他妈妈面前演戏，就不是纠缠？"陆闯讥诮道，"算哪门子的好聚好散？"

乔以笙十分不满他的态度，道："这是我的事，你少管我。至于你和郑洋的私人恩怨，你换一个合作对象吧。"

陆闯忽然摔了筷子，脸色是阴沉的。乔以笙吓得眼皮猛一跳，对上他黑漆漆的眼，感觉里头布满礁石，她一不小心就会被撞得粉身碎骨。

她一时之间没再说话。

几十秒后，陆闯脸上的阴沉才稍稍退去，他换了一双干净的筷子，继续吃饭，表情在缄默间变得若有所思。

饭后，乔以笙收拾好碗筷，见陆闯没有要走的意思，她挨不住了，径自去洗漱。

进浴室后，她将门反锁了。

但陆闯并未有任何动静。

等她出来，陆闯已经从客厅的沙发转移到卧室的床上，擅自从床头柜的抽屉里翻出了那瓶装着许愿沙的玻璃罐，感兴趣地把玩着。

显而易见，他今晚又打算留宿。

乔以笙关心地问："你不回你自己的公寓，你的狗单独在家，没问题？"

陆闯撩起眼皮道："一个晚上没问题。"

然后摸出他的手机，点了几下，丢到床尾。

乔以笙拾起他的手机，看见了他家的监控画面——圈圈撒野后的状况。

狗盆被掀翻了，狗粮撒得到处都是，秋千都被咬掉了一根绳子，陆闯床上的被子和枕头里的棉花全部露馅了，被拖得到处都是，遑论他衣架上的衣服，同样难逃狗爪子的糟蹋。

而罪魁祸首霸占了那张床，脑袋趴在两只前爪上，竟还显得可怜兮兮的。

乔以笙忽然又明白过来，陆闯的公寓里家具少，是有道理的，否则哪儿经得起这么折腾。

"这就是你说的没问题？"乔以笙忍俊不禁，他完全是在睁眼说瞎话。

"别辜负了圈圈的牺牲。"陆闯朝她勾勾手指，"我看看你的恢复情况。"

乔以笙以为他只是说说而已，没想到动真格地要检查，下意识地后退一步，道："已经好了。"

"噢？"陆闯微微敛眸，目光露骨地上下打量她，"好了，是吧……"

他的意图昭然若揭，乔以笙神经一紧，又反口道："没完全好。"

陆闯眼尾上翘，似笑非笑，又勾了勾手指，道："我看看，是怎样的'没完全好'。"

乔以笙羞愤难当道："真的不劳你纡尊降贵了。"

他实在没其他乐子了吗？逮着她一个人戏弄。

"怎么？'没完全好'的程度是走不过来了？"陆闯眉头拧成的"川"字暴露他此刻没了耐心，"要我再扛你？"

乔以笙憋屈地上前，趴到床上，闭上眼睛躺好。

"今晚还没涂药？"陆闯再问。

"……没。"如实回答完，乔以笙就后悔了。

果不其然，陆闯接着说："那我再帮你涂。"

"不用了，没必要继续涂药，可以自然恢复的。你应该看得出来好得差不多了。"乔以笙连忙道，声音含含糊糊的，越讲越低。

"嗯，确实好得差不多了。"

乔以笙闻言睁开眼，瞬间跌入他深不见底的墨色瞳眸里。

喉结滚动一下，陆闯的吻细细密密地落下。

乔以笙讨厌自己又轻而易举地被他弄得神魂颠倒。眼波流转间，她有点儿担忧，道："伤真的还没完全好。"

陆闯啄了啄她的唇，低沉的嗓音因克制而绷得略紧，道："我知道。"

……

夜色深沉。

那头男人的粗喘声清晰地传入耳朵，熟悉的声音带着毫不掩饰的挑衅意味。

电话那边女人的声音对于郑洋来说是陌生的，也是熟悉的，虽然他和乔以笙在一起的8年里从未听见过她这样。

电话是陆闯主动拨过来的，郑洋捏着手机的骨节因过度用力而泛白。

1分钟后，陆闯便挂断了电话，但这1分钟足以令郑洋浑身颤抖和冰冷。他的眼前仿佛浮现出陆闯的轻蔑与不屑，与8年前的某个画面重叠在一起，他心底那根刺扎得不行。

"阿洋。"许哲因为郑洋电话接得太久，走到阳台寻他，"谁打的？护工吗？阿姨在医院里有什么状况？"

"不是。"郑洋迟钝地放下手机，"我有事，出去一趟。"

许哲立于原地，在他开门的时候，推了推鼻梁上的眼镜，一针见血地问："又去找乔以笙？"

郑洋坦坦荡荡地承认，脚步并未停滞，道："是。"

许哲下意识地问："你真的喜欢她吗？"

郑洋转回身，看了许哲一眼。

第二天，如果不是陆闯早起要回去遛狗，顺便当了闹钟把她喊起来，乔以笙怕是又要迟到。

她刷牙，陆闯也跟进卫生间一起刷牙，就站在她的身后，乔以笙心里有一种难以形容的感觉。

尤其是看到他裸着的上半身上挂着被她的手指甲划出来的两道痕。

乔以笙洗脸的时候，陆闯却只能随便擦一擦，对她颐指气使道："你可以准备个剃须刀了。"

"你还想来？"乔以笙的不满全表现在她的语气和表情中。

微风吹动窗外温柔的朝阳，在陆闯脸上落下一层薄薄的暖光，但他说出来的话极煞风景："我不来，你夜里能那么快活？"

"……"因为脸皮没他的厚，乔以笙在他面前永远只能败下阵来。

她进了卫生间锁上门，换衣服时，看到舅妈发来的短信，问她今年什么时候放春假，其实就是试探她，今年回不回去过年。

乔以笙的眼眶忍不住发烫。父母过世后，她身边的亲人就只剩舅妈和表哥了。

可当初因为舅妈反对她和郑洋交往，她和舅妈的关系变得有些疏离，只有逢年过节才会借着问候聊上几句。

这两年她都不去舅妈家过年了。倒也并非她故意，头一年是她得了流感，担心传染给舅妈和表哥，所以哪儿也没去，只能住在学校里了。去年是赶上毕业设计，她忙得不可开交，虽然舅妈家就在隔壁市，但春运期间来回奔波也比较麻烦。

今年春节呢……乔以笙觉得没脸见舅妈。

当初她一气之下在舅妈面前撂下的话，至今仍在耳畔。由于一时拿不定主意，乔以笙便暂时没有回复。

也不知道陆闯的眼睛为什么那么尖，她一出去，立刻被他察觉出异常，问道："你现在是什么表情？"

乔以笙敷衍道："不想上班。"

陆闯明显不相信她的话，可没揭穿，捏着她的脸说："请假是一件很难的事？"

乔以笙朝他翻了一个白眼，皮笑肉不笑道："陆大少爷，我只是个普通打工人，吃穿住行全靠那点儿工资，没办法任性，谢谢。"

虽然，父母在世时，她也曾是衣食无忧的小公主……

——不能回忆，不能回忆。乔以笙强行刹住车，甩开陆闯的手，进厨房切水果，打算做水果捞带去事务所作为午餐。

陆闯跟屁虫一般，出现在她身后调侃道："现在很自觉，知道做两人份了。"

乔以笙此时的心态完全是破罐子破摔，道："你不吃，我就多带一份给我同事。省得你说要，我又得开冰箱加材料。"

陆闯的身影忽然罩了下来。

乔以笙反应过来时，一只手已经被陆闯握住。他的下巴越过她的肩膀，朝前俯身，与此同时拉高她的手，将她手里刚切好的半颗草莓喂进他的嘴里。

他含住草莓的瞬间，湿热从她的指尖通了电一般，直直窜进她的心里。

乔以笙心跳如鼓，歪着头，盯着他近在咫尺的如炭素笔勾勒出的侧脸轮廓，一时间滞住了呼吸。

陆闯松开唇，微微转脸与她四目相对，进一步缩短他们嘴唇间的距离，说道："不错，挺甜的。"

"……嗯。"乔以笙略微仓皇地抽回手，低垂眼帘，心不在焉地继续忙活。

半个小时后，俩人一起出门，在小区门口分开。

乔以笙去地铁站。陆闯去取他昨晚停在路边的越野车。

拉开车门时，陆闯有所察觉地朝某个方向望去，看见了正在另一辆车里的郑洋。车身覆着层薄薄的霜气，显然郑洋并非刚到。

陆闯很满意这个结果，手臂支着车门，饶有兴味地就这么站在原地与郑洋隔着距离对视着。

郑洋也没下车，面色晦暗不明，片刻后启动车子驶离。

"孬种。"陆闯轻飘飘地丢出一句评价，这才上车走人。

中午郑洋发消息问乔以笙，傍晚下班会不会再去医院。

演戏肯定演全套，伍碧琴住院期间，她必然是每天要出现一次。乔以笙回复会去，顺便拒绝了郑洋来接她的请求，表示能自己打车过去。

免得被同事看见，以为她和郑洋藕断丝连。当然，这并不是向那些对她还感兴趣的男同事释放"快来追求我"的信号。

可男同事的确在获知她恢复单身的消息后，开始对乔以笙献殷勤，早上买早餐，中午买午餐，下午买零食，到了晚上还约她一起吃晚餐……没有中断过。乔以笙连连拒绝，都快不好意思了。毕竟都是低头不见抬头见的人，她没办法把话讲得太狠。

乔以笙向欧鸥求助，让欧鸥帮忙支招，怎样才能不尴尬地维持正常的同事关系。

欧鸥却在得知乔以笙的情况后拍手称快："我的乖乖！早该这样了！你的身边就该围绕着无数追求者！"

"以前我多为你惋惜啊！明明是花样年纪，理应享受男人的求而不得，你却总亮着自己名花有主的大招牌，从一开始就掐断人家的心思，拒绝别人的好意，连当朋友的机会也不给。

"你想想，你刚上大学和后来工作时候追求者的数量，前后差别多大？出去工作了，你上班第一天就把和郑洋的合照放办公桌上，我早就想吐槽你了。"

乔以笙："……"

"吃着碗里的，当然不能还看着锅里的。既然我有男朋友，本来就不应该再给别人希望，或者和其他男生暧昧，这样只会让自己的男朋友没有安全感。"她底气不足地反驳了一句。

欧鸥顶了回来："嗯，到头来你被骗得团团转，郑洋把你拿捏得死死的。"

乔以笙蹙眉道："怎么连你都气我。"

"啊？除了我谁还气你了？"欧鸥问。

乔以笙挥散脑海中浮现出的陆闯欠揍的脸，道："算了，没有。你可别再气我了。我知道我眼神不好使，看错男人了。"

欧鸥纠正她："乖乖，这不是你的错，你不该反思自己，错的是姓郑的那个'渣男'。"

乔以笙又把这几天发生的事简单地述说了一遍，欧鸥回过神来，开启了对郑洋长达10分钟的咒骂。如果不是乔以笙提醒她，时间有限，欧鸥还打算继续骂下去。

欧鸥的反应和陆闯差不多，不过措辞不如陆闯犀利："乖乖，你也太善良了。"

乔以笙微抿唇，道："就当还他之前为了挖许愿沙，险些丢掉的那条命吧。"

而且父亲去世前后的那段时间，郑洋的陪伴，也曾经带给她慰藉。

"你8年的宝贵时光，早还够了。"欧鸥叹了一口气，迅速揭过这茬说道，"反正，你现在最要紧的事情就是尽情享受挑选男人的快乐。

"你事务所的同事，你看不上没关系，周末你跟我出来，上回不是说要学搭讪吗？我的拿手本领还等着传授给你。"

乔以笙隐隐期待起来，道："好啊。"

挂电话前，欧鸥突然又想起一个问题，问道："许哲那件事，后来你是怎么解决的？"

乔以笙只不过犹豫了两秒要不要实话实说，就被欧鸥猜了出来："你不会又和陆闯……"

"偏巧撞见他了，我也没办法。"乔以笙忙不迭地为自己辩白，决定略去后面她和陆闯的接触。

欧鸥不得不再次提醒："乖乖，我之前跟你说过的你还记得吧？反正呢，我的经验就是，男人可以很清醒地把身体和感情分开，女人往往就没那么清醒了。"

乔以笙的眼皮莫名地一跳，道："嗯，我知道，你传授的心得，我现在都牢记于心。"

欧鸥道："牢记于心还不够，得刻进你的 DNA 里。"

乔以笙笑道："嗯嗯，保证刻进 DNA 里。"

到了医院，许哲不在病房里，而多了一位护工。乔以笙待的时间比昨天短一些，是伍碧琴让她早点儿回家，说天气冷，也怕乔以笙在医院里过了病气。

关于过了病气这一点，乔以笙心里明白，伍碧琴无非又是担心影响她的生育。在伍碧琴眼中，乔以笙是一个随时可能检查出怀孕的人。

由于伍碧琴的坚持，郑洋得做做样子负责送乔以笙回家。乔以笙则依旧坚持在医院门口和他分开，各回各家。

临末了郑洋像是有话要对她说，将她喊住，但一副欲言又止的模样。可最后郑洋只是叮嘱她路上注意安全。

乔以笙觉得他古怪，但并未放在心上。

离开医院后，她没有立马回家，抵达小区附近时，先转去超市，家里的食材差不多用完了，该补充库存。

经过生活用品区域时，乔以笙的目光被成排的剃须刀吸引，不由自主地踱步至货架前。

导购员热情地上前来，询问她家里那位平常使用哪个品牌，习惯手动式的还是电动式的。

乔以笙哪里懂得这些。她以前也没有帮郑洋买过，完全不了解。导购员没等她反应，就为她推荐了一款套装，里面除了剃须刀，还包含了鼻毛修剪器、收纳盒、须后水等用品。

乔以笙后悔过来了，尴尬地要离开。恰恰这时候，陆闯的身影进入她的视野。

他并非一个人，旁边还有朱曼莉。朱曼莉一只手亲密地挽着他，另一只手推着购物车，与他有说有笑。俩人的衣服都是咖色，像情侣装。

乔以笙的第一反应是要躲开。然而朱曼莉看见她了，还主动朝她招手。

乔以笙假装没看到，绕到其他货架去。

朱曼莉却偏偏带着陆闯追到她面前来，与她打招呼："好巧啊，以笙，你怎么在这儿？"

乔以笙只得给她一个眼神，道："嗯，我就住在附近。"

朱曼莉下意识地看一眼陆闯，目光略带微妙，然后转过头来回应乔以笙："那更巧了，我今天刚搬来这附近。"

紧接着朱曼莉报了一个小区的名字，将陆闯的手臂挽得越发牢，整个人贴向陆闯，脑袋往陆闯的肩膀上倾斜，笑得很具炫耀意味："陆闯给我买的房子。我说不要，他非要送我。"

那个小区确实是附近地段最好、最高档的，乔以笙没记错的话，也是万隆地产名下的。

"那小陆总对你不错。"乔以笙皮笑肉不笑地附和朱曼莉，"所以你们现在是男女朋友？"

现在三人所站的货架上恰好摆满各种计生用品。陆闯从被朱曼莉拉过来开始就没参与她们之间的对话，像一个局外人似的扒拉货架。

听到这一句，陆闯才斜眼看了一眼乔以笙。

没等朱曼莉回答，乔以笙似刚记起某件重要的事，面露狐疑道："前些天我陪郑洋去参加的好像是小陆总的订婚宴？订婚对象是你啊？"

朱曼莉的脸色有一瞬间的青白，但立刻重新堆砌起笑容，笑得比方才更灿烂，道："你的消息有些滞后，那个女人是陆闯家里人强加给他的结婚对象。他真正喜欢的人是我，他为了我不惜和家里人翻脸，那个订婚宴不作数的。"

"原来如此。"乔以笙将一绺碎发别到耳后，笑眯眯道，"那祝你们百年好合，永结同心。"

陆闯曾这样祝福她和郑洋，现在她还给他和朱曼莉。

乔以笙也记不清自己接下来还要买什么东西，与朱曼莉分开后直接去收银台结账。

这边朱曼莉推着购物车继续逛超市，就听陆闯冷冷地说："少做些多余的事。"

朱曼莉费解道："小陆总这话我就不明白了，我不是按照你的要求，扮演魅惑你的狐狸精吗，刚刚哪件事是多余的？"

陆闯嘴角勾起，眼里没了笑意。

朱曼莉毫无察觉他眸底酝酿的阴戾，自顾自道："没想到会遇到乔以笙。小陆总你说，会不会太巧了一些？"

她话音尚未完全落下，整个人猛地被陆闯往后推，后背抵上货架。陆闯高大的身形笼罩住她，一手虚扶于她身侧，一手掐在她的喉咙处，在外人看来俩人亲密无比，像是陆闯抬高她的脸正与她接吻。

但只有朱曼莉知道，陆闯在她耳畔的低语有多瘆人："少动一点儿心思，你想要的就都会有。是你自愿和我做这笔交易的，可我不是只能'喜欢'你。"

朱曼莉完全被他提起来了，像是踮着脚。她面如土色，抓着陆闯的衣领，识趣地直点头。

陆闯瞥一眼她的嘴唇。朱曼莉会意，自行将嘴唇上的口红擦得一塌糊涂，弄得好像刚刚和他激烈地接过吻一样。

陆闯这才放开她。

朱曼莉满面"羞红"地靠在陆闯的胸前，从包里摸出镜子给自己补妆。

陆闯微微敛眸，通过朱曼莉的化妆镜，看见一直跟踪他的私家侦探躲在斜后方的货架后面，偷偷拍着照片。

吃过晚饭，乔以笙窝在书架前的藤椅里，用平板电脑刷着今日的建筑资讯，忽然间，看到霖舟的本地新闻专栏，她的眼睛不由自主地筛选和陆家有关的字眼。

但几乎都是陆家家族企业相关的正面新闻，没有八卦小料。涉及那场订婚宴的报道，也仅仅停留在订婚宴前一天的预告，没有后续。

这很正常。以陆家每年为霖舟市贡献的GDP，掌握住霖舟市传媒话语权不足为奇。陆家不想让外界知道的家丑，无人敢擅自宣扬。

如今乔以笙和郑洋分手了，更难知道陆家的事了。

乔以笙将屏幕的页面重新拉回建筑行业的资讯。

其实她也没必要去了解，朱曼莉的话虽然不见得能全信，但依据陆闯先前透露的，订婚估计是真的吹了。

正思忖着，微信里有新消息弹出来，她抓起手机，看见跳动的头像，目光闪了一闪。

之前她没看出陆闯的微信头像是什么图案，这会儿她忽然反应过来，是圈圈的两只鼻孔。

说实话很不雅观，仿佛是用鼻孔看人。

乔以笙点开消息。陆闯的微信名就是他本名，他发了一张剃须刀的图片，然后附带一行字："我只用这一款。"

毫无疑问，她在超市里看剃须刀的一幕恰好被他看见了。

乔以笙恼死自己当时的行为了，显得好似她牢牢记住了他的话，盼着他再来过夜一般。

她不知道该如何回复，也认为无论怎么回复都不恰当，索性装死，当作没瞧见这条消息，丢下平板电脑进卫生间洗漱。

等她出来，手机里又有未读消息。但这次不是陆闯，而是表哥。

继舅妈之后，表哥也来询问她今年几号放春假。

乔以笙方才记起早上舅妈的消息。

她告诉表哥，和国家法定的放假时间一致，要上班到年二十九为止。

表哥也不遮遮掩掩了，直截了当："那你来不来过年？"

随即表哥发来了语音："可以带你男朋友一起来。都几年了，既然你们还处着，我妈也不能再反对。别是背着我们都领证结婚了，我们还被蒙在鼓里。"

乔以笙庆幸表哥没有打电话过来，否则她很难掩饰住自己的情绪。

——没呢，表哥，没背着你们领证结婚。工作挺忙的，我得确定一下工作上的安排，再答复你过年的事。

工作习惯使然，她先用文档编辑了文字，再复制粘贴进微信。

然而按下发送键的一刻，她猛然发现，她回错对象了。

乔以笙第一时间撤回消息。

陆闯："？"

好在不是什么了不得的内容，只是她没法继续无视陆闯了而已。

乔以笙："发错了，不好意思。"

她重新把那段话粘贴到和表哥的对话框里，发送过去。

陆闯："你不在霖舟过年？"

乔以笙没理他。

陆闯："剃须刀知道怎么买没？"

乔以笙再次无视他发的消息，吹干了头发，准备今晚早点儿休息。

但她前脚刚进卧室，后脚门铃就被摁响。

乔以笙的心一颤，犹豫了许久，没有去开门。

门铃还在响。

陆闯又发来一条新消息："开门。"

隔着文字都能感受到他说一不二的强势与霸道。

乔以笙不情不愿地走去玄关。

站在门外的并不是她所预想的陆闯，而是一位外卖员。

乔以笙签收了，折返回屋，狐疑地打开包装袋。赫然是一盒新买的剃须刀，恰恰是不久前陆闯发的图片中的那一款。

陆闯又发来一条微信语音："可以摆进你的卫生间里了。"

乔以笙有些无语，什么人啊？！

这还没完，在接下来的几天，每晚差不多的时间，都有一位外卖员来。

继剃须刀之后，外卖员陆续送来整包男士一次性内裤、男士拖鞋、男士睡衣。乔以笙被陆闯这一系列的行为弄得不知所措。

其间，乔以笙每天下班后照常先去医院探望伍碧琴。

伍碧琴的治疗方案已经确定下来了，需要动手术，但手术的日子还要等安排。

之后乔以笙也很少在病房里见到许哲，而郑洋也经常见不到身影。伍碧琴有些担心，那天她无意间听到郑洋接电话，貌似是公司出了什么事。

伍碧琴向乔以笙打听，乔以笙哪儿知道出了什么事，却又不能表现出和郑洋的疏离，只能安抚伍碧琴，说郑洋的公司一切安好，临近年底大伙儿都比较忙而已。

周五傍晚，乔以笙总算有空。欧鸥早早地来接乔以笙过周末，她换了一辆新的红色跑车。

乔以笙调侃是不是年终奖很丰厚。于是便听欧鸥数落了一路自己抠门的老板。

欧鸥本科虽然也学建筑，但毕业后却进入公关行业。

"公关"二字很容易被人误解为某种不正当的职业，加之欧鸥的穿着打扮一直走的性感路线，几年来不知产生过多少误会。

欧鸥的父母也不满意她的工作，希望她能考个公务员，端上"铁饭碗"。

在这点上，连素来追求安稳的乔以笙都忍不住和欧鸥一块吐槽，为何宇宙的尽头是考公务员。

今天乔以笙下定决心要补上青春期的遗憾，跟着欧鸥游戏人间。

俩人首先去了美发店。

欧鸥的茶褐色卷发，颜色掉得有点多，发顶也长出一截新头发，准备重新染，她随乔以笙一起选择了栗色，正好做成一长一短的闺密发型。

离开美发店时大概 10 点，也是夜生活开启的时间，俩人又买了两条闺密裙换上。

同样是上次那家酒吧，今晚里面的气氛更为热闹。

乔以笙酒量一般，欧鸥就帮她点了一杯酒精度数低的酒，而后在卡座里慢悠悠地小酌。

欧鸥说："真正的猎手，往往以猎物的形式出场。"

"那我现在应该做什么？"乔以笙好奇。

欧鸥附在她的耳边低语："乖乖，你什么都不用做，该怎样就怎样。你知不知道就在刚刚这 10 分钟里，已经有 10 个男人的目光停留在你身上超过 10 秒了？"

乔以笙笑了笑道："这样吗？"

欧鸥提醒道："来了，来了，马上有人要过来请你喝酒或者跳舞。自己掂量着，瞧着喜欢的就试试。"

果不其然，有两个男人一起过来了，和她们分别闲聊了两句。乔以笙和欧鸥都没有感觉，所以只是交换了联系方式。

后来又陆续来了几个邀请乔以笙跳舞的，乔以笙都拒绝了。

欧鸥开始教授新课："如果碰到你感兴趣的，也并非不能主动出击，不过主动出击的方式要讲究，还是要用猎物的形象钓猎人。"

说着欧鸥手肘轻轻碰了碰乔以笙，道："我的眼光没错的话，这位是我们今晚截至目前，遇到的最优质的男性。"

乔以笙通过欧鸥的化妆镜，瞄向 8 点钟的方向。

她不知道欧鸥判断优质的标准是什么，但她乍一瞧，确实觉得是目前为止，看上去最舒服的，或者说有眼缘的。

男人的年纪应该和她们差不多，外形不算出众，胜在骨相极佳，所以十分耐看，皮肤是非常健康的小麦色，平时估计没少参加户外运动。

"人家像是来找人的，不是来休闲放松的。"乔以笙跟欧鸥说这句话时，男人的视线恰好落在她们所在的地方。

一瞬间，乔以笙觉得自己的目光和他在镜子里对上了，吓得她仓促地合上欧鸥的化妆镜。

"不是专门来休闲放松的更好。"欧鸥眼底闪过狐狸般的狡黠。她忽然告诉乔以笙自己要去厕所。

乔以笙不疑有他，正好借此机会翻看手机。

陆闯多半又找了跑腿的去她家送东西了，他发了两条消息，间隔两个小时。

9 点有一条消息。

陆闯："你不在？"

1 分钟前又发来一条消息。

陆闯："去哪儿了？还没回？"

乔以笙奉还他曾经对她说过的话："你管我？"

头顶上方突然有阴影落下，伴随一句礼貌的问候："女士。"

乔以笙抬眼，发现是刚刚那位优质男性。

对方的眼睛在酒吧光线的折射下，宛若深棕色的琉璃，清澈见底，道："我们是不是在哪儿见过？"

乔以笙："……"

这种搭讪方式，连她这种不怎么出来玩的人都感到老土。

酒精的作用下，乔以笙比平时放得开，嘴角微微翘起，道："嗯，见过。你不就是我下一任男朋友？"

乔以笙是跟欧鸥学的。这是欧鸥还在学校时使用过的话术。

既然对方的搭讪方式老土，她也就不怕自己的回答过时，反正以"土"治"土"。

不过讲完她的脸稍稍有点儿热，低头抿了一口酒，加以遮掩。

男人微微一愣，继而脸上露出几分笑意，在她身边坐下，也跟服务生要了一杯酒。

乔以笙又抬头。

男人的酒杯轻轻碰碰她的酒杯，道："现在是现任男朋友了。"

闻言，轮到乔以笙微微一愣。

男人十分自如地和她聊起来，先是询问了她的职业。得知她是建筑师之后，他就建筑方面的事情侃侃而谈。

乔以笙多少有点儿惊喜。她感受得出来，眼前这个男人无论是从说话方式还是说话内容来看，都毫无卖弄和吹嘘，完全是出于兴趣才和她探讨这些的，态度诚恳。

反倒是乔以笙底气不太足。因为他们谈到的好几座建筑，她虽然神往已久，但始终没有机会亲自去观赏。

男人主动邀请："国外比较远，国内的几个地方，你什么时候想去，不妨问问我的时间，我可以陪同。我一直认为建筑这种'凝固的音乐'看一次是不够的，而且和不同的人去，体验肯定也很不一样。"

说完他很自然地拿出手机，乔以笙和他互加了好友。

今晚用来加好友的微信号并非她平时使用的账号。

这是欧鸥教她的，要用小号，因为很多人可能过了一晚就不会再联系了，用不着暴露太多个人信息。

但对方使用的一看就是他的日常账号，乔以笙突然感到心虚，这样显得她好似很不真诚。

她问他的名字。

男人在微信上发给她："周固。"

他给的也是真名，乔以笙更加心虚了。

周固却并未在意，敞开话题，又继续聊起了自己的职业。他从事金融方面的工作，目前就职于霖舟市的一家证券公司。公司很出名，他一提，乔以笙就心里有数。

而深谈之后发现，周固比她大3岁。

乔以笙不知不觉喝了两杯酒，忽然想起去上厕所的欧鸥到现在还没回来。

她跟周固说，她要去找一找她的朋友。

周固问道："你的朋友是和你穿同一款裙子的那位女士？"

他的谈吐与举止总透露着一股与生俱来的绅士感，乔以笙感到很舒适，道："嗯，是的。你见过？"

周固笑了一下，道："我过来之前，就遇到你朋友了，她拜托我送你回家。"

乔以笙："……"什么情况？

因为她的表情，周固的脸上的笑意越发浓了，看向她的手机，道："你可以跟她确认一下。"

乔以笙背过身打开手机，欧鸥的消息掐准时间发过来。

欧鸥："都聊了这么久，看来你对他的感觉不赖。既然如此，乖乖，我就不做电灯泡了！你太需要多接触些不同的男人，通过我的观察，我向你保证，他对你也非常感兴趣，你不需要太主动，只要随便给点儿暗示，他就知道该怎么做了。你们现在就是一位单身的成年女士和一位单身的成年男士一拍即合，别顾虑那么多。"

换言之，欧鸥这段时间根本不在厕所，而是躲在某个角落里悄悄地替她把关。

"怎样？确认了我没撒谎？"周固问，"那我有这个荣幸，送你回家吗？小乔。"

"小乔"是乔以笙微信小号的名称。

而乔以笙竟然听出来了，这是他发出的一句暗示。

她转回身，下意识地舔了舔唇，道："……你方便吗？"

他之前看起来像是来找人的，现在不找了吗？

周固的眼神很柔和，道："方便。"

乔以笙安静了两秒，想到陆闯还在她的公寓蹲守，她微微翘起嘴角点头道："好，那麻烦你了。"

她需要依靠其他人来消除陆闯对自己的影响。特别是欧鸥的再三警告，乔以笙言犹在耳。

"你家的地址？"周固好听的嗓音拉回她飘散的思绪。

乔以笙这会儿有点儿紧张，比当初去找陆闯还要紧张，道："我不想回家。"

"那去我家？"周固笑着给她选择，"或者酒店？"

乔以笙考虑了一下，道："去酒店吧。"

"可以。"周固打转方向盘。

城市的灯红酒绿被丢在后视镜里，不断地往后倒退。

陆闯："给你最后5分钟，说你在哪儿？"

乔以笙点开陆闯发来的消息，又关掉，很想干脆拉黑他算了。她完全能想象到他的语气和神情，也不知道他又找她干什么，但他的态度让她很恼火。

周固的车子停了下来。

乔以笙定睛一瞧，发现正好是陈老三举办婚宴的那家酒店，她脑海中不由自主地闪过某些记忆，下意识地蹙了眉。

周固捕捉到她细微的表情，问道："不喜欢这里？"

除宜丰庄园外，霖舟最好的酒店就是这一家，周固的选择其实没问题。乔以笙否认："没有，就这儿吧。"

再换也麻烦，选在和那天晚上同一家酒店也好。

进入酒店大堂后，乔以笙心神不定地独自在沙发里坐了会儿。周固办好入住手续，来找她一起乘电梯上楼。

乔以笙好奇地问道："你经常来？"

周固听出她的言外之意，道："没有，大多数时候是来办公，偶尔几次才是私事。"回答得似乎很真诚。

"你介意？"周固忽然问了这一句。

乔以笙摇摇头。虽然她本人以前比较保守，但对"饮食男女"并无偏见。

房间是高楼层的大床房，格局和那晚陆闯住的房间不太一样，窗外的夜景则是一如既往的浮华。

乔以笙放下包，略微局促地拨了拨耳边的头发，回头问周固："我先洗澡？"

周固点头道："可以。"

乔以笙从衣柜里取出酒店的浴袍，走进卫生间。

周固听着浴室里传出的哗啦水声，看到乔以笙搁在桌面上的手机不断地有电话打进来。

陆闯面无表情地拨出第10通电话时，终于接通。

电话里传过来的却是一道陌生男人的声音："喂，你好。"

陆闯漆黑的瞳仁微微收缩，道："让乔以笙接电话。"

周固说："小乔在洗澡，现在没办法接，你可以一会儿再打。如果是急事，我可以帮你转达。"

陆闯冷笑着掐断通话，转而打给陈老三。

就在刚才，陈老三在酒店大堂看见了乔以笙。原本陈老三想要上前和乔以笙打招呼，结果看见乔以笙跟着一个男人一起上了楼。

陈老三这种常年在外面玩的人，怎么能猜不出他们打算干吗，赶在俩人的身影消失在电梯之前拍下照片。

把照片发给陆闯，是因为陈老三八卦。之前陆闯半道从他车上接走乔以笙，陈老三就憋了一肚子问号，后来乔以笙又拒绝了郑洋的求婚，陈老三至今没搞懂原因。

现在乔以笙又和其他男人半夜三更进酒店，陈老三更糊涂了，想借此机会探探陆闯的口风。没料到，这张照片能把陆闯给炸过来。

洗澡期间，乔以笙对自己现在的行为又摇摆不定了，有些后悔。磨磨蹭蹭地，她从浴室出来，先向周固了解刚刚电话的情况："骚扰电话吗？"

电话并非周固擅自接听的，是他看她手机一直响，担心有急事，所以敲了卫生间的门告诉她的。

乔以笙问他谁打来的。她有陆闯的微信，但没存陆闯的手机号码，所以来电显示就是一串陌生数字。

周固报给她之后，她不认识，就让周固帮忙接。

"不是，应该是你认识的人，但没说什么事，骂了我一句，挂了。"

毕竟是他帮她接的，害人家白白挨了骂，她向周固道歉："不好意思。"

"没事。你看看要不要回拨过去吧。"周固友善提醒，随即带着另外一件浴袍，进去卫生间。

乔以笙拿起手机查看通话记录里的那串号码，联系周固所反馈的，她心中有所怀疑，于是翻了一下微信，点进陆闯的头像。

陆闯微信的个人信息里，恰好有显示他的手机号码，和打来的这通电话，对上了。

如此一来，乔以笙反倒不想回拨了，她就是要晾着陆闯。

忽然门铃被按响。乔以笙从猫眼往外看，见是酒店服务生，她打开门。

结果陈老三从旁边窜出来。

周固洗完澡出来发现，房间里空无一人。

乔以笙的物品也全都不见了。

他尝试着给她的微信发了个问号，但没人回应。

陆闯花了 20 分钟抵达酒店。

陈老三将房卡给他，就功成身退。

陆闯刚刷卡进门，迎面就被枕头砸个正着。他从半空中将枕头接住，冷冷地看向乔以笙。

陆闯周身裹挟的夜晚的寒气让她不禁害怕，他来势汹汹的模样，也是令她有些犯怵的。但她被陈老三强行拽走并锁在这里，心中也满是愤怒与憋屈。

她就猜到陈老三不会无缘无故如此，果不其然是陆闯指使的。

"你干什么？"她质问，"你这是非法禁锢人身自由！"

陆闯走过来，手里把玩着枕头，道："力气这么大，是还没往那个男人身上使？"

赶得匆忙，他忘记询问陈老三，把她抓出来的时候，她进展到哪一步了。

乔以笙难以忍受他现在打量自己的目光，好似在检查他的所有物是否完好一般，他的措辞同样令她羞愤。

"你嘴巴放干净点儿。"

"我的嘴巴怎么不干净了？"陆闯勾起一抹极其刻薄的笑容，"不比你在外面随便乱找的男人干净？"

越讲越难听！乔以笙抓起包，越过他就要走。

陈老三抓她到这里之后，倒把她落在周固那边的衣物鞋包也一并送过来了。

陆闯还没来的时间里，她已经换回了原来的衣服，不让自己显得太难堪。而她才迈出一步，就被陆闯横过来的手臂拦住，下一刻她整个人就被推倒在床上。

乔以笙急忙要爬起来。陆闯的单只膝盖屈上来，双手抓着她的肩膀重新按回她，居高临下地俯视她，道："不是来找男人的？怎么就着急走？"

乔以笙挣扎，顺着他的话道："是啊！我的男伴还在等我！"

陆闯的眸子敛起，闪烁危险的光芒，道："怎么找的？和找我的那次一样，主动送上门？"

他的语气极其轻浮，之前他也不是没有这样和她讲过话，但这次乔以笙觉得更为刺耳，心口苦涩得厉害。

陆闯冷峻的面容低下来，目光中流淌着暗潮，宛若锋利的刀，道："你不是乖乖女吗？因为郑洋那个垃圾，就自甘堕落了？"

"哪儿来的乖乖女？"乔以笙眼眶发烫，撑回去，"我骨子里什么样，一个月前在这个房间里，你不早就清楚了？"

是的，也不知是巧合还是故意，现在他们所在的这间客房，就是当初那个房间。

"我这不叫自甘堕落，最多算放飞自我。"乔以笙满脸冷漠，"单身的成年女性和一位单身的成年男士一拍即合，怎么招你惹你了？你有什么资格干涉我？"

陆闯的表情沉郁得可怕。

乔以笙糨糊一般的脑海里有无数声音在喧嚣，闹哄哄的，搅得她的心绪也乱七八糟。

而陆闯的手指沿着她脖颈处的血管缓慢地游移。他仿佛一只凶猛的野兽，张开利爪，斟酌着该从哪一处开始，将自己的猎物撕碎。

乔以笙的后背直冒冷汗，室内的暖气好像已经完全失去了作用。

陆闯游移的爪子最终停在她的耳后。他轻轻捏了捏，乔以笙敏感的耳根泛起暧昧的红，甚至往下蔓延至白皙的脖子。

见状，陆闯嘴角勾起，可落在乔以笙眼中却并非笑意，更像是一种讽刺。

他拖腔带调地续上她的话茬，道："我陆闯的女人，即便腻了，丢开了，别人也休想轻易碰。"

不寒而栗，乔以笙应声打了一个冷战，眼尾潮意弥漫："浑蛋！"

陆闯的神色凝固了一瞬，一只手捏住她的下巴，抬高她的脸，另一只手拇指按在她的嘴唇上摩挲，从嗓子眼里闷出新的讯诮："你就这么想要男人？嗯？伤才痊愈，你就着急地跑出来？"

心绪难平，乔以笙憋屈地故意硌硬他，道："是啊，想，很想。因为你这人太烂了。"

刺激他的下场，无疑是自己吃苦头——陆闯捏在她下巴处的手劲猛然加大。

乔以笙眉心紧拧，因为疼痛感眼泪几乎要涌出眼眶。

陆闯倒是一下子又松开了。

"是嘛……"他拖长的尾音轻扬，酥得她耳朵发麻。他一下一下地啄她的嘴唇，目光仿佛带着炙烤的温度一般，烧得她浑身窜动不自然的热意。

无论乔以笙心里再如何告诫自己不要受他的诱惑，却还是很快陷入白茫茫的眩晕。

他连强迫手段都不需要用，她便心甘情愿地沉溺其中。

欧鸥说得对，她根本不是他的对手，她玩不过他的。

星期天傍晚，陆闯拉开一小截窗帘。

金黄色的夕阳余晖照射进来，无形中好似发酵了空气。

因为无力，乔以笙觉得自己的视线是涣散的，阳光在她眼中呈模糊的万花筒状，还幻化出了五彩缤纷的彩虹。

陆闯将服务生放在门口的餐车推到床边，搂着乔以笙坐起来，喂她吃东西。

乔以笙浑身软绵绵地靠在他的胸膛上，思绪迟缓地归拢，道："你两天不在，圈圈不会饿死？"

陆闯的声音是勾着的，透露他心情的愉悦，道："这么关心它？"

乔以笙咽下嘴里的食物，道："替你关心。"

然后她问："有没有监控，让我看看它？"

她想当作下饭视频，消遣消遣。

陆闯拿出手机，点了两下，递给她。映入眼帘的却并非圈圈，而是她在他公寓过夜的那晚，他帮她涂药的画面。

乔以笙气急败坏地丢开手机："你是不是变态！"

"噢，点错了。"话虽如此，但陆闯脸上丝毫不遮掩成功戏弄她后的兴味神色，"圈圈这两天在宠物店，不在家，没得看。"

乔以笙重新把他的手机捡回来，删掉刚刚的那段视频。

陆闯极其欠揍地说："家里摄像头拍到的内容，都是自动上传到云盘的。"

换句话说，她现在删了，他还有备份。

乔以笙急红了眼，道："你是在要挟我吗？"

陆闯鼻间溢出轻嗤，道："你是什么大明星还是具有社会地位的名人？"

"那你留着这种东西干什么？你和其他女人也有这种癖好？"虽然她不是大明星也不是名人，但一想到万一陆闯不小心丢了手机或者修个手机，导致私密视频外泄，乔以笙简直要心梗了。

陆闯往她嘴里塞了一口饭，大有堵住她的意思，道："别一口一个'其他女人'，不知道的以为你打翻醋坛子了。"

乔以笙的喉咙仿佛卡住了，心下冷笑不止，他的脸可真够大的，妄想她为他争风吃醋？

她胸口犯闷，和陆闯这种人纠缠不清，她才是真的自甘堕落了。

因为她长久的沉默，陆闯又不爽了，问道："你哑巴了？"

乔以笙和他可没那么多话说，微抿一下唇，问："一会儿我是不是可以回家了？"

陆闯恶劣地反问："你吃饱喝足了没有？"

乔以笙恶狠狠地瞪他。

陆闯挑着眉收尽她又瞟又逞凶的神色，瞳孔仿佛被夕阳染上斑斓的光影。

磨蹭到太阳落山，新一轮的华灯初上，乔以笙才慢吞吞地开始穿衣服。

陆闯没有阻止，只是在她拉裙子后背的拉链时，突然过来帮忙。他粗粝的手指不可避免地触碰到她的皮肤，激起层层热意，乔以笙觉得他完全在帮倒忙。

陆闯嘴里叼着烟，嗓音有点儿含混，但吐露的嘲讽依旧清晰："新裙子、新发色，为了勾搭男人，挺下功夫的。"

裙子是枣红色的，很衬她白皙的肌肤，裙摆呈丰盈的伞状，穿在她的身上，尽显熟女的柔情，吊带式的剪裁又给她添了一分日常见不到的妩媚。

乔以笙不怕死地反讽道："不知道的还以为你醋意冲天。"

陆闯如铁的手臂重新箍住她的腰，从背后紧密地与她贴合，嘴唇吻在她的后颈，似笑非笑道："你这身功夫，最后不还是都下在了我这儿。"

乔以笙敏感地掰开他的手，道："说好放我回家的。"

陆闯没再辩解，只是松开她的同时，乔以笙感觉自己的脖子被挂上什么东西，冰冰凉凉的。

乔以笙低头，看见了一条锁骨链。

链子是银色的，吊坠镶嵌着黑色宝石，绕得像个圈，吊坠的侧面似乎还有字母，但花体字刻得很飘，辨不清楚。

陆闯拨了拨她及肩的短发，给她扣好项链，然后扳过她的肩膀，正面端详，道："买裙子的时候导购员没告诉你，脖子上太空了？"

乔以笙低垂着眼皮，没什么情绪地说："没有。"

陆闯又捏着她的下巴，抬高她的脸，道："没见过收礼物还不高兴的。"

乔以笙皮笑肉不笑地道："谢谢陆大少爷。"

呵，这两天的补偿吗？

走出酒店的那一刻，乔以笙有一种重见天日的感觉，她开始处理这两天积压的消息。

首先便是登录微信小号。

周固在那天晚上发来一个"？"后，就没有后续了。

乔以笙也不知道该如何回复。反正本来就打算一夜过后就断联系的人，以后再碰到的可能性极小。考虑过后，她决定不回复，就当是她那晚临时反悔好了。

欧鸥也发来消息询问后续，乔以笙哪好意思告诉她被陆闯截和了，只能语焉不详地敷衍过去。

欧鸥："隔了一天才回消息，你不对劲儿啊乖乖。"

乔以笙："昨天看见你消息的时候临时接到工作，后来就忘了回你。"

她选择撒谎。

欧鸥："你这反应。难道处得不愉快？"

乔以笙："差不多吧。"

她在心里默默地对周固说声抱歉，只能让你背锅了。

然后乔以笙点开表哥的语音消息，传出了舅妈的声音："圈圈。"

酸气即刻冲上鼻头。

父母过世后，只剩舅妈记得她的小名，也只有舅妈会喊她的小名。乔以笙突然觉得没什么可再顾虑的了，今年她必须回舅妈家过年。

她仔细地将舅妈后面的语音听完，不过短短的一句，说年夜饭的菜单准备了她爱吃的菜。

她连忙答复舅妈和表哥，定下回去的时间。

最后乔以笙才去处理来自郑洋的未接来电和未读消息。郑洋无非是询问她周末两天怎么没到医院探视伍碧琴。

乔以笙没向他做出任何解释，只是发了条消息告诉他，明天会去。

回到小区，乔以笙摸出钥匙准备开门，脚下突然被东西绊了一跤。

她稳住身形，发现门外堵着个鼓胀的塑料袋。乔以笙的第一反应是哪位邻居如此不道德，把垃圾丢到她门口来。

翻开塑料袋才发现，里头装满了食材，估计已经买了两三天，都不新鲜了，有些需要冷冻的肉制品也已经臭了。

鉴于陆闯曾经让外卖来送过东西，乔以笙猜想大概率又是陆闯搞出来的，她拍了一张照片发给他，问："你买的？"

这两天陆闯一直和她待在酒店里，那么不难推算出来，是周五的事情了。进一步联想到周五当晚陆闯询问她的去向，便基本可以确认了。

既然是食材，乔以笙甚至怀疑，不是外卖送来的，而是陆闯亲自拎着这袋东西找上门。拎食材上门来能干什么？是拿她这儿当饭店，拿她当免费的厨娘，让她照他的口味给他做饭吗？

陆闯的回复坐实了她的猜测。

陆闯："你自己心里有个数，下次该怎么赔我满桌子的菜。"

无赖！无赖！无赖！骂他几遍乔以笙都不解气，将东西丢去垃圾桶之前，先当作是陆闯的脑袋狠狠地踩了个稀烂。

次日乔以笙虽然上班没迟到，但李芊芊一见她就问周末干什么去了，为什么整个人看起来特别累。

乔以笙打着哈欠撑在电脑前，道："没干什么，假前综合征。"

李芊芊开玩笑道："我以为你夜里睡觉，被妖精吸干了精气。"

乔以笙："……"

别说，这比喻真挺恰当的。

傍晚下班后，乔以笙又去了医院。

伍碧琴的手术时间就在昨天定下来了，恰好在除夕，也就是后天。乔以笙明确地告诉郑洋，除夕那天的手术她无法在场。

"你有约？"郑洋的语气充满质问，仿佛他还是她的男朋友。

这话听得乔以笙很不舒服，便没给他好脸色，道："我回我舅妈家过年。"

郑洋知道自己的存在使乔以笙和她舅妈的关系疏远了很多，所以现在他们刚分手没多久，她就要和她舅妈和好了，郑洋脸上宛若挨了一耳光，火辣辣的。

"可我妈这儿，我没法交代。"

"怎么交代是你的事。"伍碧琴看她的目光越殷切，乔以笙越难受，"如果你也交代不了，那就让你妈妈认为，是我这个儿媳妇不关心她的死活。"

但这只是她一气之下的下下策。

明明是郑洋对不起她，凭什么到头来却要让伍碧琴带着对她的负面印象和误解与她一刀两断？这不等于她替郑洋背黑锅吗？他若真敢在伍碧琴面前把分手理由归咎到她身上，她也绝不会对他客气的。

郑洋看上去有些焦头烂额，道："以笙，我妈手术那天真的需要你，我明天要到外地出差，许哲必须坐镇公司，抽不出空。"

乔以笙狐疑道："都过年了，你出什么差？"

郑洋支支吾吾，含糊其辞道："公司很忙，一些业务上的问题，是不管过不过年都得处理的。"

乔以笙琢磨着，难道伍碧琴的担忧没错，郑洋的公司真的出状况了？

不过既然他没想告诉她，她如今也没关心他的必要，便对此不置一词。

"我已经答应我舅妈了，不可能放我舅妈的鸽子。你应该知道我好几年没回去见我舅妈了。"乔以笙没有心软，"你叮嘱护工照顾好伯母吧，后天我就不过来了。你实在为难的话，我能帮你的最多就是等下由我来跟你妈妈解释没法陪她手术的原因。"

郑洋攥住她的手，满脸失望地道："你怎么可以这样冷血无情？我妈妈对你不够好吗？"

乔以笙微微愠恼，道："你别道德绑架我了，我对你还不够仁至义尽吗？造成现在这种局面的罪魁祸首难道是我？"

她现在一刻也待不下去了，甩开郑洋打算直接走人。

郑洋的声音冷冷的："对，罪魁祸首不是你，是陆闯。"

乔以笙装作听不懂他在讲什么，道："帮我向你妈妈告别。"

郑洋重新拽回她，道："是陆闯告诉你我的事的吧？陈老三单身派对那天晚上，在陆闯房间里的女人就是你没错吧？是！我是对不起你！但你又背着我和陆闯在一起多久了？你又对得起我吗？！"

呵，为了他的面子憋到今天，终于憋不住了？乔以笙也就和他摊牌了，道："没错，是我，我故意的！"

郑洋目眦欲裂，乔以笙怀疑他是不是气得五脏六腑都挪位了，所以表情才能如此扭曲。

就在乔以笙以为他可能要对自己动手的时候，郑洋的态度忽然又软下来，道："以笙，你太单纯了，所以才会受陆闯的挑拨。我不知道陆闯都跟你说过什么，但一直以来我和陆闯只是表面看起来是好兄弟，其实私底下有龃龉。你不要相信他的话。

"既然你是为了报复我才和他在一起的，我可以不追究。我相信我们这么多年的感情，我们重新开始好不好？"

乔以笙没想到事到如今他竟还能讲出这种话，像听了一个笑话，道："郑洋，到底是我单纯还是你单纯？我们之间的问题和许哲和陆闯都没关系。我们不可能了。"

郑洋的表情再度扭曲，道："那你以为甩了我，你和陆闯就有可能？你以为你能勾搭上陆闯吗？别天真了。他也是为了恶心我，才和你玩玩的。"

郑洋对她恶语相加。

乔以笙觉得他扭曲成了一只妖怪，肆无忌惮地露出他的血盆大口，毫无当初"霖舟双帅"之一的半分模样。

她突然很想笑。她也确实不合时宜地笑了。

她的笑似乎把郑洋给搞蒙了，郑洋愣怔地注视她。

说实话郑洋的这些"好心提醒"，完全是多此一举，她自认为脑子清醒，从一开始她就明白陆闯只是和她玩玩、拿她当消遣的。

她和郑洋分手，也并非为了能和陆闯在一起。可是听到郑洋这样自以为是的言论，她还是感到些许难受。

在郑洋注视的目光中，乔以笙笑着，毅然决然地说："谢谢你。我即便被陆闯玩死，也不会和你复合的。"

从医院离开后，回去的路上乔以笙的心情差到极点。

到了小区楼下，乔以笙去花店，从老板娘那里买走了一束不太新鲜的花。

老板娘还是想免费送给她，乔以笙坚决要付钱，最终俩人各退一步，乔以笙以半价买下，老板娘额外送她一小盆多肉。

走到5楼时，不知出于何种心理，她望向通往6楼的台阶。

楼道间的声控灯又是迟缓地亮起，但这回台阶上空无一人。

意识到自己竟然觉得能再看见陆闯，乔以笙呆滞了半秒，因手中的花束而稍稍缓解的坏心情，猛地重新沉到底。

甩了甩脑袋，乔以笙冷着脸摸出钥匙，开锁进公寓。打开玄关处的灯换鞋时，她察觉到不对劲——门口有一双男人的马丁靴。

她认得，陆闯曾经穿过。鞋柜里，之前陆闯让外卖跑腿送来的男士拖鞋也不见了。

揣着猜测，乔以笙迅速往里走。家里的暖气是开着的，陆闯坐在她书架前的藤椅里，脸上盖着一本她的建筑专业书籍，像是睡着了。

乔以笙的脑海中莫名地闪现出某些久远的回忆，一些她都不知道为什么还记着的回忆。

陆闯的成绩很差，据说他当年的高考分数原本连霖舟大学都上不了。

但好像因为他高三时期有个发明创造在青少年科技创新大赛上获奖，所以被霖舟大学破格录取，还念了霖舟大学的高分专业，和郑洋在一个系。

由于当初"霖舟双帅"恰好都在计算机系，计算机系的名气跟着水涨船高，不仅成为很多院系联谊的首选对象，连带着后面几年，报考计算机系的女生数量都呈现增长之势。

从外形上来说，大学时期的陆闯只能算稍逊郑洋，但他在学校的表现和郑洋差了十个陈老三。

陆闯的成绩年年吊车尾不说，还天天惹是生非。若非碍于他的家世背景，学校恐怕早将他开除几百次了。

而郑洋是以第一名的成绩考入计算机系的，在校4年期间也始终保持第一，年年为系里拿奖拿荣誉，可以说是计算机系的形象代言人。

更难得的是郑洋不是一个书呆子，性格好，为人处世八面玲珑。若非如此，也不会和陈老三他们玩到一处去，至今仍称兄道弟。

最开始郑洋追求她的方式很蹩脚，明明谁都知道他成绩好，和她不相上下，他却来找她补课。

因为不同院系，郑洋向她求教的主要是公共课程的内容。他们的公共课恰好选了同一位老师，每次上课都在同一间大教室，郑洋带着他的几个兄弟，每次都能精准地坐在她后面的位置。

她没课的时间，基本泡在图书馆，总能偶遇郑洋，慢慢地就变成郑洋主动为她占座，后来还一起备考四六级。

接二连三的事，根本无须欧鸥替她判断，她也能察觉郑洋的目的。

那时候陆闯也够义气，明明是一个不爱学习的学生，为了给郑洋撑场面，竟没有落下一次公共课，有时候郑洋没空，陆闯这位经常翘课的主儿也能帮忙到图书馆占座。

而每次陆闯帮忙占座，她看见的就是他脸上盖着书睡觉的画面。

陆闯睡得还很香，她到了他都没发现。她和他不熟，便没去喊他，默默地坐在座位里，干自己的事儿。等郑洋来了，喊醒了他，他才离开。

临近四六级考试或者期末考，陈老三他们才会临时抱佛脚，跑图书馆里跟她和郑洋坐在同一处，陆闯好像是迫于无奈般被一起揪了来，不耐烦地随便写两道题，就又将书盖在脸上睡觉。

郑洋忙不过来教陈老三他们时，她也会分担几个。记忆中她好像只教过陆闯一次，她记不清楚了。

大三之后她泡图书馆的时间不如先前多了，因为专业课程加重，她总要画图、画图、画图，在图书馆并不方便。

好几年了，今晚陆闯的这个姿势，和从前几乎如出一辙。

以至于乔以笙一瞬间有些恍惚。

特别是这时候，陆闯靠着椅背的身体坐直，书从他微微上仰的脸上滑落，他非常熟练地赶在书掉落之前接住。

继而他朝她望了过来，那双眼睛被藤椅旁阅读灯的灯光照射得漆黑明亮，直戳人的心脏。

乔以笙的胸腔内回荡着心脏扑通扑通加速跳动的声响。

好像曾经在某一个阳光炽热的午后，他也突然以这样的方式睁开眼，猝不及防地与坐在斜对面的她的视线撞在一起。

时光回溯，画面交叠。

"回来了。"陆闯的嗓音懒洋洋的。

乔以笙收回飘远的思绪，下意识地舔了舔唇，然后质疑道："你怎么进来的？"

她可不记得自己有给过他钥匙。而刚刚她开门进来时，门锁也是完好无损的，并无被撬开的痕迹。

他穿墙进来的吗？

陆闯两条腿悠闲地交叠，两侧手肘分别抵在藤椅的扶手上，十指交叉扣在胸前，朝她的书桌轻轻一抬下巴。

不知是他这身灰色毛衣的衬托，还是睡意残留的缘故，此时此刻他的脸部线条看起来不如平日锋利，甚至格外柔和。

乔以笙走到书桌前，在桌面上发现了一把她家的钥匙。她眉心一拧，问道："你配的？"

"嗯。"

"什么时候配的？"这一句其实毫无意义。无论什么时候配的，他都是未经她的允许，背着她擅自配的。

现在还在她不在家的时候，自己进来了。

"你跟贼有什么区别？"乔以笙又被他气得心气郁结。

陆闯一副无所谓的样子，漫不经心地晃了晃他叠在上面的那只脚，道："不这样，我怎么能随时想来就来？又想让我浪费时间蹲门口等你？"

很好，他永远能强词夺理，她永远讲不过他。乔以笙不再回他，沉默地去给花瓶装水插花，再和那一小盆多肉一起摆到书桌上。

陆闯起身来到她身边，问道："今天怎么不多说两句？"

乔以笙没理他。

陆闯强行掰过她的脸，迫使她面对他，他两只眼睛跟探照灯似的，端详着她的神情。

"你是不是欠揍？"她不撑他，他怎么也有意见？

"没你欠，天天往医院跑。"陆闯反唇相讥，"去了又受气。"

倒是让他猜对了一半，乔以笙的底气不如刚刚足了，但还是回嘴："让我受气的人是你，谢谢。"

她推开他的手，道："谁回家看到一个陌生人坐自己家里，还能高兴？"

"陌生人？"陆闯挑起唇角，"你先问问你的身体同不同意，我们是陌生人？"

他究竟是如何做到每次都让她想打人的？

乔以笙闷声去了厨房，躲避他的视线，不给他机会再讲出更露骨的话。

陆闯没跟进来。乔以笙反倒不自觉地留意起客厅的动静。

但客厅悄无声息。

等乔以笙做完两碗汤面回到客厅，就见陆闯坐在她的书桌前，翻阅她的速写本。

将碗筷放在餐桌，乔以笙不高兴地过去抢回速写本，道："能不能别乱动我的东西？"

陆闯侧眸看她，道："我去你们所里，你们所长巴不得把作品给我瞅两眼，运气好被我看上了，我能立刻投资把纸上画的建筑变成实体。"

乔以笙忍不住笑一下，十分虚伪地毕恭毕敬道："是的，您财大气粗，是我们的衣食父母。"

她并不稀罕自己的作品被类似陆闯这种只有钱但毫无品位、丝毫不懂她作品内涵的人看上。当然，她的想法过于理想主义了，但她在心里默默告诉自己要坚持。

从学校毕业之后，随着工作中接触到越来越多商业化和流水线的作品，越要记得在现实的冲击之下保持住自己学建筑的初心。

理想与现实只是需要平衡，并非完全对立，不用为一方而舍弃另一方。

她相信她能做到。她也不会辜负父母曾经对她的期许。

果不其然，她的不屑也换来陆闯的一句轻嘲："设计出来的建筑图纸没有落地成为实体，就永远只会是纸上的线条，实现不了它的价值。就你这种想都不想就直接把我拒之门外的态度，我不信即便其他人主动找上门，你就能判断出谁是你的伯乐。"

乔以笙将速写本放回原位，道："你管我？"

她发现跟他学的这句话确实好用。

"喜欢鹦鹉学舌是吧？"陆闯似笑非笑，倏尔将她按倒在书桌上。

半晌，乔以笙上气不接下气地圈着他的脖子，舌头麻得快不是自己的了。

陆闯自上而下俯视她，粗粝的拇指摩挲她的脸颊，道："再学试试。"

面早已凉透，陆闯并未麻烦她，亲自端去微波炉加热，再端回餐桌。

俩人一道吃着面，乔以笙因为舌头发麻，吃得没滋没味的。

"为什么你这么闲？"她问，"家里有家业给你继承，不用担心后半辈子，所以什么都不用干，成天泡在女人堆里？"

陆闯瞥她，语气玩味："嗯，只需要泡在女人堆里，所以等一会儿我要去赶下一场了。"

乔以笙："……"

而陆闯说到做到，吃完面真走了，并未留下来过夜。

只是离开前说他明晚会再过来，还叮嘱她，记得补回之前烂掉的那袋食材。

乔以笙也是在表哥发微信问她怎么回去的时候才记起，她明天下班后没打算再回来，准备直接从事务所出发到隔壁市。

犹豫间，她决定不告诉陆闯了，就让他扑个空。

大学期间她偷懒，没考驾照，后来有郑洋接送，她也没觉得不方便，所以至今还不会开车。

时逢春运，车票不好买，她正伤脑筋，于是回复表哥，明天到车站之后，买站票回来。

表哥发来一条很长的语音消息："你昨天才决定要回来过年，我就猜到你多半买不到票。现在问你就是要告诉你，我有一个朋友也在霖舟工作，恰好也是明天要从霖舟开车回来过年，我把你的手机号码和你工作单位的地址给他，让他明天去接你，你搭他的顺风车。"

乔以笙笑着回了一条语音消息："那我就不客气了，谢谢表哥。"

第二天下午，所长人性化地提前 1 个小时让大家下班。

乔以笙通过表哥跟他朋友约定好了时间，所以留守到最后。对方在快到约定时间的前 10 分钟，打电话来问她，是不是一切照常。

　　"嗯，一切照常，你到哪儿了？"

　　"留白建筑事务所外面。"

　　"那我马上出来。"乔以笙连忙关电脑。

　　"不着急，是我来早了。"对方的声音听着非常绅士，甚至略感耳熟。

　　但一时之间她也没多想。走到门口，乔以笙第一眼就看见路边停的车，又觉得似乎在哪儿见过。

　　她拖着行李箱狐疑地上前。车主这时打开车门，从驾驶座出来。

　　四目相对，双方皆是一愣。

第五章
儿时的回忆

//////////////////////

舅妈住在隔壁市的 G 县，从霖舟市自驾回去，一般 3 个小时就能到。

即将春节，到处都堵车，光是从留白建筑事务所开去高速路口，就花费了 2 个小时。

对乔以笙来说，这仅仅是这趟行程煎熬的开始。

"要不要来一杯咖啡？"趁着前面的车又停下来，周固腾出一只手拿起他的保温杯，朝她示意一下，率先打破自上车以后俩人之间的沉默。

乔以笙在副驾驶座里缩得跟只鹌鹑似的，两只眼睛从压得极低的贝雷帽帽檐底下朝他瞟了一眼，轻轻摇头道："不敢多喝水。"

周固问："有过被堵在半路上不了厕所的惨痛经历？"

乔以笙点点头道："以前有过一次，我们全家出去玩，就遇到堵车，还堵在前后都不靠服务站的地方。"

真的是相当惨痛的经历，她都不好意思说，到最后她实在没憋住，尿了裤子，因为太丢人，她当时就哭了。

之后一个月她都在生爸爸的气，后来爸爸带她去游乐园，她才勉强愿意和爸爸恢复友好交流。

不过这个"以前"有点儿久远了，是她十二三岁时候的事情。

周固笑了笑道："好的，我保证今天不会历史重演。"

"这么自信？"乔以笙亦微微弯唇，"难道堵不堵车，是你说了算？"

周固忽然压着嗓子，轻吼了一声："急急如律令，快快放行。"

由于和他沉稳的形象大相径庭，一时之间乔以笙呆住了。

而恰恰这时候，停滞好一会儿的车队开始往前挪动了，时机掐得刚刚好，仿佛真是他的口令起了效果一般。

乔以笙忍俊不禁。

周固启动车子前行，迅速转眸觑一眼她的笑靥，再望回前方，道："终于看起来不像是上了一辆黑车。"

闻言，她的两只手摸到自己脸上，问道："有那么夸张吗？"

原本尴尬的气氛在他牺牲形象的幽默之下已然消融，现在乔以笙自在多了。

周固回道："一点不夸张。"

乔以笙嘀咕道："说得好像你刚才发现是我的时候，就一点儿不意外似的。"

周固不笑话她了："是很意外。没想到我担心了三天的姑娘，这么快又让我给遇上了。"

乔以笙感到些许愧疚，道："不好意思，害你担心了。那天晚上临时有点儿急事，忘记和你打声招呼了。"

周固并未追究她经不起推敲的谎言，道："无妨，你平安无事就行。之后两天我又去了那家店，想着会不会再碰见你。"

"我其实很少去的。"乔以笙小声说。她现在有必要在他面前挽救一下自己的形象，以免他不小心泄露给表哥。

她难得放纵一回，可千算万算没算到，约到的人竟然和表哥认识……

周固语气含笑道："这么说我的运气很好，你难得去一次，就让我给遇到了。"

几句话下来令人非常舒服，周固坦荡地表露着对她的好感。乔以笙也不忸怩，照单全收："可不。"

口吻不免带着一丝骄矜。

周固又笑了笑，补充一句："你不用担心，我不会和你表哥戴非与说这些的。"

显然，他猜中了她的心思，听懂了她方才那句话里暗藏的言外之意。乔以笙下意识抓紧勒在身前的安全带，扯开话题："你和我表哥是怎么认识的？"

周固说："我也是 G 县人，和你表哥是高中同学。大学虽然不在一处，但一直都有联系。我只要回 G 县，就会找你表哥打球。"

"噢噢。"原来如此，乔以笙更苦恼了。他不仅和表哥认识，还很熟。

车子终于开到高速路口收费站，周固在停车的间隙又转头看她一眼，道："所以，我可能真的曾经见过你，在你表哥家或者在 G 县的某个地方。"

"你在为你那句土到掉渣的搭讪找补吗？"乔以笙揶揄道。

周固再次笑了笑，道："是。"

成功上到高速路之后，车子的行驶速度就提升了。

乔以笙有一茬没一茬地和他闲聊着，逐渐开始犯困，终于垂下眼皮睡了过去。

其间车子两次停靠在服务站。

乔以笙在第二次停靠服务站时，才精神了些。

精神起来的原因是陆闯的短信和电话轰炸。

乔以笙无可奈何，只能在他第 N 次打来电话时，接起："我刚刚给你回复的微信你没看见吗？我放春假了，现在在去我舅妈家的路上。"

陆闯冷笑不止，道："乔以笙，你放我鸽子。"

他话音落下之际，手机里传出了两声"汪汪"，像是圈圈在叫。

乔以笙没好气道："我让你扑了个空，是我不对，但是你也没有事先问过我今晚有没有空。而且你每次都未经我的允许擅自进我的公寓，你就没错吗？

"你当我这儿是饭馆、旅店对吗？那饭馆和旅店的老板娘现在告诉你，过年歇业，不招待客人了，你另寻他处吧，有得是稀罕招待你这位大少爷的人。"

"乔以笙，你给我等着。"隔着手机，陆闯的声音听起来像是冰天雪地里的寒风，让人冷得彻骨。

"噢，知道了。"乔以笙回复完，不怕死地直接挂了电话，然后因为迎面吹来的冷风，倏地打了一个冷战。

不管怎么样，陆闯总不可能马上飞到她面前来。春节七天假呢，他要杀要剐七天之后再说。

揣着手机，乔以笙哆哆嗦嗦地回到车上。

周固已经在车里了，立刻把保温杯塞到她的手里给她暖手："新装的热水。"

"谢谢。"乔以笙没有客气，牢牢地握着，汲取温暖。

周固伸手帮她扣上安全带，道："和男朋友讲电话？"

似随口一问，也像是一句试探。

乔以笙的思绪莫名地顿了顿，才摇摇头，道："不是，一个朋友没找着我人，问我去哪儿了而已。"

周固启动车子，当着她的面长长地舒出一口气，然后在开出服务站的停车场之前，又转头问："那我，还能当你的现任男朋友吗？"

车窗外的灯在他脸上落下斑驳的光影。

似担心她误解，他强调道："我是指长久、稳定的男朋友。"

没等乔以笙反应，很快他又道："漂亮又有趣，还充满知性美的女性，肯定是不乏追求者的。你不用立刻回答我，可以慢慢挑选，只需要给我一个资格，让我能有幸成为你的追求者之一。"

乔以笙的脸有点儿发烫。她几乎没有被人如此直率地当面表白过，即便她从小到大没少招男生喜欢。

大学之前，她心无旁骛，一切以高考为重，追求者写的情书都被她原封不动地退了回去。

大学后，郑洋声势浩大的追求无形中挡掉了她大部分的桃花，大二和郑洋确认关系后，她更是主动谢绝桃花。

直至不久前她和郑洋分手。事务所里的单身男同事陆续向她献殷勤，以表达好感，但都尚未当面表白。

而周固，明明今天才和她第二次见面……

既然他把话讲得如此周全，为她留足空间和余地，乔以笙最终也只是点点头，笑道："好，我慢慢挑选。"

她似乎有些明白欧鸥所说的，享受挑选男人的快乐。

周固是目前最投她眼缘，且她相处下来感到最舒适的男人，她没有理由拒绝。

下了高速路，很快进入 G 县。

表哥询问乔以笙到哪儿了，他打算过来接，但周固让他不要麻烦了，径直将乔以笙送到了她舅妈家外面的那条巷子，由于巷子太窄，车子无法再前行。

随后周固又陪她一起下车，从后备厢帮她取出拉杆箱，道："这能不能证明我没骗你，我确实和你表哥很熟？"

乔以笙接过拉杠箱，道："嗯，能证明你有可能曾经在这里见过我。"

父母出事前，她就经常跟着妈妈来舅妈这儿玩。周固说的曾经见过她，的确有可能。

"以笙。"表哥戴非与从巷子里走出来。

原本要再送她进去的周固便就此止步，道："你的宝贝表妹，给你安全送达。你检查检查，有没有少一根头发。"

乔以笙："……"

戴非与用力拍一拍周固的肩膀，道："谢了，改天再约你出来打球，我放放水，让你多赢几个球。"

周固转回来对她说："别听你表哥的，我不需要他放水就能赢他。"

戴非与愣了愣，视线在周固和乔以笙之间徘徊。

"走了。"周固跟戴非与道别，上车后又隔着车窗看着乔以笙，"保持联系。"

乔以笙挥挥手，然后面临的就是戴非与的盘问："怎么回事？你看起来和周瑜很熟？"

"周瑜？"乔以笙被这个称呼吸引了注意力。

"就是周固。他以前在我们班，外号叫周瑜。"戴非与解释，随即"啧"一声，"你别扯开话题，哥问你话呢。

"他问你要联系方式了？

"他要追你？

"你没告诉他你有男朋友？"

连发炮珠似的一连串盘问。

乔以笙想喊救命，最后一个问题没答，丢下行李给他，逃也似的径自疾步往巷子里走。

由于步伐太快，进大铁门的时候，她险些撞到迎面出来的人。

乔以笙及时刹住，定睛一看，直接展开手臂抱住她，没忍住哽咽道："舅妈，圈圈好想你。"

小县城的凌晨两点，人们正在梦乡。

杜晚卿盯着乔以笙吃光她做的夜宵，不久又去乔以笙的房间，问被子够不够暖和。

乔以笙正翻出行李箱里的睡衣准备洗澡，无奈地说道："舅妈，你怎么还不去休息？"

虽然她好久没来了，但舅妈还一直留着她的房间，里面的摆设也基本没有变动。

很早以前她就住在这个房间，不过那时候她是和妈妈一起来的。

"没事，平时有的是机会早睡，今天难得。"舅妈依旧聚神端详着乔以笙，好似怎么瞧都瞧不够。

乔以笙上前搂住杜晚卿的肩膀，道："要不，等下我和舅妈一起睡？"

她的亲近让杜晚卿略感意外，隐隐猜测她多半是在外面受了委屈。

"舅妈巴不得。"说着杜晚卿就把刚给她铺上的一床被子，抱去了自己房间。

乔以笙洗完澡，直接走到舅妈的房间，从身后抱住又在翻阅旧相册的舅妈，沉默地把脸埋在舅妈的后颈。

舅妈的身上有着和她妈妈相似的味道，有一种说不出的温暖和安全感。

"又想你爸妈了？"舅妈往后侧头，手也往后伸，摸了摸她柔软的发丝。

隔了十几秒，乔以笙闷闷的声音才传出来："对不起，舅妈。"

迟来的道歉。

那个为了郑洋而离经叛道的她，曾经对舅妈讲过多么过分的话呢？

"舅妈，你是我的舅妈，不是我的父母。我相信我的父母如果还在世，一定会尊重我的喜欢，尊重我的选择，不会像你这样，打着为我好的名义干涉我谈恋爱的自由。"

虽然话出口后的下一秒她就后悔了，但她赌着一口气，愣是强撑着不服软、不认输。

至今她还记得当时舅妈受伤的神情。

她恨不得扇自己两个耳光。

杜晚卿平静地说："不用这样。舅妈确实有错，这几年舅妈也在反省。那时候你父母突然就走了，你无依无靠，作为你的长辈，我很担心辜负你父母的托付，所以管你管得多了点，无形中给了你很大的压力。"

乔以笙晃了晃脑袋，道："舅妈你管得对，你就应该多管管我，是我不懂事。"

杜晚卿叹气道："好了，再聊下去我俩今晚都别想睡了。快休息吧，过去的事就让它过去。你现在愿意回来和我过年，我很高兴。"

"以后每一个新年我都不会缺席了，一定回舅妈这儿。"乔以笙抬起脸，笑得眼睛弯出一条轻柔的线。

杜晚卿起身把被子铺开。

乔以笙拿起她翻到一半的旧相册，全是老照片。

现在相册停留的页面里，三个年轻女人分别抱着一个小孩。乔以笙认出，那是妈妈抱着三四岁时的自己和舅妈抱着六七岁时的戴非与。

剩下一个女人和女人怀里的小男孩，她完全不认识，于是问道："舅妈，他们是……"

照片中的那个陌生女人长得很漂亮。她怀里的小男孩看起来和当时的乔以笙差不多年纪，长得肉乎乎的，虎头虎脑，怪可爱的。他似乎不乐意拍照，下巴略向上抬起，神色间透露出一股倔强。

杜晚卿瞅一眼照片，回答道："以前在这儿住过几年的租客，你管人家喊柳阿姨。单身女人带着一个孩子，难免遭人说闲话，过得挺不容易的。你小时候每次来都会找她的儿子玩，你没印象了吧？"

乔以笙蒙蒙地摇头，拿着相册爬到床上，钻进被子里，继续听杜晚卿说："那小孩和他妈妈相依为命，心思挺敏感的，很护着他妈妈，平常乖巧有礼貌，但听到别人背后说他妈妈的闲话，他就会使坏，搞恶作剧。他和其他小孩也总相处不好，经常欺负人，所以总有邻居过来讨说法，他妈妈每次都要跟人家道歉。

"你刚和人家认识的时候，也被他欺负过，你还跑来和我们告状，说他故意把你的名字写成大鸭蛋。因为这事你还让你妈妈给你换小名，不想叫'圈圈'了，掉着眼泪说'圈圈'是两颗大鸭蛋，你不要以后考试成绩都是鸭蛋。"

乔以笙："……"

关于"圈圈"是两颗大鸭蛋，她一直都记得，每次母亲节和父亲节给父母写卡片时，她的落款就是简单的两个圆圈，代表自己。

当年进入霖舟大学，她也是因为两个圆圈才感觉和欧鸥有缘的——欧鸥在做自我介绍时，说自己的名字可以简略成两个英文字母"OO"，恰好也是两个圆圈。

杜晚卿也躺进被子里，回想起以前的事，笑了笑道："小孩子忘性大，不记仇，转头你还是跟在那孩子后面追着喊人家'小马'。他也跟你生气，不许你叫他'小马'。

"你妈妈提醒你要有礼貌，你就改口叫'小马哥哥'。我没记错的话，小马因为这个称呼还害羞了，又不许你叫他'小马哥哥'了。

"之后他好像只愿意跟你玩。你小时候爱玩扮家家，每次当公主都要你表哥给你当王子。有了小马之后，你就想给王子配一匹白马，但是小马不乐意演白马，就和你表哥打了一架，把王子的角色抢走了。

"那是你表哥第一次吃败仗，输给小他3岁的孩子，觉得自己丢人。事后小马的妈妈跟我道歉，小马也差点儿挨他妈妈的揍。

"还是你站出来维护小马，跟我们几个大人解释，说是你表哥先推搡小马，小马才还手的。最后你表哥被你舅舅狠狠揍了一顿。你表哥气你胳膊肘往外拐，一个星期都没理你。

"再后来，你和小马的关系越来越好。你柳阿姨当时可喜欢你了，你也很喜欢柳阿姨，尤其喜欢她包的饺子，你妈妈看你那么馋，还开玩笑说让你去做柳阿姨的儿媳妇。你还傻乎乎地答应了，说'如果给柳阿姨当儿媳妇可以每天吃到好吃的饺子，我愿意'，把我们逗得哟！"

乔以笙坚决不相信自己竟随随便便地就被一盘饺子给拐走了。

听舅妈说了这么多，乔以笙依旧毫无印象。大概她的童年有太多幸福美好的记忆了吧，所以这点儿不怎么特殊的事情就被她忘记了。

现在她也只是稍微有些好奇，问道："后来呢？"

"后来他们母子俩突然急匆匆地搬走了。"杜晚卿回忆道，"也不知道发生什么事了。他们的房租还有两个月才到期，原本都跟我谈好续租的事情了，结果走的时候也没找我退押金，只给留了一张字条，感谢我这段时间的照顾。

"他们搬走后的第二天，有人拿着他们母子俩的照片来向我打听，之后便再没下文了。"

乔以笙闻言搂住杜晚卿的胳膊，舒舒服服地靠着她的肩膀："当房东可真危险，也没办法调查租客的背景，万一不小心碰到坏人怎么办？"

"是啊，就是这之后，你舅舅不让我再把楼下的屋子租出去了。"杜晚卿帮她掖了掖被子，说，"不过你柳阿姨和小马，肯定不是坏人，我心里有数的。"

乔以笙本想问杜晚卿，为什么如此确信他们不是坏人，然而太困了，她直接睡了过去。

第二天，乔以笙起床时已是上午 11 点。

天气很好，天空碧蓝，阳光灿烂。

乔以笙站在阳台上伸着懒腰晒太阳，呼吸新鲜空气，冷不防发现楼下的院子里，周固正看着她笑。

俩人的视线对上后，他问："我应该跟你道早安，还是道午安？"

乔以笙呆愣了四五秒才反应过来，自己此时不仅素面朝天，而且头发乱糟糟的，毫无形象可言，连忙退进屋里去洗漱。

化了个淡妆后，乔以笙才下楼。

周固和戴非与在院子的玻璃花房里喝茶。

乔以笙远远地瞄了一眼，没过去，径自进厨房。

厨房里香气四溢，杜晚卿在准备年夜饭，有炸鱼、炸虾、炸丸子……

见到乔以笙，杜晚卿连忙要她出去："油烟味很重，别待在这儿，你的早饭在锅里温着，自己端出去吃。"

乔以笙挽起袖子，道："舅妈，我来帮你吧。"

"哎哟，不需要，你就会帮倒忙。"杜晚卿用手肘推了推她。

乔以笙不服气道："我工作之后可是一直自己做饭的。"

"行行，舅妈知道了，我们圈圈可厉害了。"杜晚卿笑，依旧边赶她边说，"难得回来一趟，你要衣来伸手饭来张口，舅妈才有成就感。"

乔以笙只能成全她，转身要回客厅觅食，就撞上了来找她的戴非与。

"你和周瑜究竟怎么回事？一大早他就来串门，说是约我打球，但我看出来了，醉翁之意不在酒呀！"

乔以笙缓缓地说："你怎么不问他？"

"你俩踢皮球吗？"戴非与皱眉说道，"我问他，他让我问你。"

想来是周固想让她来交代前情，以免和她的说法不统一。乔以笙后悔昨晚没在车上先和他串好词。

抚着额头，她先把目前的情况如实道清："我单身，他现在正在追我。"

"那你之前那个男朋友——"戴非与嘴巴快，话说到一半，明白了。

他没有再追问她和郑洋分手的事情，只说："周瑜人不错，我从高中认识他到现在，对他还算知根知底。"

乔以笙狐疑道："你在鼓励我接受周固？"

"不不，"戴非与否认，"虽然他是我朋友，但你不要看我的面子给他开后门，别太快被他追到手，哥支持你多考验考验他。"

乔以笙忍俊不禁道："周固知道你背地里这么给他使绊子吗？"

戴非与硬气得很："知道了他又能拿我怎样？他现在应该对我客客气气，而且有求必应。"

乔以笙对他翻了一个白眼，道："你当我是什么啊？"

戴非与吃惊于她的这个动作，道："怎么回事？谁教你这样的？"

欧鸥教的，乔以笙在心里默默地回道，嘴上却说："快去招呼你的朋友，你把你朋友一个人留在花房里算怎么回事？"

"你没大没小啊，还当不当我是你哥？"戴非与其实是高兴的，高兴他们兄妹俩的关系又恢复如初了。

这几年，戴非与作为乔以笙和杜晚卿之间沟通的桥梁，因为担心她心存芥蒂，对她讲话也是小心翼翼的。他很少打扰乔以笙，平时主要通过她发的朋友圈获知她的近况，但她发得少，他能知道的情况也有限。

倒也无所谓了，反正现在一切重回正轨。

乔以笙吃完饭后，大大方方地去玻璃花房里和周固打招呼。

戴非与摇头晃脑地说："你再不过来，周瑜都要成长脖怪了。"

周固也丝毫没给戴非与留面子："否则我是有多无聊，坐在这儿和你一个大男人喝两个小时的茶？"

乔以笙："……"她很想笑。

戴非与一副被气到要吐血的模样，道："行，我走。有种你明天别再来找我打球、喝茶。"

周固还是笑着挽留住了戴非与，道："我走吧，时间差不多了，我该回家吃午饭了。"

戴非与老神在在地给自己沏了杯新茶，道："快走，别以为你这样暗示，我就会留你吃午饭。"

周固问乔以笙："小乔，你能不能送送我？"

"什么？"戴非与立马抬头，眼睛瞪得像铜铃，"你喊她什么？"

乔以笙也是这时才忽然意识到，"小乔"这个称呼和他的外号"周瑜"……太般配了。

周固起身，穿上外套，重新问一遍："小乔，能不能送送我？"

乔以笙抿唇，点点头。

走出家，俩人步入巷子，沐浴着和煦的阳光散步。

"你家离这边很近吗？"乔以笙好奇。

"还行。"周固说，"开车半小时。"

这哪儿叫还行？算远了。

周固侧眸看她，道："因为是来见自己想见的人，所以即便跋山涉水也很值得。"

这话让乔以笙如沐春风，她越来越觉得周固是自己喜欢的类型，不像有些人，狗嘴里总是吐不出象牙。

"而且在路上消磨再多的时间，也比待在家里被三姑六婆催婚强。"这一句，更像是周固出于减轻她的心理压力才补充的。

"那你怎么就给他们机会催婚了？"

"这不是最近才遇到像你这样让我有追求冲动的女生嘛。"周固手里掂着车钥匙，说，"我空档期差不多有3年了，之前正式交往过两任女朋友。

"第一任是大学期间交往的。毕业后因为工作规划不同，分隔两地，进而感情慢慢变淡了。

"第二任是我上一家公司的同事。从一开始就磕磕绊绊，最后还是因为价值观不同，掰了。"

乔以笙两只手揣在衣兜里，道："我刚刚那句话，没有要你交代感情经历的意思。"

"我知道。"周固的声音里带着一抹笑意，"是我自己认为应该跟你交个底，让你心里有个数，但你不用告诉我你以前的情况。"

乔以笙小声嘀咕："怎么感觉好像在相亲。"

周固笑意加深，道："我们可和相亲不一样，我们是私下认识的。"

乔以笙澄清道："我对相亲可没有偏见。"

他的那辆车停在昨天晚上送她回来时的位置，很快就走到了。

周固轻轻叹气道："早知道我应该停远一些。"

乔以笙弯唇："其实你可以留下来吃午饭的。"

"年后再来蹭饭吧。今天除夕，我还是早点回去，看看家里有没有什么我能帮忙的活儿。"周固打开车门，说，"你快进去吧，这里是风口，别站太久。"

见他分明是要等她转身后再启动车子，乔以笙便转身回去。

周固又喊住她："忘记提前跟你说，新年快乐。"

"新年快乐。"乔以笙礼貌地回应。

晚上6点，准时开饭。

虽然只有乔以笙、杜晚卿、戴非与3个人，但这个年依旧过得很热闹。

以往戴非与话最多，这次乔以笙也不逊色，主要吐槽了她从去年7月工作以来遇到的一些奇葩客户，少不得说到近期忙的万隆地产的项目。

年夜饭吃到近8点，戴非与和乔以笙拉着杜晚卿一起边看春节联欢晚会边打牌。

10点，他们又到巷子外面的空地上放烟花。戴非与还记得乔以笙喜欢看烟花，也知道霖舟市区里基本是看不见烟花的，所以准备了很多，放了整整1个小时才结束，把附近邻居的小孩儿都吸引过来了。

他还揽着她的肩膀，特别兴奋地说："满意吗？这是哥为你打下的盛世江山。"

乔以笙无语道："舅妈，表哥是不是该吃药了？"

说完她立刻跑进巷子。

戴非与边追边说："怎么说话的？你怎么说话的！"

看着他们兄妹俩打打闹闹，杜晚卿欣慰地露出了笑容。

赶在12点前洗漱完，乔以笙窝在床上回复来自朋友和同事的新年祝福，一不小心点开和陆闯的对话框，她盯着昨天俩人发的消息，思绪莫名地有好几秒的放空。

回过神，乔以笙正要进事务所的群里领所长发的红包，房间的窗户倏尔传来声响，像是谁家的小孩儿恶作剧，在往窗户上丢小石子。

一开始乔以笙没当回事儿，但响动持续不断，饶是她脾气再好也忍不了了，爬下床走过去打开窗户，看向围墙外邻接的巷子。

巷子里空无一人。

是跑了还是躲起来了？乔以笙张望了两眼，寻不见踪迹，只得关上窗户。

结果又有小石子轻轻砸响玻璃。

乔以笙生气地重新打开窗户。这回她看见了一个身影，那人堂而皇之地站在正对着她窗口的下方，整个人罩在一身黑色的长款羽绒服里，朝她微微仰着的脸从羽绒服的帽子里露出来。

旁侧的路灯照出他凛冽的眼眸和冷峻的下巴。

陆闯？！

乔以笙不敢相信自己的眼睛。

陆闯给她打了个手势，但乔以笙没懂是什么意思。

手机这时候响了起来，是陆闯打来的。

乔以笙接起，陆闯的声音仿佛裹着夜的寒气："下来。"

乔以笙还处于迷茫的状态，未多加考虑便穿上外套，悄悄下楼，溜出院子。

陆闯等在大铁门外面，她一出来，就被陆闯二话不说直接拽着走。

乔以笙完全忘记了反抗，只问："你怎么会在这里？你怎么找到这里的？"

她根本没告诉过陆闯舅妈家的任何信息。

陆闯只是斜她一眼，薄薄的嘴唇抿成一条直线，并未为她答疑解惑。

乔以笙倒是想起一句话，有钱能使鬼推磨。

以陆闯的家世背景，想查到舅妈家的地址，确实不难。

但——

"你怎么知道我住在这个房间？"

这个也能查到就太离谱了吧？难道陆闯在她身上装天眼了，所以能时刻监控她的位置？总不会是他用小石子，把舅妈家每个亮着灯的房间窗户都敲了一遍吧？

陆闯还是没理她，一直到巷子口，陆闯将她往路边的越野车里塞。

乔以笙这会儿才清醒过来，意识到自己昨天得罪了他，他这是要强行掳走她。

然而她没来得及做出反应，猝不及防间就被车里的圈圈扑了个满怀。

圈圈两只前爪直接搭在她的胸口，十分兴奋地往她脸上舔。

过分的热情让乔以笙招架不住，加之尚未完全消除对圈圈这种大型犬的恐惧，她除了僵直着身子任由圈圈舔，没有其他办法。

陆闯冷眼旁观，好一会儿才帮忙将圈圈的前爪从她胸口拿开，然后拎着圈圈回后座。

乔以笙不知不觉间就被锁在副驾驶座上了，所幸陆闯并没有要启动车子离开的意思。

"你干什么？"她难以理解他现在的行为，并说，"今天除夕，你不和你家里人过吗？"

"你管我？"陆闯摸着从后座钻到前面来的圈圈的脑袋，拿零食喂圈圈。

大过年的，乔以笙也不乐意生气，尽力放平心态，道："陆大少爷，小陆总，我当然是管不着你，但你拿石子丢我的窗户，把我喊下楼，现在又把我关在你的车里，算怎么回事？"

陆闯斜眼看她，道："你有本事放我鸽子，就该想清楚后果。"

乔以笙要被他气笑了，就因为放他鸽子这种事，他大年三十带着一条狗驱车追过来？

他是有多闲？她是不是该感到荣幸，自己竟然能让他如此放不下？

"行，那接下来还有什么后果？你想怎么报复我？快点儿吧，报复完，我还要回去睡觉。"乔以笙摸出口袋里的手机，瞥一眼屏幕上的时间。

再过 10 分钟就 12 点了，她有些困了。

陆闯却没说话，自顾自地继续喂狗。

怎么，他不会是还没想好吧？乔以笙无聊地点开手机，到群里抢红包。

手机很快被陆闯抢过去，丢到两个座椅间的格子里。

能不能讲点儿道理？他自己不吭声，又不许她玩手机打发时间，难道要她干坐着看他喂狗，最好还是战战兢兢地等待他喂完狗后公布处罚她的结果吗？

乔以笙索性从他手里抓了一把给圈圈的零食，摊开手心送到圈圈的嘴边。圈圈瞬间不搭理陆闯，转而来吃她喂的。被舔得手心直发痒，乔以笙带着点儿嗒瑟的意味笑了笑，也提起眼角斜视陆闯。

陆闯自鼻间哼出淡淡的轻嗤声，一副不屑的神情，然后又对圈圈下达指令："圈圈，咬她。"

乔以笙下意识地收回手，反应过来自己再次上当，却也只能干瞪眼，道："你无不无聊啊？"

陆闯扯着嘴角轻飘飘地吐出一句话："不无聊的话，你能在这里？"

很好，她果然就是他解闷逗趣的玩具。

乔以笙冷漠道："请问陆大少爷您还有其他戏弄我的手段吗？没有的话，我要回去睡觉了。"

陆闯眯眼看了她半刻，很欠地说道："我想想。"

乔以笙快忍无可忍了。这时眼角余光注意到外面好像有什么东西落下，乔以笙转头望向车窗外，惊喜地发现下雪了。

这还是今年入冬以来，她看见的第一场雪。

雪很大，雪花在空中静谧地飘扬，落至地面又消弭掉大半的踪迹，大概要等上一会儿才能在地面上积攒起薄薄的白衣。

而周围的鞭炮声开始此起彼伏地响起来。

乔以笙意识到应该是 12 点了。除夕夜的习俗是要在凌晨放鞭炮。

圈圈似乎因为鞭炮声受到惊吓，吠了起来。

乔以笙回身想看看圈圈。刚一转头，就被陆闯压近的气息缠绕。下一瞬他重重地吻住她，不同于以往的强势，仿佛用尽了前所未有的温柔，他轻轻地、一点点地吮她的唇。

乔以笙一时间忘记了闭眼。

陆闯的眼睛也睁着，深邃的瞳眸宛若被水浸过的黑色琉璃球，乔以笙在其中看见了自己的倒影。

她感受着他的气息，第一次切切实实地感觉，她和他是在接吻，像无数深爱彼此的情侣那样充满感情地接吻。

热度攀升。

乔以笙的心尖隐隐约约地激荡起电流，不自觉地享受其中，抱住了他线条流畅的腰背。

车外雪落无声，伴着辞旧迎新的鞭炮，车内寂静悄然，伴着圈圈低低的"嗷呜"，夹杂着唇齿交缠暧昧不明的细微响动。

手机的振动完全被他们无视。

不知过了多久，忽然传出一声："咕——"

什么声儿？

乔以笙迷迷糊糊地从缠绵的亲吻中回过神，感觉到陆闯的身体有一瞬的僵硬。

紧接着又是一声："咕——"

虽然声音很轻微，但在鞭炮声停止后万籁俱寂的此时此刻，声音显得分外清晰。

乔以笙有点儿担心是圈圈出了什么事，和陆闯分开，转头看圈圈。圈圈看起来毫无异样，正趴在后座上，懒洋洋的神情和陆闯一样。

乔以笙狐疑，正打算问问陆闯。

忽地又第三次听到一声："咕——"

乔以笙顿时正视陆闯。这回她非常确定，这个声音是陆闯发出的。

陆闯却回避了她的视线，赶她下车，问道："不是要睡觉？还不走？"

乔以笙眨眨眼，问道："你肚子饿了？"

陆闯倾过身来，伸手替她打开车门，没有承认但也没否认，斜眼问："怎么，你想喂饱我？"

或许是对此类话多了些免疫，又或许是因为刚刚接完吻，她的脸已足够烫，所以乔以笙没有感到脸上的烧意，又眨了眨眼，问道："你没吃饭？"

她隐隐带笑的神情惹怒了陆闯，点燃了陆闯一路憋着的火气，道："你这什么穷乡僻壤，我兜了好几圈才找对路，沿途连一个小商店也没有，我烟抽完了都没地方买。"

虽然正在被他嫌弃，而且被他强词夺理，但比起愠恼，乔以笙当下更想笑。

——不用怀疑，是取笑。

陆大少爷饿得肚子咕咕叫的场面，确实排得进年度十大笑料之中。

机会难得，乔以笙丝毫不留情面地笑出了声。

陆闯的眼神像是打算暗杀她后，趁着夜黑风高毁尸灭迹。

乔以笙赶在他磨刀霍霍要动手之前下了车，关上车门前提醒他等一等。

"你在命令我？"陆闯挑眉，极其不爽似的说，"我为什么要听你的？"

然而乔以笙跑回家一趟再跑出来，他的越野车还是老老实实地停在原位。

重新坐在副驾驶座位上，乔以笙将刚从微波炉里加热好的饭菜递给他，道："爱吃不吃。"

担心惊动舅妈和表哥，同时也为了赶时间，她没有时间去挑他爱吃的菜，随便从今晚剩下的年夜饭里这边夹一筷子、那边挖一勺子，装进饭盒里。

现在摊到他面前的饭盒里，最底下铺着主食——粉，盖在上面的菜虽然摆放得很凌乱，卖相不太好，但她还算满意。

香喷喷的，闻着非常有食欲，乔以笙自己都有点儿想再补一顿夜宵了。

圈圈伸着鼻子凑到前座嗅味道，被陆闯一手挥开，对它下达指令："躺好。"

圈圈相当听话，立刻乖乖地把脑袋趴在两只并拢的前爪上，不过眼神委屈极了，"嗷呜"地轻轻叫唤了一声。

乔以笙转过身去摸了摸圈圈，感到心疼，问陆闯："你不能给它分点儿？"

"我喂它零食的时候你没看见？"陆闯的语气很刻薄，"撑死它对你有什么好处？你来继承它的狗粮吗？"

怕它撑到就好好说，非得这样吗？

她可真是后悔给他准备这顿饭了，一定是刚刚车里太闷，害她的脑子短路了。

乔以笙提醒他："你知不知道'拿人手短，吃人嘴软'八个字怎么写？"

陆闯非常讲究地细嚼慢咽，等吞下嘴里的食物后才说："这难道不是你放了我鸽子，心里有愧，所以跟我道歉的一种表示？"

行，她现在已经没有吃夜宵的欲望了，已经被他给气饱了。

不知是被她摸得太舒服，还是知道陆闯手里的饭是由她送来的，圈圈非常热情地又来蹭她，摇着尾巴吠了两声，像跟她撒娇一样。

陆闯一记眼神飞过去，圈圈又蔫了吧唧地趴回去。

乔以笙蹙眉道："你欺负人就算了，怎么连自己的狗都欺负？这么冷的天，它陪着你到处跑，容易吗？"

陆闯冷笑道："如果不是你放我鸽子，它用得着跟着我跑来这儿？"

乔以笙："……"

怎么无论她说什么他都能绕回到放鸽子这件事？

放了就放了呗，她又没让他找来。

吐出一口浊气，乔以笙问："你是要在镇上住一夜，还是连夜回霖舟？"

陆闯到底还是有良心的，夹了一小块排骨给圈圈道："住。"

"住哪儿？"问完，乔以笙又说了一家酒店的名字，那是 G 县最有档次的酒店。

陆闯似笑非笑，语气略轻佻道："了解这么仔细，你是想去酒店陪我？刚刚的吻不够解你的馋？"

继续待下去听他胡言乱语，她可就真的有病了。

乔以笙推开车门，道："饭盒不用还了。"

陆闯倒也没留她。

回到家里时在楼梯口碰到了杜晚卿，问她干什么去了，乔以笙撒谎说肚子饿下楼觅食。

杜晚卿没有怀疑，进屋继续睡了。

乔以笙却在这通折腾后没了睡意，窝在被子里处理先前没回复完的消息。

消息积压得更多了，周固还在零点给她打了电话，也就是她忙着和陆闯接吻的时候。

由于电话没接通，周固改为发短信："看来你睡了，新年快乐，小乔。"

乔以笙便假装自己真的已经睡了，准备早上再回复。

听到门外又有动静，乔以笙从卧室出去查看情况，看见戴非与和杜晚卿俩人正要下楼。

"舅妈，表哥，怎么了？"

戴非与说："没事，就是有人打电话来说要住民宿，我去处理一下。"

乔以笙狐疑道："民宿不是不做了吗？"

乡镇地方，自建房的面积一般都比较大，自家人住着空，所以小时候舅舅和舅妈会把楼下的房间租给外地人。后来舅舅不让租了，舅妈便也不租了。

前些年戴非与大学毕业后，又重新倒腾起民宿。

G县不是著名的旅游胜地，但因为当地保留较为完整的旧式建筑，吸引一部分美术生、摄影师和文青前来采风，还算有客源。然而客源不稳定，大多时候民宿都空着，去年戴非与就不做了，吃年夜饭时乔以笙还和他讨论过如今流行什么。

怎么现在有客人上门？

戴非与甩甩手道："可能网上的信息更新不及时，我去和人家解释清楚。"

乔以笙莫名生出不祥的预感，打开客厅的落地窗走到阳台上。

然后……谁能告诉她，为什么又是陆闯？！

乔以笙忙不迭地跑回客厅。

戴非与正在劝杜晚卿不用跟着过去："妈，你去睡觉吧，用不着你。我和客人说明一下情况，介绍他去别处住。"

杜晚卿顾虑道："大过年的，而且这都凌晨了，外面还下雪，别家民宿肯定也都休息了，就别折腾了。"

戴非与的安全防范意识比杜晚卿强，道："妈，你也说这大过年的，谁大过年的跑出来瞎折腾？"

乔以笙点头赞同："是啊，舅妈，就交给表哥处理吧，按表哥说的，把人介绍到别处去，镇上又不是没有酒店。"

"反正我先去看看情况，妈，你就别操心了。"

乔以笙考虑了两秒，决定也下楼。

院子里的水泥地上已经积了一层薄薄的雪，她止步于廊下，看着戴非与穿过院子，打开小门，和外面的陆闯交谈了约莫5分钟后，戴非与就把陆闯带进来了。

这是什么情况？乔以笙茫然。

陆闯踩着马丁靴，步伐稳健，黑色的长款羽绒服的拉链只拉到胸口，被他包在羽绒服里的圈圈伸出脑袋。

陆闯边走还边和戴非与聊着什么，像完全没看见她似的。圈圈则一直朝着她的方向兴奋地吐舌头。

戴非与拉了乔以笙一把，道："我让我妈别下来，你怎么反倒下来了？站在这儿不冷啊？快进去。万一感冒了，我妈得怪到我头上。"

乔以笙隐晦地问："表哥，这是……"

戴非与像没听懂她的言外之意，给她介绍："这是要住我们民宿的陆先生。"

"你好。"陆闯一副不认识她的样子，说道，"打扰。我每年春节都喜欢带着我的狗去不同的地方旅游，感受不一样的民风民俗，今年也一样。就是不凑巧，今天路上发生了点儿意外，导致我现在才赶到G县。以前在这儿住过的朋友给我介绍了这家民宿，评价很高，我就想着过来试试。"

乔以笙好想撕掉他这副人模狗样的面具！

戴非与准备带陆闯到3楼去。

3楼是戴非与决定要做民宿之后加建的，一共三间房，专门统一了装修风格。虽然去年开始不营业了，但也还没拆，只是需要收拾一下床单和被褥。

陆闯却问："楼下没有房间可以睡吗？"

他解开背狗包，把圈圈从羽绒服里抱出来放在地上，牵着狗绳说："我带着狗，住3楼不方便，狗好动，也会影响你们休息。1楼如果有空房间，是最好的了。"

戴非与摸了摸圈圈："1楼是有个可以睡的房间，不过有点儿乱。"

开民宿时那些备用的床单被套全堆在里头。

陆闯客气又礼貌，道："乱点儿没关系，我这人不讲究，和我的狗随便窝一觉就行，麻烦了。"

"那我收拾收拾。"戴非与大步朝1楼的那个房间走去。

乔以笙倒是记得，那个房间最早就是用来出租的。

趁着戴非与现在不在，她小声问陆闯："你究竟想干什么，不是住酒店吗？为什么跑到这来？"

"是你以为我会住酒店，我可从来没说我要住酒店。天气这么冷，我不得就近看看有没有民宿。"言罢陆闯带着圈圈跟上戴非与，"我来帮忙吧。"

乔以笙一口老血卡在嗓子眼儿。

她先回了2楼，等了10分钟，总算等到戴非与上来，立刻问："不是说要把人介绍到别处去吗？"

戴非与解释："你哥我看人的眼光还是很准的，他不像坏人。我跟他说明情况之后，他的态度也挺诚恳的，理由给得很充分。主要是他带着那么可爱的一条狗，再去其他地方，路上不得受冻？他也是为狗考虑，我就图他一个方便，当交个朋友。"

乔以笙无语。可真行，利用圈圈卖萌博取同情？

戴非与紧接着从衣兜里摸出一沓钞票，道："而且，人家给得太多了，我没法拒绝。"

乔以笙："……"

结果到最后，还是金钱的力量！

"我们家缺这点儿钱吗？"乔以笙被陆闯和戴非与气到了。

戴非与察觉到她的不对劲儿，问道："你干什么？好像对楼下那位客人很有敌意？"

"没有，睡觉了。"乔以笙板着脸扭头回房间。

因为陆闯的突然出现和莫名其妙的入住，这个晚上她睡得很不好，早上 6 点钟就醒来了。

洗漱过后乔以笙下楼，正在厨房忙活的杜晚卿奇怪她起这么早，道："为什么没多睡会儿？是不是附近的鞭炮声太响，吵到你了？"

大年初一，家家户户做完早饭，根据习俗是要放鞭炮的。

乔以笙早起习惯喝一杯水，含在嘴里鼓着腮帮子摇摇头，咽下去后扯谎道："就是醒得早了，也没睡意，干脆起来了。"

杜晚卿熟练地包着饺子，道："那别等你表哥起床了，你先吃吧。"

乔以笙欣然点头，道："好啊。"

杜晚卿记起来问："夜里那位客人住进来了？"

乔以笙眉心不自觉地蹙起，回答得含混："嗯。"

"那我给他也留一份。"

"他又不是住含早餐的酒店。"

"你这说的什么话？"杜晚卿笑着重新拿出擀面杖擀饺子皮，"顺手的事。就因为我们这儿不是酒店，不用非得付钱才可以吃饭。"

乔以笙抿唇，不吭声了。

耳朵里捕捉到圈圈的声响，她心头一动，立刻从厨房出去。陆闯一副没睡够的不爽神情，手里牵着狗绳，被圈圈往外拽。

乔以笙判定，这便是他提过的，每天必须定点出门遛圈圈，否则圈圈闹起来要人命。

看见她，圈圈似乎更兴奋了，拽得陆闯都不小心趔趄了一下，惹得陆闯黑了脸，道："圈圈！"

这回圈圈没有听从陆闯的指令。

乔以笙不想陆闯再凶圈圈，主动凑近圈圈，摸了它两下。圈圈终于不若方才躁动。

陆闯为此发出一记嗤笑："你以后跟着她过日子算了。"

乔以笙："……"

杜晚卿这时候也从厨房出来，道："小伙子，起这么早？"

陆闯礼貌地打招呼："早上好，杜阿姨。"

杜晚卿盯着他的面容，微微怔住。

乔以笙轻蹙眉，心想他一开口就知道舅妈姓杜，总不可能是戴非与夜里告诉他的。

多半是调查这里的住址时，顺便连她亲人的姓名也了解了，而且极有可能对她整个家里的情况都有所了解。

她对陆闯的观感越发差了。

杜晚卿则若有所思地回神，询问道："吃不吃饺子，有没有什么忌口？"

"吃的。"陆闯一一回答，"没有忌口。"

杜晚卿邀请："那你一会儿跟我们一起吃饺子。"

陆闯没有拒绝，点点头道："好的，谢谢杜阿姨。"

乔以笙十分无语，他的脸皮怎么如此厚？

旋即陆闯又道："不过我必须先出门遛狗，大概需要1个小时。遛完狗回来才能吃。"

杜晚卿笑笑道："没事，你想什么时候吃都行。"

锅里还在煮东西，杜晚卿没有多聊，听到烧水壶传出呜呜呜的声响，即刻折返厨房里。

乔以笙吐槽："你怎么这么不懂得客气？"

陆闯同样川剧变脸似的，瞬间卸掉了面对杜晚卿时好青年的神态，斜着眼，别具意味地道："以我们的'熟识'程度，我如果对你的家人太客气，岂不过于疏离了？"

"谁和你'熟识'了？"乔以笙一脸冷漠，要回2楼。

她的裤脚却被圈圈咬住，力气很大，她不敢使劲拽，求救陆闯："你的狗干什么？快让它松开。"

陆闯散漫地弹了弹指甲上并不存在的灰，一副事不关己高高挂起的样子，道："你刚才不都看见了？它现在已经不听我的指令，不受我控制了。"

乔以笙："……"

他确定不是在睁着眼睛说瞎话？

行！自己来！乔以笙尝试和圈圈对话："圈圈，你别咬我的裤子，放开我好不好？你放开我，我一会儿给你喂几块肉。"

然而行贿计划失败，圈圈非但没松开，反倒继续咬着她的裤脚，尝试将她往门口拽，就跟方才它通过狗绳拽陆闯一样。

乔以笙灵光乍现，感觉自己隐约之中读懂了圈圈的意思——

"它该不会是想要我去遛它吧？"她抬头问陆闯。

陆闯挑唇道："恭喜你，猜对了一半。"

"一半？什么意思？"

"要你和我一起遛它。"

乔以笙："……"

陆闯挑高眉梢，道："走吧，别浪费时间了。如果你一个人就治得住它，我现在可以把狗绳交给你，我进房间睡回笼觉。"

等了1、2、3秒——乔以笙到底还是在与圈圈的对视中败下阵来。

这么可爱的狗狗……谁能忍心让它失望？

于是乔以笙直接穿走了戴非与挂在门口衣架上的军绿色大衣。衣服尺寸对她来说自然大了很多，衬得身高1.65米的乔以笙像是偷穿大人衣服的小孩儿。

见状，陆闯满眼嫌弃，脱掉乔以笙身上的军绿色大衣，强行将自己的黑色长款羽绒服换到她身上。

帽子一盖，就将她的整张脸罩住了。

乔以笙身上起了静电，发丝凌乱，往后扯了扯帽子，解除视野里的障碍，重见光明，怒视穿上了军绿色大衣的陆闯，问道："有什么区别？"

不，区别还是有的，譬如因为陆闯比戴非与高，现在只要她稍微蹲个身，衣摆就能拖到地上。夸张点儿讲，衣袖也就长得能让她跳个水袖舞了。

再者便是……他羽绒服的味道，比戴非与的大衣好闻。

她整个人仿佛被那股凛冽的雪松味包裹着。同时包裹住她的，还有留在羽绒服内侧的，他热腾腾的气温。

陆闯道："穿上我的衣服让你现在看起来顺眼多了。"

乔以笙："……"

陆闯吹了一声口哨，牵着圈圈大摇大摆地率先走出去。

圈圈兴奋地在她和陆闯之间来回乱跳，似还不放心，非得确认她也跟了上来。

下了半宿的雪，外面的积雪尚未消融，气温也低得冻人，乔以笙担心地问："圈圈不会冻着吗？你怎么不给它也穿一件衣服？"

陆闯这回倒是好好回答她的问题了："它的衣服在车里。"

他那辆越野车还停在昨晚的那个位置上。

陆闯半个身子钻进车后座一通翻。

不多时，乔以笙看见陆闯翻出了一件东北大花袄款式的宠物狗衣服，还是最喜庆的那种花色，给圈圈穿上。

乔以笙的嘴角细微地抽搐道："你的审美，在圈圈这里，死绝了？"

他穿衣服不挺有讲究的？每回见他，他都跟从杂志封面里走出来的模特似的。

为什么给圈圈买的衣服就土到掉渣？

现在就差在圈圈的耳朵上戴一朵大红花了。

原本多么帅气漂亮的一只拉布拉多，现在穿着大花袄在雪地里蹦跶得像村口来的二傻子。

而这只二傻子的名字偏巧还和她的小名一样。她属实糟心。

陆闯却将圈圈抱到怀里，然后架着圈圈的胳膊抱起来，面朝着她展示道："圈圈不是这条街最靓的狗？"

圈圈吐着舌头，吐出的气呵出了淡淡的白色烟雾，像附和陆闯似的，开心地叫了两声。

乔以笙："……"

陆闯连自己心爱的狗都舍得捉弄。

可最终她也只能……行,她不管了,圈圈高兴就好。

不懂人心险恶的单纯的狗啊……

乔以笙忍不住拿出手机,拍摄着圈圈欢天喜地走在前头遛她和陆闯的照片。

它很活跃,展现着各种不同的神情姿态,她拍到停不下来。

难以想象,陆闯这个如此讨人厌的家伙,怎么能养出如此招人喜欢的一条狗?

陌生的环境带来的新鲜感或许也加剧了圈圈的兴奋。虽然圈圈想继续遛,但陆闯掐准了时间,拽住圈圈及时回头。

不过并非原路返回,而是走了另一条道。

乔以笙惊讶道:"你怎么知道从这儿也能回我舅妈家?"

她从头到尾都没告诉过他。

"对于方向感强的人来讲,这很难吗?"陆闯反问道,继而轻嗤一声,"就凭我昨天晚上绕了那么久,也可以把这附近的路认个遍。"

乔以笙抿唇,还是感到一丝古怪。

圈圈倏尔朝某个方向狂叫起来。

夹杂在吠声中传出的,是周固的声音:"小乔。"

乔以笙一惊,也不明白出于何种心理,第一反应竟然是去看陆闯。

陆闯循声望过去,深邃漆黑的眼眸瞬间变得冰冷,吐出的话难听至极:"乔以笙,你有多饥渴?过个年你都能迫不及待把男人叫到你舅妈家里来?"

乔以笙又气又委屈:"你的思想能不能别那么龌龊?这是我表哥的朋友。"

陆闯眼中怒意翻涌:"你以为我没认出来?他就是你那天晚上招惹的男人。"

"可他就是我表哥的朋友。"乔以笙涨红了双眼,又因为气不过,补充道,"现在也是我的朋友,不行吗?"

"不、行!"陆闯一字一顿,咬牙切齿,"要我再重复一遍,我是怎么警告你的?"

"你有病就去治!"乔以笙用通红的眸子剜了他一眼,径自先进了院子。

周固刚从另一条巷子口走过来,停在大铁门前,视线从乔以笙的背影上收回,转而落到陆闯身上,带着浓浓的探究意味。

陆闯没有正眼看周固,牵着还在朝周固狂吠的圈圈,也进了门。

戴非与打着哈欠从2楼下来,就见乔以笙一副憋屈的表情进了客厅,好像下一秒就要哭,他不禁神色一凛,道:"怎么了?"

"没事。"乔以笙越过戴非与,要上楼。

戴非与狐疑地盯着她的外套,道:"这不是……"

乔以笙才记起自己还穿着陆闯的羽绒服，当即脱掉，丢到沙发里，"噔噔噔"地迈上楼梯。

戴非与一头雾水，视线一转，问进门的陆闯："那是你的衣服吧？"

陆闯脱掉军绿色大衣，挂回门口的衣架上，走上前来，不带情绪地说："嗯，刚和你表妹遛完狗。"

"你们遛狗的时候，我表妹是不是被谁欺负了？"其实戴非与原先想问"是不是你欺负她了"，但基于待客之道，也怕闹乌龙，所以还是改了说法。

没等陆闯回答，周固紧接着进门了。

戴非与知道他要来，并不意外，记起自己下楼来是要告诉杜晚卿多准备一个人的早餐，赶紧走去厨房。

等再出来，戴非与发现周固和陆闯各自落座在一张沙发上，俩人相视而坐。

前者的手指在手机屏幕上不停地摁，后者在逗狗，俩人并没说话，气氛相当诡异。

突然周固先抬头问他："小乔上楼了？"

"嗯。"戴非与顿了顿，最终选择坐在中间的单人沙发上。

"这位是……"周固看向陆闯，既是在问戴非与，也在问陆闯。

陆闯像没听见似的，还是戴非与介绍道："这位是陆先生，昨晚住进我家民宿的客人。"

陆闯终于开口："非与哥，不是说了，喊我'小陆'就可以。"

"啊，对，小陆。"戴非与重复，旋即向陆闯介绍周固，"这位是我的朋友，周固。"

"你好，陆先生。"周固笑着打招呼。

陆闯继续逗狗，神情淡淡地回答："嗯。"和对待戴非与的态度，说不上天差地别，但谁都能看出不同。

周固并不尴尬，也不在意，体面地维持着笑意和礼节，道："陆先生从哪儿来的？也是霖舟吗？陆先生的声音我听着有些耳熟，不知道我们曾经是不是在哪儿见过？"

陆闯提起眼角，斜视他。

从他这一刻的眼神中，周固得到了自己想要的答案。

戴非与看看周固，又看看陆闯，往2楼的方向瞟了瞟，若有所思。

杜晚卿像老天爷特地派来的救兵，打破了客厅内微妙的气氛："人都齐了是不是？"

"是的，妈，可以开饭了。"戴非与起身，要去帮杜晚卿。

陆闯和周固也起身，同时开口——

"杜阿姨，我帮你。"

"阿姨，我帮你。"

杜晚卿笑了笑，把仁人一并拦下，道："不用了，你们都到餐桌前等着就行。"

环视一圈，她又疑惑道："圈圈呢？"

房门被叩响，戴非与的声音传进来："以笙，吃饭了。"

如果不是没有把餐食带到卧室里吃的习惯，乔以笙是不想下楼的。同时她也很清楚，她如果说不吃或者一会儿再吃，肯定会让杜晚卿担心。

所以即便再不情愿，乔以笙还是出去了。

首先便遭到了戴非与的询问："你和那个小陆，是不是早就认识？"

乔以笙又想喊救命了。

"不认识。"她否认，"谁我都不认识。"

戴非与也并非要八卦她的私生活，未再深究，只是打趣了一句："你慢慢挑。"

乔以笙："……"挑什么鬼。

见她出现，周固招招手："小乔。"

乔以笙硬着头皮无视在喂狗的陆闯，对周固补上之前的问候："早上好，新年快乐。"随即她溜进厨房。

杜晚卿正在捞锅里煮熟的饺子，分别装到排成一排的四个盘子里。

乔以笙见缝插针地给自己找事做，去消毒柜里再取出一张新盘子："舅妈，你的那份漏了。你难道不和我们一起吃？那可不行。"

杜晚卿敏锐地察觉到她的异常，问道："怎么看起来不高兴？"

"年后工作堆积如山，有点儿烦而已。"乔以笙扯谎，将装完饺子的盘子往一边挪，又把空盘子推近些。

杜晚卿知道她受她父母的影响，从小喜欢建筑，即便工作上再烦，也不会放弃这一行，所以没有说诸如"干得不开心就不要干"此类的话，而是鼓励道："慢慢来，我们圈圈可以的。"

乔以笙当然有自信："嗯，我非常可以。"

杜晚卿的眼角露出细微的皱纹，在装最后一盘饺子时，记起来问："对了，那个小伙子从哪儿来的？叫什么？你知道吗？"

乔以笙没有错过杜晚卿稍纵即逝的犹豫，问道："有什么疑问，舅妈？"

杜晚卿把锅里剩余的几个饺子再分别添到各个盘子里说："就是觉得那个小伙子，眉宇之间瞧着有几分熟悉，喊我'杜阿姨'时的那种口吻，也让我隐隐想起一个人。"

"谁啊？"乔以笙把立在柜子边端菜用的托盘拿起来。

"你前天晚上刚看过照片。"杜晚卿接过托盘，和乔以笙一起将饺子盘往上放，"就是那个柳阿姨的儿子，小马。"

乔以笙手一抖，差点儿将盘子掉了。

怎么可能？

乔以笙努力回忆照片中小男孩儿的模样，除了性别都是男，她找不出陆闯和他之间有任何相似之处。

"舅妈，不是吧，你应该认错了。"

"也许吧。"杜晚卿扶正被她弄歪的盘子，"我也不肯定。确实，都这么多年了。算了，我就随便问问。走，我们吃饭去，你把酱碟拿上。"

"来了。"一想到接下来要同时面对陆闯和周固，乔以笙就头疼。

她们一到客厅，戴非与和周固就一起迎上前。

前者给杜晚卿搭把手，后者微笑着朝乔以笙伸手。

乔以笙来不及反应，酱碟就被周固端了过去，她也不再和周固抢来抢去。

可她一转头，就撞上陆闯凌厉的眼神。

乔以笙继续无视，径直走到餐桌前。

"小陆，来吃饭了，尝尝我妈的手艺。"戴非与喊了陆闯。

陆闯要把圈圈先系在楼梯下。

杜晚卿开口让陆闯把圈圈一起带过来，道："养了这么漂亮的一条狗啊？"

因为已经回到温暖的室内，此时的圈圈没再穿着大花袄，乔以笙欣慰它终于恢复帅气。

圈圈率先"汪汪"两声，仿佛在回应杜晚卿——是啊，是啊！我很漂亮！

陆闯又变身成彬彬有礼的三好青年："嗯，杜阿姨。"

杜晚卿半弯腰端详圈圈，问道："你这狗平时都吃什么？要不要给它来点儿排骨？"

圈圈好像听懂了，尾巴摇得飞起。

"汪！汪！"

陆闯却拍拍圈圈的脑袋，道："谢谢杜阿姨，不过不用了，它肠胃不太好，也不懂得节制，我一般给它喂易消化的狗粮，昨天它刚吃过两块排骨，今天不能再给它吃了。"

圈圈嗷呜两声，尾巴和耳朵可怜兮兮地耷拉下去，很委屈地看着陆闯，像在跟陆闯争取最后的希望。

陆闯置若罔闻："我们吃我们的吧，让它自己玩。"

他塞了一个骨头形状的玩具，让圈圈乖乖地趴在他的脚边。

乔以笙感受到了圈圈的怨念。但她也无能为力，帮不了圈圈，径自坐在自己以往的位子上。

周固走过来，指着她身边的椅子，问道："小乔，这里没人吧？"

"嗯，没人，你随便坐。"乔以笙低垂眼皮，佯装专注于往自己的酱碟里倒酱料，忽略坐在她斜对面的陆闯。

戴非与埋汰周固大年初一来蹭饭。

周固说他在家里已经吃过一顿，但既然过来了，必须尝尝杜晚卿的手艺。

"那就多吃点儿。"杜晚卿上了餐桌也忙活着照顾众人。

"小陆是吧？"杜晚卿着重心关心陆闯，于是问道，"小陆是哪里人？吃不吃得惯我们 G 县这边的口味？"

陆闯双手端起碗凑到杜晚卿的手边主动接过酥鲫鱼，答道："吃得惯。霖舟和 G 县的口味差不多。麻烦杜阿姨忙活了一早上，都很好吃。"

"妈，你吃，别管我了。"戴非与无奈地阻止杜晚卿给他夹菜。

杜晚卿坐回椅子里，继续关心陆闯："小陆是来G县做什么，是摄影还是画画？"

"不是，他单纯来旅游的。"戴非与替陆闯回答了，把夜里陆闯交代的信息全告诉杜晚卿。

周固正询问乔以笙，今天有没有什么安排。

乔以笙告诉他，早饭过后要跟着杜晚卿去山上的寺庙。大年初一去庙里烧香，是杜晚卿每年雷打不动的行程。

周固点点头说道："那我陪你们一起去吧，权当踏青。说出来不怕你取笑，虽然我是G县人，但长这么大还没去过山上那座庙。"

说罢周固征询杜晚卿的意思："阿姨，我也跟着没关系吧？"

"没关系，人越多香火越鼎盛，佛祖越高兴。"继而杜晚卿邀请陆闯："小陆，你要不要也去看看？你不是对G县的民俗民风感兴趣？这个寺庙在我们G县很有名。"

陆闯应承："嗯，我去。谢谢杜阿姨推荐。"

戴非与低头，憋着笑，煞有介事地瞄了一眼乔以笙。

乔以笙精准地接收到他眼神里的幸灾乐祸。

她现在反悔上山，还来得及吗？

早饭结束后，乔以笙还是没有更改原定计划。毕竟，她不能因为陆闯，就放弃陪伴杜晚卿的机会。

可戴非与开车载着杜晚卿先行一步，说是杜晚卿要再添些香烛，让乔以笙坐另外两个人的车。

乔以笙穿戴好出来巷子口时，周固默认乔以笙与他同车，充满好意地询问陆闯："你要不要也和我们坐一辆？就不用再多开一辆车。跟我们一起走，会比你用导航更方便。G县的路况比较复杂，导航经常出问题。我车子虽然不如你的越野车宽敞，但也足够装下你和你的狗。"

陆闯面色生冷，毫不友善，道："不必，我的狗在陌生环境下容易受刺激。"

乔以笙脑海中浮现出"狗咬吕洞宾"几个字。

陆闯带着圈圈，也不等她和周固，自己先开车走了。

乔以笙刚在周固的车内坐定，就收到陆闯发来的消息："你等着为你的所作所为承担后果。"

乔以笙："……"她做什么了？

旁边驾驶座里的周固冷不丁地迸出一句话："那天晚上我帮你接的电话，就是陆先生打来的吧？"

- 122 -

就凭陆闯面对周固时那毫不遮掩的敌意，乔以笙就预料到周固会猜到她和陆闯之间不简单。

周固接着说道："我没有要过问你私事的意思，你不用告诉我。只是你看起来心情不太好，我至少得确定一下原因，才能对症下药，好让你重新开心起来。"

乔以笙澄清道："我和他没什么关系。他就是有病。我们不用理会他。"

因为正处于气头上，她的语气非常重。

周固看一眼她紧绷着的脸，道："如果是遭到对方恶意纠缠和骚扰，最好报警。"

"没有，没到那种程度。"乔以笙微抿唇，"我和他只是……"

她都不知道该如何形容自己和陆闯之间的关系。

而陆闯在这时候打来电话。

她想，他无非又要讲些能气死她的话。

乔以笙憋着气将手机塞进包里，当作没看见。

说实话，如果换成其他任何一个人做出陆闯如今对她做出的事情，她绝对认定对方是恶意纠缠和骚扰。

她和陆闯的关系，最多算普通朋友。他凭什么强行进入她的生活，干涉她的人身自由？问题就在于为什么，为什么陆闯做出这些将她据为所有物的恶劣举动，她明明难受却还是容忍了？

乔以笙陷入沉思中。

周固也没再说什么，打开音乐，选了一首舒缓心情的曲子。

半个小时的路程，包里的手机就没停止振动，乔以笙都担心自己的手机会因此没电。

一边开车还一边不断地打她的电话，他不怕发生危险吗？

此时，戴非与和杜晚卿比他们早10分钟抵达寺庙，就在寺庙门口等他们。

G县当地很多人会赶早来烧新年的头炷香，据说烧得越早越灵验。他们这会儿来虽然也还没过10点，但已经避开人最多的时间段，停车场有一些空位。

周固停好车，乔以笙和他一起去找戴非与会合。陆闯也已经到了，正和戴非与、杜晚卿聊着什么。

戴非与一见她，立刻问："以笙，你知道小陆的这条狗叫什么名字吗？"

乔以笙："……"她不想回答。

杜晚卿默认她这是不知道的意思，笑了笑道："真的很巧，和你的名字一样，也叫'圈圈'。"

"圈圈？"周固问，"原来小乔还有另一个名字，叫'圈圈'？"

戴非与告诉他："是我表妹的小名，一般家里的大人会这么喊她。"

"明白了。"周固略略颔首，转而对乔以笙说："很可爱的名字。"

乔以笙礼貌地说了句："谢谢。"

一行五人外加一条狗一起朝里走，圈圈跑在最前面，不断地回头，像是在暗示他们走快些。

由于它又穿上了那件花袄子，所以在乔以笙眼中，圈圈又变成了不太聪明的样子，但戴非与和杜晚卿都很喜欢圈圈。

戴非与故意地动不动就喊圈圈的名字，杜晚卿因为圈圈连带着也更加喜欢陆闯了，一直在和陆闯说话。

陆闯也一直在杜晚卿面前继续扮演三好青年。

人格分裂了吧，乔以笙不禁在心里吐槽。

乔以笙落后他们仨人一步，和周固一起走在后面，却能感受到陆闯侧着脑袋和杜晚卿对话时，眼角余光一直锁定在她的身上，像在监视她和周固。

乔以笙又气又好笑。

穿过甬道，尽头便是大殿，杜晚卿开始朝各个方向跪拜。

周固邀请她四处闲逛，被乔以笙婉拒了，乔以笙表示想留在杜晚卿身边，万一杜晚卿一会儿需要帮忙，她能及时递香或者点蜡烛。

原本这趟行程便是乔以笙想要来陪着杜晚卿的。

周固自然不好勉强乔以笙，自己去了，但他没有走远，仅在这个大殿里转悠。

戴非与帮杜晚卿添了香油钱回来后，见乔以笙一个人，就问了一句："小陆的那条狗该不会是你们一起养的吧？"

乔以笙道："……怎么可能。"

戴非与道："噢，我看那只狗和你很熟，名字也和你的小名一样。"

乔以笙道："……名字一样纯属巧合。"

戴非与道："噢，我以为是小陆喜欢你，所以连狗的名字都取成你的小名。"

越讲越荒谬了。为避免戴非与天马行空地继续往下说，乔以笙还是决定给他一个解释："那个陆先生和我前男友是仇人。因为我的前男友，我才和他有了交集，但无关情感纠纷。他没有喜欢我，也没有在追我。"

戴非与听完，评价道："看来这几年我和我妈对你的关心确实少了些。你表面看起来和以前没两样，但实际上你的生活比以前丰富多了。"

乔以笙不禁垂下眼皮，盯着自己的鞋面，道："没有，我还和以前一样。"

"怎么突然这种表情，我的话有问题吗？又没批评你。"戴非与拍一下她的后脑勺儿，"不管你在外面过得怎么样，在我们这里，你永远只是你，我的表妹，我妈的半个女儿。"

乔以笙微微动容。

戴非与素来见不得煽情，又遗憾地叹气道："可惜了，我还以为周瑜遇到强有力的竞争对手。"

乔以笙笑道："周固怎么摊上你这么个损友。"

"有事喊我，我也去转转，这里的香熏得我鼻炎都要发作了。"说完，戴非与转身离开，看他走的方向，像是要去找周固。

走出两步，戴非与又折返回来，狐疑地问了她一句："你确定小陆对你没那种意思？"

乔以笙："……"

他若知道陆闯的真面目是多么恶劣，绝对不会有这种想法。

话说起来，她已经好一会儿没见陆闯了，不知道他带着圈圈去哪儿溜达了。

之后，乔以笙陪杜晚卿到供着长明灯的侧殿，看到陆闯正在侧殿门口和一位僧人交谈着什么，圈圈乖巧地趴在他的脚边。

陆闯注意到了她们，和僧人结束交谈后，进殿和杜晚卿打了声招呼。

"小陆对长明灯感兴趣？"

"嗯。"

在 G 县，长明灯一般是生者为死者点燃的，日日夜夜供在寺庙里，寄托对死者的思念。

杜晚卿在这座寺庙里供了三盏，一盏是给多年前久病不愈去世的舅舅，另外两盏就是替乔以笙给她的父母点的。

乔以笙以为陆闯只是在维持他感受民俗民风的游客形象，所以才会想着了解一下长明灯是怎么回事。

紧接着，她听见陆闯补充道："既然杜阿姨经常来这里，说明这座寺庙很灵验。所以我考虑，要不要也给我的亲人在这里供一盏长明灯。她以前也来过 G 县，很喜欢 G 县。"

乔以笙原本一直侧身站在杜晚卿的斜后方，盯着面前一盏盏散发着暖黄色光芒的灯，凭借记忆寻找属于她父母的那两盏灯的位置。

闻言，她的视线不由得飘向陆闯。

落在他脸上的光影如同一层浮动的萤火，使他素日硬朗的线条此时毫无锋利可言，与他悠远的充满缅怀的目光一般柔软。

她很好奇，他口中的亲人是谁。

乔以笙的好奇心没有得到满足，因为杜晚卿没有追问。

杜晚卿笑眯眯地说道："这和寺庙是否灵验无关，而在于你的心意。"

陆闯受教地点点头道："我明白了，谢谢杜阿姨。"

之后陆闯似乎是去办理供长明灯的手续而不见了踪影，走之前他把圈圈暂时交由她看管，说是带着圈圈不方便。

碍于杜晚卿在场，乔以笙没有拒绝的机会。虽然，她挺乐意带着圈圈的。

圈圈到了她手里之后一点儿也不乖巧，非拽着她到处走。

戴非与替换她去陪杜晚卿，周固想过来帮乔以笙的忙，圈圈却不允许周固靠得太近，他一靠近，圈圈就开始狂叫。

乔以笙不得不怀疑，它和它主人的意识是相通的。

每当圈圈用力拽绳子时，即便它叫得再厉害，周固也还是会上前替乔以笙抓住牵狗绳。

不消片刻，乔以笙便累得满头大汗，比早上跟着陆闯遛狗时更深切地体会到，养狗不仅是一件技术活，更是一件体力活。

"要不要喝点儿水？"周固指着不远处的小卖部。

"嗯。"乔以笙抽着纸巾擦脸，她现在口干舌燥。

"好，我去买，你在这等一会儿。"周固穿过人群走向小卖部。

结果一个买水的工夫，他再回头时，已经瞧不见乔以笙和圈圈的身影了。

周固跑回原地四处张望，又给乔以笙打电话。

没人接听。又拨了两次，依旧无人接听，周固询问附近的人，尝试寻找。

穿着豆沙色棉服的年轻女人牵着条穿花袄子的拉布拉多，还是比较有特征和记忆点的。很快，周固就从别人口中知道了乔以笙的去处。

顺着路人指的方向，他找到地方，便看见陆闯将乔以笙按在墙上，亲得正激烈。

陆闯终于松开，乔以笙扬手就要给他一记耳光。

陆闯握住她的手腕及时拦下，又牢牢按住她的两只手，道："吻一次还不够，想让我在这里再做点儿什么吗？"

"你敢？你要不要脸！"乔以笙面红耳赤，又羞又恼，由于俩人的身体紧密相贴，她能清晰地感觉到陆闯的变化，她不敢再动。

"你觉得我有什么不敢的？"陆闯微微敛着的黑眸里聚着危险的锋芒，舌尖轻轻舔舐嘴角被她咬破的一个小口子。

乔以笙因为急促喘息而起伏的胸口被陆闯坚实的胸膛挤压得很难受，不得已连呼吸也变得小心翼翼。

"你故意把周固引过来的？"当时圈圈叫了一声，她的余光瞄见周固离开的背影了。

"既然你没告诉他我们的关系，那让他亲眼看一看。"陆闯一边嘲讽着，一边伸手从乔以笙散开的围巾间摸进她的脖子。

他手上的凉意激得她忍不住打了一个冷战。

眨眼间，她收在衣服里的项链被他的指头钩出来。

得到他想要的结果，陆闯脸上的冷意稍稍缓和，哼笑一声道："再有下次，就不是让他看我们热吻这么简单了。"

"你是变态吗？"乔以笙怔怔地看着他，"你觉得我该告诉他我们是什么关系？不要脸地说我是你众多女人中的一个吗？"

陆闯的眉头拧成"川"字。

"还是说有其他的回答？你要不要告诉我如何回答？"乔以笙突然有些紧张，同时隐隐有所期待。

她也说不清自己究竟在期待什么。

她对陆闯这样的人能有什么期待？

陆闯明显被她问住了，很久都未出声，眼睛深处仿佛激荡着某种深沉的情绪，却遭到他的压制。

半晌，陆闯也只是挤出一句质问："难道你找他，不是为了和他随便玩玩？"

乔以笙气血上涌，道："就算我和周固只是随便玩玩又如何？你能和我随便玩玩，我就不能和别人随便玩玩？你完全是强盗行为。"

跟强盗谈论强盗行为的结果也只是又一次刺激强盗做出更为强盗的行为。

陆闯嗤笑道："我就是强盗行为又如何？"

"但我和周固现在并不是随便玩玩。他在追求我，我也很认真地考虑要不要和他正式交往。"乔以笙难以抑制地喉咙发哽。

说出这句话的同时，她心中再次被那股莫名其妙的期待填充，难受得她想哭。

陆闯不说话了，只是看着她，不知道在想什么。

寺庙的广播这时候传出播报："乔以笙女士，乔以笙女士，请您听到广播后前来服务站和您的家人会合，他们很担心你。"

广播重复第二遍时，乔以笙才反应过来是在喊她，于是用力推了推陆闯。

陆闯这会儿倒没再使劲压制她，乔以笙得以挣脱，立刻从包里摸出手机。

手机里数不清多少通未接来电了，直至现在戴非与也还在给她打电话。

乔以笙连忙接起："表哥。"

乔以笙丢下陆闯和圈圈自己先走了，回去见戴非与和杜晚卿之前，她就近找了个洗手间整理妆容。

在电话里她向戴非与解释说自己在遛狗的过程中不小心把手机弄丢了，最后运气好找回来了，联系不上的这一段时间就是去找手机了。

戴非与和杜晚卿都没有怀疑，戴非与还笑话她丢三落四。

这之后不消片刻，陆闯和周固也相继来到服务站。

乔以笙不见了，戴非与原本想问陆闯和周固知不知道她的去向，结果他俩一个不接电话，一个手机关机。

"一个广播找回三个人，整挺好，省得我再让他们播报第二则和第三则寻人启事了。"

周固闻言晃晃手机解释："没电了，我没找到地方充电。回大殿没见到你，正发愁怎么联系你，就听到寻找小乔的广播了。"

虽然周固神态自若，和先前没区别，但乔以笙还是尴尬地躲在杜晚卿身边，垂着眼皮不去和他有眼神触碰。

戴非与紧接着看向陆闯，道："小陆，你的嘴唇怎么破了？"

陆闯摸了一下嘴唇的破口处，说："圈圈弄的。"

"……"乔以笙的心尖一颤，变了脸色，望向他。

陆闯的目光落在他的狗子身上，道："它今天有点儿不受控，乱跑，还差点儿被别人拐走。我教训它，被它挠了一下。就是因为圈圈状况不对，我才没留意你给我打了电话。"

戴非与恍然，笑着逗了逗圈圈，道："没事就好。"

乔以笙放松了紧绷的身体。

刚才乍一听，她以为陆闯说的是她。

但现在即便知道陆闯说的是他的狗，她也觉得陆闯有在暗示她。

毕竟进寺庙前，他已经从戴非与和杜晚卿那里知道了她的小名恰好也叫"圈圈"。

虽然圈圈很可爱，但用狗影射她，他也是够恶劣的。

第六章
醋海翻波

////////////////////////

末了，杜晚卿又让他们四个人去求求事业签或者姻缘签。

戴非与立刻带头去求事业签，被杜晚卿拽了回来，道："你都 30 岁了，连个女朋友都没有，该求的是姻缘签。"

戴非与笑嘻嘻道："佛祖真好，还管分配女朋友的。"

杜晚卿说："没个正形。"

戴非与像是不甘心只自己一个被催婚，拉了另外 3 人下水，道："走走，以笙、周瑜、小陆，咱们都去求一求。"

乔以笙看一眼杜晚卿，见杜晚卿对此不置一词，她意识到了什么，小声向戴非与确认："舅妈知道我和郑洋分手了？"

戴非与戳戳她的脑门儿，道："你不就是希望借我的口透露给我妈吗？"

乔以笙微微抿唇。

是，戴非与说得没错。她这两天都没主动告诉杜晚卿她现在单身，就是因为她不好意思开口。她让戴非与知道，其中一个目的也在于此。

戴非与又说："我妈也知道你和周瑜、小陆之间有点儿情况。"

乔以笙睁圆了眼睛，道："你怎么连这都告诉舅妈？"

她以为戴非与懂得权衡的。

戴非与冤枉得很，道："妹妹啊，不是我说的！我妈眼睛又不瞎，周瑜三天两头往咱们家跑，不是为了和你处对象，难道是为了和我叙旧？

"至于你和小陆……你想知道的话，自己去问我妈，怎么就火眼金睛看出来了。"

乔以笙："……"她怎么可能去问？必须装傻啊。

不过要说杜晚卿火眼金睛，还真没说错。毕竟当年杜晚卿看一眼便断定郑洋不适合她。

这年头求姻缘的人太多了，排队解签的队伍实在是长。

戴非与不乐意等，又迫于杜晚卿的威严，便退而求其次，买了寺庙特供的招桃花旺姻缘的红绳手链。

他还不忘捎上另外仨人的。

寺庙的行程到此为止。

下山的时候，乔以笙坐了戴非与的车子，以逃避和周固见面的尴尬。

此时，戴非与订了山脚下的一家农家乐，大家一起吃午饭，然后去草莓大棚里摘草莓。

平坦宽阔的田地成了圈圈的乐园，陆闯解掉了圈圈的狗绳。圈圈没了限制，肆无忌惮地在田地里撒野狂奔。

比起摘草莓，戴非与更想去逗圈圈，所以拿了陆闯带来的圈圈平时玩的飞盘，带圈圈玩去了。

每丢出一次飞盘，戴非与都会大喊一句"去吧，皮卡丘"，还以手指天际的姿势定在原地。

杜晚卿透过大棚看到戴非与玩疯了的样子，无奈地长叹一口气："几岁了……"

乔以笙笑笑说："表哥这样挺好的，心态永远少年。"

她记起欧鸥说过的"男人至死是少年"。

但乔以笙认为戴非与难得的是，他既有与年龄相对应的沉稳，内心又有一块地方永远住着曾经那个略微"中二"的男孩。

杜晚卿还是有点儿担心地说道："我和你舅舅在这个年纪的时候，你表哥已经出生了。他都没谈恋爱。"

这点乔以笙是意外的，问道："一次也没有？"

杜晚卿点头说道："你表哥的性格就是什么情绪都写在脸上。他如果谈了恋爱，我不可能看不出来。"

以前戴非与没谈过，乔以笙是知道的。近几年联系得少了，她就不太清楚。

如果杜晚卿没看走眼，那么戴非与已经单身30年了。

而戴非与就生活在这个淳朴的小县城里，乔以笙不认为他背地里会私生活混乱。

换言之，她这个表哥大概比她还要……纯情——欧鸥曾用"纯情"这个词来形容她，她认为这个词用在戴非与身上更合适。

乔以笙越发觉得自己这个表哥难得了。

她安抚道："舅妈，没关系的，人也不是非要结婚生子才能活下去。表哥开心就好。"

她相信杜晚卿明白这个道理，只不过看到别人的孩子，心态难免有些伤感。

周固过来帮她们拎摘好的草莓，送去草莓大棚的主人那里称重。

乔以笙暂时没敢和他对视，低垂着眼皮。

周固猜到她为何如此，趁着杜晚卿去和大棚的主人谈价格时，主动打破俩人之间尴尬的气氛。

"没关系的，我目前也还只是你的追求者，你不用觉得对不起我，也不用觉得有负担。你本就不用对我负任何责任。追不到你，是我自身的问题。"

陆闯的目的达到了，周固多半误以为陆闯是她的前男友，俩人如今还在藕断丝连。

乔以笙张了张口："我和他……"

这时，陆闯走了过来。

他刚刚应该躲去哪儿抽烟了，身上的烟草味儿压过了他日常身上的雪松气息。

走过来后陆闯既没说什么也没做什么，就是随手拿起两颗草莓，拔掉草莓蒂，吃进嘴里，像在品尝草莓的味道。

却也使乔以笙和周固停止了交谈。

其实就算陆闯没有走过来，她也依旧不知道该如何向周固解释。如同被她质问的陆闯，也不知道如何定义他们之间的关系。

虽然周固试图安慰她，她也认为自己不必对周固心怀愧疚，但她还是感到抱歉。

因为陆闯的行为而对周固感到抱歉。

她意识到，在理清自己和陆闯之间的纠葛之前，她应该无法开始一段新的感情。

她还没享受几天"挑选男人的快乐"，就被陆闯搅和了。

最后，他们带着三筐草莓离开了农家乐。

杜晚卿邀请周固到家里吃晚饭，周固说晚上家里有亲戚，一早就答应家人要回家吃，杜晚卿也不好强留。

回到镇上后，周固便和他们告别了。

而陆闯，入住的时候说只住一晚。等到家搬草莓的时候，戴非与问他在G县待几天，陆闯却说不确定。

戴非与自然没轰他，不仅没轰，还热情好客地让陆闯想住多久住多久。

三筐草莓，一筐用来现吃，另外两筐杜晚卿要分别做成草莓干和草莓酱。

晚上吃过饭，乔以笙待在厨房里帮忙。

戴非与似乎去给陆闯当导游了，带着陆闯和圈圈去镇上转一转。

晚上11点多，乔以笙洗漱完，趴床上听欧鸥发语音跟她吐槽春节这两天被安排见的相亲对象一个比一个奇葩。

房门突然被人轻轻叩响。

只有敲门声，门外没有传来杜晚卿或戴非与的声音，乔以笙正纳闷怎么不符合他俩平时的习惯，打开门的瞬间证明了确实有古怪——

根本不是杜晚卿或者戴非与，而是陆闯。

乔以笙立刻要关门。

陆闯用脚抵住门，特恶劣地威胁她："不想惊动你舅妈和表哥，最好放我进去。"

乔以笙不过刹那间的犹豫，陆闯便挤了进来，并关上门。

"你又要干什么？"她心头暗自警惕。

陆闯平静地扫视她屋内的陈设，道："在寺庙里的话不是还没讲完。"

没讲完什么？乔以笙蹙眉回想，不是刚好讲到周固正在正式追求她，她也考虑和周固交往吗？

陆闯踱步至她的梳妆台前，拿起戴非与买的桃花手链，漫不经心地放在掌心，问道："你希望，我们之间是什么关系？"

乔以笙怔然，第一反应是她心中的那份莫名其妙的期待被他察觉了。

陆闯是盯着手链问的，没有看她。她无法从陆闯的眼神或者表情中判断他的意图。

他的语气中也未透露什么情绪，不像是在嘲讽她。

但"希望"这两个字又的的确确很像是嘲讽，嘲讽她不过是他众多女人中的一个，却认不清自己的身份，妄图和他有更深入的关系。

等等……难道她真的在期待和他有更深入的关系？

——乔以笙被这个念头吓到了。

不可能的。她是哪根神经搭错了才会生出这种可笑的期待！

乔以笙迫使自己冷静下来，反问陆闯："你什么意思？难道我说我们是什么关系，我们就能是什么关系？"

"你可以先说说看。"陆闯扬起眼角看她。

然而即便和他有了眼神对视，乔以笙仍旧无法看出他的意图，哪怕一丝一毫。

既然陆闯放话了，她便大胆又坦诚地说道："我希望我们之间，没关系。"

陆闯的眸色暗了几分，桃花手链被他紧紧攥在手里，承受着他此时的不爽，乔以笙怀疑可能再过一会儿那条手链就要被他捏碎了。

数秒后，陆闯却出乎意料地松开了桃花手链，丢回梳妆台上，淡淡地问道："再说一遍。"

不同于曾经的威胁口吻，他好像真的只是在确认。

乔以笙的双手垂于身侧，紧握着拳头，直直地盯着他，又一次尝试从他的神色中探究他的真实意图。

然而他的瞳眸深邃，晦暗不明，令她无从探究。

反正也不是第一次说一些得罪他的话了，乔以笙做好了承担后果的准备，重复道："我希望我们之间没有关系。"

陆闯有好几秒没吭声，沉默地注视她，那双眼深沉幽暗，像浓重的夜色中灯火刚刚熄灭，不留半分光亮。

这令乔以笙整个人感到紧张忐忑。

"可以。"陆闯突然开口。

"……"乔以笙怀疑自己幻听了，或者陆闯的话没讲完。

果然过了两秒，她又听见陆闯说："再陪我一晚。最后一次。以后我们就没有关系了。"

乔以笙："……"

她还有点儿一时没反应过来。

现在是陆闯主动提出最后一次，不是她提出最后一次。

可，他的信誉度高吗？她可以相信他的承诺吗？

而且，陆闯的这句话依旧带了威胁的意思，分明就是如果她不同意，他将继续纠缠她。

另外，当初她提出最后一次，是在事后。他这会儿是事前提出，"陪"这个字令她感到前所未有的难堪。

何止是难堪，完全是羞辱。

乔以笙僵立于原地。

陆闯径自走到她的床边坐下，拿起床头柜上她的相框，像在等着她上前来。

"……你把我当什么了？"乔以笙的声音抑制不住颤抖地说道，"特殊服务？"

陆闯闻声抬眼，看着她发红的眼眶，不明所以地愣怔住，旋即他反应过来什么，眉心拢起，道："你搞错我的意思了。"

"搞错什么了？"乔以笙没第一时间把他砸出门已经算客气的了。

陆闯偏偏还在这时候笑了一下。

乔以笙的眼泪直接滑出眼眶。

陆闯似不耐烦地轻轻"啧"了一声，抽出纸巾上前往她眼睛上擦，道："又哭。很烦知不知道。我的意思是我今晚睡你这里。"

"还不是一个意思？"虽然比起第一次擦眼泪时，他的动作要轻很多，但乔以笙还是不稀罕地推开他的手，自己擦。

"怎么会是一个意思？"陆闯斜挑眉说道，"我要睡的是你的床，又不是你，你自作多情个什么劲儿？"

乔以笙："……"

她的脑子终于因为他的这句话转过弯来。

但这并不是她的问题，分明是他措辞不当，让人产生了歧义。

"你为什么不能讲清楚一点儿？"她恼火。

陆闯玩味地说道："难道不是因为你一直想着这种事，才曲解了？"

"你才一直想着这种事！"乔以笙差点儿忘记控制自己的音量，而杜晚卿的卧室就在她的隔壁。

陆闯却厚脸皮地说："我确实一直想着这种事。"

乔以笙愤愤地转头，到镜子前擦干净眼泪。

陆闯回到床边，脱掉鞋，恣意地往后靠上床头，还优哉游哉地吃起她没吃完的草莓，同时盯着她，像是要等她上床后一起睡。

分明是默认她同意了自己提出的条件。

可恨的是，乔以笙无法拒绝这诱人的机会。

诱人得令她难以置信，摆脱他的方式竟如此简单？

只不过再和他同床共枕一夜而已，即便陆闯是骗她的，之于她的损失也小到可以忽略不计。

为谨慎起见，乔以笙还是取了纸和笔，写下陆闯方才做出的承诺，然后交给陆闯签名："你念一遍，我拿手机录个音作为证据。"

陆闯："……"

乔以笙心里清楚，陆闯并非正人君子，这种连法律文书都不是的东西对他来说根本起不到任何约束作用，她把这所谓的证据握在手里，也不过是图个心理安慰。

陆闯却连个心理安慰都不给她，随口说道："你不知道像我这样平时要签合同的人，是不可以在外面随便乱签字的？"

乔以笙忍不住吐槽："你不就管着一个万隆地产而已？"

并且是个虚名，他根本没把心思放公司上面，成天游手好闲。

陆闯嚣张地说着："管一个万隆地产还不够？"

比起她这种普通上班族，自然是够了。乔以笙把笔强行塞进他的手里，道："放心吧，我不会利用你的签名搞事情。"

陆闯捏住她的脸，道："为什么不能是你放心，我说到做到？"

乔以笙心底好似翻涌着海浪，一起一伏，道："因为你已经在我这里失信过一次。"

陆闯立即反应过来她指的是哪件事。

他附到乔以笙耳边，重复了那句被她断定为失信的话："你以为我不挑，随便哪个女人都能凑合？"

什么意思？在暗示他和朱曼莉之间没什么关系？

那他还天天和朱曼莉卿卿我我？乔以笙蹙眉。

陆闯却没再说什么，拿起笔在纸上签下他的名字，冷着脸丢给她，道："满意了？可以睡觉了？"

乔以笙收起纸笔，塞进她的行李箱里，这才慢吞吞地爬到床上。

陆大少爷却又出幺蛾子，把装草莓的碗递给她，颐指气使道："喂我。"

乔以笙："……"他的手是断了吗？

只剩两颗草莓了，与其浪费时间撑他，不如——她抓起一颗草莓就要粗暴地往他嘴里塞。

陆闯迅速地捉住她的手腕，阻止她不怀好意的报复，道："用你的嘴喂。"

乔以笙："……"

能把她气到想吐血的人也只有陆闯了！

她想问陆闯，在其他女人那里，他是不是也是这样被供着伺候的。

鉴于担心被他误会自己吃醋，她没问出口，转而说："你提出的条件只是睡在这里，没包括喂草莓这件事。"

陆闯道："我只是没细化。"

说他是强盗都客气了。乔以笙据理力争："用手喂。我刷过牙了，不想再刷牙。"

同理，他现在还吃草莓，是打算不刷牙直接睡吗？

陆闯故技重施，微勾嘴角威胁道："要么你喂我吃草莓，要么我在你身上种草莓，选一个。"

乔以笙："……"

瞪了他几秒钟，陆闯拉她坐到自己的腿上，继而把她拿着的草莓送到她的嘴边，道："要我帮你张嘴吗？"

乔以笙到底还是咬住了草莓。

陆闯好整以暇地等待她来"喂"。

他俩现在的距离本就近，乔以笙不用大幅度地倾身就能凑到他的面前。

她的嘴唇并未含着草莓，仅仅用牙齿咬，试图最大程度地避免和他的嘴唇接触。

将草莓放到陆闯薄薄的唇上时，乔以笙不管陆闯含没含住，便迅速松开嘴巴，并要拉开和他的距离。

然而，陆闯似乎早就料到了她的举动。陆闯的动作比她更快，一只手掌扶在她的后脑勺儿，将她按在自己的方向。

乔以笙没能如愿远离他，反倒不小心对准了他的嘴。

她刚洗过头发，吹干之后松松软软的，陆闯觉得手感很好。比起她头发的手感，她嘴唇的触感更佳。而此时草莓流出的汁水全被陆闯舔干净，乔以笙感觉嗓子有些干渴。

他嘴角的那处小破皮原本结痂了，现在，乔以笙看到它又被磨破了。

片刻之后，陆闯努努嘴提醒她，还有一颗。

乔以笙无奈，他不腻，她都腻了。

这回为了省事，乔以笙含着草莓喂到他的嘴边，然后主动吻了他。

陆闯似乎很满意她如此识时务，轻笑一声，夺回了主导权，也迫使她无法继续敷衍。

和上一个吻不同的是，这一个吻更持久，仿佛陆闯永远不打算停止。

乔以笙抽出手推了推他，经她提醒后，陆闯反倒搂着她倒进棉被里。

虽然松开了她的唇，让她得以呼吸到新鲜空气，但他又流连地亲吻她已然绯红的脸颊和她涌上潮热湿意的眼睛。

他解开她的睡衣扣子。

乔以笙按住他的手，道："你不是说只是睡我的床？"

"现在想反悔了。"陆闯的呼吸粗重，嗓音微哑。

沁出的细微汗珠淌过他英挺光洁的额头，似乎落入了他漆黑如墨的眼眸，使得他的瞳孔恍然间蒙上了淡淡的雾气。

乔以笙摇摇头，道："你不能反悔。白纸黑字。明天我们就没有关系了。"

陆闯的眼神深邃，他用粗粝的手指抓着她的手，将其压在身侧，道："嗯，明天起我们没有关系。我是今晚反悔，不想只睡你的床。"

他重新吻住她的嘴唇。

乔以笙挣扎的幅度本就不大，之后逐渐减弱，很快消失。

由于杜晚卿就睡在隔壁卧室，戴非与也睡这一楼层，乔以笙偷偷摸摸的程度不亚于之前郑洋睡在自己的客厅，她紧张得要命。

在她睡过去之后，迷迷糊糊地还能感觉到陆闯搂她搂得很紧，似意犹未尽又似恋恋不舍地吻了她好久。她已经很累了，无法推开他，只能随他去。

也正因为被陆闯搂得太紧了，所以当脱离他的怀抱时，乔以笙第一时间便察觉了。她撑起困倦的眼皮，睁开一条缝，看见陆闯起床了，背对着她站在床边穿衣服，躯体结实线条流畅。

乔以笙心想，他应该就是想赶在杜晚卿和戴非与起床前溜回楼下去，便没在意，又睡了过去。

等她再醒来，即便隔着厚实的窗帘也能感到外面明亮的光线，今天的天气应该不错。

乔以笙穿上睡衣爬起来，先去开了半扇窗户，呼吸着新鲜空气。

原本一地的狼藉早已被清理干净，连同她垃圾桶里的垃圾袋也不见了，也许是陆闯下楼的时候顺手帮她带走的。

乔以笙下楼时，已经是中午。戴非与正准备吃午饭，打趣乔以笙起得一天比一天迟，生活作息得调整。

乔以笙接过戴非与递过来的碗筷，坐在餐桌前，瞟向1楼那个房间的方向，佯装随意地问："狗呢？"

日常活泼的圈圈今天竟然毫无动静。

"嗯？你和小陆不是认识？他没跟你打过招呼？"戴非与狐疑地说道，"他一早就走了，说是临时有急事，得立刻回家。"

乔以笙闻言脑子放空了一瞬，而后迟钝地点头道："……噢。"

走了？走了好，她的假期可以恢复正常了。

所以他是信守承诺，以后真的不会再纠缠她了？

至少一直到初七，乔以笙都过得很安稳。

G县的主县城内大片的传统老建筑都被列入历史建筑保护名单里，所以这里几乎几十年如一日。而近些年来，县城开始向外围扩张，经济中心也逐步向外围转移，如今在外围买房的人也随之多了起来。

杜晚卿也让戴非与及时跟上大家的脚步，早点儿买新房，以免日后房价越来越高。

新房的作用自然是为戴非与以后结婚考虑的，而杜晚卿只想留在适合养老的老城区里。

戴非与却说如果杜晚卿没打算住过去，那他就不买了，反正他也更喜欢环境古朴优雅的老城区。

按照戴非与的原话讲，他留在G县工作，图的就是G县尚未被大城市侵蚀的那种氛围，如果要换到新城区生活，那不如去霖舟。

可能在大部分人眼中，这是年纪轻轻就毫无拼搏奋斗的表现，只安于小县城的惬意，不思进取、不求上进。

其实，只不过是每个人对生活方式的选择不同罢了。对生活的选择没有高低之分，应该相互尊重。

在这一点上，乔以笙很佩服戴非与，不在乎他人的看法，一直坚持要待在这样一个小县城里。

乔以笙在G县得到了久违的宁静，时间仿佛被拉长了，时间的流逝仿佛变慢了。

她每天除了晒晒太阳发发呆之外，偶尔还去拍她熟悉得不能更熟悉的建筑，或者和杜晚卿一起由戴非与开车载着去周边玩一玩。

这段时间，陆闯杳无音信，连一条嘲讽的微信消息都没有。

在乔以笙的微信中，俩人的最后一条消息还停留在去寺庙那天收到的陆闯的威胁——"你等着为你的所作所为承担后果。"

初七下午，乔以笙回霖舟。

寺庙行程之后的几天，周固也没有再来找过她，只是在初四那天发短信问她，回霖舟要不要搭乘他的车。

明明她已经解决了和陆闯之间的纠葛，如今反倒不想继续麻烦周固了。也是因为陆闯当时的行为太过分了，导致她还是没法完全消除和周固之间的尴尬，所以乔以笙婉拒了周固。

可是杜晚卿给乔以笙准备的东西太多了，塞满了两个大行李箱，导致乔以笙自己不方便坐车。

最后戴非与还是拜托周固顺路捎上乔以笙。

乔以笙安慰自己，或许保持和之前一样的态度就能摆脱尴尬。

当周固过来接她的时候，杜晚卿送给周固她亲手做的草莓干和草莓酱。继而周固和戴非与一起把乔以笙的行李搬到了后备厢。

乔以笙看着杜晚卿，突然有些不舍。

戴非与生怕她俩煽情，突然说道："哎哟，你们差不多行了，又不是生离死别，霖舟和G县离得又不远，妈，你周末想去见以笙的话，我可以开车送你去。以笙想吃家里的饭菜了，周末不也可以回来嘛。"

杜晚卿因为"生离死别"这个不吉利的词，训了戴非与一通。这场道别以此告终，乔以笙笑着坐上了周固的车。

途中乔以笙大部分时间都在睡觉。当晚下了高速进入霖舟的时候，乔以笙才精神起来，可是又堵车了。

周固喝着保温杯里的咖啡，戏谑道："再不通畅点儿的话，该是我想上厕所了。"

乔以笙笑了笑道："坚持住，胜利就在前方。"

1个小时后，周固将她送回小区，并帮她将行李箱拎上5楼。

乔以笙一再感谢，心里踌躇着，人家帮她到这份上，出于礼貌，她其实应该邀请他喝一杯茶什么的。

可她一个单身女性主动邀请他一个单身男性进家门，确实怪怪的……

周固这时突然开口道："真要谢的话，改天请我吃饭吧。"

等于要再见面的意思。乔以笙拿不准周固现在对自己是何种心理。如果是单纯的吃饭当然没问题。

何况这种情况下她也不能拒绝，道："嗯，好啊，你想吃什么都可以。"

"那我得考虑考虑怎么狠狠宰你一顿了。"周固笑着告别，"行了，你休息吧，我也抓紧时间回去了。"

"拜拜，路上小心，注意安全。"乔以笙挥挥手，等他的脚步声消失，她长松一口气，摸出包里的钥匙开门。

进门后，打开屋里的灯，乔以笙愣住了。

公寓里多了许多春节的挂饰和摆件，放眼看去到处是红彤彤一片。

不难想到又是陆闯干的。

估计就是大年二十九被她放鸽子的那天。可是他搞这些的意图是什么？闲着无聊，好玩，抑或其他……

她琢磨不透，也不想琢磨了，反正以后俩人没有关系了。

乔以笙收回目光，把行李箱拖进来。

她拎着杜晚卿做的腌肉正准备放到冰箱里，打开冰箱却发现冰箱被塞满了，是和那一次被丢在门口几乎一样多的食材。

那会儿陆闯就说过要她补回那袋烂掉的食材。

乔以笙对着食材和满屋的装饰拍了两张照片，准备发给陆闯。

很快她蹙着眉，又打消了念头。

他都信守承诺了，她还主动给他发微信，不好吧？

第二天早上，乔以笙踏进办公室时，大家已经在相互分享从家乡带来的土特产，乔以笙也把杜晚卿给她准备的东西分享出去。

李芊芊很踊跃地第一个赏脸品尝，道："原来你是 G 县人？"

乔以笙解释："我妈妈是 G 县人。我春节回我舅妈家过年。"

"怪不得你这么漂亮。G 县出美女呀。你妈妈肯定也很漂亮。"嘴里咬着肉脯，李芊芊的声音有些含糊，但显得十分可爱。

乔以笙忍不住捏了捏她鼓起腮帮的圆脸蛋，道："你嘴巴怎么这么甜？"

虽然李芊芊比乔以笙早半年进入事务所，但是目前事务所里除实习生之外的正式员工中，她和乔以笙的工作经验最接近。而李芊芊也是乔以笙在公司里最熟识的同事。

李芊芊只比乔以笙大 1 岁，让乔以笙别把她当前辈。俩人工位相邻着，半年时间相处下来，乔以笙因为李芊芊的性格，无法当李芊芊是前辈，更无法对她产生敬畏感。

休完春假后的躁动持续到整个事务所的大早会上。

所长给每个人都发了开工红包，倒也没长篇大论浪费大家的时间，就让大家回去干活。

小组的早会上，薛素让大家把心思都从假期拉回工作上来。乔以笙手头上目前有三个项目在跟进，其中最大的项目还是万隆地产的高档住宅区，全套施工图预计要在这个星期交过去。

而朱曼莉不愧为尽职尽责的甲方，乔以笙刚结束早会就收到了她问图纸进度的消息，紧跟着便是催促。

在工作上，乔以笙规行矩步，礼貌谦逊，不卑不亢，礼貌地回复对方。

最后，朱曼莉和她聊起了私事，问她会不会去参加校友会。

乔以笙不太清楚这事儿，回道："什么校友会？"

朱曼莉："你没收到系里的邀请函吗？"

"……"乔以笙从她发来的这段文字里感受到了她的炫耀。

乔以笙没再回复，反正是私事，不用像对接工作时那样对她有问必答、有求必应。

下午乔以笙处理客户的邮件时发现，早上有封邮件被当作垃圾邮件直接送到了垃圾箱。

她点开看，正是朱曼莉早上提及的校友会邀请函。马上到霖舟大学的校庆了，这封邀请函是霖舟大学建筑系发的，乔以笙估摸其他系应该也有。

果不其然，郑洋也收到了邀请。

傍晚下班后她去医院里探望伍碧琴时，伍碧琴再次催她和郑洋订下婚礼的时间，这样能赶在参加校友会的时候，给同学们发请柬。

伍碧琴的手术很顺利，今天已经是术后留院观察的第 7 天，身体的各项指标都很正常，明天便可以出院，以后定期来复查就可以。

伍碧琴住院期间手机就被郑洋没收了，但伍碧琴记得乔以笙的号码，初二那天她背着郑洋借了护工的手机打给乔以笙。

乔以笙才知道，原来郑洋骗伍碧琴说她舅妈也生病住院了，所以她得春节回家照顾，才没有陪伍碧琴动手术。

这理由令伍碧琴信服，却令乔以笙恼火。诅咒她的亲人生病住院，她怎么可能不恼火？

"下个星期就 2 月 14 号了，你妈妈刚刚还期待着那天陪我们一起去民政局。不是你说会慢慢告诉你妈妈我们分手的消息，让她有心理准备的吗？现在看起来，你好像没有任何行动。"

郑洋比春节前更疲惫了，他解释道："我妈还没出院，我担心影响她术后恢复。而且最近我真的很忙，连续加班好几天了，都没办法看我妈。"

乔以笙感受不到他的半点儿诚意，只觉得他在拖延时间。于是，她给郑洋下最后通牒："明天你接你妈妈出院回家后，就告诉她。你再不说，我就自己和她说。"

郑洋皱眉道："你会不会太咄咄逼人了？"

乔以笙完全不敢相信自己听见的指控，说："是我咄咄逼人，还是你欺人太甚？"

"抱歉，是我用词不当。"郑洋做出举手投降的样子，好似是她无理取闹，他被迫迁就她。

紧接着她便听郑洋又说："你先帮忙隐瞒我妈，也不会影响你交新男朋友不是吗？而且你不是已经被陆闯甩了？"

乔以笙："……"什么乱七八糟的。

郑洋看着她："我说错了吗？如果说错了我道歉。我就是最近在外面见客户，碰到闯子见他玩得很疯，每次身边都是不同的女人，所以我猜的。"

这一句出来，乔以笙明白了，郑洋又企图刺激她。

她冷漠道："我和陆闯都只是玩玩，早就没关系了，不存在谁甩谁，这种无聊的事情你跟我讲再多也徒劳，不如多花点儿心思尽快处理掉我们之间的事。"

"明天我就不来医院了，你告诉你妈妈之后给我发条信息。"说完话，乔以笙转头就走。

郑洋跟上来道："我顺路送你。"

"不用。"乔以笙咬字很重。

郑洋还是继续跟在她身边，即便她不给他任何反应，他也自顾自关心她春节过得怎样。

乔以笙忍气吞声，想着等出医院门口就好了。

离开住院部大楼时，乔以笙撞见陆闯搂着一个女人。

乔以笙瞥过他们刚刚出来的地方，标着"妇产科"。

女人哭得梨花带雨，搂着陆闯的胳膊，陆闯很怜香惜玉地低着头像在轻声哄着女人。

乔以笙没打算理。

但郑洋喊了陆闯："闯子。"

乔以笙也不知出于何种心理，并未立刻走开。

郑洋问："这是干什么来了？"

"很难看出来？"陆闯毫不避讳地说，"陪她来流产。"

后面的对话乔以笙没再听了。

郑洋很快追上来，笑着评价了一句："玩得都闹出人命了。"

乔以笙心想，以前怎么就没发现郑洋的嘴巴这么碎？

坐上出租车后，终于摆脱了郑洋，乔以笙的耳根子得以清静，于是打电话问欧鸥走到哪儿了。因为她约了欧鸥今晚到她家拿东西。

俩人的时间算得很准，乔以笙到小区楼下时，欧鸥开着她的红色跑车也刚到。俩人嬉嬉闹闹地上了楼，一进门欧鸥就惊叹道："你不是吧？宜家宜居到这地步？都不在这儿过年，也要有过年的气氛？"

乔以笙眸光轻轻闪烁一下，没多解释，只说："本来昨天就想拆，但刚回来，太累了，正好你一会儿帮我一起收拾掉。"

正弯身从鞋柜里取棉拖鞋的欧鸥又狐疑道："怎么你这里又多出一双男士拖鞋？"

乔以笙心一梗。昨晚洗漱的时候看见陆闯摆在她洗手台上的洗漱用品和剃须刀后，她立刻就收起来了，但一时忘记了鞋柜里还有他的拖鞋。

"超市免费送的，不要白不要，而且我也能穿。"她心虚地扯谎。

"这样吗？"欧鸥笑而不答，那双妩媚的桃花眼分明洞悉她没讲实话，却看破不说破，只是摸着肚子说，"我刚下班就过来你这儿了，还没吃饭，要不顺便在你这儿吃了吧。"

"可以啊。"乔以笙从茶几下面把一盒草莓干和肉脯抽出来，说，"你先填填肚子。"

"你舅妈也太会做了吧。"欧鸥咬上一嘴就赞不绝口。

乔以笙进厨房系上围裙道："等一会儿把你的夸赞再说一遍，我发语音给我舅妈，让她耳听为实。"

"包在我身上，我还能多吹几句。"欧鸥跟进厨房，说，"有没有饮料？"

乔以笙正打开冰箱取食材，欧鸥从她身后觑了一眼，又惊叹道："刚回来你就把冰箱填这么满？会不会太多了些？你一个人得吃多久才能消耗完？"

乔以笙拿了一听蜜桃汁，转身交给欧鸥，无奈地耸耸肩道："行了，想问什么问吧。"

"我的乖乖哟！"欧鸥笑眯眯地勾起她的下颌，道，"瞒了我不少事情哦？"

乔以笙撇撇嘴，带着食材走到流理台前，道："让你来我家，我就是搬起石头砸自己的脚。"

欧鸥语气揶揄："我也没想到，你和那位男士进展如此之快。虽然东西也没多到同居的地步，但他肯定没少来，是不是？"

乔以笙的手一顿。猜得是很准，不过显然欧鸥搞错对象了，误以为是周固。

她现在和陆闯也没关系了，便没必要跟欧鸥补上缺失的那些信息，她也不想再提陆闯。

索性默认是周固，把周固恰巧是戴非男朋友的事情告诉欧鸥。

她快速做完一顿简餐的工夫，把前些天和周固的相处也大致讲给欧鸥听。

欧鸥问："你这是有打算和人家继续相处下去的意向吗？"

乔以笙认真地思考了一下，回答："目前来看，周固应该是我喜欢的类型，和他相处很舒服。"

欧鸥听到她这句话就想翻白眼了，道："乖乖，应该？如果你想和他继续接触的话，我们的考察标准得更严格。怎么严格另外谈，但首先肯定不能像你这样，不然岂不又是在按照郑洋的标准找对象！"

乔以笙否认道："没有。周固和郑洋不是一个类型。"

"但你的标准就是一个类型的。"

乔以笙好像无法否认："我确实就是喜欢像我父母那样，温馨平淡、细水长流的感情。"

欧鸥吹着碗里的热气，道："好，那我们就来谈谈'喜欢'。你回顾回顾你刚刚那句话，'应该'？自己都不确定啊？哪有'应该'是你喜欢的类型。喜欢就是喜欢，不喜欢就是不喜欢。"

乔以笙："……"

脑袋卡壳一瞬，她解释道："我之所以用'应该'，是因为我和周固目前的相处有限，还有待更深入地了解他，不是因为我不确定自己的喜欢。"

欧鸥盯了她两秒，最后笑着说："好，那你就继续和他相处，再多些了解。"

由于略去了陆闯，所以乔以笙也就没说自己现在面对周固的尴尬窘况，默默地低头把碗里的汤喝掉。

欧鸥想起来一件事提醒她："有一点你一定要了解一下。"

"什么？"

"周固看着是个挺有经验的男人。既然你想继续和他接触，还是要好好考察一下他的为人，毕竟找男朋友和老公，咱也没必要找一个有太多风流债的人。"

乔以笙："……"

欧鸥捏捏她的脸，道："就许某些男人嫌弃女人，不许咱们女人嫌弃男人吗？万一就碰到个不爱干净、不讲卫生的怎么办？"

乔以笙其实是赞同欧鸥的，只是刚刚那一瞬间她脑海中闪过陆闯。周固是不是，她暂且不清楚，但陆闯一定是。

仅从这方面来讲，和他一刀两断也是完全正确的决定！

送走欧鸥前，乔以笙把送她的东西全整理在两个袋子里。无非是把杜晚卿让乔以笙带来的那两大行李箱里的物品分了些给欧鸥。

欧鸥替乔以笙感到开心，道："你早该跟你舅妈和解了，以前在学校吃到你舅妈做的这些东西，我就盼着你多回你舅妈家。这几年吃不到可把我馋死了。"

乔以笙啐了她一口，道："吃胖了可别再找我算账。"

欧鸥拿起她搁在书桌上的手链，问："这又是什么？"

"招桃花的，也送你了。我工作不方便戴首饰。"乔以笙正愁没法处理，"寺庙开过光的，很灵验。"

"那我就不客气了。"欧鸥立刻套上手腕。

第二日上午，乔以笙刚进办公室就被李芊芊拉着分享八卦："乔工，我的暗恋出师未捷身先死了，呜呜呜。

"你还记得之前我在所长办公室见到的帅哥吗？原来是陆家的公子哥。听说私生活很混乱，这不，和小明星去妇产科的照片都出来了。"

照片放到乔以笙面前，正是昨天晚上乔以笙偶遇陆闯时的情景。

如果不是李芊芊告诉她，她并不知道与陆闯同行的是位小明星。根据新闻报道的，这位小明星十八线开外，之前参加过偶像竞演节目，但在第二轮就被淘汰了。

可能因为这条新闻的来源并非霖舟当地媒体，所以陆家的反应稍微慢了一点儿，尚未来得及处理，才被诸如李芊芊这样的资深"冲浪"选手刷到了。

网上陆续爆出陆闯的个人背景，不少负面新闻也被扒了出来，除去私生活混乱，还包括校园霸凌、打架斗殴、超速开车和故意撞人等恶劣行径。

霖舟大学也受到牵连，被举报到教育局，甚至有人质疑陆闯当年的破格录取另有内幕。

在乔以笙的记忆里，新闻上报道的似乎确有其事。但现在突然一股脑儿地爆料出来，速度如此之快，像是有人在背后故意针对陆闯？

不过陆闯有什么值得针对的？

她又看了一会儿相关的新闻，明白了。这些人针对的不是陆闯，而是陆家。

政府最近有块地皮正在竞标，陆氏集团参与了投标。对于一向无懈可击的陆家而言，陆闯可不成了最大的黑洞？人家还不趁机下死手攻击。

乔以笙记得，前两年陆闯之所以被陆家"放逐"到国外，就是因为他成事不足败事有余，于是陆家干脆先把这个祸害送到国外去，让人暂时忘记他。

如今看来，两年的时间全白搭了。

李芊芊了解到陆闯目前任职陆氏集团旗下的万隆地产的总经理，急忙又问乔以笙："我们最近跟进的项目不就有万隆地产的？"

"嗯，没错。"乔以笙点头，"之前我跟着薛工去万隆地产开会的时候，见过一次那位小陆总。你那天拍到他在所长办公室，我看照片觉得眼熟，现在才想起来就是同一个人。"

李芊芊还想说什么，乔以笙阻止了她，笑着提醒："快先工作吧，明天要定稿交图了。"

然而事实上，乔以笙也受到了这则八卦新闻的影响，工作效率低下。

午休的时候，在陆氏集团公关的出动下，这些负面新闻已经被压得七七八八。

毕竟陆闯算不得什么大人物，新闻中的小明星的热度也低。短暂的热度之后，"吃瓜"群众便觉得索然无味，而后迅速奔赴更新鲜劲爆的新闻热点中去了。

但这则新闻对陆氏集团是否造成影响，外人就不得而知了。

欧鸥是今天才发现系里校友会发了邀请函。

晚上乔以笙加班时收到了欧鸥的消息，问她去不去。

乔以笙："你去不去？"她还没决定。

当年她和郑洋在学校里是比较出名的校园情侣。

郑洋毕业后创办了一家游戏公司，事业风生水起。而乔以笙读研的那3年，每次校庆郑洋都以计算机系荣誉校友的身份出席，并上台演讲，曾多次高调地提到她。

乔以笙想，如果去了校友会，多半逃不开要被人问起她和郑洋的现状。

欧鸥："我当然要去。前几年没去是因为时间不允许，今年我必须漂漂亮亮地去参加。虽然我混得不怎么样，但我得看看以前那些男同学现在都发福成什么样了。"

欧鸥猜到乔以笙的顾虑，又发来一条消息。

欧鸥："我建议你去。郑洋一定会出席。你不露脸，主导权就完全落在他的手里，说不定他会将你们分手的原因归在你的身上。"

有一定的道理……

乔以笙："我再仔细考虑考虑。"

提到郑洋，倒令乔以笙记起，这个点了，郑洋早该接伍碧琴回家了，却没给她发消息。

乔以笙主动发消息问他："怎样了？"

之后她重新投入绘制图纸中去，暂时没留意郑洋是否回复。

第二天中午，薛素定稿，确认无误之后，乔以笙提交给朱曼莉。

下午乔以笙又跟着薛素去见手里另一个项目的客户。

这个项目是个人委托的旧房改建，虽然没有万隆地产这个项目大，但报酬颇丰。

虽然之前看过客户提供的旧房照片和周围环境照片，但客户的具体改建要求尚未细化，今天就是面对面交谈这件事，了解客户具体的要求。

对方定下的碰面地点是宜丰庄园的温泉会所。

乔以笙和薛素比约定时间提前10分钟到，而客户正在泡温泉。

包厢呈宽敞的日式榻榻米风格，一侧直通户外圈起来的小庭院，庭院里设有私人的露天温泉。

一个体形偏胖的女人先从庭院走过来招待她们。

乔以笙一眼便认出了她，正是陆闯订婚宴当日那个穿粉裙子的胖女人。

虽然现在她没化妆，身上也只穿着一件和式浴衣，样貌和那日不同，但乔以笙被她骂过狐狸精，对她的印象自然深刻。

胖女人问候过薛素之后，看到薛素身后的乔以笙，也认了出来，道："又是你？"

乔以笙双手递上名片，露出见客户时的标准笑容，道："你好女士，我是留白建筑事务所的助理建筑师，乔以笙。"

上回她没给她们看成身份证，今天倒送出一张名片。

今天的胖女人没有那天嚣张跋扈，可对乔以笙依旧没多友善，似乎还在怀疑她，认真地来回翻看她的名片，然后邀请她们："你们也下汤吧，今天就是让你们一起来泡汤的，我们边泡边谈。"

薛素很抱歉地说："不巧，这两天生理期，没办法泡温泉。"

胖女人去小庭院告知。

乔以笙心底隐隐有所猜测，重新翻阅了手中的资料，留意到项目委托人标注的是"聂女士"。

不多时，三个女人一起走了进来。

走在最前面的仍然是那个胖女人，紧接着便是那天也与乔以笙有过一面之缘的瘦女人。

乔以笙的目光落在最后一个女人身上。

鹅蛋脸、淡弯眉、圆杏眼，面部饱满线条流畅，没有攻击性但也不显得柔弱，是高贵优雅、大气温婉的长相。即便她的发尾染了一小截鸦青色，也不影响看见她的人联想到"大家闺秀"四个字。

"久仰，薛工，我是聂婧溪。"

"……"果不其然。乔以笙记得这个名字，陆闯的未婚妻。

"这两位是和我从小一起长大的好朋友，也是之后会代替我和你们对接项目的人，杨芊儿和方袖。"聂婧溪的声音和她的样貌一般温雅，她分别介绍了胖女人和瘦女人。

薛素便也介绍了乔以笙。

乔以笙微微颔首："你好，聂小姐。"

聂婧溪则向乔以笙道歉："不好意思，乔小姐，我刚听说，你之前被我的两位朋友误认作别人，挨了骂。实在对不起。"

方袖带着杨芊儿一起在聂婧溪话落之际，朝乔以笙鞠了一躬。

乔以笙突然感觉这俩人不像聂婧溪的朋友，更像聂婧溪的下属。

"没关系，误会早已解除。"毕竟她曾经确实和陆闯有过关系，即便她们此前想教训的人是朱曼莉，但此时乔以笙也无法做到完全坦荡。

接下来五人皆盘腿落座。

会所的服务员送上来满桌聂婧溪预订的日式料理，介绍到其中有今天中午刚刚从国外空运过来的刺身。

乔以笙记起，她大二时第一次来宜丰庄园，陆闯过生日做东请客，大家也是在东庄的这个温泉会所里泡温泉、吃料理。

他们当时人多，去的是大型包厢。刺身上桌时，服务生也曾说过相同的话。

她尝了一口，味道是一如既往的鲜美。

饭桌上，聂婧溪是主导话题的那个，她从薛素以往的一些代表作切入话题，然后讲述了关于那座需要改建的旧房的信息。

旧房是聂婧溪的奶奶留下的，她奶奶嫁人之前是霖舟人，曾经有一个青梅竹马的初恋，但最终俩人却没能走到一起。

所以那座房子承载了她奶奶的童年，也承载了她奶奶和初恋的美好回忆。

如果不是因为房子年代久远，已经被列入危房，现在必须改建，聂婧溪便想着让房子一直保留原样。

今天见面，聂婧溪又提供了一些早年时期旧房内部的照片。

其中不乏一些人物照。

薛素指着其中一张少女与少年的合影问："旁边这位是……"

聂婧溪点头道："嗯，没错，就是我奶奶那位青梅竹马的初恋。"

由于长得太像，乔以笙很难认不出，聂婧溪奶奶青梅竹马的初恋就是陆闯的爷爷。

看完全部照片后，薛素和聂婧溪沟通细节部分。

当俩人聊到这座旧房改造后的用途时，聂婧溪又补充了一点："我奶奶希望这座旧房能作为我的婚房。"

"聂小姐结婚了？"薛素询问。

乔以笙心里已经根据"婚房"这个重点罗列出很多要素，譬如儿童房、老人房的安排。

聂婧溪说："还没，但我有一个未婚夫。"

乔以笙的思绪顿时开了小差，那么陆闯并未解除婚约？

她回忆了一下，应该是自己搞错了。当时陆闯的订婚宴是出了问题，但这并不代表他和聂婧溪解除婚约了。

薛素向聂婧溪确认："聂小姐是想遵照你奶奶的意思？"

"嗯。"聂婧溪点头，话锋又一转，说，"不过，我大部分时间是不住这里的。"

"明白了。"薛素继续往后沟通。

出去包厢一趟的杨芊儿这时候刚好回来，很生气地凑到聂婧溪耳边汇报事情。

虽然杨芊儿刻意压低声音，但她嗓门天生比较大，此时情绪又比较激动，加之包厢里很安静，其他人完全能听见她说了什么——

"那个姓陆的太过分了，带着一堆男男女女正在汤池那边开派对！简直伤风败俗、不堪入目！"

"昨天他那破事都闹上了头条，还嫌不够丢脸！陆家的地皮竞标也受到了影响，陆家长辈口口声声称会教训，教训到哪儿去了？今天他这不好端端地又和狐狸精搂搂抱抱卿卿我我！"

方袖皱眉拉了杨芊儿两次，都没能让杨芊儿注意音量。

聂婧溪做出嘘声的手势，杨芊儿过了两秒才完全停下。

"不用管他。"聂婧溪仅答复了杨芊儿这四个字，回过头来，"不好意思，薛工，我们继续。"

然而嬉闹声从屋外的露天小庭院传了过来。

其他包厢里的客人似乎找会所服务员投诉了。

半个小时后，乔以笙随薛素离开，经过陆闯包厢的附近。客人的投诉明显无效，陆闯一行还是吵吵嚷嚷。

乔以笙面无表情朝声源的方向瞟一眼，收回视线时，意外看见了郑洋。

郑洋怒气冲冲地从走廊那边往这边走，不顾旁人的阻拦。阻拦郑洋的不是别人，恰恰是陈老三。陈老三只穿了一条短裤，身上全是水。

"洋哥，都是好几年的兄弟了，咱有什么误会先心平气和地坐下来好好谈，别这样啊！"

"我不来这里怎么和闯子好好说？"郑洋冷面冷言。

"可你现在这样子看起来实在不像是来和我们一起玩的。"陈老三拉住郑洋说，"要不还是我先陪你去按摩房舒服一会儿，你也冷静冷静，然后我们再回来找闯子。"

"我现在很冷静。"郑洋甩开陈老三，迎面便和乔以笙撞了一个正着。

郑洋先是一愣，随即脸上的怒意更甚，直接拽住了乔以笙，问："你吹的枕头风吧？"

"什么？"乔以笙完全蒙圈。

郑洋却是不由分说地拉着乔以笙一起走。

乔以笙跟跄着随他进了陆闯所在的包厢，才反应过来，拼命挣扎："你放手啊！"

郑洋强行拖着她来到池子边为止。

硫黄的气味冲入鼻间，露天的庭院里十几个男男女女把温泉当成了泳池一样。烟雾缭绕中，陆闯露着紧实的胸膛与形状分明的腹肌坐在最靠里的位置，后背倚着池壁，抱着两位身材火辣的女人，好不逍遥快活。

因为池边有水，乔以笙又穿着高跟鞋，不小心打了滑，差点儿摔倒，多亏后边的陈老三扶住了她。

稳住身形后，乔以笙继续挣扎道："郑洋，你放手！你和陆闯的私人恩怨扯上我干什么？"

郑洋对她的话充耳不闻，大喊："陆闯，上来！"

他直呼其名，连"闯子"都不装模作样地叫了。

四周的男男女女纷纷望向他们这两位闯入者，很有眼色地自觉降低了声响。

陆闯漫不经心地勾唇道："来了就一起下来玩，喊我上去做什么？"

"别再给我装了！你心里清楚！"郑洋咬牙切齿。

陈老三见不得兄弟反目的戏码被外人看热闹，于是把其他人先往外驱散，分去其他房间的池子。

陆闯倒也没出声制止，拍了拍他怀里的两个女人，两个女人搂着陆闯的脖子，亲了亲陆闯的脸颊，从汤池起身离开。

泳衣性感得连同为女性的乔以笙都不免多看了两眼。

陆闯则依旧泡在池子里一副没打算出来的样子。他往后捋了捋湿漉漉的头发，伸手将漂在水面上的托盘拉到面前，给自己倒了杯清酒，语调很不耐烦："我听听是什么重要的事，值得你破坏我好不容易攒的局。"

就在他拉托盘的一瞬间，他的后背离开了原本倚靠的池壁，微微侧了身，乔以笙眼尖地看见了他的后背延伸至臂膀的位置有被鞭子抽过的痕迹，伤口泛着红。

郑洋也不和他打哑谜了，道："我公司的投资商纷纷撤资，是你做的吧？"

陆闯似乎感到非常可笑，道："噢？原来我有这么大的本事？"

陈老三站出来从中斡旋，道："洋哥，是误会吧。你也清楚闯子在陆家的处境。当初你刚创立公司的时候，他为了给你捧场费了不少劲。"

郑洋不知道被戳到了什么痛点，暴跳如雷地喊道："别一提起当初就好像是你们做了天大的善事！要真掰扯开来说，你们哪一个入股不是打着捧场的名义想赚上一笔？不都是看准了我和阿哲研发的游戏有市场价值？这几年我给你们的分红一个子儿也没少。"

陈老三因为郑洋的无差别影射感到寒心，道："洋哥，你能不能凭良心讲话？我们入股你公司的不都是小钱？真想赚钱，我和闯子自己家里又不是没有更好的项目可以选择？"

"你和阿哲的公司如果没有我和闯子利用家里的人脉帮你们打通关系，手续就得卡多少道？能那么快运营起来？最初的那批投资商不也是我和闯子帮你们介绍的门路？"

郑洋闻言冷笑道："你终于说出心里话了。合着在你们眼中，我和阿哲就是巴结着你们才有了今天。一直以来你们都是瞧不起我和阿哲的吧？毕竟我们不如你们有家世、有背景。"

陈老三愣了一下，愤怒地将脚边不知道谁搁的一整瓶威士忌踹进温泉，道："几年的兄弟到你嘴里什么也不是了！"

酒瓶砸到池底"嘭"地炸开，碎得稀巴烂。

乔以笙被迫立于原地旁观他们兄弟反目，瞥了一眼陆闯。

明明郑洋是来找陆闯算账的，现在吵起来的却是郑洋和陈老三，而陆闯本人还在泡着温泉水优哉游哉地喝清酒，仿佛一切与他毫无干系。

郑洋倒是回过神来继续对陆闯说："好，我承认早期你们两个是帮了不少忙。但既然如此，陆闯也该承认，好几个投资商和你们陆家都关系匪浅，如果不是你和他们通气，怎么前不久你才卖掉你的那点儿股份，他们最近也一个个地开始撤资了？"

说着郑洋将乔以笙拽到前面来，道："你们敢说这不是你们两个在联手报复我？在一起的时候打电话羞辱我还不够，现在还对我的公司下手？"

乔以笙真是谢谢他对自己的高看，她何德何能可以插手他们的商务往来？就因为她曾经联合陆闯报复他，陆闯单方面干的事就也得算上她的一份？

还有羞辱他？陆闯的两次恶作剧，不都是她及时挂断电话了吗？

陈老三忽然气得笑了一句："弄到最后你们其实就是因为一个女人吵架？"

乔以笙冷漠着脸瞥了一眼陈老三，道："别胡乱转移重点，不关我的事。"

从头到尾的问题明明应该是陆闯和郑洋长年累积的矛盾爆发了，她只是一个夹在中间的工具人罢了。

陈老三估摸也不好意思不小心当着她的面给讲出来了，表情略微尴尬。

其实乔以笙心里一直跟明镜似的。陈老三以前不过是看在郑洋的面子上，才在表面上给她尊重而已。

实际上陈老三根本看不起女人，刚刚他脱口而出的那句话恰恰证明在他心目中，兄弟如手足，女人如衣服。

陈老三这时候又重新站出来当和事佬："让嫂子——乔以笙先走吧，咱们兄弟仨人关起门来慢慢聊，行不行？有什么误会今天全部摊开来解决掉。"

乔以笙巴不得如此，再次尝试挣脱郑洋的手，附和道："你们兄弟之间的事，我在场不适合。"

郑洋却仍旧不松手，道："你还就必须在场。"

乔以笙又愤愤地说："我怎么就必须在场了？"

她这个工具人现在可和他们两个都没有关系了，怎么他们吵架还要带上她？她倒了什么霉才会在这里碰见他们？！

陈老三也问："洋哥，你不是也想解决事情，那就得先把解决事情的态度摆出来不是？非留着乔以笙在这儿算怎么回事？"

郑洋反口质问陈老三："你是不是早知道陆闯背着我和以笙在一起了？你在旁边看笑话是不是特别爽？"

"我——"陈老三看起来快被气出心梗的样子。

因为室外气温低，陈老三随手捡起池边的一件浴衣套身上，才回答："洋哥，我发誓，我没有知道多久，也就闯子订婚宴那天才知道一点。

"我也发誓，我没有看你的笑话。一个女人而已。你看老五、老六不也经常和同一个女人交往？他们什么时候因为这种事情红过脸？"

这番解释却令郑洋的脸色越发冷，道："你难道不知道以笙和老五、老六在外面交往的那种女人不一样？她是我的女朋友！是我要结婚的对象！'朋友妻不可欺'！"

"……"乔以笙很佩服他，到现在仍旧能义正词严地称自己是他的女朋友和结婚对象。

陈老三似乎被郑洋问住，怔了两秒，吐出一句话："可你们这不是还没结婚？而且一个巴掌拍不响，不是吗？"

若非她还被郑洋抓着，乔以笙一定要送陈老三一记耳光。她究竟是为什么要被困在这儿听他们轮番羞辱？

郑洋倒是帮忙把乔以笙摘出去，道："以笙那是因为生气才一时冲动。陆闯不一样，他是乘虚而入，他诱惑以笙。他骨子里就是一个烂人。他干的那些烂事我就不说了，你比我更清楚。

"但你必须问问陆闯，他是不是在大学的时候看到我追以笙，就生出觊觎之心，想挖墙脚？"

陈老三惊讶，乔以笙更是又一次陷入蒙圈中。

什么啊？她没听错吧？没听错的话，是她理解的那个意思吗？陆闯以前……

乔以笙下意识地望向陆闯。

陆闯还在一口一口地喝着酒，始终似笑非笑的表情。

她耳边继续传来郑洋的声音："可惜在以笙眼里只有我，最后也选择和我交往，根本不会正眼看他一下。

"你当时是不是特别受打击？你以为你是陆家的少爷，所有女人就都会倾慕你？

"就是从那时候开始，我们的关系不如以前了，不是吗？

"你只不过运气好，含着金汤匙出生，但我除了家庭背景不如你，样样比你优秀。连女人你都抢不过我。以笙引爆了你内心深处对我的嫉妒。

"你以为你现在拿以笙羞辱我，又试图搞垮我的公司，就能证明你比我强？"

郑洋一句接着一句，火药味十足，一点儿余地也不留，好像打算从今往后连和陆闯之间的塑料兄弟情也不维持了。

这让人有理由相信，上述全是郑洋在心里憋了许久的话，眼下一股脑儿地悉数抖了出来，恰恰遂了陈老三所说的"全部摊开来解决"。

可现在郑洋的全部摊开让陈老三招架不住，他呆愣在原地，似乎对自己从来没有察觉到郑洋和陆闯之间的恩怨而感到十分惊异。

乔以笙同样处于惊异之中，以至于都忘记反驳郑洋，她何时没正眼看一下陆闯了？

——不对，准确地说，陆闯曾经因为"觊觎"她而对她采取过任何行动吗？陆闯从前明明连话都没和她讲过几句。

陆闯终于舍得从温泉里出来了。

他慢悠悠地套上浴衣，沿着温泉边缘缓缓地朝他们踱步而来，声音低沉，语气中带着玩味儿："说得很精彩，继续。"微笑表情中夹杂着冷漠。

郑洋并未继续，只是盯着陆闯的眼神充满了警惕，整个人像是处于备战状态，等着陆闯做出其他反应，他将再进行反击。

陆闯不负他的期待，道："既然都说到这份上了，你怎么不把许愿沙的事也顺便说了？"

郑洋一副"如我所料"的表情，转头便对乔以笙说："以笙，我跟你坦白一件事，其实当年最早找到许愿沙的人不是我，而是陆闯。"

"不过你听我说！"没等乔以笙反应，郑洋立刻往后说，并握紧她的手，"当年就是因为许愿沙，我发现他对你另有心思。

"我原本想过和他公平竞争，可他的私生活混乱，我不由得担心他对你的企图。

"先喜欢你、先追求你的人是我。我是一个已经快爬到山顶的人，凭什么停下来等他赶上来和我一起公平竞争？

"而且，虽然当年找到许愿沙的人是他，但最后挖出许愿沙带给你的人是我。

"这么多年，陆闯一直将这件事当作可以拿捏我的把柄。所以当我知道你们之间的关系后，也想过他是不是用这件事向你邀功了。那会儿你向我提分手，我因为和阿哲的事情愧对你，一度感到心虚……

"现在我想清楚了，我不该心虚的。我应该自信一点儿，即便没有许愿沙，我们也会交往的。"

"……"信息量太大，乔以笙的大脑运转得有些迟缓，只觉得郑洋的声音跟苍蝇般"嗡嗡嗡"地响个不停。她的思维开始变得混乱……

其间，陆闯点燃了一支烟，吞云吐雾地等郑洋讲完，像是站在路边等待红绿灯一般随意。

郑洋的话音落下，陆闯便接着说道："所以呢？你想表达什么？"

"许愿沙的事以笙已经知道了。以笙，你也已经报复过我了。"郑洋直视陆闯的眼眸，说，"现在你还能拿什么来威胁我？还能怎么刺激我？"

陆闯转头，倏地捏住乔以笙的下巴，眯着眼瞧她，嘴里的烟气徐徐地吐在她的脸上，道："你觉得呢？"

乔以笙被烟呛得咳了起来……

陆闯勾唇，仗着身高的优势，居高临下地看着她："你觉得你有那么大的魅力，让我大受打击？你……能引爆我对他的嫉妒？"

乔以笙的心尖发颤。

好，很好，陈老三和郑洋轮番羞辱完她之后，现在陆闯也来羞辱她了！

因为咳嗽，她暂时没有回嘴，只是瞪着眼，然后恶狠狠地挣脱开陆闯的手。

陆闯将烟叼进嘴里，抖了一抖，继而看向郑洋，道："你对自己的眼光是不是太自信了？你看上的女人是天仙、是绝品？就这？我还嫉妒？"

他的脸上写满了不屑，道："我承认我当年确实对她有过短暂的兴趣，但让我有兴趣的女人又不是只有她一个，只不过刚好你在追求她罢了。我随便发现的许愿沙，你紧张得以为我要跟你抢，我当时还觉得挺好笑的。"

郑洋额角的青筋浮起，显然被陆闯的话激怒了，仿佛几分钟前扬言不会再受到刺激的人不是他。

陆闯就像看跳梁小丑一般看着郑洋，从嘴里抽出烟，食指点在烟身上，抖落一地烟灰，道："你都知道我烂，还同意我入股你的游戏公司，那就别怪其他人因为我这个烂人而觉得你的公司也烂。我烂得都上新闻了，发现我这个烂人都退股了，那不就等于你的公司更烂？

"你要认为投资商撤资是我的责任，从这层逻辑来讲也不是不对。但说我有预谋地搞垮你的公司，那就是在侮辱我了。我得多闲，才会在你的公司上浪费时间？"

"哦！对了，"陆闯似忽然记起什么，瞥了一眼乔以笙，话锋一转，说，"不过浪费点儿时间给你打电话，让你听听我们在干什么，确实挺有趣。"

乔以笙瞬间挣脱掉郑洋，成功甩了陆闯一个耳光，即刻扭头走人。

走出房门时，正见已经换回日常衣服的聂婧溪和杨芊儿、方袖三人走了过来。

她们并不意外看见她从陆闯的包厢里出来，估计是已经从服务员那里得知了她被郑洋一起带进去的事情。

果不其然，杨芊儿最耐不住性子，快速冲到乔以笙面前，道："听说里面只剩四个人？你们在里面干什么？"

方袖拉回杨芊儿，聂婧溪盯着乔以笙泛红的眼圈关心道："乔小姐，你这是……"

乔以笙抓紧手里的包，道："……我和我前男友吵架。没事，谢谢聂小姐。"

越过仨人，乔以笙加快脚步往外走。

她没想到薛素还在大堂里等她。

"薛工，抱歉。"乔以笙低头弯腰道歉。

薛素也没过问她的私事，问道："现在是不是可以走了？"

"可以的，薛工。"乔以笙无法抬头，一方面因为不好意思，另一方面也是为了遮掩自己的情绪。

其实已经到她们下班的时间了，也不用回事务所，所以薛素完全没必要等乔以笙。但薛素认得拽走乔以笙的是郑洋，所以决定等一会儿，看看情况。

也多亏薛素等她，乔以笙来的时候是坐薛素的车，现在如果剩她一个人，她还不知道该怎么回去。

一进入市区，乔以笙便让薛素将她放在就近的公交车站，和薛素道别："谢谢你，薛工。麻烦你了。"

薛素是愿意送乔以笙到家的,但乔以笙坚持要下车,薛素也不勉强,临走前叮嘱道:"注意安全,早点儿回家。"

乔以笙点头道:"薛工放心,我不去其他地方,马上就回家,我朋友会来接我。"

20分钟前乔以笙给欧鸥发了消息。

欧鸥应该在忙工作,乔以笙等了近10分钟,还是没等来欧鸥的回复。

但周固恰好发消息询问她请客吃饭的事,乔以笙直接回复:"择日不如撞日,就今晚吧!"

15分钟后周固的车子抵达公交车站,下车细看才留意到蹲在站牌后面的乔以笙。她蜷缩着,把脸埋在手臂间。

"小乔?"周固握住乔以笙的手,觉得她冻得跟冰块似的,关心道,"出什么事了?"

乔以笙神情恍惚地抬头,怔怔地盯着他的脸看了十几秒,才反应过来:"周固。"

"嗯,我是周固。"周固搓搓她的手,给她哈了哈气,说,"走,快上车暖暖。"

由于蹲得太久,乔以笙的两条腿几乎麻掉,起身时差点儿直接倒在地上。

周固及时扶住她,一只手臂绕到她的膝窝,另一只手搂在她的背部,二话不说将她打横抱起。

乔以笙没有挣扎,默默地圈住他的脖子,又将脸埋进他的胸膛。

周固将她放进副驾驶座,系上安全带,瞥一眼她闭着双眸的模样,关上车门。

乔以笙觉得自己知道为什么每次坐周固的车都那么容易睡着了,多半就是因为周固车内的檀木香。

车里的纸巾盒是紫檀木做的,如果她没记错,周固身上的香水味也含有檀木香,就连周固的毛呢大衣都是檀色的。

如同周固给她的感觉一样,安稳、踏实、充满安全感。

这一睡,等乔以笙睁眼,发现车子早已停了,而车窗外目之所及的,竟是她住的小区。

"不是去餐厅请你吃饭吗?"此时乔以笙比在公交车站时清醒多了。

周固微微一笑,朝她稍稍倾身,抬起手臂凑近到她面前,给她看他手表上的时间。

9点半了?乔以笙震惊。她没记错的话,薛素放她在公交车站下车的时间是7点。

那她是在周固的车里睡了多久?

乔以笙抚着额头,手指轻揉太阳穴,问道:"你怎么不叫醒我?"

周固笑道:"怎么舍得?"

"现在怎么办?"乔以笙嘘气,抱歉地说道,"你是不是还饿着肚子?"

"你难道没饿着肚子?"周固解开安全带,"那就改天。我现在送你上楼,别拒绝,虽然今天你没行李箱,但我还是要送你到家门口才能放心。"

乔以笙猜测肯定是她在公交车站时的状态吓到他了，道："……麻烦你了。"

不远处，有一辆越野车停靠已久。

送她到公寓门口后，周固止步，道："进去吧，吃点热乎的东西，洗一个热水澡，好好睡一觉。"

"……谢谢。"乔以笙轻轻攥着手指，说，"你路上也注意安全。"

"嗯。"周固转身下楼。

乔以笙犹豫着又喊住他："……周固。"

周固驻足回头。

乔以笙问："你如果不着急的话，可以在我这儿吃完再走？"

她又补充道："我煮个简餐。很快，不会太久，要不叫外卖也可以，或者——"

"好。"周固没让她再说下去，笑着走回她的面前，说，"很荣幸能有机会品尝你的手艺。"

"我的厨艺一般，你一会儿别嫌弃。"乔以笙不好意思地摸钥匙开门。

周固跟在她身后，道："那我得试试是怎么个'一般'。"

"你先随便坐，想吃什么想喝什么，自己拿。"乔以笙指了指客厅的沙发，放下包往厨房去。

周固只是脱掉他的毛呢大衣，然后卷起袖口跟进厨房，道："我帮你打下手吧。"

乔以笙看一眼他充满笑意的脸，顺手将刚从冰箱里取出的青菜递给他，道："好，那你帮我洗菜。"

最后周固不仅快速地把菜洗了，还熟练地把菜切了，完全不需要乔以笙的提点。

没等乔以笙好奇，周固主动告知："我偶尔周末有空也会自己做点儿吃的，不过厨艺更一般。"

乔以笙弯唇，道："那改天也让我试试你更一般的厨艺。"

周固也没闲着，在乔以笙做炒面的过程中，又把砧板和菜刀清洗干净，还擦干了水槽周围溅出的水。

从他一系列的举动不难看出，平时确实没少干家务。

乔以笙默默地在心里给周固加了分。

半个小时后他们吃完饭，周固清空了盘子，又自己装了一碗酸辣汤，很捧场且心满意足地评价道："真的一般般。"

乔以笙忍俊不禁，道："好，我会继续努力，再接再厉，争取进步。"

周固突然想到一个问题："这是不是就算你请我吃饭了？"

乔以笙说："不算，之前答应你的是要去餐厅吃大餐。"

周固又问："那是不是可以把餐厅的大餐改成多让我品尝几次你一般的厨艺？"

隔着餐桌，乔以笙和他诚挚的眼神对视两秒，点头道："当然有机会。"

周固笑道："谢谢。"

"应该是我谢谢你。"谢他送她回来，也谢他短暂的陪伴。

乔以笙之所以邀请他进门吃饭，除去礼貌的谢意，也是因为她不想一个人待着。

周固一如既往地让她感到舒心。

在临走之前，周固还坚持帮她一起收拾了餐具。

等他的身影彻底消失在楼梯间，乔以笙才关上门。

她摸了摸胸口。

之前，心口仿若蒙了一层保鲜膜，闷得她透不过气，现在已经好多了。

欧鸥晚上加班，一直到乔以笙准备睡觉时才给她回电话。

乔以笙手里正拿着许愿沙，将沙子从玻璃罐里一点点倒出来，倒进马桶里，道："没什么事，我今天在外面见客户，原本以为可以搭你的顺风车。嗯，挂了，你早点儿休息。"

放下手机，乔以笙伸手摁下冲水按钮。

金色的沙子随着螺旋状的水流转动，慢慢地消失在下水口，直至完全消失……

接下来，乔以笙工作照常，生活也照常。

把施工图提交给朱曼莉之后，万隆地产的项目基本和乔以笙没什么关系了，她的工作重心转移到了聂婧溪旧房改建的项目上。

开了两天的小组会议后，本周的最后一个工作日下午，薛素又约了聂婧溪去实地看一看那座老房子。

老房子坐落在中环和外环交界地段的一处别墅区。

因为此次旧房改建项目，乔以笙才知道万隆地产当初之所以会拍下这块并没有太大优势位置的地皮用来开发房产，就是想保留住对这座老房子的处理权。

实地的情况和乔以笙在照片上见到的差不多，老房子的周围是空旷的草地，和其他别墅相隔比较大的距离。

二层小洋楼样式放在如今依旧没有过时，但墙体磨损严重，似乎只要再经历两场风雨，它便将飘摇倾塌。

"到那边吧。"聂婧溪示意她们去掩映于树丛后的丹色屋檐下，"那边别墅的3楼可以从高处再看一看我奶奶老房子的全貌。"

乔以笙和薛素跟着聂婧溪、杨芊儿、方袖穿行于林荫小道。

远远地可以看见院子里有一个白发小老头躺在摇摇晃晃的躺椅里晒太阳，身上盖着毛毯，胸前系着可爱的三角巾，手里攥着一个玩具蛋糕。

走近后，还能听见他嘟嘟囔囔的声音，但分辨不出来具体在说些什么。

一旁负责看护的保姆向聂婧溪问好："聂小姐。"

聂婧溪小声问保姆："爷爷要睡觉了吗？"

躺椅里的小老头睁开眼睛望过来，道："佩佩，佩佩你回来了。我等你好久。"表情和语气皆委屈。

乔以笙刚刚已经认出了保姆，而这个小老头果然是陆闯得了老年痴呆的爷爷。

陆爷爷要从躺椅里起来，保姆立刻去搀扶。

聂婧溪主动上前道："爷爷，你继续躺着，别起来了。"

"佩佩。"陆爷爷笑眼眯眯，却是朝乔以笙的方向伸出手臂，"佩佩，佩佩，佩佩你怎么才回来？"

乔以笙："……"

聂婧溪怔了怔。

保姆无奈地把陆爷爷的手抓回来，转而塞到聂婧溪手里，道："又认错人了，佩佩在这儿，这个才是佩佩。"

聂婧溪笑着拍拍陆爷爷的手背，道："爷爷，佩佩出去一小会儿，你怎么就不认得了。"

"佩佩，佩佩。"陆爷爷握紧聂婧溪的手说，"佩佩你给我做小蛋糕。"

"嗯，我现在就去给你做小蛋糕，你先乖乖再晒会儿太阳，好不好？"聂婧溪哄小孩一般。

陆爷爷往后躺回躺椅里，闭上眼睛，碎碎念："佩佩给我做小蛋糕……佩佩给我做小蛋糕……"

聂婧溪给陆爷爷盖好毛毯，交托给保姆，带着薛素和乔以笙走进别墅，解释道："'佩佩'是我奶奶的闺名。"

即便聂婧溪不说，通过方才的情况也不难猜测。

聂婧溪还告诉她们，陆爷爷名叫陆清儒，是她奶奶的初恋，10年前诊断得了阿尔茨海默病，虽然通过药物治疗尽可能地延缓了病情，但5年前大病一场后，他的身体状况也越来越差，几乎忘记了所有事情，只记得佩佩了。

现在这栋别墅的位置和陆清儒小时候的家在差不多的位置，陆爷爷原本的房子因为变故卖给了别人。等中年的陆清儒有能力买回来时，早已不复存在。

欣慰的是，佩佩的老房子一如当年，之于陆清儒也算是个念想，即便佩佩没有再回来过。

也是因为佩佩坚持保留下这栋老房子，陆清儒辗转多年后才和佩佩重新取得了联系。不过那时候佩佩已病入膏肓。

因为佩佩，陆清儒和佩佩的夫家聂家始终保持友好的关系，陆、聂两家也成世交。在上一辈，即陆闯父亲那一辈，陆、聂两家便打算订娃娃亲，可拖到陆闯他们这一辈，才终于有机会实现。

陆闯和聂婧溪的婚约便由此而来。

陆清儒生病后，将陆家的担子全部交给他的几个儿女，他也搬出了陆家的大宅，由保姆陪着，独自在这栋别墅里安享晚年。

由于去年年底陆清儒病情加重，虽然被抢救过来了，但当时，医生保守判断可能挨不过除夕。

陆、聂两家便商量着先把订婚宴办了。聂婧溪也是从国外被喊回来后才得知，长辈们是让她回来办喜事的。

"你和你未婚夫的婚约是弥补你奶奶和陆老先生没能终成眷属的遗憾？"薛素询问。

聂婧溪点头道："算是。"

似不希望她们误会，聂婧溪继续道："但我并非完全是为了遵从家里人的想法才接受我的未婚夫。"

点到即止，聂婧溪没有再多讲，一行人也抵达了3楼的露天阳台，从另一个角度观赏旁边的那栋老房子。

乔以笙取出相机，拍摄照片。而在聂婧溪的安排下，她们在阳台上喝着下午茶，在此期间薛素又和聂婧溪交谈着。

聂婧溪只比乔以笙小1岁，学文学，最近才定下读博的保送名额。8月底之前，聂婧溪大部分时间都会待在霖舟。

"所以薛工你可以慢慢来，我不着急，8月底之前能定下方案图就行。"聂婧溪举止优雅，一只手捏着杯耳，一只手往杯子里加了一块方糖，轻轻地搅动。

薛素和乔以笙听到聂婧溪所言，默默地交换了一个眼神，不仅没松一口气，神经反倒更紧绷。因为这同时代表着，聂婧溪要和她们磨很久。

从这栋老房子的纪念意义来讲，聂婧溪届时在细节上怕是要追求完美。时间越充裕，越是不着急，甲方可挑剔的地方便越多。

她们下来1楼时，陆清儒正在客厅里接受医生的日常检查。

乔以笙意外地看到了杭菀。

不过杭菀只是看了乔以笙一眼，并没有和乔以笙打招呼。

乔以笙意识到，她和杭菀确实不该是认识的关系。

聂婧溪问候杭菀："二嫂。"

杭菀来到聂婧溪跟前，脸颊露出一对酒窝，问道："这是你的客人？"

聂婧溪介绍道："嗯，我委托来改建我奶奶那栋房子的建筑师，薛工和乔工。"

杭菀这才朝乔以笙和薛素笑着点点头，算作问候。

乔以笙正准备跟着薛素先到外面的院子里，忽地一团大黑影从院子里直直地冲进来。

狗哨吹得响亮，男人的声音也喊得又凶又冷："圈圈，给我回来！"却还是没能阻止圈圈威猛地将乔以笙扑倒在地。

舔了乔以笙两口，圈圈才转头看向追进来的主人，两只前爪踩在乔以笙的胸口，兴奋的样子像等着邀功领赏。

虽然并非第一次被圈圈扑倒，但突然间乔以笙仍旧被吓得惊叫一声，那一瞬间下意识退后的举动使得她撞到了给杭菀和医生泡茶的保姆。

乔以笙和保姆一起摔倒在了地上，滚烫的茶水泼到了乔以笙的手背上。

一群人顿时手忙脚乱，薛素和杭菀迅速去查看乔以笙的伤势。

慢一步赶到的陆闯将圈圈从乔以笙身上拽走，上前的脚步仅迈出一半，又退了回去，似乎打算冷漠地旁观。

杭菀朝陆闯喊了一句："你别站着，快来帮忙。"

陆闯的脸上仍然没什么表情，只是照着杭菀的吩咐行动。

杭菀和陆闯将乔以笙带到厨房的水槽前。

乔以笙疼得大脑一片空白，思绪归拢了一些之后发现陆闯的左手手臂环着她半个身子，握着她的左手在水龙头底下，而她抓着陆闯胸口的衣服，脸几乎要埋进去。

乔以笙第一时间松开，并要挣开他的怀抱。

陆闯制止了她的行为，声音不冷不热："我二嫂还没说你可以动了。"

乔以笙低垂眼帘，不声不响地盯着面前处于水流不断冲刷之下的发红的手背，极力忽视陆闯传递过来的体温和呼吸。

5分钟左右，杭菀确认了保姆那边没问题，回来乔以笙这边，询问乔以笙现在什么感觉。

乔以笙白着脸摇摇头道："冻得没有感觉。"

水特别冷，冲得她都麻了，忍不住瑟瑟发抖。而她隐约感觉到，陆闯将她搂得更紧了些。

"怎样了？"聂婧溪的关心之语从门口传进来。

陆闯原本贴着乔以笙后背的胸膛即刻不动声色地往后撤，皱眉地问杭菀："二嫂，还没冲够？"

杭菀正低头检查乔以笙手背的情况，闻言轻轻叹一口气道："你的狗把人弄成这样的，你要负责任，别不耐烦。"

旋即杭菀转头问聂婧溪："药箱取出来没有？"

聂婧溪说："取出来了，保姆把烫伤药也准备好了。"

"行，这也差不多了。"杭菀关掉水龙头，说，"走，我们回客厅。"

乔以笙抓住杭菀的手臂，借此机会挣脱陆闯，并没让他帮忙，而是跟着杭菀一起往外走。

陆闯怕脏似的，径自洗起手来。

聂婧溪盯着他的背影看了两秒，也跟着回了客厅。

第七章
成为陌生人

////////////////////////

因为陆清儒是一个病人，所以这栋房子里准备了各种药品，杭菀需要的东西几乎应有尽有。

乔以笙的烫伤倒也没严重到需要去医院的地步，所以杭菀处理起来便绰绰有余。

陆清儒刚刚被乔以笙的动静吓到了，聂婧溪一直在哄，聂婧溪不过离开了一小会儿去厨房看情况，陆清儒便又面朝乔以笙的方向一直喊着"佩佩"。

聂婧溪回到陆清儒身边，从方袖手中接过陆清儒的轮椅把手，小声地和医生交流今天陆清儒身体的各项指标状况。

乔以笙冒着虚汗轻咬着唇，将自己的注意力从伤口转移到圈圈身上。

圈圈被拴在了门口，好像已经意识到自己犯错了，乖乖地趴在地上，不吭声，也不动弹。

片刻后，厨房里有脚步声传出，圈圈站了起来，等看到陆闻，它开始拼命地摇尾巴。

陆闻驻足在两步开外，命令圈圈："坐好。"

圈圈两条后腿一弯，蹲坐下来，姿势十分标准。

陆闻冷笑道："现在知道听话了？之前你干什么去了？给我装聋吗？"

圈圈两只耳朵耷拉着，低低地"嗷呜"叫了一声。

乔以笙极轻地蹙眉，有点儿心疼圈圈。她并没有怪圈圈，可她现在不方便维护它。

杭菀代陆闻向乔以笙道歉："不好意思，圈圈平时挺乖的。今天过来之前不知道有客人在，见着陌生人可能就敏感了，本来它在院子里的草地上玩，突然就冲了进来。"

杨芊儿小声对方袖说："我怎么觉得那狗刚刚的状态不像见到陌生人？"

这是杨芊儿第二次见到陆闻这只狗。

第一次见是在春节前，陆闻开车送杭菀过来了解陆清儒的身体情况，他就带着这条狗。

聂婧溪好心跟陆闯打招呼，陆闯没给好脸色就算了，还放任他的狗跑到她们面前朝她们一直狂吠。

圈圈凶得要命，像下一秒要冲上来咬人，聂婧溪和方袖虽然也有点儿怕，但至少看起来是冷静的。

杨芊儿就不行了，用自己手里的包甩过去试图吓退它，结果圈圈扑过来咬住了她的包，怎么都不松口，劲儿特别大，杨芊儿被绊了一跤，摔在草地里，差点儿吃了土。

今天事情虽然发生得太快，很多细节没看清楚，但这条狗确实和对待她们时是不同的态度。

方袖也记得，这条狗舔了乔以笙，似乎舔得很欢乐。

聂婧溪彼时没留意，无法判断杨芊儿的话。

杨芊儿质疑完之后，又自行猜测："不会是狗也认错人了吧，也把这位乔小姐认成那个狐狸精了？"

方袖扯了扯杨芊儿，提醒她，聂婧溪不喜欢听到她们骂人，杨芊儿这才闭嘴。

聂婧溪看着陆闯，回应杨芊儿的猜测："可狗是通过气味来判断事物的……"

音量太低，方袖和杨芊儿都没听清楚，问："什么？"

"没什么。"聂婧溪低头问陆清儒："爷爷，我送你回房间听戏吧？"

陆清儒开心地拍手，道："好耶！听戏！佩佩听戏！"

聂婧溪笑着推动陆清儒的轮椅，把保姆喊进去看护陆清儒，她便出来了。

杭菀给乔以笙包扎好，让乔以笙跟着她的车一起走，道："我带你去买点儿消炎药回家吃。纱布你过两天在家附近的诊所让医生帮你拆。"

乔以笙谢绝了杭菀的好意："不用了吧？杭医生你告诉我需要吃什么药就行，我可以买。"

聂婧溪搭腔："乔小姐，你是在我们这里受伤的，我们就要负责任，你就听我二嫂的安排吧，否则我也有负罪感。"

乔以笙便答应了。

可得知杭菀坐的是陆闯的车后，乔以笙马上就后悔了。但后悔也来不及，因为薛素停车的地方和陆闯不一样，这会儿人已经没影了。

乔以笙沉默地坐进后座，和圈圈一起。

聂婧溪有些担心，道："这样乔小姐会不会害怕？圈圈会不会又把乔小姐弄伤？"

杭菀提出和乔以笙交换位置："乔小姐，你到副驾驶座去。"

乔以笙："……"

聂婧溪帮忙拉开了车门，道："乔小姐，你坐副驾驶座吧。"

"……麻烦你们了。"乔以笙下车，绕到前座。

陆闯语调没什么起伏地提醒："安全带。"

乔以笙因为目前只能使用一只手，拽了好一会儿都没系上，还是聂婧溪隔着车窗探进身子帮忙，这才顺利扣紧。

"谢谢聂小姐。"

"应该的。"

聂婧溪的手刚收回来，陆闯立刻把车窗关闭，并启动了车子。

乔以笙全程都在装睡。

杭菀倒也没和陆闯有什么交谈。

目的地是个乔以笙也认识的地方——之前陆闯带她来做检查的一家私立医院。

乔以笙要跟着下车，杭菀说："乔小姐，你就在车里等着吧，我帮你把药拿出来。"

"还是一起进去吧，毕竟是给我取药，实在太麻烦你了。"乔以笙解开安全带。让她待在车里，不是等于要她和陆闯独处？

杭菀便又问陆闯："你后背的鞭伤是不是还没看过医生？"

乔以笙脑中闪过那日在温泉会所里看到的画面。

陆闯穿上浴衣之前，她看见了他后背有好几道鞭伤，伤口边缘被水泡得快没了血迹，泛着惨兮兮的白色。

陆闯闻言塞了根烟进嘴里，不甚在意道："已经结疤了，没事。二嫂，你送我的药够用。快进去吧，我还有事，不想等太久。"

因为杭菀事先发过消息告诉她的朋友需要哪些药，所以来回不过 10 分钟。

乔以笙什么都不需要做，这一趟就是单纯地让手机里的计步器多了步数，就又回到车里。

系安全带时，乔以笙靠一只手又拽了好一会儿。

陆闯十分不耐地"啧"一声，伸过手来瞬间帮她扣紧。

乔以笙依旧冷着脸，只觉得他多此一举，因为自己差一点儿就扣进去了。

之后途经商场时，杭菀又让陆闯停了车，说要给陆昉买东西："我很快出来。"

这回乔以笙没法继续跟着杭菀了，被迫留在车里和陆闯一起等待。

车内十分安静，连圈圈都没闹腾，趴在后座睡觉。

乔以笙觉得沉闷，沉闷得她焦躁，一刻也坐不住。

没两分钟她就向陆闯提出："等下你二嫂出来，帮忙转告她，谢谢她了，送我到这儿就可以，我打车回家。"

乔以笙解开安全带，但车门锁着，她开不了。

她转头看陆闯，道："麻烦你开一下。"

陆闯置若罔闻，敞开他那一侧车窗，又开始抽烟。

乔以笙轻轻叩了叩车门，道："陆闯，请放我下车。"

陆闯侧眸斜睨，灰白的烟雾升了起来，他黑色的瞳孔被映衬得越发深邃。扯着嘴角，他轻飘飘地吐字："我不免费帮人。"

同样的字眼，也同样能让人品出其中的轻浮，但乔以笙现在听到这句话又是不同的感受。

她怎能再白白受他编派而不反击？

"陆大少爷如此有原则的人，这次又是要怎样才肯开车门？说出来让我见识一下。"乔以笙讥诮道，"我都不知道我还有什么价值能被陆大少爷看中来做交换的。"

"没有。"陆闯声音淡淡地说，"等我二嫂出来你自己跟她说。"

乔以笙微弯唇，道："可是和陆大少爷您这么烂的人共处一个空间，我一秒钟都不想多待，怕'烂'会传染。"

陆闯原本没什么温度的目光瞬间变得冷冰冰。

"怎么，有问题吗？不是您亲口承认您烂吗？"乔以笙毫不畏惧地看着他，"一想到我这么个被您瞧不上的女人也曾经被你短暂地感兴趣过，我就毛骨悚然，恶心得想吐。我现在也释然为什么会遇到郑洋那种垃圾了。原来遍地是垃圾，我不去主动踩垃圾，垃圾也会自己凑到我的脚下让我踩。"

陆闯稍稍眯起眼，双眸宛若幽暗的深夜，冷峻又危险。他没说话，只是盯着她，似乎在考虑该如何回应她的冒犯。

乔以笙亦倨傲地冷着脸，等着看他的反应。

明明之前她看见他就有些发怵的，现在反倒一点也不忌惮，大概因为那天被陆闯那番言语彻底羞辱了，如今想看他还能怎么样。

想到当时只匆忙地赏了他一记耳光，乔以笙便觉得委实太便宜他了。

窒息般的沉寂维持了数秒，陆闯将烟头丢出去，关了车窗，启动车子，如箭一般冲出去。

乔以笙急急地抓住车把手稳住自己的身体，意识到安全带松着，她又想系安全带。

陆闯因为在前方路口遇到红灯，紧急刹车。

乔以笙整个人顿时往前栽，脑门儿重重磕了一下。

陆闯冷眼旁观着，趁着停车给杭菀打了通电话："二嫂，你一会儿打车回去，我有事先走了。"

乔以笙晕头转向，忍着手背上的疼痛连忙先系好安全带。

差不多她刚系好安全带，绿灯就亮起，陆闯踩下油门。

乔以笙脸色苍白，也不打算浪费口舌询问陆闯要带自己去哪儿，基于此前有陪他飙车的经验，她闭上眼睛让自己好受些。

可能因为陆闯今天开的不是跑车，而且不同于上回和他人赛车的情况，所以这次明显没有上次刺激。

只是后半段路程弯弯绕绕，她的身体随着车身的摇摆左右晃动，后座里的圈圈也在不停地叫。

察觉车子停下后，乔以笙睁开眼。

夕阳之下，整座城市被绯色的余晖笼罩，仿若一幅温柔的油画。

但乔以笙无暇欣赏——因为现在他们在山上，而此时此刻陆闯将车子堪堪停在悬崖的边缘，前方没有任何防护的围栏，只要再往前一点，就会连人带车一起掉下悬崖。

圈圈又叫了两声，想往前座这边窜，车子因为它凶猛的动作轻轻振动一下，乔以笙紧张地下意识抓紧身前的安全带。

陆闯转身，搂着钻到他怀里的圈圈的脑袋，加以安抚。

乔以笙心底冷笑，质疑起他对动物的爱护之心。车开得把圈圈都吓到了，现在随便塞颗甜枣给圈圈就完事？

半晌，圈圈在陆闯的示意下乖乖趴回后座。

乔以笙对上了他斜睨过来的目光。

"你也就这点儿本事了。"她嘲讽道，"除了飙车还有吗，怎么不干脆开到悬崖里？"

陆闯猛地捏住她的下巴，嘴角挂起一抹笑，道："这么想和我一起死？"

乔以笙轻蔑地道："难道不是你怕死吗？"

陆闯拧动车钥匙，脚掌虚虚地碰在油门上，道："来，你帮我倒数，三、二、一，我就踩下去。"

"我数完一，你不踩你是狗。"乔以笙没在怕的，"三——二——"

"一"已经到她嘴边了，却被陆闯突然附过来的嘴唇硬生生给堵回去。

乔以笙死死地咬住牙关，不允许他继续侵犯，也顾不得手上有伤，立即要推开他。

陆闯预料到了她的反应，先一步抓住她受伤的那只左手手腕。

他的另一只手钳着她的下巴，固定住她的脑袋，没去管她空着的右手如何掐他、捶他、打他。

乔以笙开始咬他，咬得口腔里全是血腥味，陆闯依旧不放开她。

乔以笙恶狠狠地瞪他，而陆闯深黑的眸底亦流淌着锋利的暗潮，并没有享受这个两败俱伤的吻，反而相互较着劲。

良久，陆闯终于撤离她的唇，放开她下巴的手敏捷地抓住乔以笙要扇到他脸上的右手，和她的左手一同被抓住。

他舔了舔嘴角的血，语气平淡地问："怎么样？现在和烂人吻了这么久，有没有更恶心？要不要吐给我看看？"

"浑蛋！"乔以笙恨自己骂不出更多的脏话，这两个字根本不足以表达她当下的愤怒。

"要不要再让你恶心一点儿？"陆闯说着，视线漫不经心地下移至她的身体。

意思不言而喻。

"你敢！"乔以笙情绪爆发道，"你这是强迫！"

陆闯鼻间嗤出一丝不屑，冷冷地哼了哼，道："你对我这种垃圾烂人还了解得不够彻底？你看我敢不敢。"

话落，他重新吻下来。他没有要停下来的架势，而乔以笙也清楚地认识到双方的力量悬殊。乔以笙没忍住，哭了出来。

陆闯淡漠地抬高她淌着眼泪的脸，极尽讥诮："现在懂得怕了？刚刚骂我不是骂得挺大声的，不是一副无所畏惧的样子？"

乔以笙甩开他的手，转过身背对他，捂住脸，却止不住眼泪，只能迫使自己不出声。

可她不出声也没能躲过陆闯看她的笑话："自不量力。"

说着，陆闯将整包纸巾丢给她，摁下他这边的车窗。他屈着手臂，手肘支在车窗，盯着窗外的日落，想再抽一根烟。

烟塞进嘴里后，打火机却怎么也点不着火，陆闯烦躁地将打火机摔出车窗。

瞥见乔以笙被冻得瑟瑟发抖，陆闯又冷着脸把车窗关上，打开暖气。

流逝的温度重新回温，乔以笙发酸的眼睛也终于能控制住眼泪。

天际边的夕阳早已消失在地平线，放眼望去是整座霖舟城区的星星灯火。

最近的一盏路灯距离悬崖边有些远，光线照不过来，车厢内也没开灯，仅仅表盘贡献着微弱的光芒。

乔以笙脑袋靠着车窗，盯着她这边的车门，捂住纸巾默默地吐了很多次口水，嘴里依旧残留着无论如何也消散不去的混杂淡淡血腥味的属于陆闯的味道。

车厢内的灯突然亮起时，乔以笙不太适应地闭了一下眼睛。

陆闯从置物箱里把她那袋药拿了出来，丢给她，道："自己拆纱布还是需要我这个垃圾烂人给你拆？"

经他提醒，乔以笙才记起自己之前扯安全带和打他的时候都不小心碰到过手背的伤，虽然现在没觉得疼，但确实应该看看情况。

她自行拆开纱布。

手背和之前一样红红的，在周围白皙肤色的反衬之下显得有些刺目。

很多药膏都被纱布带离了她的手，她从袋子里找出棉签，用牙齿咬住包装袋的一角，右手去扯包装袋。

她又找到装着药膏的一个圆柱体小罐子，这就需要用两只手才能拧开了。

乔以笙受伤的左手暂时还不敢使劲，光凭右手根本无法打开。她索性不开了，取出一根棉签，把伤口处剩余的药抹匀，打算先这样将就着，等过会儿回家后再上药。

陆闯却把她放回袋子里的药膏罐又拿出来，瞬间拧开了，并帮忙撕掉瓶口的那层白色封口，将药膏罐放在她的面前。

乔以笙没抬眼看他，也没吭声，只是用棉签戳进罐子里蘸取药膏。手是她自己的，这种时候没必要因为讨厌他而让自己遭罪。

等她抹完药，要包新纱布时，陆闯又准备给她剪纱布。

然而陆闯最后没剪，而是发出了一声轻嗤，放下小剪刀，抓过她的手腕，将她包得乱七八糟的纱布解开，重新包扎。

看他似乎很熟练，乔以笙按捺下性子，接受他这充满嘲笑性质的廉价好意，也没打算礼貌地跟他道谢，省得他又丢出一句"我不免费帮人"，最后坑了自己。

等陆闯包扎好之后，乔以笙默默地将药品及用具装回袋子里。

她以为可以下山回市区，陆闯却一点儿也没要启动车子的意思。

等了十几分钟，乔以笙实在没了耐性，不冷不热地问："我要回家了。"

"关我什么事？"陆闯语气平淡得宛若死水般毫无波澜，这时候倒爽快地把车门的锁打开了，车内响起"咔嗒"一声。

陆闯一副请君自便的架势，道："自己没脚？"

"……"乔以笙憋住气，告诉自己，现在下车她反而输了。

是他带她上山来的，还妄图将她丢在这儿？想都别想。

陆闯又把车内的灯熄灭了。

乔以笙抱着自己的包，渐渐地眼皮逐渐沉重，一不小心睡了过去。

睡梦中，她梦见自己又被陆闯禁锢在副驾驶座里，车子狂奔在悬崖峭壁间，惊险万分。眼前的路忽然没了，陆闯也没有减速的迹象，直直地冲了出去。

车子飞在半空中，猛地垂直地往下方深不见底的悬崖坠落。

乔以笙的脚一滑，浑身一抖，从恐惧中惊醒。

睁眼的瞬间她又被吓一跳——圈圈的脸离她极近，吐着的舌头和鼻孔里呼出的气，都朝她扑了过来。

乔以笙生怕它下一秒就是往自己脸上舔，条件反射地往后缩了缩身体，紧紧贴着车门。

陆闯用手心里的狗粮把圈圈的注意力吸引了回去。

乔以笙松一口气，抚着额头，心底暗恼，自己睡过去之后怎么无意识间换了方向，她原先明明是背对着陆闯的。

车子依旧停在原地，山下城市的灯火已不如刚才亮了，车身四周更是黑黢黢的看不清楚任何事物，仅剩外面的风刮得呜呜作响。

乔以笙摸出包里的手机，看见已经9点多了。

"你究竟要什么时候下山？"她忍不住再次发问。

陆闯闲情逸致地喂着圈圈，道："看心情。"

乔以笙冷笑，决定不再寄希望于他了。他摆明了又要整她。

她翻开通讯录，在欧鸥和周固之间，选择了……周固。

手指滑到周固的电话号码上，乔以笙发短信问："你现在在干什么？"

周固回复得很快："说出来你可能不信，我正想问你，周末有没有什么安排。"

没等乔以笙回应，周固便猜测："所以你是遇到什么事需要我帮忙？"

乔以笙很不好意思："我现在被困在山上了，能不能麻烦你来接我？"

周固的电话立刻打过来。

乔以笙缩在副驾驶座里接起，声音尽量放低："喂。"

"你没事吧？"周固的语气略微担忧。

乔以笙捂住手机："没事。就是没车下山了。"

确认了她的安全，周固并未再追问她缘由："定位发我，我现在出发。"

乔以笙听见他出门的动静了，心里很温暖："……好。"

结束通话，她打开微信，没找到周固，才记起，截至目前，周固加的还只是她的微信小号。

乔以笙油然生出歉意，切换她那个许久不曾登录的微信小号。

信号不太好，她折腾了一会儿才成功显示实时定位。

发完后，乔以笙抬眼，在车窗镜面里对上了陆闯的视线。

他的眼神是沉郁的，应该是听见了手机里泄露出的周固的声音。

这副神情俨然和此前不允许她接触其他男人时一模一样。

乔以笙充满警惕地回头看他。

可陆闯已然低垂眼帘盯着舔舔他的手心想再吃点儿狗粮的圈圈，仿佛刚刚她在镜子里看到的仅仅是她的错觉。

然而下一秒陆闯出口的话则证明她刚才没有看错。

"就这么把你的新男朋友叫过来，也不怕他看见你和我孤男寡女待在一起？"

乔以笙没理他。

陆闯提起眼角，视线凛冽，继续嘲讽："你的新男朋友这么大度？"

乔以笙开始考虑下车去等周固。她试探性地把车门打开一条缝，感受外面的气温，有些犹豫。

就在她犹豫的这点时间，陆闯伸过手来关上她这边的车门。

"咔嗒"一声，车门重新上了锁。

乔以笙再次竖起防备心理，问道："你又要干什么？"

陆闯让圈圈回了后座，面容冷峻，问道："你不是要下山？"

"你不是已经知道我让我朋友来接了？"乔以笙蹙眉。他用得着如此故意？

"那关我什么事？"陆闯系好安全带，准备启动车子。

呵，他果真是一如既往地恶劣。乔以笙憋着一口气，快速系好安全带。

陆闯下山也跟赶着去投胎似的，车速非常快。乔以笙费了很大的劲儿都没能顺利给周固发过去消息。

正好她也担心周固开车中无法及时留意消息,索性改为打电话,告诉周固不用过来了。

周固还是不着急向她了解详情,关心道:"确定你是安全的?"

"嗯,安全的。"虽然陆闯在她讲电话的时候又加速了。

周固问:"可你的声音在发抖。"

乔以笙胃里泛酸水:"没事,我很快就能回市区了。"

周固说:"那要不你回到市区再联系我,我去接你?"

这样是很麻烦周固的,等于要周固一直等着她,而且乔以笙担心陆闯不会那么容易放她离开,不过乔以笙还是先应承下:"好,你等我电话。"

收起手机,乔以笙便尝试着询问:"进市区你就把我随便找个地方放下。"

陆闯置若罔闻。

乔以笙留意着车窗外的景色。

市区的霓虹灯进入她的视野范围之后,陆闯的车子也终于开始减速。

乔以笙再次问道:"随便找个路边放我下车,谢谢。"

陆闯还是没理她,不知道还想干吗。

乔以笙不得不打电话让周固先回家:"我没事的,你不用接我,我这边没法子下车,一会儿应该直接到我公寓楼下。"

周固说:"那你到家后再跟我报平安。"

乔以笙无力地结束通话,看着车窗外不断变换的风景,意识到陆闯在漫无目的地乱开。她都不知道自己到底什么时候能回到家。

她靠着车窗,瞥一眼陆闯。

窗外的光影不断地从他的身上掠过,他的侧脸被昏暗的阴影蚕食得仅余线条流畅的轮廓。

接近零点,街上的人流和车流越来越少,陆闯还在满大街地兜圈子,乔以笙又累又困又饿。

从下午聂婧溪招待她和薛素喝下午茶后到现在她尚未进食,连朝陆闯发脾气的力气都没有了。

车内其实一直有股淡淡的脆香勾着她,乔以笙闻得出是圈圈狗粮的香味。又过了一会儿,乔以笙委实忍不住,朝圈圈的那包狗粮伸出了魔爪。

圈圈误以为乔以笙要喂它,立刻兴奋地将脑袋钻到前面来。

但乔以笙很抱歉地抓起一把,塞进了自己的嘴里。

狗粮,人是可以吃的,她只吃一点儿垫垫胃,也是没问题的。

看着是叫人充满食欲的葱色,吃起来不如闻起来香,不咸也不甜,有点儿淡,但之于现在的乔以笙而言算可口的。

陆闯的目光幽幽地飘了过来。

乔以笙无视，自顾自抓起第二把。

圈圈似乎意识到了她的行为，叫了两声，她听出了不满。

乔以笙抓起第三把喂给它，向它道歉。

一个不慎她嘴里还没咬仔细的狗粮就因为圈圈吞咽噎在了喉咙里。

乔以笙拼命地咳嗽，脸涨得通红。

陆闯紧急靠边停车，冷着脸把矿泉水递到她的嘴边，瓶盖都帮她拧开了。

乔以笙抓住瓶身便往嘴里灌，喝了两口却又被水呛着了。

陆闯不耐似的"啧"一声，腾出一只手拍她的后背。

等缓过来，乔以笙车座底下撒落了圈圈的那包狗粮，杂乱不堪。

"我回头赔圈圈两袋。"

"不必，它不缺这点儿口粮。"陆闯拒绝。

那正好，省了她再与他有后续的联系。而且如果不是因为他，她能狼狈到和圈圈抢狗粮还被呛到吗？

乔以笙抱着矿泉水瓶打算再喝两口后知后觉地记起，这瓶水给她的时候就只有半瓶，也就是之前有人喝过。

喝过的人毋庸置疑是陆闯。

乔以笙顿时打消了继续喝的念头，把水还给他。

陆闯并没接。

乔以笙料到如此，毕竟他陆大少爷没必要再喝她碰过的水。

她塞进自己包里，准备等之后下车直接丢掉。

车子重新启动。

这一次，乔以笙渐渐看到了她公寓附近的风景，但依旧不敢完全放心。

事实上陆闯也确实在她公寓附近绕了几圈才终于停在她的小区外面。

车子停下时，乔以笙没把高兴表现在脸上，也没说话，静默地等待着。

陆闯打算再抽根烟，烟塞进嘴里，找不到打火机，记起打火机在山上被他丢了。他作罢，只是叼着过过瘾。

隔了五六分钟，"咔嗒"开锁的声音如天籁之音传入乔以笙耳朵里，她立刻解开安全带，拎着包打开车门。

陆闯把她落下的药丢给她，冰冷的警告随风吹进漆黑的夜里："下次见到我，别再使出那些把戏，否则就是欲擒故纵。"

"？"呵，擒个鬼纵个头。

乔以笙心想，放心，她吃一堑长一智，下次不会再冲动，见到他会自行绕道！

"小乔。"周固的声音仿佛往这寒凉的夜里注入一股暖意。

乔以笙即刻走向他。

隔着距离，陆闯的视线和周固的视线在空气中无声地交会。

周固展开双臂，拥乔以笙入怀。

陆闯微敛的黑眸冰冷，他踩下油门，车子扬长而去。

满鼻的檀香令乔以笙感到心安，但她对周固主动抱她的这个举动是略感意外的。

很快她便不好意思地抬头，问："你怎么在这儿？"

周固松开了她，也后退一小步和她保持距离，道："不放心你，所以还是决定过来你家楼下等等你。"

他今晚一声不吭地为她来回奔波，乔以笙很难不被他感动。

"谢谢。"乔以笙上前一步，重新抱住周固，"谢谢你。"

周固笑道："你这样会让我觉得，我被发了好人卡。"

"我……"乔以笙脑袋卡壳。

"先回家吧，我送你上去。"周固准备牵住她的手，突然发现她的左手上包着纱布，问道，"这是怎么了？"

"下午在客户家里发生了意外。"乔以笙简单解释了一遍。

至于她后面怎么又和陆闯纠缠在一起了，乔以笙觉得很难讲清楚。

"我和他其实已经没有关系了。"她先强调这一句，继而道，"今天发生这种情况，完全是我冲动所致，惹了他，遭到他的报复。"

此时两人已经走到 5 楼，停在乔以笙的公寓门口。

周固闻言又微微笑着，揶揄的语气中带着一份试探："你这样会让我觉得，你在意我的感受，不希望我因为误会而难受。"

乔以笙莫名地不敢和他对视，低垂眼帘，下意识地舔了舔唇，抬手想拨拨自己耳边的碎发。

周固抓住她的手，制止她的动作。

乔以笙发现自己习惯性用了左手，而她的左手目前还有伤。

周固伸手帮她将碎发别到她的耳后，问："你这样会不方便吧？"

"嗯。幸好接下来两天是周末。"乔以笙感觉得到他的手指很小心地没有碰到她的耳朵。

周固毛遂自荐："那我能不能申请周末两天当你的生活助理？"

乔以笙微微仰着脸，静默地注视他。

周固很坦然地等待她的回答，不似先前时注意到她犹豫就立刻主动撤退留给她余地。

乔以笙其实也并非犹豫，只是还在反应他的话。

反应过来后，她觉得她无法拒绝周固的这份温柔与体贴、关心与爱护，道："好啊。"

周固得寸进尺道："那要不现在就让你的生活助理上岗，帮你打理清楚再走？"

他确实细心，猜到她既然被困在山上多半没吃东西，现在时间很晚也不方便开火煮饭，便给她点了外卖。

等外卖期间，在周固的要求下，乔以笙又拆开纱布，让他看清楚她伤成什么样。

乔以笙吃上饭之后，周固才离开。

楼下，原本已经开走的越野车，重新停在阴影处，看着周固凌晨驱车离开。

临睡前，乔以笙进卫生间洗漱，发现周固帮她把牙膏都挤好了。

几乎就是在这一瞬间，她决定，她要和周固试一试交往。

次日上午，乔以笙睡到自然醒，睁眼是 11 点半了。

手机里有周固半个小时前发来的短信，问她："起床没？"

乔以笙："现在刚起。"

周固的电话打进来："很巧，我也差不多买完东西了，现在去结账，估计最晚 15 分钟后，能到你家。"

乔以笙听到他那边的嘈杂声，问："你在我家附近的超市？"

"嗯。你不会睡一觉起来就忘记了答应让我当你生活助理的事儿了吧？"周固的声音带笑，"15 分钟够吗？不够的话，我在超市多待一会儿，让你再多赖一会儿床。"

"没忘。"乔以笙被打趣得不好意思，"我一般不赖床。你过来吧。"

"好，15 分钟后见。"周固又叮嘱道，"有什么不方便做的事，你别着急，等我到了帮你。"

15 分钟后，小区楼下，停在角落里的越野车并没看到乔以笙出门，但见到某辆熟悉的车又出现。

周固摁门铃的时候，乔以笙掐准了时间洗漱完，换了一身衣服。

周固两只手各拎一个大购物袋，乔以笙一开门，他便提醒她小心别被撞到。

乔以笙连忙给他拿拖鞋，问："怎么买这么多？"

周固穿好拖鞋往厨房走，道："不知道你喜欢吃什么，我就都先买一点儿。"

"你直接问我不就行了？"说完乔以笙记起周固在超市买东西的时候，她还在呼呼睡大觉，顿时尴尬地挠挠头。

周固将满满两大包东西搁在流理台上，回头笑道："你现在过来看看有哪些是不想吃的，也是一样。"

他买了很多食材，做中餐的、做西餐的都有，乔以笙天生自然上翘的眼尾弧度更甚，问："你当我是猪吗？"

周固佯装狐疑："你不会是想让我给你做完一人份的午饭和晚饭，然后就走？"

乔以笙当然没这意思，不过也由他这句话，确定了他打算今天一天都在她这儿："我们两个人吃两顿，也用不了这么多食材。"

周固脱掉外套，从墙上取下她的围裙，套到自己身上，道："用得了，我这是差生文具多，第一次给你做饭，我得使出我的所有本领，给你留一个好印象。"

说着周固把乔以笙推出厨房："你看看电视什么的，平时周末在家怎么放松就干什么，等着周大厨一会儿喊你吃饭就行。"

乔以笙站在被阳光铺满的客厅里，不自觉地笑了笑。

以前和郑洋交往都是她做饭，虽然做饭是她的兴趣，但郑洋并未要求，后来她和郑洋每次过周末，也还是习惯给郑洋做饭。

而陆闯则理所当然地当她这儿是饭店——打住，无论从哪方面来讲，这时候陆闯都不该出现在她的脑海中。

乔以笙走去书桌拿平板电脑。门铃忽然响了，乔以笙去开门。

来的是一位外卖员，订单显示是周固的东西。

乔以笙帮忙签收进门，送去厨房，道："你的外卖到了。"

周固正在腌羊排，道："我没点外卖啊。"

乔以笙确认了一遍订单信息："写的是你的名字。"

周固走过来，问："什么东西？"

"不知道。"在周固的示意下，乔以笙拆开。

看清楚里面的东西后，两人皆沉默了。

气氛在刹那间的静默之中变得十分微妙。

乔以笙不好意思地低下了头。

周固也难得有不从容的时候，道："真的不是我买的，我不知道为什么会有这个外卖。"

"……嗯。"乔以笙不认为周固撒谎，"我知道了，那大概是外卖员送错了。你继续煮饭吧，我处理掉。"

乔以笙匆匆离开厨房，回到客厅，跟拿着烫手山芋似的，迅速丢进垃圾桶，脸上因为尴尬而烧起的温度却没能在短时间内消退。

乔以笙坐在沙发里在平板电脑上随意点开一个搞笑综艺，心不在焉地看了会儿，又捡起垃圾桶里的包装袋，撕下上面的订单纸。

她再次确认，订单无误，写的就是她的地址，姓名处留的是"周先生"，顾客号码的手机尾号显示的四个数字属于周固的电话。

排除送错的可能性。

那么既然不是周固下的单，又会是谁的恶作剧？

断定为"恶作剧"的一瞬间，乔以笙的脑海中闪过陆闯，毕竟她接触过的人里，能和"恶作剧"扯上关系的只有他，并且陆闯也确实干过往她家送外卖的事情。

不过她现在和陆闯已经没关系了，陆闯也是一副不待见她的态度，有必要做这种事？而且他怎么知道周固现在在她家里？

总之，不管是谁干的，这件事都让人心生畏惧，乔以笙不免联想到此前遭到郑洋跟踪的恐惧。

快速走去阳台，她往楼下眺望，四下张望，没发现可疑人物或者可疑车辆。

周固只花了1个小时就完成了这顿午餐，他用一部分食材煎羊排作为主菜，再搭配了莲藕汤和凉拌海带丝。

他很讲究仪式感，专门买了蜡烛、烛台和相对应的餐具，还自带了一瓶红酒和两个酒杯，全部摆好后，才让乔以笙上桌。

为了烘托氛围，周固把客厅的窗帘拉上，使得屋内的光线变暗。他点上蜡烛。

甚至在乔以笙落座前，他像在餐厅里吃饭一般，绅士地帮她拉了椅子。

乔以笙不禁轻笑道："我觉得我应该换一身衣服，才配得起你做的这一桌。"

"不用，你这样已经够漂亮了。"周固又给她倒了一点儿酒，才坐回对面他的椅子里，指了指她手边的另一个杯子，"酒你就象征性抿一点儿，我另外为你准备了新榨的橙汁。"

"买菜之前我都查过了，这些都不在烫伤的忌口食物范围内，你放心吃。晚上吃羊排怕不好消化，所以我们放在中午。"周固解释着，又朝她举起他的酒杯，"开饭前先碰一碰。"

乔以笙也举起自己的酒杯："辛苦你了。"

周固同时开口对她说："希望你快点儿康复。"

乔以笙笑一下，道："谢谢。"

放下酒杯，周固提醒她品尝："现在应该差不多是最佳入口温度。"

乔以笙发现，她盘子里的羊排已经被剔离了骨头并切成小块，她只需要使用叉子直接吃。

瞥一眼周固盘子里完好的羊排，乔以笙又笑了，道："你好像每一块都切成一样大小的？"

周固边切边解释："当初学的时候，菜单上标明要切成3厘米见方、0.6厘米厚的方块，后来习惯了，所以每次都切成这样，大概有点儿强迫症吧。"

"那我试试。"乔以笙送一口咬进嘴里，即便已经猜到他的厨艺肯定不差，也仍旧感到惊喜，"你是隐藏的餐厅名厨吧？"

"既然被你发现了，那我就承认吧。"周固耸耸肩，说道，"我确实是全球最年轻的五星级总厨。"

"真的假的？"说实话乔以笙被哄住了。

周固伸手敲了敲她的脑门儿，道："你也太容易上当受骗了。"

乔以笙继续吃了两口，并再试了试其他菜，称赞道："真的很好吃。"

哪儿是什么比她更一般。

周固笑道："我的兴趣爱好不多，空闲的时候除了极限运动，就是照着菜单动手做点儿吃的。"

早在酒吧第一次见到他时，乔以笙便和欧鸥通过他健康的肤色判断过他应该是个没少参加户外运动的人，但她没想到是极限项目。

乔以笙好奇地问道："你具体玩的是什么？"

周固给出一个安抚性的笑容，道："别紧张，不是你在电视里看见的那种徒步爬雪山的高难度项目。我平时工作忙也抽不出那么多时间，就是一些难度不是很大的攀岩、冲浪、蹦极之类的。"

"感兴趣吗？感兴趣的话，等你伤好了，我们周末抽个时间一起玩。"周固邀请道，"我可以教你。"

乔以笙认真考虑了一下，道："我胆子比较小，好像只敢试一试攀岩。"

周固点头道："可以。"

俩人边吃边聊，直到下午两点多。

乔以笙听周固说了不少他业余爱好的事情，周固也尝试将话题带到她的身上，但乔以笙从小到大的生活实在乏善可陈，能聊的并不多。

周固又包揽了饭后收拾餐具的工作。

即便她的厨房里有洗碗机，不会耽误周固太多工夫，但乔以笙还是很不好意思。

周固脸色严肃地说："如果你总是抱着对我不好意思，或者觉得太麻烦我的心理，会让我觉得很丧气。我以为你已经要接受我了，却没想到你还把我当成外人。"

"……"乔以笙不知怎么回应，含糊地"嗯"了一声，先躲回客厅去了。

周固搁在餐桌上的手机一直在振动。

乔以笙担心有什么急事，拿了他的手机进厨房。

周固手里还戴着手套在洗锅，瞥一眼手机屏幕，见是陌生号码，便让乔以笙直接打开免提接听。

乔以笙便滑过接听键。

女人的声音传出来："周固，我怀孕了，你必须对我负责。"

乔以笙："……"

周固皱眉道："别开这种玩笑了，很无聊。"

乔以笙觉得自己应该回避。

周固拉住她，又对电话那头的人说："罗拉，我们 2 个月前就已经没有关系了，你就算怀孕，也不该是我的。"

"我就是已经怀孕 2 个多月了。"

"哦？"周固很有耐心和她解释，"怎么昨天在公司里没听你提？为什么你不用自己的手机打给我？你现在在哪里？我去找你，陪你去医院做一个检查。"

他连发炮珠般不间断地提问，对方没再说一句话，直接挂断了电话。

周固这才收起手机,但没心思继续洗锅了,解释道:"刚刚打电话的是我的一位同事。"

乔以笙尴尬,道:"……嗯。"

"她不是我的前女友,只是和我一个团队,有两次我们在一起工作的时候——"

"你不用跟我解释。"乔以笙打断了周固,"该听见的我都听见了,你跟她现在已经没有关系了是吧?"

"对,2个月前就没有关系了,只是普通同事。"周固口吻笃定,道,"所以她刚刚来的这通电话,很莫名其妙。"

乔以笙点点头道:"好,你快收拾吧。"

还是那句话,"饮食男女,人之大欲存焉",她对此毫无偏见。当初她和周固,不就因此才认识的?

而过往情感方面,周固也主动对她交代得一清二楚,却不过问她的,她反而揪住周固曾经的情感生活不放,岂非对他太不公平了?

乔以笙重新拉开客厅的窗帘,让午后的阳光通过落地窗洒进来。

只是,刚才的事她确实有些介意。

乔以笙斟酌着,还是发消息向欧鸥求助。

欧鸥:"周固不是你表哥的朋友和老同学吗?"

乔以笙:"可我表哥高中毕业后和周固的接触也就剩周固每次回霖舟的时候了,他哪儿清楚周固的私生活。"

她也不好意思问戴非与。另外,即便她向戴非与求助,戴非与又能找谁打听?

欧鸥:"你把我的微信推给你表哥,我来教你表哥,怎么刺探军情。"

乔以笙没和戴非与说,推欧鸥的微信给他干什么,只告诉他:"等我闺密和你聊,你就知道是什么事了。"

戴非与:"别是给我介绍女朋友,以笙,你怎么当上媒婆了?"

乔以笙:"想得美,我才不会祸害我的亲闺密。"

戴非与:"你怎么说话的?越来越不拿我当你表哥了?介绍给我就是祸害你闺密了?"

乔以笙笑着装没看见,不再回复戴非与。

周固从厨房出来,正好捕捉到她的表情,问:"什么事这么开心?"

乔以笙放下手机,道:"和我表哥聊了两句。"

她话刚落,一颗红红的草莓就递到她的嘴边。

"挺甜的,不比你和你舅妈春节时候摘的差,我刚在厨房先替你试过了。"周固站在沙发后方,弯着腰,修长手指尚沾染着洗草莓时残留的晶莹的水珠。

乔以笙的脑海中莫名地闪过陆闯,想起陆闯那次在她切草莓时突然抓着她的手吃了草莓。

为什么会想起陆闯？乔以笙不由得蹙起眉。

周固察觉她的神情，问："怎么了，不想吃？"

"不是，谢谢。"乔以笙伸手接过草莓，再放进自己嘴里，说，"嗯，确实不错。"

周固绕回前面来，将装草莓的玻璃碗放在茶几上，落座她身旁，问："之前那个外卖，搞清楚怎么回事没？"

乔以笙摇摇头。

周固分析："清楚地知道你公寓的地址，又知道我现在在你家的人，应该挺容易排查的。"

乔以笙说出了自己的担忧："所以我害怕是有跟踪狂或者偷窥狂。"

周固望向玻璃窗外，考虑两秒，立刻翻出手机，道："买个摄像头吧，先安装一个在家门口，留意一下情况。"

乔以笙还在想着，买完摄像头，剩下的时间该怎么打发，这时周固接了一个工作电话，临时需要办公，必须去公司加班。

"我加完班再来给你做晚饭。"

"别这么麻烦了，你加完班后应该回家好好休息。"乔以笙说，"我点外卖就行。"

周固估算了一下工作量，等他加完班时间已经很晚了，便没有勉强，只说："只能明天再向你展示我另外一道拿手菜了。"

乔以笙送他出门，道："好啊，我很期待。"

隔天，周固临时接到工作安排要去外地出差。

乔以笙在电话中让周固放心，她找了闺密来家里。

欧鸥确实来了，一是听说她受伤，来探视她的伤情，二是帮她谋划怎样更深入地了解周固。

欧鸥交代了戴非与一些事，也建议乔以笙尽快进入周固的同事圈，双管齐下。

听说昨天有一个女同事给周固打电话之后，欧鸥认为很有必要私下联络周固的那位女同事。

乔以笙坚决不同意道："我干不了这个。"

"没让你干。"欧鸥自告奋勇道，"这种事情我擅长，周固不是出差，明天也回不了霖舟？他公司在CBD那一块，离我公司还算近，我明天午休就到那边吃午饭，看看有没有机会碰到他们公司的同事。"

乔以笙还是阻止了欧鸥："算了，先看看我表哥能打探到什么吧。"

结果第二天下午，周固的那位女同事反而装成客户找来留白建筑事务所。

"你就是周固的现任女朋友吧？我是罗拉，周固的同事。"

"……你好。"乔以笙愣了愣，下意识看一眼对方平坦的肚子，开口解释道，"我和周固还没到那一步。"

乔以笙打算给她倒一杯水。

罗拉摆摆手道："别麻烦了，我不喝，跟你讲完就走。"

乔以笙坐回去道："嗯，罗小姐请说。"

罗拉打量她两眼，才开口："看起来周固的品位还不错。"

乔以笙希望她别扯闲话："罗小姐，我们节省时间，进入正题吧。"

罗拉说："我怀了周固的孩子，现在想让他负责。"

乔以笙微微蹙眉道："罗小姐，这件事情你找我没用，你应该和周固谈。"

罗拉挑眉："乔小姐是真不懂还是装傻？我找你当然不是让你解决孩子。难道听完这件事，你还想继续和周固来往？"

乔以笙无语又无奈，道："你们之间的纠葛我暂时还不大清楚，我也不能因为你的一面之词武断地做出判断。"

没等罗拉再说，乔以笙好奇道："请问罗小姐，你是怎么知道我的，怎么知道我的名字和工作单位的？是周固告诉你的吗？"

罗拉点头道："对，周固告诉我的。"

乔以笙追问："可周固为什么要告诉你这些？"

罗拉笑眯眯地道："周固什么都和我说。"

"你和周固现在还在一起？"乔以笙再问。

罗拉承认："是的。"

乔以笙不想继续浪费时间了，道："罗小姐，既然是你和周固的问题，你还是找他解决，我帮不到你什么，谢谢你专程跑这一趟好心来告诉我。至于要不要和他交往，我有自己的衡量标准。"

这情况很像电视剧里经常上演的情妇找正房的戏码，最后往往很容易演变成情妇和正房互撕、扯头花，而那个男人"神隐"。

女人就不要为难女人了吧。

乔以笙起身，道："罗小姐，我还有工作，就不陪你了。你如果要继续坐，就坐一会儿，不坐的话，我现在送你出去。"

罗拉抬着头重新打量乔以笙，道："如果我说，周固在我们公司不止和我一个有关系呢？"

这不就是乔以笙想了解的，周固私底下究竟是一个怎样的人？但乔以笙希望她了解到的是客观事实，道："你总得提供一些证据让我信服，否则我也无法判断你说的是真是假。"

罗拉也起身，和乔以笙平视，道："你这么喜欢周固？"

乔以笙反驳说："这和喜不喜欢无关。"

罗拉已然自顾自地说道:"也正常,周固这人非常有魅力,和他接触过的女人都很难不对他有好感。倘若是他愿意花心思追的女人,那只会沦陷得更快。我也觉得我以后遇不上比他更会体贴女人的男人了。

"所以我承认,我想变成他真正的女朋友,甚至和他结婚。乔小姐,我不会轻易罢手。你继续和他交往,面对的只会是一地鸡毛,想必你对他的感情还没有多深,趁早和他分手,才是你最好的选择。"

虽然罗拉这么做的目的只是为了自己,但乔以笙还是礼貌地对她表示了感谢:"我会考虑的,谢谢罗小姐。"

前脚乔以笙离开会客室,后脚罗拉就从衣兜里取出始终保持着通话状态的手机,贴在耳边:"已经按照你的要求办了。"

电话那头的男人冷笑道:"罗小姐,我可没让你夸赞周固。"

罗拉道:"抱歉啦,一时没忍住,我个人对周固的确很有好感,要不是你给得够多,我也不会蹚这浑水。但我的话还是没问题的,这样讲才更符合逻辑不是吗?如果周固毫无可取之处,我为什么不放手、拼死拼活要和乔小姐争呢?"

男人道:"第一笔钱已经打过去了,你自己查收,剩下的等他们断了,再打给你。"

罗拉滑动了几下手机屏幕,确认到账,笑道:"谢了,我会尽心尽力破坏到底的。不过如果我成了周固的正牌女友,剩下的钱我不收也没关系,就当作我们互惠互利嘛。你应该是乔小姐的前男友吧,想和乔小姐复合——"

"不该问的就不要多嘴了。"撂完话,男人掐断通话。

回到工位,乔以笙摸出口袋里的手机,关掉录音功能。

当罗拉说要聊一聊周固时,她灵机一动打开了录音。

保存好录音,乔以笙用耳机重新听了一遍,转手将录音文件发给了周固。

乔以笙:"你的同事刚刚来找我了。"

没再说半句多余的话,继续工作。

已经到下班时间了,李芊芊喊她一起走:"你手上的伤还没好,就别拼命工作了,薛工不都让你休息一段时间。"

乔以笙还是想趁着思路通畅,及时将灵感呈现到图纸上,道:"我伤的是左手,不影响我的右手。没事的,我有分寸。"

一个小时后,她关电脑准备回家。

周固刚好这个时候回复她消息:"抱歉,小乔,我的私事给你造成困扰了。很感谢你没有因为罗拉的一面之词直接否定我。我会处理好这件事,给你一个交代。"

乔以笙发过去一个"嗯",坐在工位里,脑子短暂地放空。

周固当初看到她和陆闯之间的纠葛时,是不是和她现在的感受一样?

她什么感受?

她有些想退缩了。她不介意周固有过两任女友，但她很怕麻烦，即便罗拉在撒谎。本身罗拉来找她这件事，就比较麻烦了，在她心里留了一个疙瘩。

她就只想简简单单地谈个恋爱，如果顺利的话，步入婚姻，不想要乱七八糟的事情找上门来。罗拉有一句话戳中了她，她对周固的感情确实还没那么深。

从这方面来讲，乔以笙很佩服周固的大度，面对陆闯如此嚣张的挑衅，周固依然表示想要和她交往。

所以，她不用问周固，心中已经有答案了。周固没有退缩，她却有点儿烦了……

拎上包，乔以笙走出事务所。

天边的一角呈紫黑的茄色，有行人正停在路边拍照。

乔以笙也驻足欣赏了一会儿，并没发现自己也成为其中的一道风景，被别人拍了下来……

之后连续三天，乔以笙都能收到周固送来的花。

第一天是以黄色郁金香为主的花束。

由于花的品种比较特殊，八卦的李芊芊特地去查了花语，她告诉乔以笙黄色郁金香表达的意思是自己内心很珍惜重视俩人之间的感情，不想失去对方，所以一般用于给女生赔礼道歉。

第二天是一束黄色玫瑰。

李芊芊又帮乔以笙查了花语，说有求得原谅的意思。

第三天是一束满天星。

这回不用李芊芊帮忙查，乔以笙明白，周固是在表达对她的关心，因为周固还发了消息提醒她去复查手上的烫伤。

周固："我暂时还回不去霖舟，否则我应该陪你去。"

周固的分寸感把握得很好，既让乔以笙接收到了他的诚意，又没让乔以笙觉得自己被冒犯。

欧鸥都不免夸了周固两句："分寸感可是很难把握的，乖乖，周固这人有点儿东西。"

欧鸥分析，周固现在把和乔以笙之间的关系界定为友人以上、恋人未达的暧昧阶段。

听了欧鸥的话，乔以笙的思绪瞬间清晰了，可不正是友人以上、恋人未达？她和周固，尚未正式确定恋人关系。

乔以笙下班后，先去医院复查，结束后欧鸥正好赶过来接她，和她一起在外面的餐厅吃晚饭，庆祝乔以笙的手伤痊愈。

餐厅就在周固工作的证券公司附近。

欧鸥最近三天都在这家吃，强烈推荐给乔以笙。

至于欧鸥为什么会来这家餐厅，是因为她还是忍不住背着乔以笙去调查周固了。

靠着强大的社交手段，欧鸥成功搭讪了几位周固同公司的同事和保洁，旁敲侧击得到了一些有用的信息。

目前周固是这家证券公司的总监，很多人都认识周固，所以更方便了欧鸥获取信息。

周固在他们公司的风评非常不错。而私生活方面，他的同事虽然了解得不多，但也没听说他乱来。

听说周固没有女朋友，公司里不少未婚的单身女士主动追求过周固，但周固曾经跟身边的同事透露过，上一任女友就是同公司的同事，所以不打算再谈办公室恋情。

这一点和周固曾经向乔以笙交代的第二任女朋友的信息是吻合的。

"不过他们公司里有没有第二个'罗拉'我就不知道了，帮不了你了，乖乖。"欧鸥非常遗憾彼时没有在场，"下次罗小姐如果再来找你，你一定要通知我，我再忙也会立马赶到你身边，替你会会她。"

乔以笙光想到那个画面就一个头两个大，道："可别，她可别再来找我。我轰也得给她轰出去，绝不让她再对我开口。"

欧鸥被她故作崩溃的表情逗得不行，问："有那么恐怖吗？"

乔以笙一手戳着面前的意面，另一只手支着脑袋轻轻揉太阳穴，道："是不恐怖，但我觉得很烦。"

欧鸥轻轻叹气，道："乖乖，你要做好心理准备，出来工作之后，很难再遇到学校里那种纯粹的感情。无论是工作还是感情，你不主动去碰麻烦，麻烦往往也很容易找到你。"

乔以笙抬眼看她，揶揄道："比我早出来工作3年，就是不一样啊。"

欧鸥自黑："心态都比你老10岁喽。"

"真的吗？我不信。"乔以笙压低声音取笑道，"是谁半夜发消息给我，说和小弟弟谈恋爱，整个人都年轻了10岁？"

欧鸥手底下上个月新来个实习生，20岁出头的年轻小伙子，恰好对上欧鸥如今偏爱的"小鲜肉"口味，欧鸥正使劲地撩人家。

"我后来又仔细算了一下，年轻10岁太多了，那我就未成年了，未成年不能早恋，要好好学习的。"欧鸥眨眨单边的电眼，做作得要命。

乔以笙被她可爱得忍俊不禁。

欧鸥又起盘子里鲜嫩的牛肉，自信满满地说道："我觉得下个星期趁着团建的两天一夜，我就能成功撩到他。"

乔以笙看过欧鸥手机里的照片，实习生确实挺帅气的，难怪欧鸥按捺不住。

欧鸥聊回乔以笙的身上："你现在对周固什么感觉？你说你想退缩，不太对劲儿了噢。你都知道那位罗小姐说的不一定全是真话，却因为怕麻烦，就嫌烦了，这不免让我怀疑，你到底喜不喜欢周固。"

"……"又被质疑"喜欢"，乔以笙也又噎住一下。

隔两秒，她回答："刚刚你不也说过，出了社会和在学校里谈恋爱就不一样了。我不是以前小女生的心理了，这样很正常不是吗？抛开罗小姐的事情不谈，难道你不认为，周固确实是个非常不错的对象？"

欧鸥认同："嗯，是。周固是一个非常不错的对象。这就是我说的成熟男人的魅力，但是……"

话锋一转，欧鸥把挤了柠檬汁的生蚝送到乔以笙面前，道："我的乖乖呀，现在的恋爱和校园的恋爱不一样，你长大了，比过去成熟了，但这不代表你的冲动和不理智就消失了。

"当你听到罗小姐打给周固的那通电话时，你是不是连一瞬间的恼怒和受伤都没有？再怎么样，你和他也正处于暧昧阶段不是吗？"

乔以笙再次被欧鸥问住了。而她想到的是，她最近每一次的冲动、不理智、恼怒、受伤……似乎都和陆闯有关。

乔以笙蹙眉，迅速结束话题："还是赶紧吃东西吧，我嘴皮子一直落你下风，每次我都讲不过你。"

第二天，乔以笙没有再收到周固的花。

可乔以笙下班时，一走出事务所的大门，就发现一辆熟悉的车停在上一次春节回家来接她时的位置，打了双闪灯。

驾驶座的车门随即打开，几天没见的周固下车，来到她面前："可以接你下班吗？"

"你等多久了？"乔以笙瞧着他不像刚来的样子。

周固反问："想听真话还是假话？"

"假话是什么？"

"假话是没多久，刚到。"

"真话呢？"

"真话是也没多久，一个小时而已。"周固解释道，"其实昨天晚上我就回来了，不过今天白天先去解决我的私事了，到你快下班的时间才过来的。"

乔以笙走向他的车子，问："怎么不发消息或者打电话告诉我你在等我？"

"影响你工作就不好了，反正我也闲着，多等一会儿没什么。"周固一如既往绅士地为她拉开副驾驶座的车门。

乔以笙正准备坐进去，发现座位上放着一束向日葵。

她转头看周固。

周固笑道："别怀疑，送你的。"

乔以笙抱起花束，问："为什么是向日葵？"

周固说："之前三天的花，我都很明确要送你什么，今天我一直没想清楚。直到我走进花店，第一眼看到向日葵，就觉得是它们了。和我第一次见到你时，你给我的感觉一样。"

乔以笙追问："什么感觉？"

"美好的感觉。"周固注视她澄澈的双眸。

乔以笙唇角微弯，道："谢谢，我很喜欢。"

上车后，周固帮忙把向日葵先放到两个椅座间的置物格，然后询问乔以笙："手怎样了？"

"没事，复查结果很好。"乔以笙向他示意一下左手手背。

周固系好安全带，问："不着急回家吧？"

乔以笙微微挑眉道："想带我去哪儿？"

周固启动车子，道："有一家不错的餐厅，我们一起尝试一下。"

周固说的是年前新入驻霖舟的一家米其林三星餐厅。

这是一家法餐店，每一桌的位置都靠窗，能看见江景。

"这么破费啊？"看到菜单，乔以笙不免咋舌。父母去世后，她几乎没再来过高档餐厅消费。

"难得来一次。"周固戏谑道，"天天来，我的钱包也吃不消。"

窗外的夜景很美，对得起餐厅的格调。

点完餐，乔以笙和周固安静地欣赏了一会儿夜景，由周固开启话题，聊了他前几天临时出差的一点儿趣事。上菜的时候，周固才谈到罗拉。

"罗拉去你单位找你时说的话，大部分都不是真的。我没骗你，我两个多月前就和她没关系了。

"她的确怀孕了，但孩子肯定不是我的，这个目前可能还不好做鉴定，她非说是我的，我正在想办法，需要一点儿时间。

"我交由律师向她提出控诉，她私下联系我，说可以和我和解，而方式是我支付她一笔钱。我没同意，因为我很确定，她在诬陷我。

"我知道现在光我口头告诉你这些，也无法证实我的清白。"周固也很头疼的样子，说道，"就是还需要点儿时间。"

他的神情有些无奈："当然，我没资格要求你给我时间让我全部处理好。所以，如果你想暂时中断我们的关系，我完全可以理解，也接受你的选择。

"不过，等我解决完这件事的时候，如果你还没有男朋友，我希望你能重新给我一次机会。"

他不仅主动提出，还把选择权交到她手里，乔以笙自然能感受到他的诚恳。

乔以笙犹豫了，事实上她还没想清楚。

"我们先吃完这顿饭吧。"乔以笙拿起刀叉。

周固笑笑道："你慢慢考虑，没关系的，也不要怕你的选择伤害到我。我其实也是建议你选择先中断关系的，否则我们也没法正常地继续接触。"

乔以笙吃完一只焗蜗牛，正想和他转开话题，冷不防看见陆闯和朱曼莉在餐厅服务员的指引下，朝他们这个方向走了过来。

她下意识地蹙眉。

周固捕捉到她的微表情和目光，也望了过去。

乔以笙收回视线，突然毫无思绪，完全不知道该和周固聊什么了。

周固反倒稀松平常地打破沉默，道："很巧，又是陆先生。"

"……嗯。"乔以笙含混地应了一个字眼，低垂眼帘继续吃东西。

陆闯和朱曼莉的身影随服务员从他们座位旁的过道经过时，朱曼莉又主动和乔以笙打招呼了："以笙，你也在啊？"

乔以笙被迫抬头，语气淡淡地回答："嗯。"

朱曼莉的注意力转移到了周固身上，道："这是你的新男朋友？前阵子听说你和郑洋分手了，我还不信，原来是真的。"

乔以笙微微笑道："你挺闲的，每天听说这个听说那个。"

朱曼莉露出无奈的表情道："没办法，小陆总对我太好了，不希望我工作太拼命、太累，我只能让自己清闲点儿，免得他心疼。"

"恭喜你。"除了这三个字，乔以笙想不到还能说什么。

朱曼莉却并未就此打住："不介绍介绍你的新男友吗？"

乔以笙懒得再应付，直接晾着朱曼莉。

朱曼莉径自问周固："你好，我是以笙的大学同学。这位先生在哪儿高就？怎么以笙好像不重视你的样子？"

乔以笙："……"她突然觉得朱曼莉和陆闯是天生一对！

周固礼貌地对陆闯说："陆先生，你的女伴已经影响到我们就餐了。"

随即周固询问旁边的服务生："你们餐厅的就餐环境一直是这样吗？"

服务生为难地看看陆闯和朱曼莉。

陆闯原本也没和朱曼莉一样停在他们的餐桌旁，而是站在两步开外的位置，单手抄裤兜，像在等朱曼莉，又像在冷眼旁观朱曼莉和他们的交谈。

周固话落，陆闯仅仅回应了一个不屑的表情，径自落座到他们前面的一张餐桌，没有再等朱曼莉。

朱曼莉见陆闯走了，才没继续纠缠乔以笙，随着陆闯走过去。

她坐下时，陆闯对她扔出一句话："丢人现眼。"

朱曼莉的脸上有稍纵即逝的一丝难堪，很快重新挂上笑容，道："抱歉，小陆总，碰到熟人，我总是控制不住想打招呼。"

服务员将菜单送到陆闯面前，陆闯没接，只要了一瓶酒，其余交由朱曼莉点单。

乔以笙整个人开始坐立难安。因为陆闯的位置恰好隔着朱曼莉和周固，与她相对而望，她只需要抬眼，便能看见陆闯，即便她挪至周固正对面，也无法利用周固的身形挡住他的身影。

很是扫兴。

主菜上来后，乔以笙不自觉加快了吃东西的速度。

须臾，周固问："要换个位置吗？"

乔以笙看向周固洞若明火的眼神，莫名感到一阵心虚，欲盖弥彰地解释："……我就是很讨厌他们。"

"嗯。"周固笑道，"那你和我换个位置吧。你吃这么快，对消化不好。眼不见为净，你的心情或许能好点儿，吃得也慢点儿，知道吃到嘴里的究竟是什么味儿。"

乔以笙当下心生愧怍："不好意思……"

"不用不好意思，看到讨厌的人，换我也硌硬。"周固安慰道，"如果你要不好意思，我也得跟你道歉，是我选了这家餐厅，才导致你看到讨厌的人。"

乔以笙忍不住笑了，道："咱们这样相互抱歉的话，得没完没了了。"

"可不是。"周固微微耸一下肩膀。

乔以笙深呼吸一口气，道："没事，不换了，就这样吧。"

她努力调整自己的心态，试图当陆闯不存在。

周固也似乎想帮她转移注意力，拣了几个新话题和她聊。

陆闯那边却相当高调，让服务员推出蛋糕和鲜花，给朱曼莉惊喜，又让小提琴演奏者到朱曼莉身边专门为她演奏曲子。

见乔以笙听得入迷，周固打趣道："我对这个餐厅的功课做得不够足。早知道能这样，我也应该给你准备惊喜。"

乔以笙闻言回神，绺了绺耳边的碎发道："别，我会尴尬死的。我最怕这种公开场合的高调惊喜。只是……这首曲子，我恰好挺喜欢的。"

Sometimes When it Rains，很经典的曲目。

她喜欢，是因为爸爸、妈妈喜欢。

爸爸、妈妈说他们的初次相遇在一个雨天，这首小提琴曲总能让他们回忆起美好的往事。

为此，乔以笙小时候学过好几年小提琴，还专门练了这首曲子。

现在这首曲子反倒成为她一个人的回忆，令她记起父母充满爱意地相拥着安静听她演奏的画面。

升入高中后，由于课业繁重，乔以笙荒废了小提琴，而且她的造诣一般。父母没强求，毕竟从一开始他们也不过是希望培养她一个陶冶情操的爱好罢了。

乔以笙最后一次碰小提琴是大一的时候，有一个校园风采大赛，她便报名参赛了。

参赛不是为了出风头，而是曾经妈妈为她构想的大学生活中，她的同学们应该知道她的多才多艺。

和其他很多家长一样，她的父母也恨不得让所有人看到自家孩子有多优秀，希望孩子得到全世界的夸奖和鼓励。

彼时的比赛，乔以笙的小提琴演奏并未拿到第一名，毕竟她的节目太单调了，其他参赛者表演唱歌、跳舞或是杂技魔术，统统比她的节目更热闹，也更符合当时同学们的喜好。

不过乔以笙无所谓，本来她的目的也不是为了名次。

"……这首曲子，有你和陆先生的回忆吗？"周固问得谨慎而迟疑。

乔以笙愣了一下，反应过来周固误会了："不是。"

她第一次明确地告诉周固："我和他的关系，就和你与罗小姐的关系类似。"

"所以我和他之间不存在回忆。"乔以笙解释道，"这首曲子是我的私人回忆。"

"抱歉，是我武断了。"周固也坦白，说，"就像之前我以为，陆先生是你相恋多年的前男友。"

"我猜到了。"乔以笙现在能比较自如地谈起她和陆闯的纠葛，说，"你如果不解释，我也会误以为罗小姐是你的前女友。"

周固的表情显露出一丝赧然，道："一个男人被自己喜欢的女人见过狼狈的样子，是很难挽回形象的。"

乔以笙笑笑，道："如果你是指罗小姐的事情，那挺公平的，我也被你见过狼狈的样子。"

还不止一次。

乔以笙突然在想，在这儿碰到陆闯倒并非坏事，这不，无形中消除了她和周固之间因为罗拉而产生的尴尬，让她和周固现在能更敞亮地说话了。

饭已经吃得差不多，只剩最后一道甜品。

服务员送甜品上来时，不小心碰倒了她手边的饮料杯，打湿了乔以笙的袖口。

服务员频频道歉。

小事一件，乔以笙自然没有为难服务员，只是去洗手间清洗了一下袖口沾染的黏腻饮料。

出来时，偏偏她在过道上遇见了陆闯——笔挺的裤型，剪裁得体的风衣外套，单手插裤兜斜倚墙壁的姿态悠闲。陆闯手指间所夹的烟在冒着白色的雾气，只烧了一小截，显然刚抽没多久。

讲实话，这么一个有身材又有相貌的大男人，独自抽着烟，不用任何太刻意的举动，本身便足够打眼，让人难以忽略他的存在，很容易吸引女性的目光。

可惜乔以笙太清楚他是怎样一个金玉其外败絮其中的人，脚步也不停顿，目不斜视地继续往前走。

经过他面前时，乔以笙脚下却是一绊，整个人往前倾倒。

陆闯的手臂及时搂住乔以笙的腰，乔以笙才不至于摔倒。

"又来欲擒故纵对我投怀送抱？"陆闯淡淡讥嘲。

乔以笙愤懑地推开他的搀扶，道："不是你故意伸出腿来绊倒我的吗？"

陆闯挑了下眉，道："你哪只眼睛看见是我绊的？我为什么要绊你？你被害妄想症？"

"我两只眼睛都看见了。"

陆闯咧唇呵一声："就算是我绊到你，那也是我腿长，占地，这走道是公共区域，我想怎么伸我的腿，是我的自由。"

有病！终归自己也没事，乔以笙咽下这个哑巴亏，不在他这里浪费时间，冷着眉眼快速离开。

陆闯微微敛眸目送她的背影，食指点了点烟灰，准备掐灭烟头也回餐桌。

手机又振了。

陆闯不耐烦地瞥一眼来电显示，是陌生号码，他滑过接听键。

罗拉的声音传过来："你拉黑了我的电话，是想赖账吗？"

陆闯冷笑道："你不是两头骗钱吗？周固的钱你没拿到，又来问我要？"

罗拉反驳："这怎么叫骗钱？我和周固的关系是真的，怀孕也是真的。你这边的钱，是你让我破坏他和现任的报酬，周固那边的钱，是我给周固提供拿钱消灾的办法，全是我应得的。"

陆闯挂断，再次拉黑了她。

乔以笙从周固身边绕回到她座位里时，周固敏锐地嗅到她身上沾染的男士香水味。

乔以笙埋头吃着甜品，明显又比方才加快了进食速度。周固的视线从她脸上转移到刚从洗手间方向回来的陆闯脸上。

陆闯则无视周固，仿佛完全没把他放在眼里。

吃完甜品，乔以笙便和周固离开餐厅，周固送她回家。

抱着向日葵，乔以笙向周固道别："谢谢你的招待，今晚吃得很开心。"

周固盯着她的脸，道："开心的话，是不是应该表现出来，才更有说服力？"

乔以笙弯起嘴角笑给他看，问："这样可以吗？够明显吗？"

周固很有老师评价学生作业的架势，道："嗯，不错，再接再厉。"

乔以笙又笑了，道："你回去吧，今天不用再送我上楼了，太麻烦。"

虽然没再提要不要中断深入接触这个问题，但周固已默认得到了回答，他展开手臂，道："能不能拥抱一下？"

乔以笙主动上前一步。

周固的手臂非常绅士地扶在她的后背上，道："暂时退回去做普通朋友，你有事需要帮忙的话，还是可以找我。"

"嗯，会的，谢谢。"

乔以笙话刚说完，忽然跑出来一个人："以笙，你这是在干什么？"

定睛一瞧，竟然是伍碧琴。

乔以笙诧异，和周固分开，问："伯母，你怎么在这儿？"

伍碧琴满面失望且痛心的表情，道："我不在这儿，怎么有机会看见你和其他男人搂搂抱抱？"

小区保安亭的大叔走来询问乔以笙："这人是来找你的？哎哟，来门口转悠好久了，我还以为是小偷来踩点的，她说她来找儿媳妇的，问她儿媳妇住哪个单元，她又讲不清楚。

"说两句话还差点儿晕过去，让她给你打电话她也不打，赶也赶不走，偏要等你，我们只好供佛似的先让她待在保安亭里。"

乔以笙闻言深深蹙眉，向保安大叔道歉，然后摸出手机给郑洋打电话，说："是你让你妈妈过来的？"

"我妈在你那儿？"郑洋的语气非常意外。

伍碧琴这时候来抢乔以笙的手机，道："你别着急找阿洋过来，你先和我讲清楚。明明说好要结婚，情人节就去领证，怎么到现在还一直没消息？我问阿洋，阿洋支支吾吾地敷衍我，总说公司忙，躲在公司不见我，我只能来找你了。"

周固帮乔以笙拦住伍碧琴，道："阿姨，有话好好说，你先松手，别扯人。"

伍碧琴把周固一起拽住了，问："你是什么人？和以笙是什么关系？以笙是不是因为你所以要和我家阿洋分手？"

乔以笙不禁对郑洋用上命令口吻："你赶紧来接你妈妈走！"

"接什么接？今天你不把事情讲清楚，我是不会离开的。"伍碧琴纠缠道，"以笙，我不敢相信，你怎么可以做出这种事？"

保安大叔现在已经完全成了瞧热闹的，两三个要进小区的居民也好奇地驻足旁观。

伍碧琴身体不好，乔以笙又不敢用力挣脱她，但大庭广众之下平白被诬蔑，乔以笙也恼火得很："伯母，我很尊重你，也请你尊重我，不了解情况不要乱说话。"

"那你现在说，我听着。"伍碧琴的情绪还是很激动。

乔以笙尽力心平气和，道："郑洋是不是还没告诉你，我和他早就分手了。"

"可阿洋不是向你求婚？你还答应了？"

"没有，我没答应。因为你在住院，所以他拜托我先隐瞒你。实际上在那之前，我就和他分手了。"

"分手的原因呢？为什么分手？"伍碧琴的目光又在乔以笙和周固之间徘徊。

乔以笙憋屈得要心梗，却还是只能先憋着，道："等郑洋来了您问他吧。过错不在我身上，请您不要胡乱揣测。"

"你这意思就是过错在阿洋身上？"伍碧琴开启新的猜测说，"是阿洋在外面有别人了？他对不起你了吗？"

差不多。乔以笙抿唇，给郑洋留住最后的体面："您别问我了。我说了等郑洋过来，您亲自问他。"

伍碧琴就当乔以笙默认了，问："怎么会这样？阿洋不是很喜欢你？以笙，你原谅阿洋吧，等一会儿他过来，伯母让他跟你道歉！"

"伯母，我和郑洋不可能了……"

"可你们都谈了8年的恋爱不是吗？这么长的一段感情，你怎么能说割舍就割舍？"伍碧琴紧紧握着乔以笙的手。

乔以笙很为难，道："伯母，您也说都8年了。如果不是郑洋太过分，您觉得何至于到这种地步？"

"有没有可能搞错了？"伍碧琴迟疑地问，"8年的感情，阿洋有多喜欢你我都看在眼里。而且阿洋是我的儿子，我很了解他。他是好孩子，做不出对不起你的事情。说他在外面有人，我实在很难相信。"

乔以笙能够理解她护子心切，道："您还是等他来了，让他自己跟您说。"

伍碧琴并不听劝，继续问："阿洋在外面的人是谁？是不是他公司里的人？他平时工作那么忙，根本没空接触其他人，也只有他公司里的员工和客户了。不能是客户吧？那就是公司里的，对不对？"

"伯母，我真的没办法回答您。"乔以笙只能使出撒手锏，说，"您看现在这么多人，您也不希望被别人看热闹吧？"

总算有点儿作用，伍碧琴朝周围张望两眼，大概也意识到丢人，暂时安静下来，不再言语。

不能一直站在外面吹风，乔以笙也不想把伍碧琴带去她的公寓里，所以在小区外面的咖啡店找了一个座位，点了一杯牛奶。

"你要不要也来一杯？"周固询问。

"不用。"乔以笙摇摇头，说，"你先回去吧。已经耽误你很多时间了。"

周固不放心，道："我还是再等等。人家是母子俩。一会儿要是吵起来，你一个人容易受欺负。"

乔以笙无力又无奈地揉揉太阳穴，道："抱歉，又让你看见我狼狈的样子了。"

周固揶揄："按照公平来讲，那我岂不是欠你一次？"

乔以笙端着牛奶回到伍碧琴面前。

周固没有跟着她，体贴地坐在避开了伍碧琴视线的另外一张桌子前，既能随时保护乔以笙，又留给乔以笙和伍碧琴单独谈话的空间。

但乔以笙对伍碧琴闭口不谈她和郑洋分手的事情。

伍碧琴是傍晚过来的，没有告诉任何人。

保姆发现人不见了，一开始不敢告诉郑洋，以为自己找得到，直到8点多才打电话给郑洋。

郑洋正在酒局上，保姆连续打了1个小时的电话，他才接起，然后在回家的路上又接到乔以笙的电话。

他和许哲是一块赶来的，身上有浓重的酒味，眼睛都因为酒精布满了红血丝，也不知道是被灌了多少酒。

酒味冲得乔以笙很想捂鼻子。

伍碧琴面朝门口的方向，比乔以笙更快看见郑洋，郑洋一进门，伍碧琴就起身，叫："阿洋！"

"妈，你到这里来干什么？"郑洋拉着伍碧琴就要走。

伍碧琴捶了捶郑洋的手臂，问："你说！你怎么对得起以笙，怎么会外面有人了？"

郑洋皱眉看乔以笙，满口质问："你跟我妈说什么了？"

"我没说，你妈妈自己猜的，别赖我头上。"乔以笙冷漠地说，"我也没想到这么久了，你还没和你妈妈说明情况。今天既然你妈妈找过来了，那就现场解决掉。"

伍碧琴这时候转而问许哲："阿哲你来说，你肯定最清楚阿洋接触了什么人。你来告诉阿姨，阿洋真的做了对不起以笙的事，在外面有其他人了吗？是谁？"

许哲道："阿姨，我们先回家行不行？回家慢慢说。"

"不行，我现在就要知道。"伍碧琴态度坚决。

郑洋放话："我和以笙就是发现彼此处不来，没法结婚一起过日子，所以决定和平分手。没有其他原因，妈，你别胡思乱想了。"

说完郑洋还看一眼乔以笙，明显在等着她附和他，帮他串供。

乔以笙可以理解，郑洋不可能告诉伍碧琴实话，但他也不愿意承认，妄图将自己撇得干干净净，这让乔以笙越发鄙夷他了。

行，成全他。乔以笙也希望尽快了结此事，道："是，伯母，我和郑洋是和平分手。平时积压的摩擦太多了，我们彼此之间没能磨合成功，所以共同做出了分手的决定。以后郑洋会遇到更适合他的人。"

伍碧琴难以接受，扯着乔以笙的衣角，道："以笙，看在伯母的面子上，你重新考虑考虑行不行？伯母真的很喜欢你，早就认定你是我的儿媳妇了。谁家两口子过日子不是磕磕绊绊的？你们说的磨合问题根本不算问题。"

没等乔以笙反应，伍碧琴又从另一个角度劝道："你父母去世得早，身边没有长辈提点你，女人年纪大了，选择对象的范围就越小。你要为自己考虑啊，如果和阿洋8年都磨合不过来，难道你和别人一两年就能磨合过来？再拖下去你就可迈入30岁的大坎了，遇不到比阿洋更好的结婚对象了。"

几年来，乔以笙对伍碧琴的好感，在这一瞬间崩塌，道："伯母，我谢谢您的关心了。我嫁给路边的一条狗，也不会嫁给您儿子。"

伍碧琴也有点儿生气了，道："以笙，你这样讲话是不是就太难听了？"

"不是您先讲话难听的吗？"乔以笙梗着脖子。

刚接了一个紧急电话的郑洋焦头烂额地拉伍碧琴，道："妈，别在这儿闹了成不成？我公司还有事，求求你让我送你回家，我安心回去继续工作！"

乔以笙不想管他们。她真是后悔陪着伍碧琴坐在这儿等郑洋，打从一开始她就不该搭理伍碧琴！

乔以笙走出咖啡店，冬末春初的料峭寒风拂面。

她转头看跟在她身后的周固，道："你现在可以安心回去了，我没事了。"

周固点头，道："好，你早点休息，有事随时联系我。"

第八章
又一场游戏

/////////////////////////

乔以笙原本进了小区，可心里闷得慌，犹豫间重新出了小区，漫无目的地沿途散步。

而不知是不是她的错觉，那种遭人跟踪的感觉又一次出现了。

现在天这么黑，路边也没什么人，比起之前下班之后被郑洋跟踪时的情况更不妙。不怕一万就怕万一，乔以笙佯装淡定，悄悄地伸手进包里抓住防狼喷雾。

除了防狼喷雾，她其实还买了防狼电棍，只是放在家里了，全是那时候被郑洋跟踪而准备的，后来一直也没用上。

同时乔以笙拿出手机和欧鸥讲电话。

她后悔大晚上的自己一个人出来散步了。

欧鸥一直以来对她独居就不太放心，道："你现在还是打算和周固继续接触？如果是的话，让他陪陪你，给他表现男友力的机会。这种时候有个男朋友在身边更有安全感。"

乔以笙顺便将今晚的事告诉欧鸥，当然，照旧省去见到陆闯的那一部分。

趁着打电话的间隙，乔以笙就近进了一家便利店，暂时松了一口气。

欧鸥对于乔以笙选择和周固先退回朋友的关系，倒也没说什么。毕竟欧鸥旁观者清，之前就提醒过她捋清楚她究竟为什么想和周固尝试交往。不过无论她最终如何选择，欧鸥作为好朋友能做的就是支持。

而现在乔以笙是自行从稀里糊涂里走出来了，欧鸥更是为她感到开心。

其余时间欧鸥几乎用来痛骂郑洋和伍碧琴。

"女人对年龄的焦虑，一部分是被男人逼出来的，也有一部分是因为女人之间的相互敌视。怎么我们女人活得这么艰难？"

乔以笙一边听着欧鸥在电话里发出各种感慨，一边悄悄通过化妆镜观察身后是否有可疑人物。

虽然这里距离她住的小区没多远，但为了安全，她依旧用打车软件约了一辆车直接回小区。

回到公寓里，乔以笙绷了一路的神经终于彻底放松。

欧鸥再叮嘱了她两句，也挂断电话。

之前周固帮她下单的摄像头，乔以笙前几天也已经安装在家门口了，监控画面目前并未显示异常。

洗澡前，乔以笙去阳台收衣服，发现自己晾晒的内衣和内裤都不见了。

想到有可能是不小心被风吹走了，她也就没往别处想，这次晾晒衣物时她专门用夹子夹住。

结果第二天中午，乔以笙到阳台洗被子的时候发现，她的内衣全部掉在了地上，还有点儿变形，像是强行被人扯落的。

这一看就是人为的，乔以笙有些慌乱。

今天是周六，她待在家里没出门，确定没有人进来，那么唯一的可能就是邻居干的。

不可能是上下楼的邻居，而她这栋楼临近小区外的马路，前方没有其他楼，排除之后，那么只有可能是与她同住一层楼的对门邻居了。

楼层设计上，他们的门虽然是相对的，但阳台是相邻的，相距2米左右。

担心冤枉人，晚上乔以笙照常将新洗的内衣晾晒在阳台上，故意没有夹夹子，然后在暗处摆了一部旧手机，打开了摄像功能。

夜里，乔以笙关了灯躺在客厅的沙发里，小心翼翼地留意阳台外面的动静。

她其实并非第一次遇到这样的事情，只不过上一次遇到这样的事情已经是大学时候了，那会儿她丢的也不是这么私密的贴身衣物。

那时候宿舍里没有配备洗衣机，仅服务中心的一个公共洗衣房里可以使用投币洗衣机，全校男女学生通用。

乔以笙大多数时候还是自己手洗衣服，但那一年冬天实在太冷了，她便把毛衣等衣物送去了洗衣房。

一般没人会全程等在洗衣机旁边，会等时间差不多了再回来洗衣房取。好几次，乔以笙都少了衣物。一开始是丢袜子，她没留意，后来陆续丢了围巾、手套等衣物。

洗衣房没有监控。欧鸥曾陪乔以笙在洗衣房蹲守过一次，也没发现什么，之后索性再不去公共洗衣房了，这事儿便不了了之。

阳台外一直没什么动静，乔以笙反而在这种无聊的回忆中不知不觉间睡了过去。

早上起床，乔以笙出去阳台，发现内衣又丢了。

她连忙取走手机。手机已经耗尽电量关机了，她很担心会不会没拍到。

幸好，充电后打开手机，拍到了。虽然视频没拍全，但拍到了一个男人站在隔壁的阳台上用长长的撑衣杆伸过来钩她衣服的画面。

那中年男人乔以笙认得，就住隔壁。

把视频备份之后，乔以笙带着证据去敲邻居的门。

开门的是妻子。

乔以笙找的也正是她。乔以笙一句话没说，只是把视频给她看，让她了解自己丈夫猥琐下流的真面目。

结果女人看完视频，直接把乔以笙的手机砸了，恼羞成怒地骂了起来："别以为我不知道你就是个勾三搭四的女人！你家里每次进出的都是不同的男人！之前被一个男人堵你家门口，一直敲门摁门铃吵得我们鸡犬不宁；前天你又被一个女人堵在小区门口指着鼻子骂，我可都看见了！现在你连我老公都勾搭上了，还敢找上门来给我看这种东西！"

女人骂得气都不带喘一下。

乔以笙一开始是蒙的，紧接着想插话也插不进去，最后气得话全哽在嗓子眼儿，转身回自己家里，带上备份的视频，出门上派出所报案。

一直到欧鸥赶来派出所，乔以笙才绷不住，抱着欧鸥埋在她的肩膀低声啜泣。

警官按照正常的处理流程，让乔以笙先回去等消息。

欧鸥比乔以笙这个当事人还要炸，带着乔以笙几乎是暴走回小区的，风风火火地杀上楼，要帮乔以笙找对方理论。

然而那对夫妻竟然就等在乔以笙的家门口，一见乔以笙回来，俩人一起向乔以笙认错道歉。

其中那个偷她衣服的男人鼻青脸肿地跪在地上，用力地扇自己耳光，啪啪作响，一副痛心悔过的样子，还表示他会主动到派出所自首。

女人则一边求情，一边保证会搬走。

乔以笙又蒙了，和欧鸥面面相觑。

"……派出所的办案速度这么快？威慑力这么大？"欧鸥一脸困惑。

用脚趾头想也知道不是啊，这对夫妻根本不像是被法治"鞭打"的。乔以笙也困惑极了。

可她们从那对夫妻口中也问不出什么来，只能先放他们自己去派出所。

"既然他们要搬走了，那你还搬家吗？"欧鸥问。

乔以笙原本已经打算换个住所。毕竟即便报案处理，也还是要继续面对那种邻居，结下仇更住不得了。

闻言乔以笙抿唇，先去查看监控记录。

虽然那夫妻俩口口声声是他们良心发现决定要去自首，而搬家也不光是因为她，更多的是为了躲仇家，但整件事情看起来非常古怪。

乔以笙寄托于监控能拍到点儿什么。

她装在家门口的监控的覆盖范围包括大半个楼梯间,但出于不侵犯他人隐私的考虑,监控只照到邻居的门前为止。

乔以笙从她去派出所的时间开始拉进度。

看见约莫在她出门的半个小时后,三双穿着不同鞋子的男人的脚出现在画面里。

乔以笙看不到他们的脸,只看到他们停在邻居家门前。

随即前两双脚的主人在邻居开门后进去了。

后一双脚的主人逗留在外面,甚至往乔以笙公寓的方向移过了一些,乔以笙从画面里看到了他的下半身。

男人从裤兜里摸出烟盒和打火机,手时不时垂落下来抖落烟灰。

等他抽完近两根烟时,之前进去邻居家的两个男人也出来了,三人停留了一会儿才一同下楼离开。

"就这么瞅着好像确实是仇家找上门了。但仇家找上门,他们犯得着跟你道歉?"凑过来一同观看监控记录的欧鸥问,"是不是除了我,你还把这件事告诉你其他朋友了?周固?"

"……没有告诉其他人。这件事也肯定不是周固做的。"乔以笙关掉手机,说,"我不知道是谁。"

欧鸥神情凝重地分析:"如果视频里的真是你邻居的仇家,他们都能这么明目张胆地找上门来,即便你邻居搬走了,感觉这个小区也不安全。如果不是你邻居的仇家,而是专程来为你打抱不平的,那更瘆人了,对方怎么知道你遇到了这种事?"

"不行,不行,你必须搬,今天开始就不能住在这儿了,先到我家去,我再帮你一起找新住所。"欧鸥拉乔以笙去收拾行李。

乔以笙安抚欧鸥道:"我还是先住着,明天要上班,去你家不太方便,我会注意安全的,应该已经没事了。"

"怎么会没事?"欧鸥还是不放心。

她狐疑地端详乔以笙的神情,能明显感觉到乔以笙在看完监控之后,比之前镇定多了。

"乔乔,你骗我是不是?"欧鸥火眼金睛,"你知道替你出头的人是谁吧?"

乔以笙确实经受不起她严刑拷问的目光,说:"是有在怀疑一个人,但我和他不熟,也还没求证,等我确认了再告诉你。"

欧鸥是想追问的,不过乔以笙接到派出所的电话,通知她案情有进展,俩人便又去了一趟派出所。

夫妻俩当着民警的面又向乔以笙道歉。那个男人因为偷内衣内裤的行为,按照治安处罚条例,被行政拘留15日,并处罚金500元,结案。

乔以笙签完字,向民警道了谢,走出派出所时欧鸥小声嘀咕:"才15天,真是便宜他了。"

为了让乔以笙恢复好心情，之后欧鸥开车带乔以笙去商场一起买新的内衣套装，还怂恿乔以笙买了几套性感款式的。

为接下来的团建做准备，欧鸥也挑了几套比基尼让乔以笙给点儿意见。

乔以笙哪有什么意见？实话实说："我看得都要喷鼻血的程度，那个小实习生肯定手到擒来。"

有欧鸥在，最后自然不只逛内衣店，欧鸥几乎满载而归，乔以笙也没忍住添置了两套新衣服。

回到家，乔以笙在沙发上休息了会儿，摸出手机，重新翻看那一小段视频。

其实不管看多少遍都一样。早在见到那人脚上的马丁靴时，她就确认是陆闯了。

可她不死心，还是继续往后留意各种细节。

等到那人开始抽烟时，乔以笙确认了，就是陆闯。

她也弄不清为什么，他抽烟的姿势仿佛烙进她的脑子里。

她更想不通，陆闯这么做的原因。

而且，欧鸥说得对，她应该感到害怕。

她什么都没告诉陆闯，陆闯却对她的事了如指掌，说明陆闯在暗中盯着她。

被他那种人暗中盯着怎么会是好事？即便他这次看起来像在帮自己，但也不能抵消他先前的劣迹斑斑不是吗？

可是为什么她的第一反应不是恐惧，而仅是纠结于他的动机呢？

思绪回笼，乔以笙发现不知不觉间已打开微信，点开了和陆闯的对话框。

她截图了视频里他抽烟的画面，挣扎中，最终还是没发，烦躁地抓了抓头发，丢开手机，强行制止自己继续思考这件诡异至极的事。

新一周的工作日，风平浪静。

乔以笙的工作重心几乎全投入在聂婧溪的旧房改建项目上。

在聂婧溪的允许下，乔以笙可以随时去那座老房子。

所以乔以笙又去了两趟。

明明照片拍得很齐全，够她用的，可乔以笙就是觉得，要亲眼让老房子处于她的视野范围内，她的思绪才能更畅通。

乔以笙去第一趟时，聂婧溪恰好有空，亲自在别墅接待了她。

少了薛素，乔以笙和聂婧溪的独处变得没那么自然，当然这只是乔以笙心里的感受，她并不清楚聂婧溪是否和她一样。

不过也就一小会儿，聂婧溪就去陪陆清儒了，留乔以笙一个人在露天阳台上。

乔以笙去第二趟时，聂婧溪有事带着杨芊儿出门了，让方袖在别墅接待了她。

乔以笙和方袖除去一开始相互客套地问候了对方两句，此后再无交流，方袖把她送到露天阳台也就不再管她。

虽然现在直接使用电脑画图居多，电脑画图也比较便利，且手绘图最终一般也要在电脑上呈现，但乔以笙私底下还是更喜欢传统的手绘图。

她也一直很自豪，在刚入职留白事务所时她的手绘图惊艳了所有同事。

只是……在追求高效率的实际工作中，手绘图的用处确实不大，像浪费功夫白练的花把式。

场地、环境、流线，一点一滴渗入各个细节中，不知不觉间，日薄西山，乔以笙跺了跺冻得有些僵硬的双脚，收拾东西下楼。

1楼的客厅里，日常围着三角巾的陆清儒笑眯眯地朝她招手，道："佩佩，快来，一起吃小蛋糕，好吃的小蛋糕哇。"

"陆爷爷，您认错人了，我不是佩佩。"乔以笙礼貌地回应。

陆清儒一噘嘴，满脸不高兴地道："佩佩你怎么骗人？你就是佩佩，你怎么不是佩佩？你是佩佩，你就是佩佩。"

见他着急，保姆忙不迭安抚道："佩佩和你开玩笑呢，你怎么当真了，是吧，佩佩？"

接收到保姆使的眼色，乔以笙只能走到陆清儒面前，道："嗯，我跟你开玩笑，佩佩在这儿，佩佩现在就陪你吃小蛋糕，你别着急。"

陆清儒重新展开笑颜，老小孩儿不外乎如此。

他将玩具小蛋糕捧给乔以笙，道："来，佩佩，我喂你。"

乔以笙先看一眼保姆，保姆打了个手势，乔以笙便根据保姆的提示，弯下腰，张嘴，假装咬了一口小蛋糕到嘴里，并做出咀嚼的样子。

"是不是很好吃呀佩佩？"陆清儒询问道，"是你最喜欢的那家蛋糕店。我跑了两条街才帮你买到的。"

乔以笙自行加戏，做了个吞咽下肚的动作，然后不用保姆提示，弯起眉眼冲陆清儒竖起大拇指，道："嗯，特别好吃，谢谢你。"

陆清儒的眼神忽然变得呆滞，愣愣地盯着她的双眸。

盯得乔以笙感到担心，担心是不是自己给他的反应不对，急忙看向保姆。

这时候，陆清儒的眼底泛起泪花，干枯粗糙的拇指轻轻按在乔以笙的嘴边，像是要帮乔以笙擦拭沾在嘴角的蛋糕碎屑，随后说道："佩佩，这么多年过去了，你笑起来还是和小时候一样。"

虽然她并非佩佩，但乔以笙心底涌现出突如其来的感动。

真正的死亡是世界上再没有一个人记得你。而有陆清儒在，这位叫"佩佩"的老奶奶，仿佛至今活着。

阿尔茨海默症使得他忘记了所有人，他却始终记得她。

"嗯，你也和小时候一样。"他既然喜欢看她笑，乔以笙便继续笑。

陆清儒似乎恢复成一个清醒的人，说话不再如先前那般小孩子气，道："唉，你别安慰我，我现在变成什么样，自己清楚，亏你还认得出我。"

"怎么会认不出？"乔以笙没有撒谎，否则她那时候也不会从聂婧溪提供的照片中一眼就认出聂奶奶的青梅竹马是他。

"你就是不再穿背带裤了而已。"乔以笙试图用老照片的细节证明她话的可信度。

效果显著，陆清儒果然记得他年轻时的衣着，眼角弯起，道："你再给我买，我现在也能穿。以前的都旧了，再穿会坏，我舍不得。"

乔以笙点头说道："好啊，那下一次我逛街就去买，我买了，你要再穿。"

陆清儒露出向往的神情，道："那你也要穿上那条黄色的裙子，我们一起到你家后面的湖岸拍照。"

湖吗？无论是聂婧溪提供的老房子的图纸，还是老房子现在的样子，都没有湖。

因为这个，乔以笙意识到，如今对老房子的原貌最清楚的人，非陆清儒莫属。某种意义上，陆清儒的回忆便是聂奶奶的过往。

或许下一回她再过来，不应该只盯着老房子看，也该和陆清儒多聊聊，能挖出不少值得参考的设计想法。

之后陆清儒轻轻晃动摇椅，闭眼入睡，手却紧紧攥着乔以笙的手，不松开。

乔以笙没法子，只能先坐在陆清儒的身边，想等陆清儒睡熟之后再挣脱。

她就这样等着……把聂婧溪和杨芊儿给等回来了。

聂婧溪已经从方袖口中得知此事，轻声向乔以笙道歉也道谢："不好意思乔小姐，耽误你的时间了。谢谢你帮忙陪着陆爷爷。"

"没关系，举手之劳，我也没其他急事。"乔以笙起身，再次尝试挣脱陆清儒的手。

陆清儒有所察觉地低声嘟囔，反而抓得越发紧。

聂婧溪说："没事，你强行抽出来，我来安抚。"

乔以笙迟疑两秒，到底还是使了点劲儿照做。

她的手一抽出来，聂婧溪就要把手换进去。

陆清儒却好像梦魇了，情绪波动非常大，两只手拼命地在半空中抓着什么，喉咙里说不出话，只不断发出"呃呃呃"的声音。

"爷爷！爷爷！"聂婧溪慌了。

保姆原本就是一个护士，连忙去翻陆清儒的眼皮，发现陆清儒在翻白眼，快速给陆清儒做急救，并让方袖打电话给医生。

乔以笙顿时手足无措，想上前帮忙，又不知道能做什么，怕无故添乱。

可这样的场面她也没法直接走人，而且她也很担心陆清儒。

医生来得很快，保姆的急救措施已经让陆清儒的情况稳定了下来，医生只需要做后续的检查。

乔以笙光站在一旁远远地看着，就觉得胆战心惊，后背惊出一层冷汗。

她忘不了保姆将陆清儒腹部的衣服掀开时看到的画面。

陆清儒比表面看上去的更瘦，只剩一副干枯的骨头，由皱巴巴的皮肤包裹着，如同纸片人一般，仿佛旁人轻轻吹一口气就能让他飘起来。

乔以笙这才相信，陆清儒真的是一个谁也无法预料能不能活过明天的人。

而支撑着他活到现在的，毋庸置疑就是他的青梅竹马佩佩。乔以笙莫名地笃定，他就是怕自己死了，这个世上就没人记得"佩佩"了。

聂婧溪发现她还在，略感意外："让乔小姐受惊了，陆爷爷现在没事了，乔小姐不用担心了。陆爷爷刚刚的状况和乔小姐你抽手没有直接的关系。"

乔以笙现在脑子里塞满了疑惑，问道："聂小姐，不知道方不方便聊一聊陆爷爷和你奶奶的事情，他们为什么没有在一起？"

聂婧溪反问道："这是乔小姐你想满足个人的好奇心，还是旧房改建的需要？"

只承认后面那一点明显更好，但乔以笙选择坦诚："都有。"

尽管此前遇到的商品房设计也是以人为本，但这个项目是她从学校毕业出来后碰到的第一个与商业毫无半点儿沾染，且非常有温度的项目。

她想尽全力帮薛素将它做到最好。

聂婧溪笑笑，朝门口的方向看一眼，道："正好我未婚夫也来了，我们一起聊聊吧。"

乔以笙望过去。进来五六个人，除去陆闯之外，乔以笙只勉强认出其中两位是经常在霖舟当地商业新闻中露脸的陆家晟和陆家坤。

前者是陆闯的父亲，后者是陆闯的三叔。

他们西装革履，看起来像是刚从公司赶过来，进来后直接奔向陆清儒。

"怎么样了？"陆家晟问。

聂婧溪迎上前，说明情况。

陆家坤从旁一起听完，后怕地拍拍心口，长吁短叹："有惊无险就好，有惊无险就好。"

随即陆家坤带着另外两个年轻男人率先凑到陆清儒跟前。

乔以笙听见两个年轻男人都称呼陆清儒为"爷爷"，不难判断，他们是陆家坤的儿子。

陆家晟见状看了看一点儿也不积极的陆闯，脸上显现出不满的神情。

还有两位比陆闯稍年长些的双胞胎兄弟出言提醒道："你们靠那么近，会影响外公的，还是散开一些。外公现在也听不见你们说话吧。婧溪不是都说已经没事了，你们还那样围过去，不知道的以为外公马上不行了，要交代临终遗言呢。"

"子荣、子誉，知道你们关心外公，但你们也不能这样说话呀。"陆家坤的长相是一众人之中看起来最憨厚老实的，他说道，"我们也是出于关心才一时着急没考虑周全。"

一边说着，陆家坤一边示意他的两个儿子站远些。

余子荣、余子誉兄弟俩向陆家坤道歉："好的三舅，我们也是出于对外公的关心才一时着急说错了话，下次我们会注意的。"

假模假样的，连乔以笙这个外人都瞧得出来他们这句话说得并非真心诚意。

陆家晟开口："虽然老爷子听不见，但确实还是要打招呼的，你们都应该学学陆晨和陆朝。"

"明白了，大舅。"余子荣和余子誉点头，一起走到陆清儒的身边。

只有陆闯，依旧吊儿郎当地在大门外抽烟，一点儿不当回事的刺头样。

陆家晟的视线飘过去，隐隐要发火。

聂婧溪适时出声："陆伯伯，就别让陆闯过去爷爷身边了，他刚抽完烟，有烟味不太好。而且正好负责旧房改建的建筑师现在有事情要找我和陆闯。"

陆家晟这时候才留意到站在角落里的乔以笙。

乔以笙远远地朝陆家晟微微颔首算作问候。

陆家晟自然没有任何表示，目光从乔以笙身上扫过，回到聂婧溪身上，道："嗯，那你招呼你的客人。"

陆家坤给陆晨和陆朝使了眼色，两个男孩子一起来到聂婧溪面前，有些腼腆地询问："婧溪姐姐，你的老房子改建有哪里我们能帮上忙的，尽管找我们，跑跑腿也可以的。"

问候完陆清儒的余子荣、余子誉兄弟俩见状，又嘲讽道："三舅，你怎么还不死心啊？陆晨和陆朝一个还没成年，一个没到法定结婚年龄，不符合条件。即便陆闯表弟不愿意，他是婧溪的未婚夫这件事也已经是板上钉钉了，你当着陆闯表弟的面让陆晨和陆朝亲近婧溪，是不是过分了？"

一番话，几乎把在场所有人暗讽了一遍。

陆家坤的脸涨红，道："你们两个想到哪儿去了？婧溪一个人来霖舟，身边除了两个朋友没有其他帮衬，陆闯又不是随时有空，我让陆晨和陆朝帮帮他们的小嫂嫂有什么错？"

余子荣和余子誉又点头："是，三舅教训得没错。是我俩考虑不周。三舅一提醒，我们也觉得我们疏忽了。"

旋即兄弟俩齐齐转向聂婧溪，笑道："婧溪，你如果有事需要帮忙，也能找我们。我们虽然在事业上比陆晨、陆朝两个小表弟忙些，但我们在霖舟的人脉可比两个小表弟多。"

讲完余子荣和余子誉还专门问了一嘴陆闯："陆闯表弟，我们帮帮婧溪，没关系吧？"

站在门边还没进来的陆闯，高大挺拔的身形被光影切割成一明一暗的两半，闻言他大大方方地回道："没问题啊，都是一家人，两位表哥想怎么帮就怎么帮。"

乔以笙注意到杨芊儿听到陆闯的话后显然生气了，情绪显露在了脸上。聂婧溪淡定地看一眼她后，杨芊儿才收敛些。

"谢谢你们了。"比起陆闯刚才的表现，聂婧溪才是真的得体。

乔以笙心道聂婧溪不愧是大家闺秀，寻思着现在的场合她一个外人留着也不合适，便主动和聂婧溪说："聂小姐，今天时间不早了，我先回去整理今天收集的素材。改天再麻烦你跟我讲聂奶奶以前的故事吧。"

聂婧溪略一考虑，说道："可以，那就改天。"

"乔小姐之前是打车来的吧？耽误到现在，也不好打车了，我让人送送乔小姐吧。"继而聂婧溪转向余子荣和余子誉，笑道："两位表哥，我现在就需要你们的帮助。"

乔以笙试图谢绝聂婧溪的好意："不用麻烦了，聂小姐，我自己打电话让我朋友来接我。"

"不麻烦的。"余子誉走到乔以笙面前，说，"我以为做建筑这一行的都是中年老男人，原来还有这么年轻漂亮的女士，是我失敬了。"

聂婧溪认同："嗯，乔小姐确实是个很有想法的建筑师，虽然目前她只是助理建筑师，但我觉得乔小姐应该很快就能独当一面了。"

"谬赞了。"乔以笙客气地回应。

余子荣也走了过来，朝乔以笙伸出手，道："乔小姐是吗？你好。或者我是不是应该称呼你'乔工'？你们干建筑的，好像都是'工'来'工'去的？"

"随意吧。"出于礼貌，乔以笙不得不也伸出手和余子荣虚虚地握了握，实际上她不喜欢余子荣打量她的目光，让她很不舒服。

而乔以笙收回手时感觉到余子荣不怀好意地趁机摸了摸她的手背。

乔以笙蹙眉，语气更加坚定，道："聂小姐，你们忙吧，不用送我，其实我刚才已经发短信给我朋友了，她现在快到了。"

这时陆闯开口了。

"既然爷爷没事，那我也走了，我还约了人。"

"你这什么态度？"陆家晟被陆闯激怒了，"又约了谁？你那堆狐朋狗友吗？"

乔以笙趁着大家的注意力都在陆闯身上，独自离开。

她刚刚对聂婧溪说谎了，她没有发短信给朋友。

乔以笙站在路边，先试了试打车软件。

许久都无人接单。

乔以笙这才拨打欧鸥的电话。

所以她真的该抽空去考驾照了……

正默默思忖着，她看见一辆黑色车从她面前呼啸而过，透过车窗，她看到了陆闯的侧脸。

欧鸥的电话处于关机状态。乔以笙记起来，欧鸥最近两天在外地度假兼团建，这会儿应该在回霖舟的飞机上。

那么又要联系周固吗？乔以笙犹豫着点开通讯录。

还在持续为她找车的打车软件页面忽地跳出来提示她，有顺风车接单了，车子就停在距离她 200 米的位置。

车主通过软件上的聊天对话窗口告诉她前面不能掉头，要她走 200 米去找他。

乔以笙回复"好"，迅速照着地图上的指示方向往前走。

拐弯之后，映入乔以笙眼帘的是几分钟前刚见过的那辆黑色车。

乔以笙迟疑地继续往前走，等走过黑色车时，确认并没有其他车被这辆车挡住，她再仔细地看回手机。

地图显示她已抵达顺风车的停靠点，而那辆接单的顺风车的车牌号……

乔以笙回头看黑色车的车牌。

对应上车牌号的同时，她的目光也通过挡风玻璃与驾驶座里的陆闯相对。

陆闯降下车窗，探出头，面无表情地问："你叫的车？"

乔以笙："……"

陆闯斜眼看她，道："是就上车，别耽误我时间。"

乔以笙："……"

"不坐了是吧？"陆闯冷笑道，"不坐的话，自己取消订单，取消的原因记得点你的。"

乔以笙："……"不是，现在什么情况？

陆闯不耐烦了，道："也不上车也不取消订单，你是想怎样？"

身体比脑子更快反应，乔以笙准备上车。

在拉开副驾驶座的车门时，她猛地顿住，然后转身去了后座。

陆闯皱眉道："你干吗？"

"不是坐车吗？"乔以笙按照自己平时搭乘出租车的习惯，选择坐在后座。

"你当我是司机？"陆闯的脸微沉。

乔以笙费解："……你现在不就是顺风车司机？"

陆闯微沉的脸彻底黑下来。

"不准备载我了吗？"乔以笙晃晃手机，说，"不载的话，你取消订单，取消的原因记得点你的。"

陆闯哼笑一声，道："又鹦鹉学舌是吧？"

上一回他讲这句话时的记忆瞬间涌入脑海，乔以笙极力保持表面上的平静，问："开不开车，司机师傅？"

他的目的不外乎看她笑话、羞辱她，她不能让他得逞。

她的手机界面停留在打车软件的报警页面，一旦他有任何异常举动，她就摁下去。

——其实，最安全的选择明明是取消订单，不上他这辆车……

车子终归是平缓地开动了。

乔以笙也不再和陆闯说话。

车内没开灯，两人间的波涛暗涌被掩藏在昏暗与悄寂之中。

等车子快到乔以笙的小区附近时，遇到交通管制，两人被交警通知绕行另外一条道，车程因此被拉长。

陆闯打转着方向盘，似乎有点儿烦躁，乔以笙听见他轻"啧"了一声。

"你可以在前面靠边放下我，我可以自己走回去。"走回去的路途算起来甚至比他绕道行驶要短。

陆闯没理她，任由车子堵着。

乔以笙不自觉地翻开了那张监控画面的截图，又盯了一会儿，开口："你为什么当起了顺风车司机？"

有钱人家的少爷体验顺风车司机的生活？

乔以笙预感极大可能将再次得到"你管我"这种答案。

果然，陆闯的语气虽然一如既往地欠，丢出的字眼却是"我闲"。

这个回答同样很陆闯。乔以笙很想接茬嘲讽一句"何止闲，简直闲到家"。话到嘴边终归咽了回去，低垂的视线重新落在手机屏幕的截图上。

不多时，车子停在她的小区门口。

乔以笙平安下车。

陆闯一秒钟也没停留，第一时间驶离。

乔以笙在原地站了一会儿，当手机里跳出扣款提示时，她忽然在想，自从她和陆闯牵扯不清以来，这似乎是他们第一次像陌生人一样安静祥和地独处。

是好事。

这才是俩毫无关系的人该有的相处模式。

她该高兴。

至于他为什么帮她……算了，不问了，管他什么原因，否则显得她上赶着去贴他，又被他说成欲擒故纵。

删掉图片，乔以笙大步走进小区。

周六一早，乔以笙被欧鸥的电话喊醒："乖乖，你怎么还在睡？校友会校友会！你忘记今天有校友会了吗？"

乔以笙摸着额头翻了身，道："……我之前是学生志愿者，知道校庆的流程，上午都是学校领导和优秀校友各种无聊的讲话，我们假装有事，下午再到场也没关系。"

"可我就是想看看有哪些优秀校友，没准有我喜欢的类型。"

乔以笙无语，道："你的'小鲜肉'实习生呢？"

"借你吉言，已经成功到手了。"接下去欧鸥发表了 5 分钟的恋爱感受。

其用词之大胆，令乔以笙听得面红耳赤，整个人都精神了，根本没法再睡回笼觉，决定起床。

得逞的欧鸥忍不住在电话那头放肆地笑："走啦，走啦，我们必须早点儿去。否则等我们到了，他们八卦都讲完一轮了。"

乔以笙刷着牙，含混地说："无所谓有没有其他同学的八卦，只要我别成为其他同学口中的八卦，我就感谢天感谢地了。"

欧鸥接在她的话后面，高声唱起来："感谢命运，让我们相遇！"声音尤其饱满亢奋。

"……"乔以笙乐得不行。

究竟是谁几秒钟前说"小鲜肉"体力太好折腾得她身体透支，得好些天才能回血？这不已经活蹦乱跳了？

一个小时后，欧鸥开着她的红色跑车载着乔以笙前往霖舟大学。

虽然霖舟大学就在市内，距离乔以笙的公寓仅30分钟的地铁，但毕业以后，乔以笙就再也没回去过。

欧鸥工作后也很少回去了，只是在乔以笙读研期间偶尔回去过几次，也都是因为和乔以笙有约。

明明学校没什么变化，俩人却都跟第一次来似的，到处走走逛逛拍照片。

不知不觉间到11点了，她们才去明礼堂签到，然后拿着志愿者发给他们的纪念品和矿泉水从后门悄悄溜了进去。

落座时不小心碰到左手边一位男士的矿泉水，乔以笙道歉。

对方盯着她的脸，微微征愣。

见状乔以笙狐疑地道："怎么了，先生？"

男人和她差不多年纪，深色的棉衣外套和深色的裤子有些旧，他摇摇头，压低了他的鸭舌帽帽檐，还把脚往左边挪了挪，像要离她远点儿。

由于最近刚经历过被人跟踪和被邻居偷贴身衣物的事情，乔以笙不免多留个心眼儿，通过手机默默和欧鸥交流。

坐在她右手边的欧鸥看一眼戴着鸭舌帽的男人。

欧鸥："他一直低着脑袋，我瞧不清楚脸，没办法确定认不认识。如果你觉得古怪，我俩就换个位置。"

只是两人说话的这点儿时间，欧鸥那边的空位已经坐满了，倘若要换座位，就得先走过大半排的人。

乔以笙不想给人添麻烦。

乔以笙："算了，既然能进来，肯定都是校友。现在大庭广众的，也不会有事。"

注意力回到台上，台上的老师正好在介绍接下来的发言人——陆氏集团的代表。

陆氏集团多年来和霖舟大学建立了深度的合作关系，对霖舟大学的人才培养和科研基地予以极大的支持，每年霖舟大学校庆邀请的重要嘉宾里，陆氏集团的人总是占有一席之位。

往年的代表都是陆家晟。

今年的代表却是陆闯。

乔以笙记起昨天晚上在陆清儒的别墅里见到陆家晟对陆闯恨铁不成钢的态度，看来陆家晟还没放弃这个儿子。

陆闯之前的负面新闻影响了霖舟大学的声誉，这件事大家估计还记得，所以听到陆闯的名字之后，座位席传来窃窃私语、交头接耳的声音。

欧鸥也没忍住凑着脑袋和乔以笙感叹："人啊，都是命，投个好胎太重要了。羡慕不来。"

陆闯没有马上上台。

耽误了约莫两分钟，陆闯才出现在大家面前，向大家道歉："不好意思，不小心睡着了。一回到学校就感觉像回到从前上学的时候，各位讲师、教授的课堂都特别催眠，特别好睡。"

乔以笙："……"她相信陆闯不是在开玩笑，他确实睡着了。

所以她都能想象坐在台下的各位校领导的脸色该有多黑。

现场可是有媒体的。

"人才。"欧鸥压着笑，"也只有他敢讲实话了。"

乔以笙抚额道："你怎么好像还夸上他了？"

接下去陆闯堂而皇之地拿出稿子，照着读还磕磕巴巴的，夹杂着断错句和念错音，完美诠释了什么是丢人现眼。

原本气氛有些沉闷的明礼堂反倒因为陆闯的演讲活跃了许多。

乔以笙的眉头越蹙越紧。她也不知道自己哪儿来的底气，打心底里觉得台上的陆闯特别不真实，仿佛在故意砸场子。

当然，她所接触的那个陆闯确实是一个浑蛋。

欧鸥用手肘碰了碰乔以笙的手臂，将手机递给她。原来是坐在前排的校友拍下了陆闯的照片，放大照片，可以非常清晰地看见他衬衣领口有女人的口红印。

现在这张照片已经在校友群里传开了，大家纷纷猜测他之所以一副没睡醒的样子多半是因为半夜纵情温柔乡里尚未缓过来。

乔以笙："……"呵，她收回刚才的想法，没有什么不真实，这就是真实的陆闯！

陆闯念完稿子之后没多久，明礼堂的活动便结束了。

乔以笙起身离开座位时才发现，坐在她左手边的那位戴鸭舌帽男人的右脚有点儿瘸。

看他腿脚不方便，走到过道处时，乔以笙拉住欧鸥给对方让路。

男人的眼睛从压低的鸭舌帽帽檐底下露出来，看一眼乔以笙，小声说了一句"谢谢"。

欧鸥摸着下巴打量他在人流中的身影，与乔以笙咬耳："确实古怪。"

午饭两人是在学校食堂吃的。

每一位校友都可以凭借学校发的纪念卡在食堂里免费领取一份午餐。

午餐谈不上丰盛，就是两素一荤一汤的标配，目的是让大家回味从前的校园生活。

而几乎没有人满足于标配，而是又去窗口打其他爱吃的菜。

看到食堂里拥挤的人群，乔以笙和欧鸥还没吃上饭就记起以前跑去食堂抢占座位的心酸。

乔以笙在霖舟大学生活了长达 8 年，虽然并不热衷于交友，但本科和研究生时期也认识了不少人，排队打饭的过程中碰到很多老同学。

欧鸥作为社交小达人，朋友自然比乔以笙多。等俩人打好菜，好几拨人都在邀请她们拼桌。

最后乔以笙跟着欧鸥去了她的朋友那边。

同桌的人里，恰好就有方才那位瘸腿的男生。

落座时听到他们的讨论，乔以笙才知道，原来这位男生便是当年被陆闯恶意开车撞伤的人。

千挑万选，乔以笙偏偏给选到了一桌绕着陆闯展开话题的。

他们似乎想从男生口中得知陆家当年赔偿了多少钱才平息事件的，但男生并不想聊。乔以笙和欧鸥坐下没多久，男生就找机会离开了。

桌上其他人开始感慨陆家在霖舟的地位，如果当年换成他们，他们也会和男生一样，拿钱闭嘴，诸如此类。

乔以笙这顿饭吃得索然无味。

欧鸥去上厕所，乔以笙在食堂外的面包房等她，顺便去买了两杯奶茶。

结完账一转头，她再次见到那位男生。

鸭舌帽下，男生的眼神依旧闪躲，他不敢直视她，只小声喊了她的名字："乔以笙同学……"

欧鸥从厕所回来，就看到乔以笙在面包房外面傻愣愣地站着。

"乖乖，你这么一个风姿绰约的大美人这样站在这里，我要怀疑你在招惹狂蜂浪蝶。"欧鸥笑嘻嘻地拿过一杯她手里拎着的奶茶，"快让我帮你证明一下，你不是在等你的男朋友，只是闺密而已。"

乔以笙回神，反应慢一拍："……哦。"

"哦什么哦？你究竟听见我说的什么没？"欧鸥看着她，说，"怎么了？我不在的时候发生什么事情了吗？"

"没什么，我在想工作上的事，一不小心想得太入迷了。"乔以笙抽出吸管，扎破她的那杯奶茶，喝了两口，口味还和以前一样，甜得发齁。

但也没能压下乔以笙脑海中盘旋的方才那位瘸腿的男生对她道歉的那番话。

下午是各大院系自主安排的活动。

乔以笙和欧鸥去到建筑系的教学大楼，见到了更多认识的同学和学长学姐们。

参加校友会的大多是霖舟本地人或是毕业后留在霖舟及周边几座城市工作的，其中大部分毕业后都从事对口专业的工作。

而那些毕业后不干建筑的，除非混得非常有出息，几乎不会回来参加这样的活动。很少有像欧鸥这样，混得不好却底气十足敢来的。

当然，欧鸥的底气不是一般人能比的。

即便乔以笙在建筑事务所工作，也因为目前没干出什么成就而感到心虚。

但乔以笙还是主动去和自己的辅导员和老师打招呼。

她在霖舟大学待了8年，整个系的老师几乎都给她上过课，和乔以笙很熟。

最后乔以笙又揣着类似近乡情怯的心理，去了自己导师的办公室。

她的导师黄教授是霖舟大学建筑系年纪最长、资历最深的，霖舟大学实施本科生导师制，她从本科生到研究生都由黄教授带。

原本黄教授是不带本科生的，乔以笙是他们那一届的例外，并且把保送研究生的名额给了乔以笙。

说起来乔以笙和朱曼莉之间的恩怨还得算上这一件。朱曼莉认为是乔以笙走后门抢走了她的保研资格，还曾向校方检举。

幸好校方查证及时，才没有对黄教授的清誉造成影响。

而乔以笙也是黄教授带的最后一位研究生。今年黄教授带完手里剩余的两位博士，就要退休了。

乔以笙进去办公室时，黄教授正在和他从前的一位学生视频通话。

对方的声音很好听，听起来还挺年轻，板正中带一丝清冷，乔以笙无聊地想，应该属于欧鸥形容的那种能让人耳朵怀孕的低音炮。

5分钟后，黄教授结束了视频电话，乔以笙和黄教授叙旧了约莫1个小时，才回去和欧鸥会合。

建筑系也有代表教师上台讲话的环节。建筑系的老师上台向大家展示建筑系的历史和近年来建筑系取得的优秀成果。

欧鸥给乔以笙留了位置，乔以笙一坐下欧鸥就跟她告状："幸好你刚才没在，否则你也心梗。"

她朝前排座位的方向努努嘴，道："你不知道朱曼莉有多趾高气扬。从前灰溜溜地毕业，现在就因为搭上了陆氏集团，整个人跟荣归故里似的。

"以前那些同学也是势利眼，知道朱曼莉现在是陆闯的女人，而且好几个月了都没分手，听说陆闯还因为她和家里的未婚妻闹翻，有可能嫁给陆闯，现在个个巴结朱曼莉，全部装睁眼瞎，不提朱曼莉长得和以前不一样了，只夸朱曼莉越来越漂亮。"

乔以笙无话可说，道："大家都是为了生活，可以理解。朱曼莉本身也确实有本事。"

这里的本事指的是朱曼莉的专业水准。

虽然之前朱曼莉故意对项目极尽挑刺，但至少朱曼莉是从专业角度挑的，乔以笙在和朱曼莉的沟通过程中不像面对一些什么都不懂的外行客户那般对牛弹琴、无从下手。

欧鸥试图平心静气，在乔以笙耳边小声默念："算了，看在都是女人的分上。我们井水不犯河水。"

等朱曼莉作为建筑系的优秀校友上台讲话时，欧鸥的心态又炸了，道："怪不得她方才专门来问我，怎么没看见你人，还假模假样地说你是黄教授带出来的学生，今天肯定是优秀校友，原来在这儿羞辱你呢。"

乔以笙微抿唇说："就算朱曼莉不上台，也轮不到我上台。"

欧鸥不服气的点却不在这儿，愤愤道："她靠的是陆闯，不是实力。"

"一想到有朱曼莉，等下的餐会我都不想参加了。"欧鸥气呼呼地说道。

在播放其他没到场的优秀校友的祝福视频时，欧鸥暂时将不满抛诸脑后，因为最后一个校友是个大帅哥。

乔以笙第一时间认出对方的声音，就是不久前和黄教授视频通话的人。

而原本放话不参加餐会的欧鸥，也以要打听帅哥学长的信息为借口，给自己找台阶下，出席了餐会。

餐会安排在霖舟大学旁边的酒店里，每年的毕业宴也都订在这里，可以说这里承载着大家的回忆。

乔以笙去年7月毕业典礼结束的那个晚上，便是在这里和老师和同学们告别的。

欧鸥也都还记得，3年前本科毕业时，她是在哪个角落里醉得不省人事。

温情的回忆之后，乔以笙看见了郑洋和许哲。

并不意外。

不只建筑系的餐会在这儿，其他院系的同样会在这里。郑洋和许哲自然是和他们计算机系的人一起过来的。

乔以笙并没有陪着欧鸥四处走，默默地回到建筑系的区域。

有同学来找乔以笙叙旧，没聊两句便问起她和郑洋是不是结婚了。

"没呢，你们不知道以笙和郑洋分手了？广大男同胞如果还对我们以笙有意思，抓紧机会下手哦。"朱曼莉冒出来替乔以笙回答。

人不犯我，我不犯人。

乔以笙冷眼睨朱曼莉，等着看朱曼莉还想说什么。

然而，朱曼莉说完转头朝计算机系那群人的方向招手喊道："你们刚刚不是想和陆闯打招呼？我现在喊他过来。"

陆闯很给朱曼莉面子，爽快地过来了。

朱曼莉挽着陆闯的臂弯，几乎成为全场的焦点。

另外几位不屑去巴结奉承他们的同学吐槽起来——

"把校友会变成他俩的婚礼现场了吧？"

"搁我我也恨不得向全世界炫耀自己是陆闯的正牌女友。"

"谁还记得朱曼莉以前给陆闯写过情书？现在'丑小鸭逆袭变成白天鹅，并一举拿下陆氏集团公子哥'——新闻标题有了。"

"别说，陆闯不仅仅是'公子哥'，还有望竞争陆氏集团的未来继承人。"

"不是吧？陆氏要是到了陆闯手里，不得垮掉？"

"你太看得起陆闯了吧？我觉得肯定轮不到陆闯。他爷爷好几个儿子，他爸也不止他一个儿子。他又是他爸和外面的女人生的——"

"什么？外面的女人生的？没听人说过啊？"

"啊？我也是很久之前听说的，不知道真假。"

"无风不起浪，八成是真的。他们这种家庭没有私生子才奇怪吧？"

"具体怎么回事？你快跟我们说说啊。"

"不知道，没有具体，我就是印象中好像是这么回事。"

……

刚刚被告知乔以笙已和郑洋分手的几位同学倒没揪着乔以笙好奇分手的原因，而是扯些其他话题。

乔以笙有一搭没一搭地和他们聊着，耳朵里同时充斥着无数杂音，不受控制地自发捕捉空气中飘散的有关"陆闯"的话题及远远传过来的陆闯的声音。

欧鸥几乎被满场召唤，每个院系均有那么一两个她认识的人，好一会儿才回到乔以笙身边。

"太受欢迎也不是一件好事。"欧鸥骄傲地挺了挺胸，说，"也证明了我魅力犹存，依旧受欢迎。"

旁边的老同学询问欧鸥，是不是还单着。

另一位同学笑道："欧鸥这匹烈马，一般人很难驯服吧。"

随着场子气氛越来越热闹，大家菜没吃几口，敬酒一轮接着一轮。

乔以笙一开始逃过去了，往杯子里装饮料，后来被人发现，直接换成了酒杯。

欧鸥也觉得这种场合乔以笙不喝点儿不合适，劝道："度数不高，你就来点儿，有我看着你，不怕。"

这句话和本科毕业那年的谢师宴上，欧鸥向她保证过的话一模一样，结果欧鸥醉得不省人事，根本顾不上她，乔以笙是被辅导员从酒店外面的马路边捡回来的。

事后她完全不记得怎么回事了。辅导员告诉她的时候，她窘得要命。

今晚他们那位辅导员也来餐会现场了。研究生的主要活动区域和本科生不在一处，所以乔以笙读研之后虽然还在学校里，但和大家一样，很少有和那位辅导员碰面的机会。

乔以笙和欧鸥跟着其他同学一起到辅导员这一桌敬酒，辅导员竟也还记得这件事，主动拍拍乔以笙的肩膀打趣道："一会儿可别再自己乱跑到外面去。"

　　这位辅导员的年纪没比他们大多少，当年其实是外系的在读研究生，只是兼职辅导员，所以同时也是大家的校友。乔以笙和大家一样，一直以来都把这位辅导员当作同届的同学来轻松相处："不怕，到时麻烦你再去捡我就行。"

　　辅导员的视线从旁边桌的朱曼莉身上收回，小声与乔以笙说："我刚才来的时候，乍一看，以为是你和陆闯在一起了。"

　　乔以笙一笑应之："曼莉现在确实和我有点儿像，不止你一个认错过。"

　　"是啊，认错了。"辅导员也笑，说，"我以为隔了这么多年，陆闯把你追到手了。"

　　乔以笙心头一顿，问："怎么会这么说？"

　　辅导员疑惑道："是我误会了吗？陆闯以前不是喜欢过你？"

　　乔以笙莫名有些紧张，斟酌措辞："……知道这件事的人好像不多才对？"

　　难道不是只有郑洋知道吗？连她这个当事人都是通过郑洋才了解到的。

　　"那我就没猜错。"辅导员解释道，"当年谢师宴你喝醉酒，我其实是接到陆闯的电话才知道你在外面。我出去找你的时候，陆闯陪你坐在路边，你整个人倒在他怀里睡着了。而陆闯当时看你的眼神，很明显就是喜欢你。

　　"而且陆闯把你交到我手里之后，还让我别告诉其他人他见过你。我知道你当时还在和郑洋谈恋爱，学生的感情问题我是不好八卦的，其实即便陆闯没交代我也不会说什么的。现在这不都已经过去了，我才随口一提。"

　　"……"乔以笙明白辅导员的意思了，辅导员以为当年她和郑洋、陆闯是三角恋关系。

　　而辅导员的这番话令乔以笙记起来一件事。

　　这轮酒敬完后乔以笙回到座位里，登录手机云盘，翻阅本科毕业谢师宴时的照片。

　　半晌，乔以笙锁定在几张照片上。

　　照片的内容特别模糊，是糊成团的人影，也有映到地面上的影子，隐约能辨认出的是有两个人，一个人踩着另一个人的影子。

　　乔以笙记得，谢师宴第二天她整理相册发现这些照片时辨认了很久，她认为这张抽象派的影子照是自己醉酒之后乱拍的，其他就不清楚了。

　　因为挺有艺术感，其中一张她还和其他毕业照片放在一起发了朋友圈。

　　如今，乔以笙看着这些照片却有了新的想法。

　　整场餐会基本就在轮流敬酒。

　　之后乔以笙所在的这一桌也被其他院系过来的校友敬了好几轮，乔以笙也不得不又多喝了几杯。

　　她和郑洋分手的事，在成年人分分合合的世界之中也算平常，并未在校友会上掀起什么波澜，这让乔以笙感到庆幸。

结束的时候，欧鸥已经醉得有些迷糊，乔以笙帮她找了代驾，让欧鸥直接回自己家。

"那你呢？"欧鸥扒着车窗问。

乔以笙说："你送我回家要绕路，我叫了顺风车。"

"好，到家后我们都相互给对方发消息报平安。"欧鸥挥挥手。

乔以笙应承，目送欧鸥离开后，走了一小段路，在路边等。

等了有半个小时，在她以为等不到的时候，一辆车停在了她的面前。

乔以笙因为在路边等太久，换成蹲的姿势，让自己更暖和点儿。

察觉动静后，乔以笙缩着脖子抬头。驾驶座的车门正对着她，降下的车窗里，陆闯冷眼看着她，瞳孔是深邃的黑色。

开的是那辆黑色车。

那会儿他带着朱曼莉离开时开的并非这辆车。

乔以笙站起来，两条腿有点儿麻，于是在原地缓了一会儿，稳住身形。

陆闯没催她。

乔以笙的心绪在此期间也默默转了两圈，然后上前，打开后座的车门，爬进车里。

爬进车里后乔以笙就靠着椅背带着酒意合眼睡觉。

不知道过了多久，车身停稳，安静的车内有了第一句话："到了。"

半睡半醒间，乔以笙反应了两秒，才意识到他是在告诉她。

她睁开眼，看向车窗外她的小区门口，揉了揉因酒精而发涨的太阳穴，倒还记得她现在坐的这辆顺风车不是通过打车软件约的，问："多少钱？"

陆闯没理她。

乔以笙重复："我问你多少钱。"

陆闯冷冷地丢话："做慈善，不用了。"

乔以笙扶着前座的椅背，往前倾身，问："那怎么行？你是顺风车司机，不收钱，你接我的单干什么？你要不是顺风车司机，那你陆闯不是从来不免费帮人？干什么收到我的消息，就眼巴巴地跑来了？"

餐会中途，朱曼莉高调地跟大家告别，说陆闯有事要先离开，她得跟陆闯一起。

俩人走后没多久，乔以笙翻出手机里陆闯的微信，发了条消息："顺风车的单，接不接？"

陆闯没有回复她。

但她莫名地笃定陆闯一定会来，所以散席后一直等着。

呵，真叫她给等到了。

这便是现在两个人之间的状况。

乔以笙摸出手机，作势要转账给他，再次问："多少钱？"

陆闯侧头，斜眼看她，道："要发酒疯，下了我的车再自己去发。"

乔以笙别一下耳边的碎发，点点头，道："不收钱，那你就承认，你不是顺风车司机。"

陆闯从前座转过身来，捏住她的下巴，道："再不下车，你就是想让我收取其他报酬？"

乔以笙蹙眉，打了个酒嗝，推开他的手，道："你弄疼我了。"

摸着下巴，乔以笙的身体往后靠回后座的椅背，歪过脑袋，重新合上眼睡觉。

陆闯："……"

"乔以笙，下车。"陆闯带上命令的口吻。

乔以笙未动弹。

陆闯冷眼注视她两秒，从驾驶座下去，绕到后座，打开车门，将乔以笙从车里拽出来。

乔以笙身体发软，整个人往下滑。

在她即将摔倒时，陆闯到底还是搂住她的腰，架起了她。

乔以笙靠在他的胸膛里，主动揪住他的衣服。

陆闯垂眸。她白净的脸上妆有些花了，脸颊因酒精染上了淡淡的酡红色，长长的卷曲的睫毛轻轻颤动，平直的嘴角向下弯了一些。

陆闯从车内取出她的包，挎在手臂，关上车门，然后扶着乔以笙的身体，慢慢转身，背对她半蹲下，让她扑上他的后背，他稳稳地背起她，往小区里走。

抵达 5 楼，陆闯将乔以笙放下，一边扶着她，一边从她的包里掏她家的钥匙，却怎么也没掏出来。

瞥一眼似乎睡得正沉的乔以笙，陆闯转而摸自己口袋里的皮夹子，取出钥匙，开了门。

他打横抱起她，送她进门。

等把她放到卧室的床上，陆闯帮她开了暖气、盖上棉被，准备走，衣角被攥住了。

"水。"乔以笙嘟囔。

"等一下。"陆闯掰开她的手指，走去客厅。

有过上一次的经验，陆闯很快重返卧室，不仅带来水杯，还有醒酒药，并驾轻就熟地扶她坐起来吃了药，才放她躺回床上。

这一次他要走，却又被乔以笙喊住了。

"陆闯。"

他转头，对上乔以笙微微睁开的眼。

"怎么还留着我公寓的钥匙？你想干什么？"

陆闯敛眸，问："没醉装醉？"

乔以笙摸着自己的额头，只重复："还留着我公寓的钥匙，你想干什么？"

陆闯走回床边，居高临下地看她，反问："你觉得呢？"

乔以笙眨眨眼，口吻讥诮地说："我觉得，你现在还是喜欢我。"

陆闯斜斜地挑起眉尾，随即微微勾了勾一侧嘴角："哦？"

乔以笙想坐起来，但确实很累，最终还是继续躺着，道："那次周末周固来我家，莫名其妙的外卖，是你买的。"

"然后？"陆闯双手抱臂，好整以暇的模样。

乔以笙看着他说："我家门口最近新装了一个摄像头，你应该还不知道。所以你带人找上我的对门邻居，我看见监控了。"

陆闯的表情未变，波澜不惊地说："继续。"

"还有，"乔以笙又想喝水了，喉咙里黏黏腻腻地发痒，说，"你现在送我回家。"

"就这？没了是吧？"陆闯似乎看出她嗓子不舒服，随手将方才搁在床头柜的水杯递给她。

乔以笙支着一只手臂撑起身体，抓住他的手，就着杯口把剩余的水全部喝光，顺势靠上床头，淡淡地说："这些够了。"

陆闯也放回水杯，敛了敛眼眸，语调带一丝轻噱，问："最后呢？有什么意义？"

"你很可笑，就是意义。"乔以笙平静地朝他抬眼，说道，"口口声声说要羞辱我，又偷偷摸摸地喜欢我。"

陆闯脸上变得没有表情。

乔以笙反问："你呢？你这样做又有什么意义？"

陆闯没有正面回应她。他走上前，弯下腰来，漆黑的眼睛深不见底，其中闪烁的都是锋芒，道："乔以笙，我警告过你，别跟我玩欲擒故纵。"

"怎样，这样就算欲擒故纵了？那你是不是太容易上钩了？"乔以笙噱笑说，"也难怪，让我算算，你喜欢我有几年了，得从大一开始吧？我在公用洗衣机洗的衣服被人偷了，你找到了偷衣服的男生，开车吓唬人家，把人家的腿搞瘸了。大二'顺手'帮我挖了许愿沙。我大五毕业，你一个已经毕业一年的人跑来我谢师宴的酒店外面——"

由于下巴再次被陆闯捏住，乔以笙没法继续说下去了。

陆闯的声音中带着威胁："乔以笙，我最后一次提醒你，是你要我白纸黑字签名，让我不再和你有关系的。"

乔以笙也又一次蹙起眉，推开他的手，微仰着脸，以高傲的姿态迎视他，问："可现在你做到了吗？"

她嘴角挑起讽刺的笑意，道："对你，我就是有这么大的魅力，你因为我和郑洋谈恋爱而大受打击，你因为我引爆自己对郑洋的嫉妒。我在你眼里就是天仙，就是绝品，让你不只短暂地有了兴趣，这么多年过去依旧对我念念不忘。"

乔以笙长这么大还从来没讲过如此自恋的话。但这些全是陆闯曾经质问过她的，现在她一句一句回答他，也是原数奉还彼时他对她的羞辱。

只是丢出这些话狠狠打他的脸，并没有让她有多痛快。

相反，她的胸口好似压上了一块石头，有翻涌的酸涩的情绪试图从缝隙间奔涌而出，她一直在隐忍着。

陆闽盯着她的脸，眼睛跟潭水一样深，眼神很暗，流露出一丝危险的气息，道："乔以笙，上次的教训没吃够，想再尝尝挑衅我的下场是不是？"

乔以笙哼笑，道："陆闽，你的把戏我也已经看透了，别总拿我挑衅你当借口。你低下你那高贵的头，承认你觊觎我，也许我还能给你一个被我选择的机会。"

这样伤人的话，她平常不可能讲得出来，是酒精刺激了她践踏人的潜力，也是因为她践踏的对象是陆闽。

残存的一丝理智其实在提醒她，即便陆闽喜欢着她，也不代表她完全占据上风，把他惹急了，她确实可能没好下场。

可这丝理智过于微弱，完全起不到制止她的作用。

甚至乔以笙还在继续说："陆闽，你为什么喜欢我？还喜欢我这么久？因为得不到？"

她觉得她猜得没错。

欧鸥以前就老爱唱"得不到的永远在骚动"。

陆闽已经得到了她的人，却还是喜欢她，那么他想得到的就是她的心吧？由此便也不难推断出，恰恰是自己对他的讨厌，引发了他的关注。

某种程度上郑洋的话或许是对的。

陆闽身为陆家人，从小到大恐怕只有女人主动往他面前凑的份，然而从前她却看也不看他一眼，甚至现在也毫不掩饰对他的厌恶。

思及此，乔以笙忽然顿悟欧鸥教授她的搭讪精髓。怪不得欧鸥说她更适合做猎手，原来她早已于不知不觉间，钓到了陆闽这条大鱼。

"乔以笙，你算什么东西！"陆闽此刻的双眸犹如刀子，似要将她千刀万剐。

"生气了？这就自尊心受挫了？陆大少爷的自尊心有点儿脆弱。"乔以笙轻笑一声，说，"没什么大不了的，不就是喜欢我？你的喜欢本来也很廉价，你喜欢我的同时并没耽误你万花丛中过不是吗？我不会笑话你。"

陆闽好似从她这句话中抓到了漏洞，轻哂着当即对她发动反击："不错，你还没自恋到完全失去自知之明的地步。怎么？你对我抱有幻想？想让我只有你一个女人？"

乔以笙反唇相讥："你的女人再多又如何，我不还是让你日思夜想？"

陆闽像听她讲了个笑话一般："你可真会给自己镀金。"

"那你也记得，别再妄想得到我的心。"乔以笙淡然道，"你最大的本事，不过就是用你从其他地方练来的技巧，来伺候我。"

每次她都输在不如他的脸皮厚，今天她终于能句句压着他打了。

但是陆闽脸皮的厚度又见长了，他斜勾起一侧嘴角。"所以你还是承认，我让你开心了。"他弯下腰来凑近她，"乔以笙，你在暗示我什么？"

乔以笙分毫不予退让，甚至反过来捏住他的下巴，问："你希望我暗示你什么？"

陆闯半眯着眼瞧她。

乔以笙亦缄默地与他对峙。

此刻，陆闯的手机"嗡嗡"振动，他面无表情推开她的手，瞥一眼手机屏幕后，一声不吭往外走。

玄关处很快传来关门的动静。

想来他是有事先走了。乔以笙浑身的力气悉数卸下来。靠着床头其实难受，她早就想躺回去了，只是觉得坐着能更有气势些。

脱掉衣服和裤子，她换上丢在床上的家居服，懒得再动了，直接钻进被子里。

不消片刻便觉暖气太足，闷得她冒汗，她又掀掉被子，并把家居服重新脱掉，一丝不挂。翻来覆去躺了一会儿，她坐起来，伸手去摸抽屉里的褪黑素。

等发现门边杵着个人影时，她反应了好几秒，才惊吓地抓过被子拢住自己。

"你干什么！"乔以笙当下真的恼羞成怒。

陆闯的身体斜斜倚着门框，闻言他耸耸肩，故意地举起一只手，示意道："来还钥匙。"

用脚趾头想也知道他在撒谎。乔以笙冷脸说道："那就请你放下钥匙，立刻从我家离开。"

陆闯纹丝不动，道："是谁先装醉骗我上来的？现在你让我走我就走？你没听过'请佛容易送佛难'这句话？我那么容易让你召之即来挥之即去？"

"可你刚刚已经走了不是吗？"乔以笙确认自己没听错他关门的声音。

陆闯悠然道："我只是出去接了一个电话，没说我走了。难道不是你装作没听见我又进门的声音？"

她如果听见了，现在还能如此窘迫？乔以笙心梗。

陆闯偏偏还欠欠地走回床边，道："来，继续，我们刚刚说到哪儿了？"

又要拼脸皮的厚度。乔以笙镇定下来，重新发动攻击："陆闯，你现在的心痒难耐全写在你的脸上，怎么，想毁约了？"

陆闯眉骨上挑，瞬间迫近她，吐字以呼气的方式喷到她的耳边，语调极其邪恶："就算想毁约了，你又能奈我何？"

乔以笙刚刚问他的那句心痒难耐，就是试探他究竟旁观了多久。

紧接着陆闯越发直白地挑明："而且现在更想毁约的人是你吧？嗯？"

言罢，他的视线似有若无地往她被子里瞟。

乔以笙下意识地又往被子里缩了缩身体。

陆闯似笑非笑道："乔以笙，从你今晚发消息让我接你，再装醉让我送你上楼，与其说你是想羞辱我，不如说你是想借羞辱我让我毁约。"

闻言，乔以笙从短暂的羞恼中缓过来，轻扯嘴角："兜这么大圈子，还是你想毁约。"

这场博弈，她是绝不可能先认输的。

"我给你发消息，你可以不来。我醉了，你可以丢我在路边，不送我上楼。但你不仅来了，还上楼了，你现在对我而言就是免费送上门的。"

陆闯现在对她的羞辱似乎免疫了，同样不退让："'免费'的理由，可以用。"

乔以笙皮笑肉不笑地说："便宜都没好货，何况免费的。"

陆闯不再和她斗嘴皮子，直接上嘴。

这是一个和除夕夜差不多的吻。乔以笙没拒绝，也没主动。好像是酒精让她的行动都迟钝了。

等到他吻完，乔以笙稳住气息，慢三拍地说着之前已经说过的话："陆闯，你喜欢我。以前喜欢我，现在还喜欢我。"

陆闯还是不承认但也没否认，只说："正式通知你，你今晚的行为已经让那个约无效了，是你自作自受。你现在拥有最后一次摆脱我的机会，就是说你喜欢我。"

乔以笙先是笑一下，继而对他吐着嘴里残留的酒气："不可能的。我喜欢路边的一条狗，也不会喜欢你，你休想得到我的心。"

陆闯也勾一下唇，搂住她洁白的腰肢，薄唇停在离她的唇瓣仅分毫的地方，呼出的气息吹得她脸上细小的绒毛微微颤动："那你等着被我纠缠到死吧。"

第二天清醒过来后回忆起自己带着酒意的所作所为，乔以笙陷入极度的低落。

她和陆闯的关系……好像又回到原点？

不知道……乔以笙的思绪很混乱。

沉静地搂在她身后的人动了动，似乎也醒了，乔以笙便重新闭上眼，装睡。

陆闯很闲地玩着她的头发，又吻她的后背。

乔以笙有点儿受不了，翻身便用力踹他一脚。

没想到陆闯被她挤到了床边缘的位置，靠侧躺抱着她才稳在床上，而现在在毫无防备的情况下被踹了一脚，陆闯直接滚落到了地板上，"扑通"一声重重地掉下了床。

乔以笙也吓了一跳，拥着被子坐起来。

陆闯坐在地板上，前几秒的表情完全是蒙的。

反应过来后，他简直怒发冲冠："乔以笙，你有病！"

乔以笙轻飘飘地丢话："不好意思，忘记你昨晚免费送上门了，也没想到你竟然还没走。"

由于陆闯没给反应，乔以笙以为自己又没对他羞辱到位，却见陆闯把她抽屉里的东西全部翻出来，质问："瓶子呢？"

"什么瓶子？"

"装沙子的。"

"扔了。"乔以笙轻描淡写。

陆闯脸色略黑问道："沙子呢？"

"倒进马桶冲走了。"乔以笙面无表情。

陆闯"嚯"地站起，问："你凭什么冲走沙子？"

"我凭什么不能冲走沙子？"乔以笙反问，"你有必要这么激动？不就是你'随便发现'的破沙子？"

陆闯眼神沉郁，乔以笙觉得他现在的样子好像一只一张口就能把她吃了的猎豹。

乔以笙错开眼，径自套上家居服，带着干净的换洗衣服准备进浴室冲澡。

陆闯再次对她的衣着指指点点："你新的内衣套装可比你之前的品位好多了。"

"……"乔以笙头也不回，假装没听见。

她也不知道陆闯什么毛病，总是不爱穿衣服，她从浴室出来的时候，陆闯又是跟等人伺候的爷儿似的光着上身在床上玩手机。

乔以笙迫使自己的目光不要因为难为情而闪躲，直视他，问："你是不是以为这样我就能多看你两眼？"

陆闯掀一下眼皮，道："无论我是不是这个意图，你现在确实在看着我。"

乔以笙轻呵："嗯，在看你，看变态也是看。"

陆闯挑下巴，道："看不惯你倒是把我留你这儿的衣服找出来。"

乔以笙轻飘飘地丢话："你哪儿来的自信，觉得还会在？"

陆闯朝床边他的家居拖鞋努努嘴，道："那你处理得还真不够仔细。"

乔以笙走过去，一手拎起一只拖鞋，当着他的面丢进垃圾桶，道："谢谢提醒。"

陆闯吹了声口哨："该是我谢谢你。怕被你带回家的其他男人污染过，我正准备扔。"

玄关外面此时传进来门铃声和敲门声。

"新买的到了，送得很快。"陆闯打了个响指，下床要去开门。

乔以笙："……"

见他还是没有打算穿衣服的架势，乔以笙忍无可忍地喊道："你打算就这样见外送员？"

陆闯头也不回地说："这是你家，又不是我家。"

外送员只会觉得她这儿出了个变态。

不关他的事——乔以笙明白他的言外之意。

而且她没记错，她这附近的外送员来来回回就那几个大叔。

她还真丢不起这个脸。

可乔以笙并不甘心自己被他拿捏住。她跟去客厅，等着看陆闯是不是真敢直接光着身子开门取东西。

眼瞧着陆闯抓着门把手拧开，乔以笙不禁喊住他："你给我适可而止！"

陆闯已经打开了门。不过他站在门后，仅倾出些上半身，从敞开的门缝间伸出手把东西拿了进来。

乔以笙："……"是她天真了。

关上门，陆闯拿着东西走回她面前，斜勾唇，道："你以为谁都和你一样幸运，能免费欣赏我的身体？"

乔以笙学了两分他的轻佻与不屑，上下打量两眼他充满力量感的身体，道："早被你的'万花丛'看烂了的幸运？"

今天乔以笙犯懒，同时也是因为陆闯赖在她家，她不想当他的厨娘，所以点了一份外卖管自己的温饱，坐在电脑前画图。

陆闯竟难得地也安安静静，换上他给自己新买的一套和之前一模一样的家居服，坐在沙发里，看起来也在办公。

印象中这是她第一次见到他认真工作。

说实话，她非常好奇，陆闯是真认真还是装认真？他能办什么公？

冷不防陆闯出声："乔以笙，你偷看我 5 次了。"

他的双眸仍旧盯着电脑屏幕，手指也在敲着电脑键盘。

乔以笙还算淡定，道："这是我家，我想看哪儿就看哪儿。你知道我看了你的话，反倒说明你在偷看我。"

陆闯评价："60 分。"

乔以笙问："什么？"

陆闯道："你今天学我的分数。"

乔以笙气笑了，道："地球都没你的脸大。"

3 点多钟时，她有点儿犯困，想睡午觉了。

欧鸥发来微信语音消息找她。

乔以笙瞥一眼正对着电脑皱眉的陆闯，披上外套带着手机到外面的阳台去晒太阳。

"乖乖，我昨晚回家后忘记给你发报平安的消息，你也没关心我的安危？"

"我也忘记给你发报平安的消息，你关心我的安危了？"乔以笙回复语音。

欧鸥："哟，你今天怼人怼得特别有气势。"

面对陆闯时的语气一时半会儿没能完全收敛起来……乔以笙抚了抚额，调整状态："酒没醒呢。你醒了？"

欧鸥："没醒的话，正好看看我发给你的截图，让你振奋振奋精神。"

乔以笙点开刚接收到的图片。

是欧鸥在昨天的校友会上加的某个群，群里聊到郑洋和许哲，大致内容是看郑洋和许哲的笑话，说郑洋昨天头一次没成为计算机系的优秀校友上台，换成了陆闯。

——陆闯上台很正常，陆家人嘛，往年陆闯家里人没给他安排罢了。

——可陆闯上台和郑洋上台不冲突，不是吗？

——你这语气是有内幕消息要告诉我们？

——也没什么，就是听说郑洋和许哲的那家公司出了点儿问题。

——这个我知道，是有危机。今晚郑洋私底下找我们好些人求助过。

——他和陆闯不是好兄弟？有什么事找陆闯啊，陆闯肯定能帮他解决吧？

——所以，郑洋为什么不找陆闯？自己体会。

——闹掰了？哦，怪不得校友会上感觉怪怪的，郑洋和陆闯竟然没坐在一块，话也没说一句。我以为他们平时在一块待久了，校友会就无所谓。

——郑洋的公司有危机，郑洋和陆闯闹掰，两件事会不会有联系？

——有没有联系不知道，但郑洋那家公司之前能有那种成绩，离不开他有陆闯这位好兄弟吧。陆闯这人虽然不行，但他家很行。

——要说还是郑洋会做人，我们都得向他学习，当年一进大学就懂得该往谁身边凑。

——哈哈，话也不能这么说，你难道不想往陆闯身边凑？人家给你机会吗？也是郑洋有本事。

——郑洋最近是不是事业爱情皆失意？你们知道他和他女朋友也掰了吧？

——乔以笙是吧？我听建筑系的人说了，乔以笙和郑洋分手了。

——啊？他们不是谈了好多年？谁甩谁？

——这个我知道！我有一个朋友的老公和乔以笙一个工作单位，拍到郑洋前阵子向乔以笙求婚被拒的视频了！等我发给你们！

——这么刺激？搞快点儿搞快点儿！

——你们可长点儿心吧，不知道郑洋和许哲在不在这个群里？

……

欧鸥最新一条语音消息是问乔以笙爽不爽。

乔以笙："没感觉，他现在已经和我无关了。"

欧鸥发个点赞的表情包，回道："好样的，看来你真的放下对郑洋的感情了。"

欧鸥还在八卦："不过郑洋和陆闯闹掰，我刚知道，你是不是比我了解更多内情？"

乔以笙："他们一直以来本就面和心不和，是塑料兄弟吧。"

发完这句，还没讲更多，乔以笙透过落地窗发现陆闯坐在她的电脑前。

她蹙眉，急忙回屋里，道："你别碰我的电脑，我的图刚画一半。"

"你哪只眼睛看见我碰了？"陆闯一贯欠欠的。

就他这副态度，若非昨晚她基本得到确认，乔以笙委实难以相信他喜欢自己。

或者这也佐证了她的揣测，他对她的喜欢就是源自他的不甘心。

"你用眼睛看我的电脑，也是碰我的电脑。"乔以笙义正词严。

陆闯"唉"一声，问："你这做的不就是聂婧溪她奶奶的旧房改建项目？"

经他提醒，乔以笙心头莫名地一刺，情绪平和了下来，道："嗯。那你看看也无妨，这房子是你和你未婚妻以后的婚房，你有份。"

之前似乎已经对她的羞辱免疫了的陆闯，这会儿终于又被她的话惹得拉下脸去冷笑，道："你信不信我现在把你的图纸删了？"

见陆闯的手竟当真去碰鼠标，乔以笙恼火道："陆闯，你别发神经！"

"那你别持续挑战我的底线了。"陆闯的脸色跟寒冰一样冷。

"底线？你还有底线？你的底线是什么？"太阳穴一跳，乔以笙下意识攥紧手指说道，"你未婚妻？"

话音刚落，陆闯猛地将她扛上他的肩头。

"你干什么？"乔以笙下意识挣扎，但并非因为慌张，纯粹是这样的姿势让她很难受，脑袋要充血了。

陆闯步伐大，很快进去卧室，将她摔在床上。

乔以笙撑着手臂支起身体，冷眼看他，问："大白天想来硬的？"

陆闯两条腿跪坐上来，虚虚地压在她的腿上，俯视她，道："先来解决一个问题。"

"什么？"

"你希望我们是什么关系？"

"……"乔以笙张了张口。

不等她讲出声，陆闯堵了回去："'没关系'这个选项现在已经无效，别再假惺惺地提出来。"

"假惺惺的难道不是你？"乔以笙硌硬他的用词，强调，"不如换你来说，你心里有多巴着我当你的女朋友。"

陆闯不要脸地说："也就是说，你希望我当你的男朋友。"

"你的脸皮敢再厚点儿？"乔以笙想踹他。

陆闯还真厚给她看，问："你希望我和你结婚，成为你的丈夫。"

乔以笙朝他扬手，道："你需要有个人打醒你的白日做梦。"

陆闯捉住她的手腕，并顺势将她整个人往后压倒在床上，说："我不能当你的男朋友，也不能和你结婚。"

乔以笙一顿。

陆闯的表情不像在开玩笑，补充道："至少目前不能。"

这次他没有使用任何羞辱性的字眼，但乔以笙仍旧感觉到强烈的羞辱，甚至比之前更强烈，道："请你搞清楚，是你喜欢我。别拿你不想对其他女人负责的话术用在我身上。

"不是只有你这种家庭出身的人有资本讲这种话。听好了，应该是我告诉你：你顶多只配当我无聊消遣时的床伴，别妄想当我的男朋友，更别妄想我和你结婚。"

从陆闯扣在她手腕上加重的力道，乔以笙能清楚地感受到他当下的恼火。

陆闯的表情则明显在隐忍着不爆发出来。

咬咬后槽牙，他复开口，像是接着他自己先前的话："之前你想和我断关系，我之所以同意，是因为你说你要和周固发展男女朋友关系。可如今看来你更需要的并非男朋友，你只是缺了一个床伴而已。"

她一再告诉自己生气就输了，却还是忍不住愤懑。

陆闯不给她插嘴的机会："既然如此，我们就稳定下来，当彼此的床伴。

"不要觉得我不能当你的男朋友，不能和你结婚，是因为陆家给我安排了未婚妻。我陆闯不稀罕别人硬塞给我的东西，包括女人。

"你那天在别墅里也看到了，有的是人想对聂婧溪献殷勤。聂婧溪以后是谁的未婚妻还说不准，所以你也不用觉得你是第三者。

"最后，还是那句话，我陆闯的女人，别人休想染指。'稳定'的意思就是你断了再去找其他男人的念头。你觉得不满足，我让你满足为止——不过你的床伴是我，不满足的可能性很小，你非得像之前那样说我不行，那也只是你在撒谎。"

乔以笙的愤懑在他洋洋洒洒的一番话讲完之后，反而平静下来，问："你哪儿来的自信觉得我会同意你当我的床伴？"

"不需要你同意。"陆闯低下身，低沉的声音送进她的耳朵里，喃喃道，"还需要我再提醒你吗？昨天晚上你已经失去选择权了。我现在只是在通知你。你有意见，可以提，我会考虑，但不一定会答应。"

乔以笙与他黑若点漆的眸子近距离地对视，道："我不同意，你通知我也没用。"

"乔以笙，'床伴'这个词是你自己先说的。"陆闯的语气一半是玩味。

"你没听见整句话的前面有'顶多'两个字？"乔以笙呵呵道，"我的床伴人选不只你一个，而你是最差的一个。"

陆闯举止轻浮地勾勾她的下巴，轻描淡写道："你给我的所有反馈表明，我和'差'字不沾边。"

"还有哪儿欠缺，你可以说说看。"他一副和她商量的样子。

落在乔以笙眼中简直无比虚伪。

她哂笑道："陆闯，想追我就老老实实地好好表现，一边强行要我同意让你成为我的床伴，一边你又管不住自己和其他女人暧昧不清，你给我提鞋我都嫌不干净。"

陆闯又故意曲解她的意思，道："明白了，你吃醋了。"

如果不是被他束缚住，乔以笙现在必然要再踹上他一脚。

陆闯弯唇，道："乔以笙，你给我老老实实地断了念头，以你那么大的胃口，我喂饱你一个人也差不多了。"

恼怒冲上心头，乔以笙迫使自己忍受，讥嘲道："呵，你挺有自知之明，知道自己也就那点儿能耐。"

陆闯露出恍然的表情，似笑非笑地说："哦，明白了，你在暗示我不要留存实力，对你再狠点儿。你想的话，现在我就可以满足你的要求。"

乔以笙一个"滚"字啐到他面门："你以为每个人都跟你一样闲，成天脑子里只塞了那点事？你已经浪费了我20分钟的工作时间。"

陆闯也放话："不理清楚，你离不开这张床。"

理清楚确实好，但乔以笙现在连她自己的思绪都还没理清楚，不乐意以尚且混乱的状态和他谈判。

陆闯却逼迫她："不说话当你同意了。"

乔以笙紧紧抿唇，顷刻，问他一个问题："随时可以一拍两散？"

"想得挺美。"陆闯的回答欠得乔以笙又想踹他。

下一句陆闯说："还是得商量过后，经过双方的认同，就像你让我签订约定时那样。"

乔以笙挑眉："既然如此，现在是不是也应该白纸黑字？"

其实听上去怪可笑的，没听说过这样的关系也要用白纸黑字。

陆闯竟还做认真考虑状，片刻后说："为了防止你毁约，确实应该让你签字画押。"

乔以笙被他的厚颜无耻给气笑了。

"我们两个之间，更没有契约精神的人应该是你吧？"乔以笙提出异议，"这种跟过家家一样的白纸黑字，根本没有法律效力，如果其中一方毁约，上哪儿找理去？"

"我还不够有契约精神？嗯？我如果没有契约精神，能和周固来往那么长时间？"陆闯哼笑，"乔以笙，是你对自己没有自信。"

"激将法对我没用。"乔以笙的脑子里蹦出个想法，"陆闯，你必须交出一样值得我信服的筹码，我才会陪你玩这个游戏。"

"筹码？"陆闯当即领悟它的本质意思，"我的把柄吧。"

乔以笙不否认："你给不给？"

"那是不是我也得讨个你的把柄？"陆闯一副绝不允许自己吃亏的样子。

乔以笙隐忍道："之前那个涂药的视频，还不够？"

"谢谢提醒。"陆闯一副刚记起来的表情，"不过，还真是不够。"

他黑眸凉凉的，道："我可从没想要拿它来威胁你。乔以笙，你是不是把我想得太恶毒了？"

明明知道他是个烂人，可此刻乔以笙莫名地相信，他说的是实话。这之于她无异于一颗定心丸。

不过既然他送了她一个羞辱他的机会，乔以笙自然不会放过，道："用得着我'想'？你难道不是本来就恶毒？"

陆闯的眸底情绪暗沉沉。

"那再告诉你一件恶毒的事情。"

他的手指抚上她的脸颊，寸寸摩挲，仿佛持一柄随时会嗜血的锋利的刀，微微的凉意从她的皮肤往身体里渗透，传递至她的心口。

"我要毁掉陆家。"

他吐出这句话时，乔以笙怔怔地打了一个冷战。

她意识到，这是陆闯的秘密，也是陆闯交到她手里的把柄。

而这远远超出了这场谈判所能承受的范畴，乔以笙忽然反悔了，想让他收回这句话。

可来不及了。

他们的这场约定最终被陆闯制作成文并打印出来。

陆闯先签了字，然后送到乔以笙面前。

红底黑字的样式令乔以笙从自己的思绪中回神，她有些无语地问道："什么鬼？"

……很像古时候的婚书。

陆闯把笔塞进她手里，催促道："怎么，都到这一步了，你又有什么意见要提？"

乔以笙："……你不能直接用白纸？我家打印机的墨不要钱？"

陆闯点点头道："行，家里以后的开支全部由我负责。"

乔以笙暂时卸下了的斗志重新被激起，道："你也就只能在自己的脑子里幻想你得到我了。"

比起上次她临时写的简陋的约定条款，陆闯弄得正式很多，一式两份，他们一人一份。

她也签完字，陆闯取走其中一份，盯着看了一会儿，继而朝她勾起嘴角，道："恭喜你，你的生活从此可以得到高质量的保障。"

乔以笙："……"

她只是在想，床伴和正式男女朋友的区别是什么？

显然，后者可以公开，前者就是人前缄默；后者需要相互负责任，前者可以随时腻味随时踹。

当然，陆闯是永远不可能在她男朋友的候选人名单上的。

所以现在这种关系最适合他俩，这也是他们最正确的选择。

而明确完他们之间的关系，陆闯就带着他的电脑走了。

乔以笙也没了继续画图的心思。

陆闯带走的还有她紧绷的状态。

积攒的疲惫瞬间涌上乔以笙的四肢，她直接进卧室睡觉。

床单被褥尚未收拾，四处残留着她和陆闯夜里放纵的气味和痕迹。

"我要毁掉陆家。"

她的脑海中浮现出这句狠戾的话。

乔以笙发现，她可能根本一人并不了解真正的陆闯……

第九章
步步逼近

////////////////////////////

因为这个周末过于充实，乔以笙周一上班也没恢复状态。

李芊芊一贯地关心她的感情生活，问："你交新男朋友了吧？"

咖啡苦得乔以笙直蹙眉，道："没有。"

"哦。"李芊芊说，"还以为你和前阵子每天送你花的人修成正果了。"

乔以笙心头一顿。

其实周固并没有完全和她断了联系，他只是又退回了普通朋友的位置，前天早上她坐在欧鸥的车里前往霖舟大学的途中还收到了他发的消息，问她周末的安排，说起要教她攀岩的约定。

乔以笙告诉他校友会的事，回复再等一周看看她的时间。

但实际上乔以笙对攀岩并没有多大兴趣。

午休期间，乔以笙倒是接到了一通电话。

是罗拉打来的。

"乔小姐是吧？我是罗拉。"

乔以笙的沙拉险些卡在喉咙里，道："罗小姐，请不要再打扰我了。我和周固现在……"

"我是想告诉你，我去你的工作单位找你是收钱受了其他人的指使。我不知道对方具体是谁，我一直以来只和他有电话联系。但我猜他应该是你的前男友，他想和你复合，所以让我破坏你和周固的关系。"

讲完这些罗拉便挂了电话，和打来时一样突然。

乔以笙："……"

她的前男友只有郑洋。

这事一听就不像郑洋干的。她能想到的唯一答案便是陆闯。

而乔以笙听完内心毫无波动，可能因为她对陆闯干的浑蛋事快产生免疫了。

但这样的反应是不对的，乔以笙觉得自己应该警惕起来。

虽然她不觉得自己该为陆闯的行为负责，但在这件事中周固的确受到了牵连，所以她对周固有些抱歉。

午饭过后趁着还有一点儿时间，乔以笙联系周固，约他晚上一起吃饭。

周固："罗拉给你打电话了？"

乔以笙："嗯。"

乔以笙尴尬，庆幸现在是文字沟通。

周固："你约我吃饭，无非是想为这件事跟我道歉吧？不必，该道歉的人不是你，是陆先生。"

话是没错，但让陆闯道歉，无异于异想天开。

乔以笙："别误会，我不是替他向你道歉，我是觉得我也有一点儿责任。"

周固："那你的责任留着以后我另外找机会跟你讨回来吧。"

乔以笙的预感不太好。

乔以笙："你不会要去找他算账吧？"

周固："你认为我不该找？"

这个问题，其实她也不好回答。

乔以笙："周固，我只能客观地说，找他算账不是一件容易的事。"

周固："我知道，你别担心。"

罗拉在电话里说不认识陆闯，乔以笙刚才也没和周固提陆闯，但周固直接点出陆闯，她不知道是该佩服周固足够聪明，还是该嘲笑陆闯在背后给别人使绊子却不知道处理干净，让周固这样一个和他接触过没几次也不怎么了解他秉性的人能马上猜到。

而周固既然说"知道"，说明他已经对陆闯做了调查，至少清楚陆闯出身陆家，不好惹。

乔以笙便不再劝说周固，也不好问周固打算如何追究陆闯的责任。

她转头点开和陆闯的对话框，舍不得放过羞辱陆闯的机会。

乔以笙："罗拉受你指使，我已经知道了，就你这种小儿科行为，还想毁掉陆家，做梦比较快吧？"

盯着发送出去的文字，乔以笙感到陌生。长到这么大，从没一个人逼得她如此不遗余力地去羞辱。

仔细想想，她因为陆闯而有过的"第一次"，又何止这一个……

"乔工，发什么呆呢？"李芊芊伸手往她眼前挥了挥。

乔以笙回过神，集中精力，继续画图。

陆闯是在半个小时后回复她的，不过乔以笙是开完会才看到。

陆闯："谢了，会给我通风报信了，今晚想使用我的哪项功能，任凭你挑选。"

乔以笙："……"

他自愿把自己当作她的小玩具？

行，他都这么乐意取悦她，她便不对他客气了。

晚上 8 点乔以笙下班回到公寓时，陆闯正悠闲惬意地躺在她客厅的沙发里。

乔以笙说："我没同意你继续留着我家的钥匙吧？"

陆闯单只手懒洋洋地枕着后脑勺儿，道："现在还纠结钥匙，是不是矫情过头了？我公寓密码是 0229，公平了。"

乔以笙换了家居拖鞋走进来："请认清你的身份和定位，我没需求、没召唤你的时候，你不请自来，就是——"

话没讲完，她的手腕被陆闯捉住，一个拽拉间，她的身体猛然往前倾倒，精准地扑向陆闯的胸膛。

陆闯稳稳当当地接住她，一只手臂搂住她的腰肢，一只手掌按住她的后脑勺儿，使得她的嘴唇吻上他的，像是她投怀送抱似的。

乔以笙在断断续续的亲吻中生出了好胜心，并不甘于总被他把着主动权。他滚动的喉结显得非常性感，她忍不住吻上去，下一秒才意识到自己做了什么。

"你摊上大事了。"陆闯含着哑声咬住她的耳珠，一改原本的漫不经心。

藤蔓缠绕，严丝合缝。

……还没到午夜，他们先把午夜的事给提前办了。

乔以笙晚饭还没吃，饿得力气都没了。

陆闯捡起掉在地毯上的手机点外卖。乔以笙趴在他的胸口，看他递过来的手机页面，让她选想吃的。

选完后，陆闯下单。

乔以笙带着嫌弃的语气旧话重提："以后你工作日都不要过来。"

陆闯自鼻间哂出声儿："别甩锅，是你先乱亲。"

甩锅的究竟是谁？乔以笙反唇相讥："那我还真没想到，我不过随随便便亲你一下，你反应就那么大。"

陆闯抬起她的头，凑到她耳朵上舔了一口。

乔以笙顿时一激灵。

陆闯丝毫不掩饰报复得逞后的笑，道："我也没想到，我不过随随便便——"

"我这是自然反应。"乔以笙及时堵住他欲待出口的羞辱之语，愤愤地要爬起来。

陆闯放在她腰间的手臂搂回她，道："乔以笙，你也就只会在我面前张牙舞爪。对待别人时那副乖巧的模样全是你装出来的？"

乔以笙被迫挨着他的胸膛听他的心跳，回道："让我想一想，既然上大学那会儿你就喜欢我，说明你就是被我的乖乖女形象迷住了吧？你该发现你看错我了，都知道我骨子里是坏的，还被我迷到现在，陆闯，你怎么这么可笑？"

陆闯的笑通过他胸腔的震动传递进她的耳朵里："现在我俩这样不挺好的？看错了又有什么关系？"

几乎是她插一把刀，他就反手还她一支箭。乔以笙越来越觉得他对她的那点儿喜欢廉价得不得了。

"那你还真是可怜。"她不服输地继续说，"得不到我的心，也就只能捡着我随手丢给你的机会，来实现你在我这儿的微小价值。"

陆闯轻轻哼声："在外卖送到之前，我还能让你更饿点儿。"

乔以笙继续反击道："那你还真是快速。"

陆闯又笑了，道："我可没说，外卖员来的时候，我们就停。"

乔以笙："……"

鉴于他有过没穿衣服就站在门后从外送员手里取东西的行为，她相信他说得出做得到，她的脑海里甚至已经有画面了。

陆闯跟有透视眼似的，问："乔以笙，你在想什么？"

乔以笙拒不承认道："嘁，你以为你是我肚子里的蛔虫？"

陆闯置若罔闻，自说自话："想象有什么意思？不如和我实践起来……"

他故意拖长的尾音，带着满满的蛊惑，并将蛊惑付之于他的行动上。

一直到 11 点多，袋子里的外卖盒才见到天日，被送进微波炉里加热。

乔以笙都不太想吃了，道："太晚了，对消化不好。"

陆闯第一次听到她这般赌气似的语气，很新鲜："那就吃完后再做点助消化的事情。"

乔以笙嘴角一抽，道："我还真是把你迷得不要不要的。"

陆闯趁着她说话，将饭菜塞进她的嘴巴里，道："我还没说是哪种助消化的运动，你就自己对上号了，嗯？"

乔以笙咀嚼完吞下肚，说："哦，谁让你是满脑子只有那档子事的人，我没办法想到你口中的'助消化的运动'还有其他意思。"

"既然如此，为了不辜负你的期待，我就换成你想的。"他吃两口，就喂乔以笙一口。

味道属实不错，乔以笙也不浪费，他喂，她便吃。

算起来这并非陆闯第一次喂她吃饭，但上一次在酒店里，她刚经过两天的昏天黑地，半条命快没了，根本没心思享受。

今天才觉得有点儿爽，被他这么个大少爷床上床下地伺候着——她脑子里想起一句话：毫不费力地享受他被其他女人调教过的成果。

那是她和欧鸥讨论周固的时候，欧鸥的形容。

乔以笙不认为这句话有任何问题。

周固对她方方面面的照顾都让她很受用，也感到很舒适。

陆闯恐怕永远连周固的一半都做不到。

但此时此刻，乔以笙的心底却像光滑的蚌肉间冒出一颗小沙粒，磨得她难受。

为什么面对陆闯和周固是两种不同的感受？

乔以笙稍微想了一下，想明白了，因为周固的周到与体贴好比是经过千锤百炼淬出来的精华，而陆闯的微薄伺候，不过是流水线式的统一程序化作业。

"知道我伸手你就张嘴的样子像什么吗？"陆闯忽然出声问。

乔以笙涣散的思绪凝回眼前，一时之间的茫然费解尽数写在脸上。

陆闯将他的手机往她脸上掸。

只见屏幕上播放了一段十几秒的视频，是他在喂圈圈吃零食，他一伸手，圈圈就欢欢喜喜地晃着尾巴张嘴。

乔以笙："……"

还用怀疑？他在说她是狗！

乔以笙发誓自己并非爱生气的人，可陆闯每一次都能轻易挑起她的怒火。

濒临爆发之际，她还是忍住了，记起自己现在和他的相处模式，圈圈恰好给了她怼他的一个新灵感："原来我表哥猜得没错，你的狗之所以和我的小名一样，不是巧合。"

"因为得不到我，就把自己狗子取名叫'圈圈'，你没少抱着它对我日思夜想吧？"说这句话时，乔以笙的心脏在胸腔里狂跳。

却听陆闯说："乔以笙，你的自作多情适可而止。你怎么不干脆说，我在佛前苦苦求了100年，经历了三生三世的轮回只为了和你相遇？"

乔以笙："……"

短暂地沉默一会儿，她学上他那股欠欠的劲儿，问："你这是在自曝？"

陆闯："……"

乔以笙离开餐桌，道："把垃圾收拾干净，我先睡了。"

或许关于圈圈，真的是她自作多情。这样一来才最说得通，否则她很难想到，他如何得知她小名的？

郑洋都不清楚的。甚至连欧鸥也只是大一刚认识那会儿听她提过一嘴，估计早抛诸脑后了。

总不会是他神通广大到连她不为外人所知的小名都能调查得到，那他真是恐怖得可怕。

陆闯丢下碗筷，跟在她的身后，道："你想要脸大，当作圈圈是用你的小名来取名的，也不是不可以。"

乔以笙"嘭"地关上卫生间的门,将他隔绝在外面,喘几口气缓缓,还是气得快吐血了。

差点儿因为圈圈城池失守。她才不要当他的狗!

乔以笙洗漱出来时,陆闯在阳台外面讲电话。

乔以笙并没理会,也没精力再和他唇枪舌战,打算先睡。

冷不防发现床头柜上竟摆着一瓶许愿沙。沙子同样是金色的,不过装沙子的玻璃罐用的是沙漏瓶。

乔以笙走上前,将瓶身倒转过来。

沙子流动,缓缓地从细小的洞口往下一点点儿地洒漏、堆积。

讲完电话的陆闯进来卧室。

乔以笙呢喃道:"又弄一个来干什么?"

陆闯奚落道:"你能冲马桶,我不能新弄一个?"

乔以笙眼神平静地扫过他,问:"现在倒不乐意沙子被我冲马桶里了,以前怎么就乐意白白送给郑洋?"

她只在郑洋和陆闯的那次争吵中得知了许愿沙的真相,可尚未详细了解过当年他俩在山中究竟发生了什么。

陆闯叼了一根烟在嘴里,没有点燃,眸底一片昏暗道:"看他可怜,施舍给他又何妨?"

闻言,乔以笙心头烧起一股无名火,道:"陆大少爷可真大方。"

在她听来,不是施舍许愿沙,而是直接把她施舍给了郑洋。

呵,当年既然如此随便,又何必对她念念不忘,现在又费尽心思要当她的床伴?

乔以笙爬到床上,盖上被子闷头睡觉。

陆闯去了卫生间,片刻之后回来,也爬到床上来,把被子拽过大半,导致乔以笙非但没法再盖住脸,被子还滑低至她的腰间。

原本背对他侧躺的乔以笙冷冷地转头扯回,道:"这是我的公寓、我的床,再跟我抢被子,沙发或者地板随便你选。"

陆闯痞里痞气地斜眼看她,借着他身为男性天生的体力优势,抱住她一起躺下,盖上被子,道:"现在满意了?既不和你抢被子,还免费给你当抱枕。"

两条腿也被他缠住,乔以笙无法踹他,道:"你挺有自知之明啊,知道在我这里,你还不如一个抱枕。你也只能假借当我抱枕的名义,才有机会抱着我睡。"

"嘴巴还这么能说,是想提醒我,少你一场助消化的睡前运动是吧?"陆闯玩味地说道,呼出的气全喷洒在她的颈侧,蔓延开灼烫的热意。

乔以笙控制住自己起伏的呼吸。

陆闯从她的额头吻过她的眉毛、她的眼皮、她的鼻子,最后停留在她柔软的嘴唇上。

理智上乔以笙是真的吃不消了,何况明天还要上班。

感性上乔以笙却不由自主地和他相拥着,于悄寂中吞咽彼此的呼吸。

第二天早上，乔以笙凭借坚韧的意志，准时起床去上班，并在进办公室前先在厕所整理了一番，确认自己系的丝巾遮住了她后颈那颗小痣附近的皮肤。

改天有机会她真得好好问问陆闯，究竟是什么特殊癖好，才总喜欢啃同一个位置。

她刚到工位，李芊芊便凑近她发问："乔工，你昨晚又过夜生活了？"

敏感度高得让乔以笙心惊。

毕竟现在对外是单身状态，还是不希望留给人过于开放的印象，乔以笙也不想过多泄露自己的私生活，所以坚决否认："怎么又这么说？我目前没男朋友，过什么夜生活？"

"夜生活也不是有男朋友才能过的嘛。"李芊芊煞有介事地盯着她的丝巾，又说，"主要你平时不这样打扮。"

乔以笙笑着遮掩过："工作吧，只是春天快来了，我换春装了而已。"

今天的气温确实升高了不少，2月底，寒冬也是时候退场了。

之后两天陆闯没有再不请自来，乔以笙睡了两天安稳觉。

转眼又是周五，和上周一样，乔以笙打算利用半天时间去看聂奶奶的老房子。

她到的时候，聂婧溪正陪着坐在轮椅里的陆清儒在林荫道间沐浴午后的阳光。

随行的除了保姆、方袖和杨芊儿，还有余子荣和陆晨。

乔以笙犹记得余子荣、余子誉那双胞胎兄弟的冒犯行为，现在即便仅一个在场，也让她感觉自己选错了时间。可她总不能在和聂婧溪约时间之前，先问清楚聂婧溪这边有哪些人吧？

余子荣竟还主动和她打招呼："漂亮的建筑师小姐，我们又见面了。"

"你好。"乔以笙礼貌而疏离地回应，心想，他不是在对聂婧溪献殷勤吗？这样当着聂婧溪的面展露他轻浮的一面，合适吗？

"乔小姐，"聂婧溪微笑道，"我还要陪爷爷再散一会儿步，让芊儿先送你上露台吧。请容我一会儿再去招待你。"

"聂小姐客气了。"乔以笙原本还想问候陆清儒的，但今天陆清儒不是很有精神，盖着毯子坐在轮椅里昏昏欲睡，口水从他的嘴角流出来，保姆弯腰抓起他面前的三角巾帮他擦拭。

看起来，今天她无法和陆清儒继续聊一聊往事了。

乔以笙跟随杨芊儿先进了别墅，上到露台。

"你自便吧。"杨芊儿和方袖不同，似乎依旧因为她和朱曼莉的容貌相似度对她有偏见，态度始终一般。

眼下杨芊儿也没什么好口气，不像方袖会贴心为她安排茶水和点心，杨芊儿甚至从刚刚被聂婧溪安排来送她时便一副不情不愿的模样。

当然，乔以笙是无所谓有没有茶水和点心的，一贯客客气气："嗯，谢谢杨小姐。"

杨芊儿离开了。

乔以笙从包里取出自己的画本和笔，坐在老位置。

上个星期通过陆清儒透露的信息，乔以笙把还原湖泊的想法在会议上提出来了，负责景观规划的同事确认了可行性，薛素只说让乔以笙放开思路尽管先做着。

虽然乔以笙的注意力十分集中，但余子荣一出现，乔以笙还是察觉到了，因为余子荣身上的香水味很重。

乔以笙第一时间从椅子里起身，道："你好，余先生。"

余子荣拍拍她的肩说："乔小姐该干什么就继续干什么，当我不存在，我上来随便转转。"

乔以笙坐回椅子里，至少避开了搭在她肩上的他的手。

但余子荣没走开，就站在旁边看她的图稿，还和她说话："乔小姐画得很漂亮。"

"过奖了，余先生。"

"你们建筑师是不是画画都特别好？"

"不一定。"乔以笙解释道，"学建筑确实要求一定的美术基础，但只要能清晰地表达自己的设计意图就可以，没有非得要求美术要特别优秀。当然也有不少建筑师同时是美术大师的。"

余子荣笑道："谢谢乔小姐的解答，我还以为乔小姐会没有耐心。"

"余先生说笑了。"乔以笙微抿唇。

"可以直接称呼我的名字，不用一直叫'余先生'的。"余子荣在乔以笙旁边的椅子坐下。

"……"乔以笙没说话，低头假装继续画图，忽略他打量自己的目光，心里琢磨着今天就到此为止。

余子荣又问："方不方便问乔小姐要一张名片？我的亲戚和我的朋友都有这方面的需求，或许以后能和乔小姐有业务上的往来。"

"可以。"乔以笙这样回答着，假意去摸自己的包，然后转头来道歉，"不好意思，我的名片用完了，我没留意。改天我过来的时候，如果再遇到余先生，补给你吧。"

余子荣递出他的一张名片，道："没关系，我给乔小姐名片也是一样。"

"谢谢。"乔以笙双手接过。

余子荣却没松开名片，看着她说："要不乔小姐直接给我留个电话号码？"

乔以笙给他留着最后的体面，委婉拒绝："余先生，不好意思，我还只是个助理建筑师，暂时还没有能力独自接项目。我可以把我们事务所的电话留给你，你应该更用得上。我们事务所有很多资历深厚的大建筑师。"

余子荣反而越发对她感兴趣似的，说："难道不是应该把更多的机会留给像乔小姐这样潜力无限的新人建筑师？"

"谢谢余先生的赏识，但我有自知之明。"乔以笙收拾东西说，"余先生，我还有事，先走了。"

余子荣按住她的画本，道："乔小姐——"

"汪！"忽然间一团硕大的黑影如箭般"嗖"地朝余子荣扑了过来。

余子荣大叫一声，撞翻椅子狼狈地摔倒在地。

乔以笙惊吓地往后退了两步，后背立马撞上一堵坚实的温热的"墙"，熟悉的雪松味充满鼻间。

同时入耳的还有他熟悉的嗤笑，陆闯问："第几次了？还能被吓？"

"……"乔以笙都不想转头看他那张脸了，必然布满与他的语气相匹配的讥讽。

圈圈正在非常凶狠地朝余子荣狂吠。

摔在地上的余子荣拖着身体节节后退，一边退一边喊着"滚开"，又嚷着让陆闯把狗带走。

乔以笙还是第一次见到圈圈这副模样，抱紧刚刚抽回来的画本，避嫌地拉开和陆闯的距离。

只见余子荣情急之下竟抓过手边的椅子腿，企图用椅子砸向圈圈，乔以笙整颗心脏骤然提起。

事实证明她的担忧是多虑的，圈圈的反应相当敏捷，迅速躲开了余子荣的攻击，却也因为余子荣的攻击被惹怒，龇牙咧嘴地咬住了他的手臂。

余子荣破口大骂："陆闯，你个有娘生没娘养的！快让你的狗滚开！"

"……"乔以笙蹙紧眉头。

上个星期他明明还客气地称呼陆闯为表弟不是吗？

现在陆闯毫不客气地放狗咬余子荣，余子荣也毫不客气地骂出如此难听的字眼，所以表兄弟俩在长辈面前完全是装模作样？

而余子荣的辱骂之语，不禁令乔以笙记起在校友会上听到的几句八卦。

陆闯真的是私生子？

乔以笙下意识地看向陆闯。

陆闯面冷如寒冰，踱步到余子荣面前，居高临下地看他，道："给你一个机会，再说一次。"

余子荣明显是不服气的，但碍于目前处于下风，还是咬了咬腮帮子道歉："陆闯表弟，对不起，我刚刚胡言乱语的，你快让你的狗松开我。"

陆闯没有情绪地朝圈圈点了点下颌，道："别漏了它。"

余子荣忍气吞声，也低头向圈圈道歉："对不起，我不该骂你。"

陆闯这才吹了声口哨。

圈圈松开了余子荣的手臂，回到陆闯脚边，很委屈似的嗷嗷叫唤了两声，蹭了蹭陆闯的裤腿，像在撒娇求安慰。

余子荣捂着手臂灰头土脸地爬起来，跌跌撞撞地下楼，道："陆闯！做得这么过分！你等着被你爸收拾吧！"

"跑快点儿，赶紧去跟陆家晟告状。"陆闯作势要再放狗。

余子荣的身影立刻消失了。

不屑地冷冷一哼，陆闯蹲身摸了摸圈圈，掰开圈圈的嘴巴检查它的牙齿。

圈圈被迫仰着脑袋瓜子露出两排大白牙，不仅方才的威风凛凛尽失，甚至看起来蠢萌蠢萌的。

乔以笙旁观着它的模样，忍俊不禁。

陆闯斜眼，道："圈圈，咬她。"

"……"乔以笙如果再因为他的这句命令就紧张，那她就真是胆小如鼠了。

圈圈确实没有朝她跑过来，只是"嗷呜"一声。

乔以笙故意借此挤对他："陆闯，连你的狗都喜欢我是不是？"

陆闯斜挑唇，道："你浑身上下、从里到外哪处没沾满我的味儿？"

乔以笙的耳根不争气地升了温，好在有头发挡着。

她继续回击："知道我今天来别墅，你特地赶过来的吧？还眼巴巴地上到露台，不惜为了我和你表哥大动干戈。"

大白天的，还是在别人的家里，不比在自己的公寓自在，乔以笙其实觉得有点撑不住自己的厚脸皮，讲完脸颊开始发烫。

其实看得出来，一开始陆闯确实是在帮她解围，但是后来余子荣出言不逊也惹怒了陆闯，陆闯才指示圈圈进一步行动的。

陆闯只是轻飘飘地说道："我和他们向来处不到一块去，也不是第一次做类似的事情了，余子荣只会认为我从一开始就针对他，故意找他碴儿。"

言外之意，余子荣不会就凭这个觉得她和他有不为人知的关系。这说明陆闯在决定要帮她解围之前，就已经经过周全的考量了。

乔以笙的情绪莫名地有些低落。

抱着画本，她继续收拾方才尚未收拾好的物品，塞进包里。

"你那是什么表情？"陆闯问。

圈圈忽然朝露台的门口叫了一声，两只耳朵也竖了起来。

陆闯意识到正有人过来，于是止住了走向乔以笙的步伐，提醒乔以笙一会儿记得看消息，便带着圈圈离开露台。

出去后陆闯便迎面碰上刚上楼梯的聂婧溪。

聂婧溪瞥一眼被陆闯刻意用来挡在他们中间的圈圈，一点儿也不害怕的样子，即便圈圈此时看起来并不友善。

"余子荣是你赶走的？"她问陆闯。

陆闯不予理会，带着圈圈从她身旁绕开，下楼。

聂婧溪并未生气，转头注视他的背影，一直到他消失在楼梯间，她才继续走去露台。

"乔小姐。"

"聂小姐。"乔以笙刚把东西全部塞回包里。

聂婧溪的视线扫过倒在地上的椅子，再落回乔以笙脸上，问："你这么快要走了吗？"

"嗯，我今天忘带了一些东西。"乔以笙说谎。

聂婧溪有所察觉，只说："乔小姐，如果我有任何招待不周的地方，请你一定要告诉我。"

"没有，聂小姐没有任何招待不周，是我个人的问题。"乔以笙从地上捡起余子荣丢下的名片，说道，"我刚可能得罪了余先生。"

聂婧溪的表情没有一丝意外，她从乔以笙手中接过名片，重新丢到地上，道："抱歉，乔小姐，还是我招待不周。不过你别担心，由我出面，余子荣不会再对你怎样。"

"聂小姐，其实不用——"

"要的。"聂婧溪笑了笑说，"实话说，我也不太喜欢他们那对双胞胎兄弟，但乔小姐也知道，我一个人来霖舟，受的是陆家的照顾，不好对陆家人提意见。

"今天他既然打扰到了我的客人，我也算有一个正当的理由。我也不希望因为余子荣影响我奶奶的旧房改建。乔小姐如果在我这里待得不舒服，到头来影响的也还是我。"

"……"聂婧溪坦诚得让她有点儿招架不住。

聂婧溪没有阻拦她离开，亲自送她下楼。

聂婧溪边走边问道："乔小姐，你来我这里的几次，差不多每次都能碰到我未婚夫。"

乔以笙的神经不由得一紧，心头跟着一"咯噔"。

聂婧溪的下一句话却如与她推心置腹般："有些事情你也看到了，心里肯定有疑虑，我和我未婚夫很生疏，他没拿我当回事。这样的一对未婚夫妻——我奶奶留给我的婚房又有什么意义。"

虚惊一场。乔以笙暗笑自己做贼心虚。

没等她回应，聂婧溪继续道："我的意思并非在说乔小姐八卦。乔小姐在负责我奶奶的旧房改建，了解房子背后的故事是应该的。即便乔小姐你不好奇，我认为也有必要告诉你。"

既然如此，乔以笙洗耳恭听："聂小姐请说。"

"我之前讲过，虽然婚约是家里安排的，但我之所以接受，并非完全为了遵从家里人的想法。"聂婧溪停在 2 楼的落地窗前，望向窗外 1 楼的草坪。

草坪上，陆闯坐在陆清儒身旁，不断扔着飞盘，每次扔的角度和高度不一样，像专门刁难圈圈，甚至假装扔出去了，戏弄得圈圈做好了冲出去的准备又眼巴巴地跑回他身边。

"陆爷爷在清醒时没有指定继承人，陆家的人必须各凭本事。我手里有陆氏集团的一笔股份，分量不小。我嫁给谁，对他们来说很重要，这关乎谁的胜算更大。所以陆家每个人关照我的目的都不单纯。"

聂婧溪稍加停顿，视线精准地落在陆闯的背影，说："只有我的未婚夫，对我不屑一顾，送上门的股份他都不在意。"

继而聂婧溪收回视线，道："方袖和芊儿质疑过，她们认为我的未婚夫或许是在以这种方式显示他的独特，引起我的注意。可我很清楚，他对我真的没兴趣。"

"……"乔以笙没吭声。

聂婧溪开始朝楼下走去，道："他对我没兴趣，反而激发了我对他的兴趣。他的事我有所耳闻，可我更想通过和他相处来了解他究竟是个什么样的人。

"至少目前，他让我生出想去征服他的欲望。那应该是一件很有趣的事情。

"很多人都不认可父母包办婚姻，但受我奶奶和我爷爷的影响，我一直认为先婚后爱的浪漫不亚于自由恋爱。

"之前乔小姐问过我，我奶奶和陆爷爷当年为什么没在一起？原因并不复杂，那时候陆爷爷的爸爸生意失败，家庭经济状况落后我奶奶家太多。外曾祖父不允许我奶奶再和陆爷爷来往。

"陆爷爷为了不耽误我奶奶，故意做了一些过分的事情伤害我奶奶，之后俩人便断了联系。而我奶奶也遵从了家里人的安排，嫁给了我的爷爷。

"虽然我奶奶和陆爷爷之间有遗憾，但这并不代表我奶奶和我爷爷的婚姻不幸福。相反，我奶奶和我爷爷过得很好，后来我奶奶也爱上了我爷爷。

"陆爷爷重新联系上我奶奶后，陆家正式和聂家有了来往，我爷爷对此并不介意。我爷爷和陆爷爷是两个很好的男人，他们相互尊重，最后也成为很好的朋友。

"所以聂家和陆家的婚约，我爷爷也是认可的。我爷爷愿意弥补陆爷爷的遗憾。

"弥补遗憾的前提是尊重小辈自己的意愿。于是，我父亲他们那一辈没有达成的婚约落到了我的身上。

"陆爷爷的病情使得我当时决定得过于仓促，可我对这样仓促决定之下给我安排的结婚对象是可以接受的。我相信我和我的未婚夫以后会有感情的。我奶奶留给我的这套婚房也会变得有意义。"

乔以笙始终牢记自己倾听者的身份，不发表任何意见，只在此时聂婧溪话落之后，她开口道："两个故事我都听明白了，谢谢聂小姐的分享。"

一个是聂奶奶和陆爷爷的故事，一个是聂婧溪和陆闯的故事。

故事讲完了，俩人也走到了别墅门口。

聂婧溪止步，道："乔小姐，慢走，路上小心。"

"麻烦聂小姐了，我们保持联系。"乔以笙微微颔首道别。

随即她目不斜视地离开别墅，很怕圈圈又朝她奔过来。

陆闯此时没再扔飞盘，揪着圈圈挠它的下巴，圈圈舒服得几乎想要翻白眼。

陆清儒似乎对圈圈很感兴趣，笑眯眯地朝圈圈伸手。

圈圈在陆闯的指令下，将右前爪放进了陆清儒的手掌心里。

而聂婧溪就站在陆清儒的另一旁旁观。

乔以笙瞧见这一幕，脑海中首先蹦出的想法是：画面很美好，幸福的一家四口不外乎如此。

——完全可以将此画面与未来旧房改建完成后的景象相结合。

乔以笙摒弃杂念，决定赶回办公室画图。

可点开陆闯不久前发来的未读消息，乔以笙又犹豫了。考虑片刻，乔以笙改变了主意，去往另外一个地方。

到陆闯的公寓之后，她用陆闯上次给的密码进了门。公寓里一如既往地空荡荡，仿佛她随便讲句话都能产生回音。

于是她走去岛台前唯一的椅子上坐下，边画图边等陆闯。

不知不觉间阳光西斜，由于过度专注，乔以笙没有留意门外密码盘传出的动静。

陆闯和圈圈的声音一起传进来，她才从图纸里拔出思绪——

"慢点儿，慢点儿，你急什么？"

"汪！汪！汪！"

后者根本没听前者的劝，欢快地蹦到乔以笙的身边，绕着乔以笙转了两个圈，又折返回陆闯跟前叫。

乔以笙记起新年的那两天，圈圈也是这样催促陆闯的。

陆闯手里拎着一双粉色的拖鞋，瞥向乔以笙直接穿着袜子踩地板的脚，"啧"了一声，道："你想踩到圈圈的排泄物，我没意见，但你如果把圈圈的排泄物踩得到处都是，你得负责搞卫生。"

乔以笙："……"

她上一次来，也是穿着袜子踩地板，甚至洗完澡出来还赤着脚，也没见他有意见。

圈圈适时地叫了两声，隐约觉得声音中带着委屈，乔以笙认为它是在抗议陆闯冤枉它不讲卫生随地大小便。

还有，这双拖鞋是新的……乔以笙挑起细长的眉尾，问："你专门给我买的？"

陆闯将鞋重重地丢在她脚边，自上往下扫视她，道："乔以笙，你是从来没享受过其他男人给你买拖鞋，才逮着我一个人妄想？"

"不是专门给我买的，你买女士拖鞋给谁用？"乔以笙反问，"怎么？这么快就管不住自己，违背契约，喊了其他女人来你这里？"

陆闯倏尔上前一步逼近她，两只手臂自她身体两侧伸去，手掌压在岛台面上，将她拢于他的胸前，低着头，语调半是玩味："即便我喊了其他女人来这里又如何？我们的约定没说我不能见其他女人。"

"那你更别想要我穿了。"乔以笙呵呵道，转过身要继续画图。

陆闯蹲下身，捉住她的右脚往上套拖鞋。

"你——"乔以笙蹬着腿，对着他就踹。

但她没快过陆闯的反应，她的两只脚踝均被他握住。乔以笙因为太过用力，险些从椅子上掉下来，好在两只手及时抓住椅子。

而陆闯使坏地挠了挠她的脚底心。

乔以笙浑身打激灵，又想笑又想哭，道："陆闯，你浑蛋！放开我！"

"你能骂点儿别的吗？"陆闯饶有兴趣，口吻间满是恶作剧得逞的笑意，说着，"要不要我教教你？丰富一下你的词汇量？"

"你滚啊！"乔以笙腾出一只手狠狠朝他的脸上抓去。

陆闯仗着自己手掌宽大，仅用一只手便轻轻松松地握牢了她的两只脚，另一只手措置裕如地挡住她的攻击。

乔以笙另一只手也挥出来，但还没打到他脸上，她的身体便从椅子上倒下来。

陆闯似乎早有准备地就等着她摔下来，接住她。

乔以笙便又以投怀送抱的方式摔进了陆闯怀里。明明可以稳稳当当，陆闯偏偏故意往后倒在地板上。

乔以笙扑在陆闯身上。

接吻是有声音的，自己听着都面红耳赤、脸红心跳、百爪挠心、欲罢不能的声音。

接吻也是会逐渐上瘾的。

乔以笙不愿意承认，她喜欢和陆闯接吻。

圈圈绕着他们一直转圈圈，似乎不明白他们为什么倒在地上不起来。

它一会儿嗅嗅乔以笙的脚，乔以笙痒得动了动，因此蹭到陆闯的小腿。

它又去舔陆闯的手背，陆闯的手箍在乔以笙的腰间轻轻摩挲。它的脑袋便随着陆闯的手晃来晃去。

由于一直没等到他们从地上起来，圈圈估计以为他俩出了什么事，充满警惕地开始叫，边叫边去咬陆闯的肩膀，扯着衣服想把陆闯扯起来。

乔以笙的舌头实在麻得不行了，推了推陆闯，陆闯倒是松开了，但松开她之前，不轻不重地咬了一口她的下嘴唇。

乔以笙狠狠地掐了一把他的腰作为回礼。

陆闯哑声警告她："别乱掐，掐坏了损失的是你。"

"掐坏了不是正好？你也就没用了。"乔以笙身体软得爬不起来，只能先继续拿他当肉垫。

陆闯搂着她一起坐起来，道："乔以笙，现在这种情况下你这样说话，就是想要我别停下来是不是？"

"难道不是你想继续，却从我身上找借口？"说着乔以笙攀着他的肩膀要站起来，瞬间又被陆闯一把拽下去，坐回他的腿上。

乔以笙说："你别想了，我这两天生理期。"

"是你要失望了。"陆闯斜勾唇，捉起她的脚，还是强行将拖鞋套到她的两只脚上。

套完还并着她的两只脚在面前欣赏了两秒，仿佛给她穿上的并非普通的家居拖鞋，而是水晶鞋。

乔以笙嫌弃道："丑死了。"

和给圈圈买的小衣服简直一个品位，都是那种土里土气的花色，不过圈圈的衣服是红色的，这双拖鞋是粉红色的，上面也有碎花。

陆闯摸了摸圈圈的脑袋，指着乔以笙对它说："还不咬她？这女人说你的眼光不行。"

"你不要脸是突破新下线了？都甩锅到圈圈身上了。"乔以笙同情地去摸圈圈。

陆闯掰着圈圈的脸对准她，道："你告诉她，是不是你在超市里看到新狗盆走不动路，非赖着要我买，然后买你的狗盆赠送的拖鞋？"

圈圈："……"

乔以笙："……"

紧接着陆闯也嫌弃起圈圈，道："你脏死了，在草坪里滚了一身的灰。"

圈圈仿佛猜到陆闯想干什么，立刻跑回自己的窝。

陆闯拉着乔以笙一起站起来，随即径自大步走向圈圈，道："你跑有用吗？别浪费时间了，最后还是得给我洗干净。"

在接下去长达两分钟的时间里，乔以笙围观了用尽十八般武艺打滚撒泼卖萌、死活不愿意进卫生间洗澡的圈圈和强行捉它去洗澡的陆闯斗智斗勇的整个过程。

"……你也太残暴了。"乔以笙叹为观止。

她跟着进卫生间。

圈圈还在"嗷呜嗷呜"，企图向乔以笙求救，两只眼睛仿佛泛着水光，乔以笙怎么瞧它怎么可怜。

"呵，你找哪个外援都没用。"陆闯用他的身体阻隔圈圈的视线说，"不洗，你别想上我们的床。"

"……"乔以笙哪能没注意到"我们"这两个字？烧着耳根想撑他说他的床就他的床，别把她一起扯上。

但陆闯现在明显忙着给圈圈洗澡，乔以笙也不想一直和他斗来斗去，能省则省吧。她当作没听见。

圈圈实在抗拒洗澡，都被陆闯抓进水盆里了，仍旧不死心地扑腾，水花四溅，迅速弄湿了浴室的大半地面，陆闯也满身都是水，本就轻薄的布料贴紧他的皮肤，勾勒出他流畅的身体线条。

若隐若现之下，更显性感。

乔以笙本能地盯着看。

"口水别流下来了。"陆闯倏地出声。

不是他后背长眼睛了，而是乔以笙没注意到镜子。

她不屑道："少自作多情了，我看的是圈圈。"

实话说，此时的圈圈也相当有看头——她算见识了传闻中的"落水狗"究竟是什么样的。

拉布拉多不属于多毛品种的犬，但狗毛沾了水全黏在一起不再蓬松之后，圈圈的体形还是跟着小了一圈，平日的帅气和威严全无，瞧着很可怜巴巴，同时也相当好笑。

乔以笙不厚道地冲着圈圈笑了，甚至没忍住上前近距离看它，并伸手摸了摸它。

圈圈像报复她的取笑，突然又扑腾两下，并用力抖了抖身体。

水顿时全被甩到了乔以笙的脸上。

"干得漂亮。"陆闯夸赞圈圈。

乔以笙："……"

圈圈又吠了两声，像在得意地回应陆闯。

合着这"父女俩"联手欺负她？乔以笙抹了抹脸上的水，拉下脸来。

"给你一个报复它的机会，要不要？"陆闯示意她过来和他一起给圈圈洗澡。

乔以笙心想，报复圈圈做什么？该报复也是报复他。

心思一转，乔以笙暂且接受了他的提议，卷高袖口，凑到陆闯身旁。

陆闯正在往圈圈的身体上喷洒稀释过的宠物专用浴液。

圈圈扒拉着水盆的边缘想跑，乔以笙帮忙将它按回盆里。

注意到乔以笙还是畏畏缩缩的，按一下就立刻收回手，陆闯抓过她的手，塞到圈圈嘴里。

手上立刻感知到圈圈牙齿的尖锐，乔以笙吓得声音不自觉地变了调："你干吗？"

陆闯不让她缩手，道："跟你证明一下，你现在就算主动把手伸给它，它也不可能伤害你。"

乔以笙："……"

圈圈的牙齿靠在她手上没用劲，黏糊的舌头则贴着她的手背，由于合不拢嘴，口水从它嘴角流出一些，原本它就因为洗澡而不高兴地耷拉着眼皮，现在的眼神越发显得弱小无助。

乔以笙想，如果现在再害怕圈圈会咬自己，她可就太没有良心了。

"行了，我知道了。"乔以笙挣开手，说，"别再让它含着了，我都替它感到嘴巴酸。"

陆闯抽出她的手，然后抓着放到喷头底下冲洗几秒才松开。

他给圈圈喷完了浴液，开始在圈圈身上揉搓。

乔以笙有样学样地跟着陆闯一边洗一边问："它一般多久洗一次？"

"不能太频繁，一般半个月一次。实在太脏了会看情况。"陆闯抬高圈圈的一只前爪，细致地搓了搓，"今天就是实在太脏了。"

乔以笙狐疑道："我怎么没看出来它哪儿脏了？"

陆闯微微侧头，朝她提起眼角，道："咬过余子荣，又被聂婧溪摸过，你心里不硌硬？"

乔以笙微抿一下唇，手掌在圈圈的屁股上打出一圈又一圈的泡沫，道："……对聂婧溪你也不用这样避瘟疫一样的态度吧？你也太没风度了。她只是喜欢你，和你有婚约而已，并没有对你做过分的事。"

陆闯张口就冷冷地丢出一句："你有病？"

乔以笙一口气闷在嗓子眼儿里，脸色也冷下去，道："看来你还真是故意用这种讨厌她的方式去引起她对你的注意。"

"什么？"陆闯皱眉说道，"她这么跟你说的？"

乔以笙简单概述了一遍她和聂婧溪下午的对话。

陆闯听完后，反倒没什么特殊表情了，只是别具深意地问她："你是给我提供情报，暗示我要学其他人对聂婧溪献殷勤，才能摆脱和聂婧溪的婚约？"

"……少自作多情。你能不能摆脱婚约，和我有什么关系？"乔以笙送他一记白眼。

陆闯语气笃定："你信不信，如果我采纳了你的提议，对聂婧溪好言以待，她会更想和我结婚？"

"……要我再说一次吗？我没有给你建议！"乔以笙气得鼻子都要歪了，一时之间又变回从前被他惹急的状态。

"你还真是自信过头了，凭什么认定聂婧溪会更想和你结婚？"

虽然她曾经被聂婧溪的朋友方袖和杨芊儿骂作狐狸精，但截至目前，乔以笙对聂婧溪的印象还是不错的。

所以在乔以笙看来，现在是陆闯配不上聂婧溪。

"自信过头？"陆闯冷笑道，"那你还不是对我这个自信过头的床伴欲罢不能？"

乔以笙抢过给圈圈洗澡的喷头，将出水口对着他喊道："是你死皮赖脸非要当我的床伴，谢谢！"

陆闯浑身上下彻底湿了。

其实从一开始乔以笙过来帮圈圈洗澡就在打这个主意，现在终于得逞。

担心他会将喷头抢回去反喷她，乔以笙做好了要逃离卫生间的准备。

陆闯却只是往后捋了一下他湿淋淋的头发，道："乔以笙，弄了半天你就是想看我湿身。"

"……"乔以笙对他的臭不要脸甘拜下风。

陆闯重新抓住企图趁机偷溜的圈圈，继续给它洗澡。

为了不耽误圈圈，乔以笙也消停下来。

可视野范围内，陆闯的发尾滴着水珠，利落的脸颊两侧亦有水珠往下滑至他的下巴。

那种难以驯服的野性，洋溢在他由里到外的每一处。

"小心别把泡沫弄进它的眼睛。"陆闯轻轻推开一下乔以笙的手。

"好，抱歉。"乔以笙将注意力转回面前的圈圈身上。

圈圈现在比方才乖巧多了，不再跑也不再扑腾，表情很舒服地享受着他们两人在它身上揉搓。

这样子，和享受按摩没什么区别。

乔以笙忍俊不禁，道："平时也都是你帮它洗澡？"

"有空就我洗，没空就……"陆闯不知为何轻微地顿了一下，才继续说，"没空就宠物店。"

乔以笙记起上一回她在这里，听到过陆闯和一个女人讲电话，那女人还自称圈圈的妈咪。

陆闯的轻微停顿，她猜测，他可能原本想说还有别人帮忙洗。宠物店多半是就他回国后的情况来讲的。

突然间，乔以笙不想说话了。既然和圈圈那么熟，大概率是他在国外那两年的女伴。

沉默维持至陆闯用干毛巾裹住冲洗干净的圈圈并将它从水盆里抱出来，塞进乔以笙怀里，他问："你又拉什么脸？"

乔以笙跟接了烫手山芋般不知所措地说："你干什么把它给我？"

"你先抱它出去，给它擦一擦，一会儿再帮它吹干。"陆闯毫无顾忌地当着她的面一边脱衣服一边说，"你把我搞成这样，难道我还能滴着水出去？"

乔以笙连闭眼睛都来不及，飞快地瞥他一眼，强撑着脸皮往外走，还是忍不住丢下一句嘟囔："变态……"

哪知陆闯就紧跟在她身后离开卫生间说："乔以笙，别装了，这不就是你给我淋水的目的？不如坦荡点儿，大大方方来谋取你的福利。"

乔以笙很想帮忙捂住圈圈的眼睛说道："你能不能顾忌点……你的狗？"

陆闯往腰间系了一条浴巾。

他从乔以笙怀里接回圈圈，道："是得顾忌点儿，我不马上跟出来，你就要把它给摔了。"

……确实，圈圈比她预想得要沉，才这么点儿工夫，她的两条手臂就开始发酸了。

乔以笙蹙眉道："摔了那也是你的责任，是你强塞给我的。"

陆闯已经把圈圈拎到床上，道："明明你每次掐我、咬我、打我的劲儿那么大，结果连一只狗都抱不住。"

"吹风机。"陆闯伸长手臂示意了个位置。

……如果不是因为吹风机要用在圈圈身上，乔以笙绝对不会接受他现在使唤她的架势。

陆闯接过吹风机，插上插头，打开吹风机之后，却往乔以笙的脸上吹。

风力被开到最大，乔以笙条件反射地撇开脸躲避，道："你干什么！"

陆闯的手掌自她的头顶摁住她的脑袋，不让她再乱动，道："怎么？圈圈甩在你头发上的水，你不舍得吹干？"

"……"乔以笙心底有刹那间的柔软。

半眯着眼睛，她抓住他的手，嘴上没留情："你还真是一刻都不忘停止关心我。"

"啧，原来顺手给你吹个头发，防止你感冒之后把病毒传染给我和圈圈，就算关心你了？"陆闯哼笑道，"怪不得你随随便便就让郑洋那个垃圾给骗了。"

这件事好像永远能成为他笑话她的话柄，而没等乔以笙反应，陆闯挪开了吹风机，紧接着说："是不是又给我哭鼻子了？哭了我就不给你吹头发了，给你吹眼泪。"

显然，他指的是之前有一次他嘲讽她对郑洋看走眼，她忍不住掉眼泪的事。

"心疼我哭，你就直说。"乔以笙不慌不忙地反击，实际上心里爆炸得恨不得把他踹到墙上变成挂画。

被忽视好一会儿的圈圈"汪汪"了两声寻求存在感。

陆闯赶紧转回去给圈圈吹干狗毛。

乔以笙也暂时与他休战，走去岛台坐回她的画本前，重新拿起画笔之前，先取出包里的化妆镜，将自己被陆闯恶意吹得乱七八糟的头发理顺。

很快，洗完澡的圈圈欢快地在这个宽敞的大平层空间里四处撒欢。

这时陆闯进卫生间冲澡。

其间乔以笙帮陆闯开门接了外卖员送上楼的比萨。

是陆闯订的晚餐，他出来时恰好可以开饭。

乔以笙不想喝饮料，只想喝温开水。

陆闯一副恍然大悟的表情："哦，对，你特地告诉我你的生理期到了。生理期确实得多喝温水。"

特地什么特地？乔以笙差一点儿被比萨噎住："我随口提一嘴，你记得倒是又快又牢。"

陆闯去给她取杯子。

又是印着小狗的那一只。

乔以笙："你不是说这是圈圈的？"

陆闯漫不经心地单只手打开他的雪碧拉环，"咔嗒"一声，伴着清凉的气泡声，携裹着他低沉的嗓音："你不也是圈圈？"

乔以笙："……"

这不是她第一次从他口中听到"圈圈"，但这是他第一次对着她叫出这个名字。

明明和他平时叫圈圈时的音调毫无差别，她心里却跟雪碧冒气泡一般噼噼作响，又仿佛泡腾片突然被投入水中，剧烈地沸腾。

静默了四五秒，乔以笙才从狂乱的心跳中找回自己宕机般停滞的思绪，撑了一句："呵，你当我的狗还差不多。"

有失水准，没撑好。

乔以笙原本想使唤他帮她倒水的，现在她委实需要一些时间来平复自己乱糟糟的心绪。

其实陆闯是故意拿那只杯子调侃她。

之前给圈圈洗澡时，她在他的卫生间里发现洗漱用品都是双份，就和她脚上的拖鞋一样，毋庸置疑是陆闯为她准备的。

而且看起来并不像是临时买的一次性款式。

既然洗漱用品和拖鞋都帮她买了，怎么会偏偏忘记水杯？所以大概率他就等着这一茬呢。

陆闯在这时候接了一个电话。

乔以笙转头，看到他的眉心几乎拧成"川"字。

挂断电话，陆闯便看着她说："我有事要出一趟门，你在家等我回来。"

乔以笙下意识地点点头，等陆闯换上外出的衣服离开，她才恍惚回神，质疑自己为什么要点头。

什么乱七八糟的。

"在家等我回来。"

乔以笙觉得杯子里的水温度太高了，所以才喝了两口，她的脸就发烫。

她本来就不怎么喜欢吃比萨，陆闯一走，她更没胃口了，于是就和圈圈在空旷的大平层里大眼瞪小眼。时间一长她有点儿待不住了，想回自己的公寓。

原本乔以笙也没打算在这里过夜……

所以打从一开始，她就毫无过来的必要。她当时在出租车里估计是头脑发热，抽了吧。

现在他刚好也没空，她在这里等他算怎么回事？越想越觉得自己像是他无数女伴中的一个，苦苦盼着他从其他女人那里回来一样。

摸出手机，乔以笙准备给陆闯发一条她要走人的消息。

欧鸥的语音电话刚好打过来。

"乖乖，今天让我撞上一件大八卦，你听不听？"

乔以笙说道："我难道还能挂你的电话选择不听吗？你能答应？"

欧鸥笑得花枝乱颤地说："我真的不是幸灾乐祸，实在是朱曼莉那天在校友会上过于高调，现在我很难不乐呵。"

乔以笙已经对朱曼莉的名字产生条件反射了，立刻联想到陆闯，问道："所以到底是什么事让你这样开心？"

欧鸥稍加收敛，道："霖舟最近不是新开了一家米其林餐厅？我们老板今天晚上请我们几个优秀骨干去那里吃饭，看见朱曼莉了。

"朱曼莉趾高气扬地到我面前来炫耀了一通，说陆闯早带她来过一次，还让她成为这家餐厅尊贵的 VIP 顾客，即便陆闯没空陪她，她也能自己来，享受主厨亲自到她面前做菜的待遇，而且消费全刷陆闯的卡，于是她邀请我去她的 VIP 座位一起。

"然后你猜怎么着？旁边一桌客人里，恰好有陆闯的未婚妻。

"陆闯未婚妻的朋友当场和朱曼莉厮打起来了，人家那朋友的体形占优势，下手也够狠辣，朱曼莉根本不是对手，于是整个餐厅的人都知道了她是第三者，她的脑袋还给磕开瓢了。"

乔以笙完全能猜到，和朱曼莉厮打的人是杨芊儿。

"反正朱曼莉被抬去医院的时候，模样看起来挺惨的，血糊了满脸，也不知道会不会破相。"欧鸥感叹了一句，"你看吧，我都懂得坚持原则，绝对不碰有主儿的男人。比起花心的男人，有主儿的男人更麻烦，何况陆闯既花心又有主。"

乔以笙下意识握紧手机，低垂眼皮，心口堵得慌，道："嗯，你说得对。"

圈圈窝在她脚边，"汪汪"叫了两声。

听闻动静的欧鸥狐疑道："咦？你人在哪儿？怎么会有狗叫？还没回家吗？"

乔以笙扯谎："在同事家，来取文件，马上就回去了。"

"好，那你小心点。"欧鸥还记着上回她被邻居偷贴身衣物的事情，"你考虑清楚了是吧？确定不搬家了？"

乔以笙突然感到犹豫。

欧鸥以为她默认了，又好奇地问道："帮你教训你邻居的人你已经确认是谁了对不对？乖乖，你有自己的小秘密不愿意告诉我喽。看来你还有其他我不知道的追求者。不说就不说吧，希望等你愿意告诉我的时候，我听到的是个好消息。"

结束通话，乔以笙发了一会儿呆。

圈圈一直蹭她。

乔以笙与它对视片刻，蹲下身抱住它……

她没回自己的公寓，最终还是留在这里等陆闯，但她没等到。

夜里，她不知不觉睡过去，第二天一早是被圈圈给拽醒的。

乔以笙睡眼惺忪地起来，空荡荡的房间里还是只有她和圈圈，不见陆闯的踪影。

圈圈闹得实在厉害，她意识到它是要出去遛弯。

虽然已经知道它绝对不会咬自己，但乔以笙一时半会儿无法做到完全不怕，只能赶紧起来找到它的狗绳给它系上。

系狗绳的时候圈圈才稍稍放过她，乔以笙得以腾出手摸出自己的手机。

陆闯连一条消息都没给她发，杳无音信。

乔以笙尝试拨打他的电话，结果是关机状态。

见她不动，圈圈又叫了好几声。

乔以笙头疼地揉揉太阳穴，到底是没办法做到就这么留着圈圈而自己走人，也抵抗不了圈圈可怜巴巴地望着自己的样子，于是打算独自带圈圈下楼。

圈圈的力气很大，乔以笙几乎是被圈圈拖着走的，她都怀疑究竟是她遛圈圈，还是圈圈遛她。

这使得乔以笙又打消了独自遛圈圈的念头，生怕一不小心没拉住，圈圈跑了。

幸运的是下楼后，乔以笙就在小区外面找到了一家宠物店。她见过圈圈的狗粮，包装袋上都印着这家宠物店的店名，推断陆闯平时没空的时候就是把圈圈寄放在这里。

果不其然，乔以笙牵着圈圈进去时，宠物店老板立刻认出了圈圈。

乔以笙称是陆闯的朋友，受他所托来把圈圈寄放给宠物店。

交接结束后，乔以笙总算放心，打算回家去。于是她给陆闯发了一条消息，告诉他圈圈的去向，算她仁至义尽了。

乔以笙刚回到小区，就被人喊住："以笙。"

这声音……乔以笙蹙眉。

郑洋从他的车上下来，一副胡子拉碴的模样。

车里还坐着许哲。许哲的模样同样没清爽到哪儿去，似乎和郑洋一样熬了几个大夜。

许哲的视线和乔以笙隔着空气平静地触碰一下，便转开脸去。

"以笙，我等了你一个晚上。"郑洋说，"昨天晚上过来的，摁你家门铃，没人回应。我又不敢打你的电话，怕你知道我要来，会躲着我。"

乔以笙："……"

这开场白，估摸着没有好事。

她实在想不到他还有什么事能来找她，而且还带着许哲。

但她连问都不想问："我没空。"

"以笙，给我5分钟，5分钟就够了。"郑洋拉住她的手臂，不给乔以笙再拒绝的机会，一箩筐地将话倒出来，"我的公司最近出了点儿问题，我实在没办法了，已经走投无路，陆家现在是我唯一的救星。所以你帮帮忙吧以笙，无论什么条件我都答应你，只要你帮我去跟闯子求求情。"

乔以笙震惊，是他没睡醒说胡话，还是她没睡醒产生了幻听？

"闯子拉黑我了，我见不到他，陈老三也没办法，我只能来找你。你不用担心你无能为力，相信我，你的话闯子会听。闯子他以前很喜欢你的，你去找找他吧。"郑洋抖着嘴唇说，"以笙，对你来说只是一句话的事情，对我和阿哲却是救命，你那么善良，不会见死不救的对不对？"

经过前面几次，他在她这里的形象已经碎成渣，没想到今天还能让她见识到，渣继续碎成粉末，扬成灰。

"又来道德绑架我？别说我根本不善良，我根本帮不了你，即便我是善良的、我有能力帮你，就你之前对我做过的所有事及你妈妈对我的羞辱，也足够我对你见死不救。"

说出这么无情的话，乔以笙的内心却毫无波澜，只是觉得又浪费了她生命中宝贵的几分钟。

说完乔以笙就要走，郑洋拽住她，"扑通"一声跪在地上："以笙，公司是我这么多年全部的心血，我不能失去它。你是看着我一步步走到今天的人，看过我怎么为公司付出的，你应该能明白我才对。以笙，我求求你了。"

"放开我！你再这样，我要报警了。"乔以笙面无表情，手伸进包里，摸防狼喷雾，眼睛瞄向保安亭。

小区保安亭的保安大叔已经注意到她这边的情况，正朝他们走过来，让乔以笙放心了些。

但保安和防狼喷雾还没发挥作用，许哲率先下车过来了。

"起来。"许哲拉郑洋，淡淡地道，"这个办法你也试过了，该死心了。我们回去。"

郑洋两眼通红，仰着脸注视着乔以笙，两秒后，将头磕在了地面上。

"以笙……"

许哲也没能拦住郑洋的一意孤行。

乔以笙这辈子受到的最大的礼，也不外乎如此。

但她现在同情不了郑洋。

郑洋的行为也只会让她越发鄙夷。

"郑洋，你就算是死在我面前也没用的。"乔以笙撂下狠话，只希望他赶紧走人。

郑洋悄无声息地趴在地上，没了反应。

倒是许哲给了她一记冷冰冰的"眼刀"，把郑洋拽着她的那只手强行扯下来。

乔以笙得以脱身，一刻也不多留，快速进了小区。

乔以笙感到唏嘘不已。

郑洋公司出事以来，很多人落井下石，说他以前巴结陆闯和陈老三他们，但她认为不至于用"巴结"来形容。

陆闯和陈老三的身边哪里缺巴结的人？以陈老三对郑洋的态度，是真心实意拿郑洋当兄弟的。

即便刚刚郑洋都那样求她了，乔以笙也觉得她唯一没看错郑洋的一点便是，郑洋骨子里的那份骄傲。

大学4年风光无限的郑洋，被称为"天之骄子"也不为过。

回到家，乔以笙简单洗漱后，便去补觉。

昨晚她为了等陆闯，很晚才睡，一早又被圈圈吵醒，现在非常困。

不知睡了多久，她恍惚间听到玄关处传出细微的动静。

太困了，她睁不开沉重的眼皮。

直至脚步声逐渐靠近，最后她身旁的空位明显地凹陷下去，乔以笙几乎是惊醒，猛地坐起来。

他看到陆闯外套也没脱，直接趴在床上，闭着眼睛倒头就睡。

一天天的，乔以笙被他吓了一跳，恼火地说道："你能不能别再这样擅自开门进我家？来之前至少先经过我的同意可不可以？"

陆闯纹丝不动，也毫无反应。

乔以笙推了推他说："你别装死。"

"嘘——"陆闯反手扣住她的手，放在他的胸口，声音较之平时有点虚，说，"等会儿再找我算账，先让我睡会儿。"

他原本埋在枕头里的脸于说话间微微朝她侧过来，乔以笙才发现他的面色不太好，唇色略微泛白，额头冒着细小的冷汗。

"你……"乔以笙伸手摸向他的额头。

陆闯又把她的这一只手也拉下来放到他的胸口，道："没事……"

没事什么没事啊，烫得要命。乔以笙挣扎着把手从他胸前抽出来。

比起平时，今天可是太轻松了，她几乎不费力气就抽回了手，可见他现在的状态有多差。

乔以笙迅速跑去客厅拿药，倒了一杯水进来，犹豫间却又不敢给他吃，毕竟不知道他为什么发烧。

"你是感冒还是怎么回事？"她问陆闯。

陆闯呼了一口气，道："随便吃点儿消炎药就行。"

随便什么随便。乔以笙试图拉他起来，道："你现在什么情况我也不知道，你给我走，回自己家去。别故意跑来我这里，回头你出了什么事还得我负责！"

陆闯斜勾一下唇角，道："你不负责谁负责？"

乔以笙一口老血险些喷出来，用力推陆闯，道："滚。"

陆闯真从床边滚落地板，后背着地。

他的五官全部皱起，额间的汗比方才更多，呼吸也有一瞬间的急促，喘着气直喷声："这下你不负责不行了。"

乔以笙现在可没心思和他斗嘴了，心惊地走过来，扶他上床，让陆闯继续趴着，然后开始脱陆闯的衣服。

这要还看不出来问题出在他的后背，她就真的眼瞎心盲了。

陆闯阻止她的行为，道："喂，我都这样了，你还想和我……"

"陆闯你给我闭嘴！"乔以笙怒目圆瞪。

终归以他现在的气力打不过她，三两下她便将他脱得只剩下里面的衣服。

他一共就穿了两件衣服，一件是外套，他昨晚外出时换的那件夹克，里面一件则是他昨晚冲完澡后穿的那件蓝灰色 T 恤。

而眼下这件 T 恤被血染得根本辨不出原本的颜色，还黏在了他后背上，看起来血肉模糊。

乔以笙倒抽一口凉气。

陆闯还能继续开玩笑："是你非要脱我衣服的，晚上如果做噩梦，我概不负责。"

"又是被你家里人打的？"乔以笙记起那次，温泉会所里见到过他后背的鞭伤，也记得后来杭菀和他对话时透露的信息。

陆闯又扯题外话："乔以笙，你偷偷关注我？嗯？"

乔以笙拿起手机，要打电话："去医院。"

"要去自己会去，轮得到你管？"陆闯的语气突然变得不好，倒也有了力气来抢她的手机，制止了她的行为。

视线触及他森冷的神色，乔以笙不自觉地一怵，原本要出口的话顿时堵在嗓子眼儿里。

陆闯约莫也意识到自己太凶了，很快收敛表情，重新合上眼，既没了玩世不恭，也没了冷漠，以一种平静无澜的语调说："帮我随便擦点儿药。"

顿一秒，他补充："不想帮也无所谓。我睡一会儿，别管我。"

乔以笙微抿唇，盯着他未言语。

陆闯也不再吭声。

片刻，他听见乔以笙窸窸窣窣的动静，走去了客厅，之后是关门声，好像是因为赶不走他，索性她走，连自己的公寓都不待了，留他一个人自生自灭。

他的嘴角斜起，露出一丝嘲弄，陆闯扯过她的被子，盖到脸上。

属于她的馨香充满陆闯的鼻间。

昏昏沉沉即将睡过去之际，陆闯的耳朵却又捕捉到声响。

安静的空间里重新有了她的脚步声。

声音由远及近，最终停在他的身边。

陆闯没动，很快感觉到她的手伸来他的后背。

她家里备的都是一些平时普通发烧感冒小病症能用到的药，所以乔以笙下楼，买了一些陆闯能用到的药。

　　总不能真的不管他，让他在她的家里出问题。

　　乔以笙帮陆闯用剪刀剪掉黏着血渍的 T 恤后，鞭伤更为清晰。

　　乔以笙是有点儿害怕的，拿碘伏给他清创消毒的过程中，手不自觉地发抖。

　　抖的不只有她，陆闯的身体也不免发颤，只是幅度特别微小。

　　难得看见他如此，毕竟平日里他总是不可一世、嚣张霸道。

　　这是嘲讽和羞辱他的好机会，可乔以笙开不了口。

　　结果陆闯非得犯欠："乔以笙，别故意那么用力。"

　　乔以笙无名火起，道："这就用力了？陆大少爷如此金贵，怎么不去医院让专业的医护人士给你处理？"

　　"这么关心我？"陆闯拖腔带调的。

　　"呵，路边的乞丐快死了，我也会可怜可怜他的。"乔以笙加快手里的动作。

　　"嗯……可怜可怜他……"陆闯不明意味地低低重复了这几个字，声音因为隔着被子而显得沉闷。

　　乔以笙几乎没有帮人处理伤口的经验，刚刚在药店买药时询问了店员，现学现卖的。

　　她也没法管处理得到不到位，只能按照学来的几个基本步骤做。

　　清理掉大部分血渍后，能看清楚他后背的新伤盖在旧伤之上。

　　那些旧伤留的疤比较浅，之前陆闯在她面前光着身子时，视觉上还不如他们在床笫之间她抱着他的时候摸到的触感来得明显。

　　而一直到缠完纱布，乔以笙都没再听见陆闯出声，耳根子虽然清净了，但她也感到忐忑。

　　"你想被闷死吗？"不自觉间乔以笙奉还他曾经对她凶过的话，揭开他脸上的被子。

　　他似乎是睡着了，满头大汗，乔以笙又摸了一次他的额头，依旧烫得厉害。

　　她出去客厅重新倒一杯温水，将消炎药从铝塑板里抠出来，喊陆闯起来吃。

　　晃了他几十秒，在乔以笙怀疑他昏过去时，陆闯才将眼睛眯起一条缝，嗓音沙哑地说了句"谢谢"。

　　乔以笙不太适应地蹙眉。

　　这样的他，反倒透着一股浓浓的疏离感，好像竖起一张无形的屏障，将其他人全部隔绝在外面。

　　在她发愣的这短短几秒钟里，陆闯自行吃完了药，再次趴回床上。

　　他朝床边的方向歪着头，一侧脸颊贴着枕头，脸颊上不怎么多的肉因为挤压而往一处堆积，导致他的脸部轮廓看起来有些变形。

　　莫名地有点……可爱，和他以往的形象不太契合的可爱？

乔以笙怀疑自己是不是被他传染了，也发烧了，有点儿头晕脑涨，否则怎么会想到这么个和陆闯八辈子都打不着关系的词。

昏睡的陆闯除去呼吸粗重一些，几乎是没有动静的，以至于容易叫人产生他毫无存在感的错觉。

可他又怎么可能没有存在感？乔以笙原本是想到客厅里画图，结果根本集中不了注意力，索性留守在卧室里，靠着床畔坐在地板上，每隔1小时帮他测量一次体温。

后来，乔以笙趴在床边不小心睡过去了。

醒来时没开灯的屋里是暗的，透过窗户映进来些许光线，一切都是那么昏蒙。

昏蒙之下她的脑袋也是昏涨的，思绪迟钝极了，视线毫无防备地撞上陆闯幽沉的眼睛，她也没觉得哪里不对劲，瓮着不清醒的声音问道："你退烧没？"

问完并没等陆闯回答，她自行凑近陆闯，用自己的额头贴了贴他的额头，感受他的体温。

贴了一秒、两秒、三秒……

他喷洒在她皮肤上的鼻息让她感受到热意。

乔以笙退回来，满意地点头，道："嗯，退了一点儿。"

陆闯没说话，只是看着她，目不转睛，漆黑如墨的双眸宛若深夜中唯一的星火。

"……"悄寂维持了四五秒，乔以笙运转迟缓的脑子后知后觉自己现在所处的位置不对。

她明明一直坐在床边，什么时候到床上来了？还躺在他的身边？

原本趴着的陆闯倏地撑起身体，朝她笼罩过来，轻轻叼住她的唇。

绵长的一个吻。

乔以笙被吻得失语，一吻结束她不高兴地甩脸色，道："你怎么这么恶毒，要把病气过给我吗？"

陆闯舔了舔嘴唇，仿佛刚吃完糖："不是你先凑过来的吗？不就是勾我吻你的意思？"

这么快又恢复元气了？乔以笙真是恨他怎么没病死："你也太会想象了，我在测你的体温行不行？"

"测体温有你这样的？"

"是你太没见识。"乔以笙喊声说，"小时候我妈妈就是这样给我测体温的，她告诉我用额头贴比用手摸更准确。"

乔以笙没撒谎。不只妈妈，小时候表哥生病，她也看见舅妈贴贴表哥的额头。

她学会之后，和其他小朋友玩过家家，没少用这种方法给小朋友"诊断病情"。

长大后她倒是第一次对别人这样。

方才刚睡醒，脑子还不清醒，她下意识间就那么凑过去了。

陆闯的眸光不易察觉地闪了闪，脑中飞快地回闪某些久远的记忆碎片，开口却是玩味的语气："编得挺好。"

乔以笙"噜噜"两下坐起来，伸手打开房间里的灯。

突如其来的光线刺得陆闯本能地闭上眼睛。

"既然没死，赶紧滚回自己的公寓去。"乔以笙爬下床。

陆闯结结实实地趴回床上，道："我想待哪里就待哪里。"

乔以笙冷笑道："就你这样隔三岔五不着家，还养狗做什么？如果不是我，你的狗估计到现在还孤零零地被关在你公寓里，叫天天不应叫地地不灵。"

陆闯解释："中午拿回我的手机才看到你的未接来电和未读消息，你对我的关心我感受到了，不好意思，昨晚让你等了一夜。"

"我不是在等你，谢谢，我只是在陪你的狗。"乔以笙差点儿碰到床头柜上的杯子，"我没你那么没爱心。"

"爱心是吗？"陆闯懒洋洋地道，"我通过监控看到你和圈圈一起出门，以为你带圈圈到我这里来亲自照料，所以我直奔你家，没想到你也只是把圈圈寄放去了宠物店。"

乔以笙呵呵道："我一个没有养狗经验的人，如果把你的狗带来我家，你该担心它的安危。"

陆闯饶有兴趣道："多跟我学几次，不就有经验了？昨天给它洗澡你不就上手得很？"

"看来你不是第一次借圈圈泡妞了。"乔以笙拉开床头柜的抽屉，取出那份红纸黑字的约定，说道，"正好我们需要谈谈一拍两散的事情了。"

陆闯皱眉道："不就放了你一晚上鸽子？"

乔以笙："我知道你昨晚是因为朱曼莉才出去的。"

闻言，陆闯的眉心反倒舒展开，道："那你失算了，我并没有违反约定。"

乔以笙问："你又想说，我们的约定没规定你不能见其他女人？"

"难道不是这样吗？"陆闯问，"如果你要我连其他女人都不能见，那我是不是该拥有同等权利，让你不能和除我之外的其他男人见面？"

"不一样。"乔以笙很有底气地说，"我和其他男人没有暧昧，但你去见的是和你有暧昧关系的女人。一次两次，你可能不会和她们发生什么，但四次五次呢？你拒绝得了诱惑？"

陆闯现在虽然是个伤患，趴在床上被她以居高临下的角度俯视，但气势一点儿不弱："乔以笙，你吃醋的劲儿比我想象的还要大。昨晚你一个人待在我公寓里尽'脑补'这些假设性画面了？别扯东扯西的，你其实就是不高兴朱曼莉出事，我就丢下你急匆匆地出去找她。"

"'脑补'和扯东扯西的人是你。"乔以笙丢下合约说，"退一万步讲，即便你经受住诱惑了，但还是会有很多擦边行为。就算只是接吻，也让我觉得不干净。

"你如果非要说你和她们连这些擦边行为都没有，那你为什么和她们暧昧不清？单纯为了和她们吃饭喝茶，从诗词歌赋聊到人生哲学？"

乔以笙嘴上不承认"脑补"，却在心里默默承认，昨晚她独自在陆闯的公寓里，确实乱七八糟地想了很多之前匆忙签订合约时尚未来得及考虑的事情。

而这些考虑，对于简单的床伴来讲，似乎过于苛刻了。

所以，最大的问题还是在于，她就不该头脑发热同意陆闯当她的床伴。

以为自己被陆闯挖掘出了她骨子里的开放，实际上她还是和以前一样保守的吧，所以她在意这么多的事情，其实只是因为自己无法接受一段开放式关系吧……

陆闯盯着掉落在他面前的合约，顷刻，撑着手臂从床上坐起来，表情是少见的认真，看着她说："是，即便我和她们连擦边行为都没有，我也有必要和她们暧昧不清。"

乔以笙心口一堵。

只听陆闯接着开口："你不是清楚，我不乐意和聂婧溪结婚？"

乔以笙冷眼道："所以你的借口是，你要借你混乱的私生活劝退聂婧溪？"

"不是借口，是事实。"陆闯捡起合约。

乔以笙心底哼笑一声，说得好似他原本的私生活并不混乱。

陆闯很小心地慢慢折叠起合约，道："乔以笙，有问题可以提出来，但不要还没商量就动不动甩出合约说要一拍两散，我们又不是过家家。"

"不好意思，在我眼里，和过家家没两样。"乔以笙没有接他递回来的合约。

陆闯便替她放回床头柜的抽屉里，道："既然你觉得是过家家，又何必这么认真地和我斤斤计较、大动肝火？"

乔以笙也反问陆闯："你既然要毁掉陆家，改掉私生活混乱的毛病，认认真真地跟着你家里人学习管理公司，娶了聂婧溪拿到她手里的股份，争取当上继承人，把整个陆家掌控在手里，不是更方便你为所欲为吗？"

反倒他现在的行为，和毁掉陆家的目标，似乎南辕北辙。

陆闯斜挑眉问："乔以笙，你在为我出谋划策？"

乔以笙翻个白眼，道："我在通过你矛盾的行为揭穿你的谎言。"

陆闯扯过枕头，两只手交叉着枕上去，老神在在地道："我要用什么方式毁掉陆家，你就不要过问了。知道太多，对你没好处。"

乔以笙因为他这一句话，意识到，她现在的行为不只超出了"床伴"的界限，甚至有打探他隐私的嫌疑。

他的这一句话也仿佛明明白白地划出了一条线，即便他对她有着廉价的喜欢，也不代表她能知道他的任何事。

这是应该的，可乔以笙心里依旧犯了怄，并忍不住讥诮："那你就不该告诉我，你想毁掉陆家。"

陆闯合上了眼，貌似失去和她唇枪舌剑的兴趣，眉骨间泛起淡淡倦意，问："你饿不饿？"

乔以笙下意识地看时间。

晚上 7 点 46 分。

她中午给他处理完伤口后虽然有吃午饭，但没什么胃口，吃得并不多。经他提醒，她确实感到肚子有点儿空。

但陆闯根本不是在关心她，下一句便说："我饿了，你该做饭了。"

乔以笙气得胸口隐隐作痛说道："这里不是饭店，我不是厨师。想点餐自己打开你手机里的外卖程序。"

她转身要离开卧室。

陆闯对着她的背影笑道："虽然你的手艺不怎么样，但好歹是家里做的。"

"……"乔以笙强忍住发飙的冲动。

她径自去厨房，把中午吃剩的皮蛋瘦肉粥重新烧热，作为晚饭。

陆闯大概见她许久没理他，在她吃饭期间来到客厅，道："乔以笙，陆家晟没把我打死，你要把我饿死。"

"哦，原来我比你爸爸厉害。"乔以笙冷酷无情地目送他拖着伤患之躯，走进厨房。

经过一番掀锅盖和拿碗筷的动静之后，陆闯来到餐桌旁，沉着脸说："你吃独食，没给我留？"

"我做的饭，当然自己吃，为什么要给你留？"乔以笙学着他"陆闯式"的欠兮兮的样子，故意美滋滋地当着他的面，舀起一勺皮蛋瘦肉粥往自己嘴里送。

冷不防陆闯弯下腰伸手抓住她的勺子拐弯送进他的嘴里。

乔以笙："！"

陆闯边咀嚼边说："之前也没见你吃得这么清淡，乔以笙，你就承认你是专门考虑到我才煮的呗。"

而没等乔以笙反应，他迅速地端走她的整只碗，躲开她，大口地把碗里剩余的粥全喝光。

"陆闯！"每当乔以笙认为自己已经被他气到极限的时候，他总能做出令她更无语的事情，拓宽她情绪的阈值！

陆闯堂而皇之地把空碗放回乔以笙面前，评价道："我现在嘴里寡，无论吃什么味道都比平时好。"

乔以笙咬牙切齿道："我是不是还得谢谢你的夸奖？"

陆闯勾起一侧嘴角，很不要脸地说："想谢的话，明天包饺子吧。会吗？乔以笙，你舅妈包的那种。"

同时，他的神色间流露出一股怀念。

和春节那次在寺庙供长明灯的殿里一样，他悠远的目光充满缅怀的柔软。

第十章
心猿意马

/////////////////////////

　　她记得，彼时在长明灯前，他之所以目光柔和，是因为提及他的亲人。

　　今天为什么说到舅妈的饺子，他也如此？

　　乔以笙不禁疑虑。

　　而联想到他要毁掉陆家这件事，他供奉长明灯守护的亲人大概率不是陆家的人。

　　那么，会是他的母亲吗？

　　乔以笙回忆了一下，恍惚记得不知是郑洋还是陈老三曾经提过一嘴，陆家晟的妻子深居简出，长年礼佛，与青灯相伴？

　　可如果陆闯真是陆家晟的私生子，陆闯的母亲就并非陆家晟的妻子……

　　"乔以笙，你别是在想其他男人。"陆闯语气冰冷，往她眼前打了个响指。

　　"这都被你看穿了哦。"乔以笙皮笑肉不笑，顺势反问道，"你刚难道没有想其他女人？"

　　"不明显吗？"陆闯耸耸肩，坦然承认道，"是，我是在想某个绝世大美女。"

　　"说来听听。"乔以笙来了兴致，便说，"有多绝世有多美。"

　　陆闯瞥瞥餐桌上的空碗筷，忽然转移话题："你吃饱了？没吃饱吧？"

　　鉴于此前的经验，乔以笙条件反射地警惕起来。

　　不出她所料，陆闯的下文是："正好我也没吃饱，你再去做点儿吃的，一边吃我一边满足你的好奇心。"

　　"……"听他讲完都是浪费她的时间，乔以笙连碗也不收拾了，充耳不闻径自去书桌前，打开电脑工作。

　　陆闯却没就此罢休，到她的茶几底下一通翻找，翻出杜晚卿之前做给乔以笙的草莓干，以及 G 县当地的其他零食，不问自取地开始吃起来。

乔以笙简直要参毛了："你要不要脸？"

"我的脸正点得很，当然要。"陆闯也相当不爽地道，"你简单做点儿饭填饱我的肚子就能解决一切，偏要在这儿叽叽歪歪，大动肝火。我是你的床伴，饿死我对你有什么好处？你绝对找不到比我更好的。"

乔以笙正要掸回去，陆闯率先以吻堵住她的嘴。

乔以笙推开他。

陆闯很疼地闷哼一声："乔以笙，我是一个伤患，我伤势加重的话你还得照顾我，你自己掂量掂量清楚究竟谁的损失更大。"

乔以笙被哽了一下，愤懑不平道："你爸怎么没把你打死？"

陆闯的大拇指重重一抹自己的嘴角，黑眸微敛，声音随之变冷："打死我，他还得重新找个儿子来帮他争夺陆家的掌控权。"

乔以笙走向厨房的步子应声一顿。说起来，她目前只知道陆闯有个坐轮椅的二哥陆昉，并不知道陆闯其他兄弟姐妹的情况。听他这意思，陆家晟能指望的子女仅有他？

陆闯已恢复一贯散漫不羁的神态，跟在她身后催促道："我也不是不能帮你打下手，乔以笙，你快点儿煮，随便煮什么都行，我不挑食。"

他主动请缨，乔以笙本来是想抓住使唤他的机会，但视线扫过他包着纱布的后背，她看着烦："得了吧，你这种尊贵的大少爷，不给我添乱我就谢天谢地了。"

陆闯及时止步于厨房门口，道："乔以笙，你就是心疼我，别找借口了。"

正在开冰箱取食材的乔以笙猛地朝他丢出一颗大蒜，道："想吃饭就趁早停止你的自作多情，闭上你的嘴。"

然而陆闯并没走，倚靠厨房的门框上，像个监工一般盯着她做饭。

虽然他的确闭上嘴了，但存在感过于强烈。

乔以笙只是简单地煮了面条。她端出客厅，找出舅妈做给她的牛肉酱，拌匀就可以直接吃。

陆闯呼哧呼哧地吃得特别香，好像饿了几天一样。

乔以笙也不知道他怎么做到吃那么大口的同时又保持住了形象，并不叫人觉得他吃相粗俗难看。嘴上却依旧不饶人地说着："你饿死鬼投胎吗？"

"确实差一点儿。"陆闯道，"昨晚比萨没吃几口就出门，到医院帮朱曼莉向聂婧溪讨说法，转头我就被陆家晟拎回家，抽了几鞭子，关在祠堂里面壁思过一晚上，一粒米、一滴水都没有，上午才被放出来。

"好不容易奔你这儿，你非得扒拉我的背，喂我吃药，害我一觉睡到天黑，早午饭全没吃。你还差点儿连饭都不给我做。"

"……"前半段听着像他故意卖惨，博取她的同情心，后半段画风一变，又老样子

- 253 -

反咬她一口，把锅全甩到她身上，仿佛她罪恶滔天、罄竹难书。

乔以笙想把面条从他嘴里夺回来，让他直接饿死算了。

"饺子，明天吃饺子吧。"陆闯旧话重提，好像小孩子对一个玩具有执念，非缠着大人买给他。

很遗憾，乔以笙无情地通知他，一字一顿："我、不、会。"

陆闯倒不意外也不失望，道："我就知道，亏你吃了那么多顿，还是不会包，真是辜负你的嘴了。"

"？"什么意思？敢情他不是真的想吃饺子，只为了嘲笑她不会包饺子？

乔以笙怒上心头，道："你那么能，反正你也吃过我舅妈的饺子，不如你来包，给我见识见识你是如何不辜负你的嘴的？"

陆闯莫名地陷入短暂的沉默。

沉默得令人觉得沉重。

乔以笙寻思着自己不过顺着他的话掮回去，能过分到哪儿去？他那么厚脸皮的人应该不会轻易受伤才对。

事实证明，她确实多虑了。

眨眼的工夫，原本沉默的陆闯嘴角一勾，挑起了眉梢，语气玩味道："我的嘴无所谓辜负不辜负食物，只要不辜负你对我们接吻的期待就行。"

乔以笙："……"

这人……

她的脸皮濒临挂不住的边缘。

乔以笙的脑子一时卡壳，还在努力地搜寻反击的灵感。

陆闯微微眯起的眸子里尽显促狭，道："乔以笙，你不累吗？要不要我们现在就接个吻，我帮你放松放松你的嘴皮子、放松放松脑神经？"

乔以笙强行绷着脸，道："呵，不愧是久经风月的男人，情话一箩筐一箩筐的。"

陆闯斜眼，张了张嘴，正要再讲些什么。

乔以笙搁桌面上的手机倏地振响。

屏幕上的来电显示吸引了陆闯的注意力，他暂停和她的嘴仗，眉头深深拧起，问："你怎么还和郑洋有联系？"

"舍不得拉黑他，还是妄想和他继续当普通朋友？"他的语气特别差。

"你不过就是个床伴，管得着我？我们约定的是我不和其他男人有超过普通朋友的关系，又没约定我不能和其他男人联系。"当然，掮完，乔以笙还是将郑洋的电话挂断，并将郑洋的号码拉进黑名单。

放下手机，她顺便问起："郑洋和许哲的那个公司，真的要不行了？"

"怎么？"陆闯面色沉郁，语气生硬。

乔以笙也没想让他低看，以为她现在还关心郑洋，于是告知他早上郑洋来找她的事情。

听完，陆闯的表情缓和许多，吃完他碗里最后一口面条，说："那他失策了，即便找你来向我求情，我也不会理他。"

虽然乔以笙也认为郑洋找她没用，但此时此刻陆闯亲口验证她的猜测，她心里依旧不是滋味。

乔以笙厌烦自己这种好像对他有所期待的心理。

她未再反击他，只是问："郑洋公司的危机，究竟和你有没有关系？"

当日在温泉会所，他当着郑洋的面否认了。

今日陆闯看她一眼，先抬抬下巴问她碗里的面："你吃得完吗？吃不完再分给我一些。"

乔以笙胃口不大，便推过去。

陆闯分着她碗里的面，说："有关系。"

乔以笙嘲弄地笑一下，道："那你演技挺好。"

那天他可是把她和郑洋同时踩在脚底践踏、羞辱，结果无论是喜欢她还是郑洋的公司的事，他全在撒谎。

如今只差一点她还想确认，他整垮郑洋公司的原因究竟是不是如郑洋所言的，连带着替她报复郑洋？

但乔以笙没有问出口。她觉得她知道答案，而她不乐意再听他验证心中的答案。

怎料即便她没问出口，陆闯也主动说道："虽然我是因为和郑洋的私人恩怨才对郑洋出手的，但也算顺便帮你报复了他们。

"我随便说你一句你就能顶回我十句，郑洋骗你这么久，也没见你向他实质性地讨过债，啧，你看看你有多针对我。"

乔以笙索性把她碗里的面痛痛快快地倒给他，重重地放下筷子和空碗，说："吃完记得把餐具和锅碗洗干净。"

陆闯挑眉道："你虐待伤患？"

"你这不挺生龙活虎的，哪儿像个伤患？"乔以笙起身，自上而下睥视他，说，"周固来我这儿，别说洗碗，饭都是他做给我吃的。"

陆闯当即挂脸，摔了筷子，道："会洗碗做饭了不起？能有我让你快活的本事？"

乔以笙真是烦死他总将"快活"挂嘴边。

她也厌烦自己怎么听他讲了这么多次，还是没能完全免疫他直白的措辞，纵使已经能做到面上不表露，心里仍旧感到难为情。

乔以笙非得扳回一局不可，道："是很了不起，所以他可以列入我男朋友的候选人，而你顶多只会是床伴。"

心里话，周固和陆闯的不同，使得他们在她心里的定位也不同。

陆闯冷笑道："一个自不量力的男人，挑衅我？无疑是鸡蛋碰石头，现在他自身难保，你看他还怎么当你的男朋友。"

乔以笙记得周固说过要找陆闯算账，她还不知道后续情况，现在陆闯的话令她预感不妙，问："你又给周固找麻烦了？"

"你耳朵聋了？我说了是他自不量力，鸡蛋碰石头，别给我颠倒黑白，麻烦是他自找的。"陆闯起身，从外套口袋里摸烟盒，又继续说，"你以为我后背这顿鞭子，只因为我护着朱曼莉挨的？"

塞了支烟进嘴里，陆闯又摸打火机，道："知道最近陆氏集团参与竞标的一块地吗？"

乔以笙没忘羞辱他一番，道："知道，你的一堆黑料不就影响到陆氏的投标了吗？"

"乔以笙，你怎么这么关注我？"陆闯又调侃她。

"还用我关注？"乔以笙耸耸肩，说，"难道不是你的黑料太多网上到处都在发？那些新闻自动跳到我的面前，脏了我的眼睛。"

正因为没特地关注，所以后续情况她不了解。

陆闯哼笑一声，打开打火机，点燃烟，道："前两天，竞标结果出来的前夕，陆氏集团的股价曾短暂地出现比较明显的波动。昨天晚上调查出来了，是证券公司高管大量增持造成很多卖盘，致使股价下跌。幕后操纵者是周固。"

乔以笙对金融不太懂，对一些概念稀里糊涂，但陆闯表达的意思很清楚，就是股价波动影响到了竞标。

一时之间她不知道该先问周固"自身难保"是个什么状况，还是先问陆氏集团最后究竟竞标成功还是失败。

陆闯接下来的话倒帮乔以笙做出了选择："虽然还没正式公布结果，但陆家晟他们心里有数，知道很悬。前段时间我的黑料也确实捅了不小的娄子，我昨天晚上正好撞在枪口上，顺理成章地成了他的出气筒。"

诡异的是，这番话，陆闯是笑着讲出来的。

不是讥笑，也并非轻蔑的笑。

而是真心实意快意的笑。

不难看出，陆家竞标失败正中他下怀，他很高兴。

可他的反应也让乔以笙有了另一个猜测："……竞标失败是不是也是你在暗中使坏？"

缭绕升腾的灰白色烟气之后，陆闯的目光飘过来，道："乔以笙，原来我在你眼中这么有能耐啊。"

她自然不认为他有多能耐，但他这人讲话三番四次撒谎，搅得乔以笙现在下意识多留个心眼儿判断他话的真假。

为了套出他的一句实话，乔以笙不介意稍微承认一下，他可能并不如他表面看起来那么毫无能耐，道："你说你想毁掉陆家，不至于只是一个草包的白日空想吧？"

先前陆闯让她别管他要如何毁掉陆家，间接也说明了，他有他的计划，不是吗？

陆闯反倒饶有兴致地向她发问："你觉得我怎么个暗中使坏？"

她哪儿知道？不过联想到他假借混乱的私生活来应付和聂婧溪的婚约，乔以笙突然冒出一个大胆的设想，问："……陆闯，你的黑料是不是你自己发出去的？"

她越想，觉得这个可能性越大。

然而迅速遭到陆闯的否认——他摸摸下巴，若有所思地点点头道："不错，我下次可以试试。乔以笙，你诡计挺多的。"

"……"乔以笙忍不住再送他一个白眼。

他既然没有要好好和她聊的态度，她也懒得浪费时间了，转回之前的话题："你别对周固太过分了。他只是正常地追求我，光明磊落得很，没得罪你什么。倒是你，因为觊觎我，一直在背后给他使绊子。你不觉得对比之下，你倒像一个要阴招的小人？"

陆闯幽沉的眸子闪烁着危险的锋芒，原本靠在窗边抽烟的他踱步回到她的面前，道："你知不知道，你现在袒护他的每一句话都是在害他。"

熟悉的烟草味伴着他呼出的气喷到她的脸上，乔以笙差点儿被呛到，不适应地撇开脸轻咳两声。

转回来时，她的脸上带着讥诮的表情，说："这就算袒护了？陆闯，你是从来没被人袒护过，才藾着我一个人妄想？"

才怪吧，他堂堂陆家大少爷，走到哪儿不是被人群簇拥着、享受特权，对他来说被袒护应该习以为常了还差不多。

陆闯薄薄的嘴唇抿成一条平直的线，一时间沉默不语。

"……"什么鬼？他这又是什么表情？

然而仿佛只是她的错觉，眨眼间陆闯的嘴角便勾出一抹冷笑，道："我是不是警告过你，别再鹦鹉学舌？"

乔以笙下意识捂住自己的嘴，后退远离他，心想最近她没少鹦鹉学舌，他现在就是恼羞成怒，被她撑到无力回击了。

陆闯回到窗口继续抽烟，用他裹满纱布的后背对着她。

暂时解除危机的乔以笙将手放下，心平气和地说："陆闯，说真的，别再为难周固了。我和他现在只是普通朋友。他只是想向你讨一个道歉，而且他还阴差阳错地帮了你，你更没有必要再针对他了。"

陆闯依旧背对着她，道："你可以闭嘴了。"

乔以笙便默认他这是同意了，不打扰他的"烟民生活"，径自走去书桌画图，远离二手烟的侵害。

但在电脑前坐下之后，乔以笙的视线不由自主地黏在他的背影上。

陆闯赤裸着上半身，她帮忙缠绕的纱布和绷带虽然杂乱无章，但反而给他添了几分不羁。

他下半身穿着的牛仔裤没有系皮带，裤子有些松垮地挂在他性感的腰腹间，隐约露出一小截黑色内裤。

在窗外夜色的映衬下，他仿佛成了一幅构图很完美的画。

既然是一幅画，自然应当被记录。

乔以笙的画本里也很久没有出现建筑以外的东西了，陆闯今晚勾起了她画人物像的念头。

她迅速抓起手边的画本和画笔。

陆闯不知为何，抽完烟也继续站在窗边不动，倒给了她足够多的时间。

待陆闯转过身来时，乔以笙迅速合上画本，若无其事地动动鼠标，佯装自己在工作。

陆闯不冷不热地瞥她一眼，没说什么，但……默默地收拾了餐桌上的碗筷。

短暂地惊讶于他竟然真的愿意洗碗之后，乔以笙的嘴角无意识地翘起愉悦的弧度。

然而这愉悦并没能维持几秒钟，便被厨房里摔碎东西的动静无情地打破。

乔以笙迅速飞奔进去。

陆闯站在水槽前，一脸无辜地指着地面上碎成渣的碗碟，以告状的口吻对她说："乔以笙，你家厨房地板怎么这么滑？我差点儿摔跤知不知道？还有你的碗碟，质量也太差了，随便一摔就碎了，碎片还溅得到处都是，要不是我躲得快，我的脚现在就得和我的背一样了。"

乔以笙："……"

陆闯假惺惺走到她身边拍拍她的肩膀安慰她："碎了也好，你这些餐具一看就买了挺长一段时间。郑洋在你这儿用过，周固也在你这儿用过，我凭什么要和他们用同一套餐具？走，本少爷现在就给你下单买新的，你来挑，喜欢什么花样选什么花样。"

"陆！闯！"乔以笙几乎要被他逼成河东狮吼。

现在还用怀疑吗？他分明就是故意的！

清理完厨房的狼藉已经是半个小时后，乔以笙从厨房出来，冷不防见陆闯又坐在她的电脑前，而他手里正在翻阅的恰恰是她的画本，她再次心梗，气急败坏地连忙跑过去，道："我警告过你未经我的同意不能乱动我的东西。"

"哦？那你就能未经我的同意，画我？"陆闯展开那页画纸，似笑非笑。

"你现在就可以撕掉丢进垃圾桶。"说着乔以笙便伸手去夺。

陆闯避开她的手，道："我为什么要丢掉自己？"

因为画本里还有她画的其他图，担心伤及无辜，乔以笙无法强行抢夺，嘴上露出笑意，道："也对，你这么喜欢我，我随手画的一张草图，你当然也会视作宝贝，舍不得丢。"

陆闯斜挑唇，指着画本上的那幅画，道："乔以笙，我哪有露这么多？你在脑补我什么都没穿吧？既然如此，你就该大大方方地邀请我当你的模特，让你画个够。"

乔以笙笑意不改，道："陆闯，想让我多画你几次，你就直说。"

陆闯这回没有再反驳："那你画不画？"

乔以笙自然地拿乔："我考虑考虑。"

陆闯倏地问："乔以笙，你以前上美术课，是不是画过人体模特？"

说实话，并没有。乔以笙并非专业美术生，她上美术课只是为了画建筑，但她嘴上回答的是："当然。"

"那来吧。"陆闯把她的画本翻开空白的一页，说，"我绝对会是你见过的最完美的模特。"

乔以笙相当怀疑，问："你是不是有暴露癖？"

"我现在是模特，请对我的身体放尊重点儿。"陆闯已然起身，解开他牛仔裤上的那颗金属纽扣，停在沙发旁，轻抬下巴，"要在这里，还是进卧室？嗯？"

乔以笙："……"

乔以笙拒绝道："不画。"

陆闯意味深长地说："不画画，你又处于生理期，长夜漫漫，你要如何度过？"

只怕在他的眼里，她俨然是个没有男人就活不了的女人。乔以笙还嘴："你在说自己吧？没有女人你就活不了？"

"画吧，乔以笙。"陆闯的语气变得和不久前纠缠她包饺子一样，"你刚才不是没画完？毕竟吃了你一顿饭，你又帮我处理伤口，给你钱你肯定觉得我在羞辱你，那我赏脸当你的模特，作为报酬。不画，你亏大了。"

乔以笙："……"

由于解开了金属纽扣，他的裤子更松了，拉链也开始下滑，十分性感。

说实话，乔以笙犹豫了，没再出口拒绝。何况她刚刚确实还没画过瘾。

陆闯从她的表情瞧出端倪，勾起嘴角，道："还是沙发吧，比较有《泰坦尼克号》的感觉。"

乔以笙："……"

随即陆闯记起什么，又走到她的面前，手指伸到她的颈间，钩出她藏在家居服里的项链。

之前和陆闯断关系后，乔以笙就摘掉了这条项链，倒也没扔，随手塞在床头柜里。

原本连乔以笙都忘记了它的存在。

是前几天陆闯把它给找出来，重新给她戴了回去。

现在陆闯盯着项链说："要不你把它也画上去，才更像。"

乔以笙好笑，道："所以你是露丝，我是杰克？"

陆闯斜挑眉，道："我只说像电影那味儿，又没说要角色扮演，你几岁了，还没过足瘾？"

乔以笙微微一愣，一时之间说不上来他这句话究竟哪儿不对劲儿，可她就是觉得怪怪的。

陆闯放弃了拿项链，回到沙发前，还要继续脱。

"别！"乔以笙急得挥手，"你别变态了行不行？"

陆闯的动作仅仅停顿一秒钟，该怎样还是怎样，道："乔以笙，你对一个模特说出这俩字，亏你还算半个美术生。"

"……"乔以笙完全有理由怀疑他假借模特的名义耍流氓。

可他现在的神情确实认真，她再阻止，就真显得自己理亏。

乔以笙转身找出画板的工夫，陆闯自顾自地面朝她侧卧在沙发里。

她一瞬失语，沉默两秒，说："我要画背面。"

陆闯挑眉道："背面你刚刚不是画过了？"

没等乔以笙回应，陆闯接着说道："我是一个伤患，现在这个姿势已经很不容易了，别再折腾我给你翻身。"

乔以笙："……"

有没有搞错？明知道自己身体不方便，却还非要请缨当模特。

她现在不吭声不是认输，而是不愿意浪费时间，只想速战速决把画画完，她的眼睛也能尽快从他身上离开。

他宽肩窄腰，肌肉线条流畅美好，浑身都蕴藏着生机勃勃的力量感，宛若雕刻大师精心打磨的作品。

乔以笙都见过不知道多少次了，依旧得在心里默默感叹，女娲捏泥人的时候，绝对是偏心的。

陆闯就是被造物者偏心的那一个，因此拥有了一副好皮囊。

等她大功告成，才发现陆闯睡着了。

乔以笙并没喊醒他，而是进卧室给他拿了毯子。

他的手机丢在床上，此时恰好有人打来电话。

乔以笙无意间瞄见他手机屏幕上的号码。

国外打来的。

她的视线不知道为什么就挪不开了。

盯到电话因为无人接听而挂断，手机屏幕的亮光熄灭，她方才回神，记起自己原本要做的事情。

折返回客厅，乔以笙给陆闯盖上毯子。

到底是一个伤患，虽然好像恢复了元气一直气她，但近距离端详他的脸，他下眼睑处的青黑比平时重，尽显疲态。

明明还闭着眼睛的陆闯冷不丁出声："乔以笙，想亲我就亲。"

"……并没有。"乔以笙要起身。

陆闯扣住她的手腕，道："可是我想。"

他想，并付诸了行动。

亲着亲着，空气中仿佛有火苗"嗞嗞"燃烧起来。

关上卫生间的门，乔以笙拧开水龙头洗手。

镜子照出她通红的脸颊。

她将水温调低，直接用冷水洗脸，脸上的温度逐渐下降。

乔以笙干脆在浴室洗了一个澡，全部洗漱完才出去。

陆闯在阳台外面讲电话。

乔以笙猜测，他是在回那个国外来的电话。

于是她径自先躺到床上睡觉。

5分钟后陆闯进来，告诉她："我有事，得走。"

乔以笙的眼睫不易察觉地颤了颤，不冷不热地说："慢走，不送。"

陆闯的气息倏尔近在咫尺，道："乔以笙，不和我来个吻别？"

乔以笙不理他，翻身，想背对他。

陆闯更快速地捏住她的下巴，固定住她的脑袋，吮住她的嘴唇。

浅尝辄止。

但离开的时候陆闯恶作剧似的捏了捏她的手，道："得多练练，熟能生巧。"

"……"乔以笙狠狠地丢出枕头砸他。

得了便宜还卖乖的浑蛋！

浑蛋在接下来的整整一个星期都没来烦她，乔以笙这个星期也没去看聂奶奶的老房子，暂时先忙手头上另一个比较着急的项目，连着几日都在加班。

唯一值得欢呼雀跃的一件事，是推迟到春节后的年会，终于要补回来了。

事务所的大群里，所有人都在热火朝天地讨论着此次年会抽奖的各项奖品。

乔以笙毫无参与感地旁观大家伙的热闹，脑袋还因为连日的加班处于昏涨之中，李芊芊在她工位旁边回复群消息边和她说话，乔以笙左耳进右耳出。

欧鸥忽然发来的消息，让乔以笙陡然精神一振，但怀疑又是她脸上冒痘痘之类的。

欧鸥："乖乖，出大事了！"

乔以笙："什么？"

欧鸥："郑洋劈腿的事情被曝光了。"

欧鸥又是在那个校友群里知道的。

那个校友群平时聊的就是一些霖舟大学校友们的八卦，每天都能分享一些新鲜的小料，也不知道他们是从哪儿知道的。

欧鸥自从进入那个群，闲着的时候就进去"吃瓜"。

郑洋的游戏公司的事情一直被群里的校友持续关注着，但不外乎是郑洋和许哲今天又去找谁求助了。

据说前两天郑洋和许哲已经遣散了公司职员，大家以为接下来就要说说郑洋和许哲的后续生活了。

没想到先爆出的却是郑洋劈腿多年的事情。

爆料源自一位网友小姐姐在一款同城社交程序上发布的日常。

这位小姐姐到酒吧里休闲放松，连续三个晚上见到同一个挺帅的男人独自借酒消愁。

前两个晚上，小姐姐都悄悄拍下男人的照片发在社交软件里，说她遇到了一个帅哥。

底下的评论区也认为男人确实长得不错，纷纷鼓动小姐姐主动上前搭讪。

小姐姐回应说，如果第三天晚上还能见到他，就出击。

第三天晚上，小姐姐果真再见到那个帅哥了，定位到酒吧的地址，在线直播说她准备行动了。

不久之后小姐姐就连续发了三条带着悲伤蛙表情包的内容，一看就是搭讪失败。

评论区纷纷安慰她。

小姐姐跟网友们解释，不是搭讪失败，而是在她准备搭讪的时候，发现帅哥名草有主了。

那天晚上，帅哥又一个人在酒吧喝酒，小姐姐正准备上前要联系方式，帅哥就跟另一个人走了，而且俩人举止亲密。

就这样，她短暂的暗恋正式以失败告终。

因为小姐姐发布的内容里有照片，许多人慕名而来欣赏帅哥，逐渐发酵出热度。

没多久就有人扒出了小姐姐中意的帅哥就是郑洋。

于是乎图片被传到了校友群里。

欧鸥看完了照片和视频，问乔以笙要不要看。

乔以笙说不用。

欧鸥："也对，你已经见过比这尺度更大的。"

因为事先知道这件事，所以欧鸥还算淡定。

校友群里则直接炸开锅。

乔以笙身为郑洋曾经交往8年的前女友，也被推到了舆论的中心。

目前大家主要讨论的点在于乔以笙究竟知不知情。

由于群里有人恶意猜测乔以笙早就知道郑洋背地里做的那些事，只是为了维护自己"女神"的形象选择装聋作哑。欧鸥没法袖手旁观，主动替乔以笙澄清了一句，说乔以笙是受害者，让大家不要再将乔以笙拉进这场风暴里。

因为欧鸥的澄清，大家突然拧成一股绳，义愤填膺地开始为乔以笙打抱不平。

——亏我刚刚还号召大家不要太激进，现在我非带头骂死他不可！

——乔以笙也太惨了吧，8年啊，整个青春都被烂人骗走了！

——所以说现在女孩子交男朋友一定要擦亮眼睛！人心太险恶了！

——郑洋还在群里是不是？郑洋你能看见我们的消息吗？你的行为真让我恶心！

——公司倒闭都是报应吧！

——哪里够？必须曝光郑洋这种垃圾！让所有人都知道他是个什么祸害！

……

乔以笙不在群里，不清楚校友们的愤慨。

但隔天连事务所里的同事都知道乔以笙原来被郑洋骗了，纷纷来安慰乔以笙。乔以笙通过李芊芊，意识到事情愈演愈烈。

不知道是谁将这件事添油加醋了一通后发到了网上，郑洋立刻遭到网友们的口诛笔伐。

乔以笙沉默地翻了一会儿网友们的言论，把手机还给李芊芊。

薛素想给乔以笙放个假。

乔以笙很无奈地拒绝了："这件事我前段时间已经消化掉了。"

现在大家对她的同情反而成为一种困扰。

中午，乔以笙还是向薛素请了一下午的假，因为戴非与悄无声息地从G县杀了来霖舟，人都到事务所门口了才给她打电话。

一和乔以笙碰上面，戴非与就说："带我去找你前男友。"

"你不会是要去揍他吧？"乔以笙可还记得，他小时候每次想揍人，都是这副表情，至今没变过。

戴非与狠狠敲她的脑门儿说："你春节回去和我说你分手了，我以为你就是和他正常分手，没想到居然是他出轨了！我怎么咽得下这口气！"

网络的力量可真强大。乔以笙有点儿担心地说："舅妈不会也知道了吧？"

虽然她清楚杜晚卿平时不怎么上网，但万一呢？

"我怎么可能让她知道！"戴非与俨然和吃了炮仗一样，每一句话都跟要喷火一般。

敢情他开车过来的这3个小时里都没能平息怒气。

这副模样，乔以笙瞧着很想笑，问："你会不会气得太久了？"

"你还笑？"戴非与吹胡子瞪眼，"这是件很严肃的事情。"

"知道啊……"乔以笙就是不想被他的关心弄哭，才希望缓和一下气氛的，可他还是揪着不放，她的眼圈忍不住泛红，"没你这样的哥，一来就凶我。还守在我的单位门口，不知道的人还以为是我做了错事。"

戴非与连忙拉乔以笙上车，道："那你现在哭，不知道的还以为是我当哥哥的欺负你这个妹妹。"

"你没有欺负吗？你凶我就不是欺负了？"在家人面前，乔以笙也没故作坚强的必要了，"本来事情都已经过去了，现在却那么多人讨论，同事看我的眼神也不一样了。你大老远地从G县过来，还没个好语气，一会儿我就打电话跟舅妈告状。"

戴非与从小到大看见她哭就没办法，举手投降："哥错了，你可饶过我吧。等会儿我帮你多揍郑洋几拳。"

乔以笙抽纸巾擦眼泪，吸吸鼻子，道："别去了，去干吗？继续和他纠缠不清吗？我都说了已经是过去的事情了，我年前就和他分手了，现在只是旧账被别人翻出来了而已。"

戴非与还是无法忍气吞声："你只是和他分手了，也太便宜他了。"

乔以笙心里嘀咕：不，她还联手陆闯……

戴非与呼着气，道："这么大的事，你春节回去的时候怎么对我轻描淡写就应付过去了？"

他很自责。一想到她默默承受了这么大的委屈，身边连一个为她出头的亲人都没有，他就怪自己对她这个妹妹的关心太少了。

"我妈当年反对你和郑洋交往，我就不该当那个和事佬，应该帮着我妈一起劝你和郑洋分手。"

"……可你就不是会那么做的人。"乔以笙明白他此时此刻的心情，心底涌动暖流，说，"哥，别提当年了，我们都没错，错的只有郑洋。"

戴非与习惯性地又用手指戳她的脑门儿，道："那你还不让我帮你揍他一顿。"

乔以笙还是担心杜晚卿，道："你得注意点儿，万一街坊邻居也知道了这件事，不小心在舅妈面前提了就不好了。你都会怪自己当年没拉我一把，舅妈肯定也会怪自己的。"

"嗯。"戴非与点点头，随即问道，"你要不要回G县清静两天？刚刚不是说你同事看你的眼神都不一样了？"

"我突然回G县，舅妈肯定会猜到的。"乔以笙安抚他说，"没事，反正这也周末了，我在家里躲两天，大家的兴头也差不多过了。"

戴非与启动车子，道："你现在住哪儿？我送你回去，也替我妈巡查一下你的生活质量。"

乔以笙："……"

"对了，你和周瑜现在怎么样了？"戴非与询问，"你那个什么闺密前阵子让我帮你多探些周固的底细，我也没怎么帮上忙。"

"不算没帮上忙吧，只不过你打探到的都是些小事，其实也说明周固这个人没什么问题。"乔以笙正巧在回复欧鸥的消息，欧鸥原本约她今晚一起吃饭。

现在戴非与来了霖舟，乔以笙肯定要把时间先腾给戴非与。

戴非与的电话这时响起。

他直接摁了免提接听，欧鸥的声音即刻回荡在车厢内："道明寺G县分寺，乔乔说你来霖舟了？那你今晚和我俩一起吃饭呗。"

乔以笙："……"

反应了两秒，她记起"道明寺G县分寺"是戴非与"中二"的微信昵称，这么多年没变过，她给戴非与备注了"表哥"，所以差点儿忘了。

她正纳闷这究竟是不是欧鸥的"社牛症"又发作了，便听戴非与也非常熟练地回答欧鸥："可以，工藤新一也得不到的女人。"

乔以笙："……"

"工藤新一得不到的女人"是欧鸥大学时期玩的老梗了。欧鸥男朋友虽然换得勤，但对喜欢的二次元人物非常专一，一直以来只钟情工藤新一。

欧鸥便通过戴非与的手机对乔以笙说："乖乖，那我们今晚按原计划见。"

"噢，好。"

乔以笙应完，等戴非与挂断电话，她问道："你和欧鸥怎么这么熟了？"

"很奇怪吗？"戴非与反问，"不是你把她的微信推给我？她挺能说的，聊周瑜的过程中就和她聊开了。"

乔以笙："……"那是不是聊得太开了？

戴非与忽地想到什么，道："对了，我记得你这个闺密。你大学本科时候一个宿舍的吧？好像睡在你下铺。"

乔以笙咋舌："你怎么会知道？"

戴非与说："你上大一那会儿，我和我妈一起送你的，我当时帮你搬行李箱进过一趟你宿舍，你忘了？"

对，是有这事。乔以笙是第二个到宿舍的，一进去就见到欧鸥，欧鸥不仅是她第一个见到面的舍友，也是她第一个见到的建筑系的同班同学。

"那我家鸥鸥给你留下的记忆是不是太深刻了些，这么多年了你竟然还记得？"乔以笙调侃。

戴非与从方向盘上腾出一只手敲她的脑门儿，道："又这么跟我说话？你就没当我是你哥对吧？"

乔以笙笑了笑，倒是觉得气氛终于变得轻松愉悦了。

很快，俩人抵达小区，乔以笙带戴非与上楼。

戴非与当真一副领导视察的架势，一路挑剔她这边的环境。

"小区太旧了。"

"安保很懒散。"

"电梯都没有。"

"靠近马路？那不是很吵？"

乔以笙一只手捂住半边耳朵，另一只手摸钥匙开门说："你说你怎么跟唐三藏念经似的。"

一打开门，看到鞋柜前某双眼熟的男士马丁靴，乔以笙先是一愣，继而神经一紧，暗道不好。

谁能告诉她，为什么陆闯会挑这种时间点来她的公寓？！

乔以笙立刻就想退出去，先带戴非与上其他地方。

然而迟了一步，陆闯的鞋子搁的位置委实随意，和他的作风一样明目张胆又堂而皇之，戴非与已经看见了。

"你家里有其他人？"摁住门，戴非与一连四问，"你交新男朋友了？和新男朋友同居？是周瑜吗？"

"……不是。"乔以笙不知道该怎么回答，转身边将戴非与往外推，边说，"表哥，你在外面等我一会儿。"

看出她的不方便，戴非与从善如流地答应，但放她进去前提醒："等会儿你得给我交代清楚，我现在要管你管得严一点儿。"

乔以笙明白，他口中所谓的"管"，其实就是"保护"。

"行行行，我知道了，会交代的。"乔以笙应承。

结果没等她关门进去，陆闯的质问已经传来："乔以笙，我怎么听到男人的声音？我不过几天没出现，你还把人带回家了？被我抓了现形吧！"

通过敞开的门，门外的戴非与和刚走来幺关的陆闯打上照面。

……陆闯还光着上半身，仅腰间系一条浴巾。

"……"乔以笙的第一反应竟然是庆幸，庆幸这家伙今天好歹系了一条浴巾，而不是什么都没穿……

不过他现在这个形象，加上他刚刚的话，也足够让她无法和戴非与交代了。

10 分钟后。

戴非与和穿好衣服的陆闯面对面而坐，乔以笙把倒好的水放戴非与面前。

戴非与俨然一副大家长的长辈作风，完全没有了先前在 G 县时对陆闯的友好和善，问："你现在和我表妹是什么关系？"

乔以笙很怕陆闯直白坦诚地进出"床伴"两个字，想要抢话。

结果陆闯已经快速回答道："在和她谈恋爱。"

"……"乔以笙的心脏怦地加快跳动了一下。

她盯着陆闯。

陆闯和之前在 G 县时对待戴非与一样，很有礼貌，似乎重新戴上了他三好青年的面具。

他非常认真地吐出"谈恋爱"三个字。

可乔以笙没有忘记，他清楚地告诉过她，他不能当她的男朋友。

戴非与质疑陆闯："可你刚刚对我表妹讲话的态度很差，说的话也非常不好听。"

乔以笙："……"

表哥的耳朵那么好使做什么……以前他躲在楼上房间里打游戏，舅妈喊他吃饭，他就跟聋了似的。

但她也不想毁了自己在戴非与面前的形象，抢先接过话茬："我们平时私底下讲话方式就是这样的，他这人就是怎么嘴欠怎么来，讨厌得要命。"

陆闯明显对她的回答有意见，黑漆漆的眼珠子转向她。

"小陆做什么工作？"戴非与开始学家长们那种查户口的方式追问，语气比先前稍微好一些。

乔以笙又一次抢答："他是富家子，管理他家里的一个房地产公司。"

戴非与既然决定要管她严一些，之后多半也会再去打听陆闯这个人，而戴非与在霖舟的最大信息来源就是周固。

所以不如她现在老老实实地交代陆闯的身份。

"陆氏集团你知道的吧？"乔以笙把陆闯的底子捅穿，"他的'陆'就是陆家的那个'陆'。"

戴非与的神色间难掩一丝意外。

一再被堵嘴的陆闯幽幽插话："乔以笙，表哥是在问我，不是在问你。"

乔以笙眼皮跳一下，道："……陆闯，你管谁喊表哥？他是我表哥，不是你表哥。"

俩人这一来一回的，落在戴非与眼里完全就是打情骂俏，他已经维持不住大家长的架势了，端起水杯喝两口，冷不防开口："小陆，你喜欢采野花吗？"

乔以笙："……"

陆闯："……"

乔以笙想把戴非与赶出门了——赶是没有真赶，但她推了一下戴非与说道："差不多行了。"

戴非与讪讪地摸摸鼻子。没办法，刚知道郑洋出轨的事情，他现在满脑子想的就是乔以笙别再被骗，一不小心嘴巴就太快了。

原本到此就揭过去了，偏偏陆闯却回答了这个问题："嗯，不喜欢，表哥放心。"

戴非与："……"

乔以笙："……"

之后乔以笙带戴非与简单地了解一下她公寓的布局。

陆闯也好似这个公寓的另一位主人一般，自作主张地陪在乔以笙身边。

乔以笙嫌他烦。他明明可以假装有事要忙先走的，却非得赖在这儿。

趁着戴非与上厕所的工夫，乔以笙打发陆闯走人。

陆闯说："我现在扮演的是你的男朋友，怎么可以给你表哥留下不好的印象？"

乔以笙秋后算账："你为什么这时候在我公寓里？"

"你要是正常时间下班回来，我这时候在你公寓里就没问题了。"

陆闯话刚落，卫生间门开了，乔以笙暂停和他的对话。

戴非与却又朝乔以笙使眼色。

乔以笙会意，他是想单独和她聊两句。

既然陆闯现在扮演她的男朋友，她便使用女朋友的权利，使唤陆闯去切点儿水果。

陆闯和她无声地对视一瞬，乔以笙仿佛看到他脸上写着"敢对本少爷颐指气使，乔以笙你给我等着"。

陆闯进了厨房，乔以笙也带着戴非与到阳台上假装眺望风景。

"所以你在周瑜和小陆之间，选了小陆？"戴非与问道，"前阵子你闺密告诉我你和周固正在深入发展。"

乔以笙耸耸肩，用春节那会儿戴非与的原话揶揄道："陆闯给得太多了啊，我就选他了。"

戴非与当然知道她在开玩笑，正色道："以笙，虽然你在咱们家也是小公主，没有说攀不上小陆，但小陆家那种豪门，还是不太好嫁啊。"

乔以笙心头一顿，笑着打消他的杞人忧天，道："你也想得太长远了。我是最近空窗期，先和他谈着玩的，过阵子腻味了就会甩掉他。"

戴非与揶揄道："怪不得你和你的那位大学同学能成为闺密。"

乔以笙正在懊恼自己明明想保住在戴非与面前的形象，却还是没控制住说了那样一句话。现在听到戴非与这样说，乔以笙表情复杂地说道："怎么感觉你在内涵我和鸥鸥？"

戴非与笑道："知道你们都是好姑娘。"

客厅里，陆闯已经将切完的水果放在了茶几上。

戴非与又问乔以笙："等会儿小陆是不是也跟我们一起吃晚饭？"

听到他的下一句，乔以笙才知道他到底想说什么。

"我不知道你现在和小陆在一起，所以我喊了周瑜。"

让戴非与失望了，乔以笙并不惊慌，道："没关系，陆闯不和我们一起。"

另外乔以笙也告诉戴非与："出于某些原因，欧鸥和周瑜暂时都不清楚我和陆闯的关系。"

"要我别在他们面前露馅的意思？"戴非与瞬间拿狐疑的眼光打量她，说，"怎么感觉你和小陆这恋爱谈得神神秘秘的？"

因为根本就不是正儿八经地谈恋爱啊……乔以笙背过身拉开落地窗往客厅里走，道：

"先吃点儿水果。"

戴非与立即笑着对陆闯说："小陆，辛苦你了，以笙如果欺负你，你可以跟我告状。"

乔以笙气呼呼地回头瞪戴非与，道："你胳膊肘往外拐。"

戴非与佯作凶狠地敲了一下她的额头，转回去继续对陆闯说："你上回在我们家里也看到我妈多宠着我这个表妹了，比起我这个儿子，我表妹才更像我妈亲生的。"

陆闯嘴角微勾着点头，道："嗯，看到了。"

"知道我今天来霖舟干什么吗？"戴非与又问，但没有等陆闯回答，他便说，"来教训我表妹的前男友。"

陆闯的神情无丝毫意外，道："猜到了。"

陆闯知道网上发生的事情，乔以笙同样不意外。

她只是在想，如果戴非与不在，陆闯会主动和她提起吗？又会怎样提起？

戴非与说这句话的意思毋庸置疑是在警告陆闯，如果陆闯对他的表妹做了什么不好的事情，他也会来教训陆闯。

感到温暖的同时，乔以笙也不厚道地感到好笑。

实话讲戴非与的警告毫无威慑力，至少得让陆闯亲眼见识见识他打架有多厉害吧——哦，原本戴非与是想揍郑洋的，但被她阻止了。

戴非与吃着陆闯切的橙子，说："我对小陆你的印象其实挺好的。相信以笙的眼光应该不会又选到一个垃圾。"

乔以笙可不记得她最近有买过橙子，想是陆闯今天过来时又往她冰箱里塞东西了，妄图让她继续给他当厨娘。

而且她用脚趾头都能猜到，陆大少爷肯定不只买了橙子，但四体不勤的陆大少爷不愿意丢人现眼，所以选择了最容易切的橙子。

即便如此，乔以笙也仍旧嫌弃他手艺不精，瞧那盘子里的汁水横流。

陆闯笑着问戴非与："表哥这是已经教训过郑洋了？"

怎么还在继续喊表哥……乔以笙意见很大，朝陆闯挤眉头。

陆闯视而不见。

戴非与摇头道："没，以笙说不想再和他有关系。"

"她每次都太心软。"陆闯说，"她不想和郑洋再有关系，但她和郑洋分手后，郑洋一而再再而三地来打扰她，这些表哥你都不知道吧？"

乔以笙瞪陆闯，道："你能不能别多嘴了？"

戴非与闻言蹙眉，道："以笙，看来情况比我以为的还要复杂。"

"可现在真的已经没事了，郑洋现在也得到报应了。"

其实乔以笙对网友攻击郑洋的行为并不赞同，心里还有些不舒服。

此前被郑洋那样欺骗，她也没想过曝光他，即便被伍碧琴那样羞辱，她也决定坚守自己的底线。她不希望自己也变成恶人。

而从现在的情况来看，她当初的坚守是对的——就在戴非与给她打电话之前，李芊芊又给她看了一段视频。

那是一段网友自发跑去采访伍碧琴的视频，逼问伍碧琴是不是早知道自己的儿子是一个垃圾，又问伍碧琴是不是也帮着自己的儿子欺骗人家姑娘。

伍碧琴想关门，他们却堵着伍碧琴的门不让关。

伍碧琴什么都解释不了，只能慌乱地任由他们围着，哭着喊：阿洋不是垃圾，阿洋是好孩子，阿洋不是故意的。

还有许多围观的街坊邻居议论纷纷。后来是郑洋回来才顺利把伍碧琴送回家里，但在这个过程中处于暴怒中的郑洋动手打人了。

这些全被镜头记录下来上传到了网上。

虽然也有网友在制止这种疯狂不理智的行为，但伤害已经造成。

乔以笙看完之后很难受。

戴非与见她脸色不太好，拍拍她的手背，道："嗯，知道了，你觉得怎么处理合适就怎么处理。"

陆闯静默地和乔以笙对视数秒，错开眼，也没再多说什么了。

之前在 G 县，戴非与和陆闯就挺谈得来，今天俩人又聊了好些时候，陆闯宛若东道主主动说道："我定了包厢，一起吃个晚饭吧。"

戴非与闻言看了看乔以笙。

乔以笙替戴非与回绝道："不用，你取消吧，我约了鸥鸥，我表哥也跟我一起去。"

陆闯顿时也不顾忌戴非与在没在场，暴露真性情，直接黑了脸，道："什么意思？唯独撇下我？"

乔以笙平静地反问："难道你适合被我带出门游街展示？"

夹在他们中间的戴非与："……"

最后乔以笙还是丢下陆闯，只和戴非与出门了。

戴非与打趣道："小陆好像被你训得挺好。"

乔以笙呵呵，忍不住揭穿道："他都是装的。"

就像春节期间在杜晚卿面前装成社会好青年一样，现在戴非与不过是被陆闯的面具给骗了。

"这样吗。"戴非与笑笑，说，"我瞧着他挺心甘情愿的。"

乔以笙幽幽地道："那你的眼神有问题。"

戴非与狐疑道："他既然这也不好那也不好，对你也都是装的，那你看上他什么了，和他谈恋爱？"

乔以笙差点儿噎着。她都完全忘记了，明明一开始她是希望在戴非与面前表现出和陆闯感情不错的样子，让戴非与对她这段"恋情"放宽心。

现在偏离得委实有些远。她索性破罐子破摔道："不都说了嘛，我看上他的家庭背景了。"

今晚的吃饭地点是欧鸥选的。

原本欧鸥约她的时候，选的馆子很随意，平时俩人约饭也就是找个地儿耍耍乐子聊个天。

因为要招待戴非与，欧鸥临时更换地点，乔以笙半途才收到欧鸥的消息，告诉她最后定在宜丰庄园东庄的温泉会所。

乔以笙如今对这个温泉会所有阴影，询问欧鸥为什么要选那里。

乔以笙："你想泡汤，改天我们两个人过闺密日再单独泡吧，今天不只有我表哥，还有周固，泡汤不太合适。"

欧鸥："你表哥来都来了，这么着急走？温泉会所提供酒店住宿的，今晚让你表哥住一晚呗，睡前可以舒舒服服地泡个汤。我一会儿把房间也给订好，我俩一间，你表哥和周固一间。"

乔以笙："……"

就这么被做了主，她已无力回天。

戴非与也就比她迟1分钟接到欧鸥的通知，似乎还挺满意欧鸥的安排，以为这是她和欧鸥共同商量的，称赞道："不错，以笙，懂得孝敬表哥了，知道我难得来一趟，舟车劳顿，让我泡泡汤舒展舒展筋骨。"

乔以笙朝他做鬼脸，道："宜丰庄园很贵的，你的费用回头自己结给欧鸥，我不替你掏腰包。"

戴非与："很好，兄妹情破裂，到此为止。"

乔以笙乐呵，提醒他："既然要留宿，今晚不着急回G县的话，你得跟舅妈报备一下吧。"

欧鸥比他们早到半个小时，已经办妥了一切，在包厢里等着。

戴非与和欧鸥算是网友"奔现"，俩人打上照面后，乔以笙就注意到欧鸥盯着戴非与两眼放光。

欧鸥也毫不掩饰对戴非与的称赞："不愧是道明寺分寺啊！"

戴非与也真诚地礼尚往来："你果然是工藤新一也得不到的女人。"

欧鸥风情万种地一撩披肩的长卷发，一丁点不自谦："可不是嘛。"

戴非与笑了笑。

三人落座后，乔以笙即刻收到欧鸥的一条微信消息："救了大命我的乖乖！你怎么没告诉过我你表哥长这么帅的！你们家的基因也太好了吧！"

乔以笙偷瞄欧鸥，欧鸥表现得比微信里淡定，正在淡定地向戴非与介绍这家温泉会所的日式料理有多正宗。

乔以笙没有回她消息，而是当着戴非与的面直接问欧鸥："你是不是不记得你大一的时候就见过我表哥了？"

欧鸥愣住了，道："怎么可能？我对帅哥向来敏感，当年如果见过，我不会忘记的。"

乔以笙黑起自家表哥来毫不手软："那可能是我表哥当年还不够帅，没入你的法眼呗。"

正在喝水的戴非与被呛到，咳了两声。

欧鸥笑得不行。

包厢的门被人从外面轻轻叩响，是最晚到的周固。

"抱歉，让你们等我了。"周固在门外脱掉鞋，穿着袜子踩上榻榻米。

戴非与带头道："那你自觉点儿，自罚三杯。"

"你上一边去。"周固又停在衣架前把外套脱掉挂上面，说这话时视线很自然地扫过欧鸥和乔以笙。

但乔以笙能感觉到周固在她身上稍微停顿了下。

欧鸥和周固虽然是第二次见面，但照欧鸥的性格，即便是第一次见面也能像认识十几年的好朋友一样，于是欧鸥立刻不客气地附和戴非与："那女士要你自罚三杯管不管用，还是说必须由乔乔开口？"

乔以笙："……"

"喝，我自罚六杯。"周固嘴角噙着笑意走过来，坐在戴非与身旁的空位上。

原本戴非与单独坐一侧，位置靠中间些，方便他同时面对乔以笙和欧鸥，不至于有失偏颇。

现在在周固的示意下，戴非与朝里面挪了些，周固便和乔以笙面对面。

戴非与也是挪过去之后才记起乔以笙先前的话，无声地瞄一眼乔以笙，旋即给她发消息："你也没说你现在和周瑜具体什么情况，不知道这样的位置你会不会觉得尴尬，如果尴尬我找个机会和他换过来。"

乔以笙："不用，别想太多，我和周固只是普通朋友。"

一个座位而已。如果有其他关系的话，她是不会同意来和周固一起吃这顿饭的。

乔以笙放下手机抬眼时，对面的周固已经喝完了 6 杯清酒，博得欧鸥的喝彩："真男人！"

戴非与还是专业拆台选手："这杯子这么小，换我要 20 杯，才是真豪气。"

乔以笙将戴非与一军，对周固说："快，帮我表哥倒满 20 杯。"

"你可真下得去狠手。"周固眼里满是笑意。

乔以笙弯着唇，脑子里浮现陆闯说周固最近自身难保，但她现在看着周固的状态和之前没两样。

戴非与恰恰这时询问周固："我下午问你有没有空时，你说你现在最多的就是时间，什么意思？"

"字面上的意思。"周固重新倒了一杯酒说，"我这几天刚离职，还没找到下家，在家里闲着。"

乔以笙心头"咯噔"一下，所以是因为股价那件事？

戴非与追问："怎么，干得不痛快？"

周固沉默了一秒才含混回答："嗯。"

旋即周固原本侧向戴非与的脸转回来，与乔以笙四目相对。

包厢门再次被叩响，服务员送餐进来。

样式特别多，叫人眼花缭乱。

欧鸥察觉不对，道："送错了吧，这些我们没点过。"

乔以笙瞧着也不像是欧鸥点的，别说价格了，光是这数量就不得了，他们四个人根本吃不完。

"没有，没有送错，就是给你们三位的。"服务员笑着分别示意戴非与、欧鸥和乔以笙，"三位恰好是今天会所的第99、100、101位客人，这是三位贵宾获赠的套餐。"

乔以笙、欧鸥和戴非与面面相觑。

如果只其中一位中奖，或许乔以笙会相信服务员的说辞，但现在如此刻意地将周固排除在外，她很难不怀疑这是陆闯干的。她可没忘，这也算是陆闯的地盘。

戴非与不清楚宜丰庄园和陆家的关系，欧鸥则不清楚乔以笙至今还和陆闯有牵扯，所以俩人虽然觉得古怪，但既然服务员都说是送的，他们便接受。

此时，戴非与和欧鸥也不觉得只有周固没中奖有什么古怪，毕竟套餐送上来自然而然是四个人一起吃。

"那我们还真是幸运。"欧鸥说，"道明寺G县分寺，你是我们的福星吧，我来过这家会所好几次，还办了会员，但第一次遇到这种好事。"

看着眼前丰盛得能办派对的大餐，欧鸥记起："对了乔乔，你还记不记得，我们第一次来这里，是上大学那时候，有一年陆闯过生日。"

乔以笙含含糊糊，假装记性不太好地说："好像是有这么一回事。"

可饶了她吧，每来宜丰庄园一次，就要直接或间接地被问到陆闯那年的生日。

那是陆闯的20岁生日，排场比较大。

欧鸥误以为乔以笙是不愿意提起郑洋，倾身揽住乔以笙的肩膀，道："今晚约你吃饭就是让你放松心情的。下午我看网上那些提到你的言论好像都被清理掉了。"

真的吗？乔以笙中午离开事务所到现在都没再上过网。

"嗯，我刚刚也看了一眼，确实被清理了很多。"戴非与也安抚道，"没事的，过两天热度就下去了。"

周固帮乔以笙的杯子里添了热茶继续说："本来上午想给你发微信问问你的情况，怕你正烦着，所以就没打扰。"

"不会打扰的，没事。"乔以笙料到周固肯定也知道了，端起茶杯说，"谢谢。"

周固轻叹一句："很遗憾，我现在才意识到，上次你前男友的妈妈找过来，你心里有多难受。"

戴非与即刻揪住话头："嗯？郑洋的妈妈找你干什么？"

欧鸥那天晚上听乔以笙在电话里讲过，已经痛骂过一次郑洋和伍碧琴，现在她复述给戴非与，又骂了一通。

戴非与一脸严肃，举着杯子马上敬周固一杯酒，道："周瑜，这杯必须喝，多亏当时有你在以笙身边，谢谢你。"

周固也举起杯子和戴非与碰了碰，道："行了，我又不是为了你。"

"……"乔以笙默默喝自己的茶。

欧鸥与她咬耳朵："这周固要是你的男朋友，现在的画面挺美好的。"

乔以笙在桌下的手轻轻挠欧鸥的痒痒。

戴非与连敬了周固三杯酒，然后指着方才新送来的豪华套餐，让周固多吃点儿。

周固笑着摇摇头道："不了吧，服务员讲得很清楚了，这是给你们三个人的。"

乔以笙心头"咯噔"一声。

也就是说周固已经猜到这是陆闯的杰作……乔以笙低头滑开自己的手机。

在服务员送来套餐她心生怀疑之后，她给陆闯发过一条微信消息："你是不是又背地里搞事情？"

现在她才记起来去查看陆闯回复的消息。

陆闯是在她发过去的两分钟后回复的，回复了四条密密麻麻的消息——

陆闯："话给我讲清楚，什么叫搞事情？你有脸背着我去和其他男人泡汤，我以德报怨怕你们没吃饱，你还狗咬吕洞宾？"

陆闯："乔以笙，你出门前可没告诉我，和你一起吃饭的人里有姓周的。也别说什么我可以见其他女人你也可以见其他男人，你敢和他多说两句话，等着我收拾你吧，我们是有合约的。"

陆闯："那个姓周的是不是不要脸地也一起吃了？"

陆闯："温馨提示，吃太饱不宜下水。"

乔以笙："……"

盯着最后一句，她有理由相信，陆闯送食物的目的就是要让他们吃撑，不方便泡汤。

乔以笙只觉得陆闯既可笑又幼稚！

不久之后欧鸥和戴非与还是下汤池了。

乔以笙则以吃得太撑为借口只坐在池边泡脚。

戴非与穿的是会所里提供的浴衣。

欧鸥以往和乔以笙一起泡汤时是什么都不穿的，今天因为有男士在场所以穿了一件泳衣。

但这件泳衣有些性感。乔以笙清楚地看到，率先下池的戴非与看到欧鸥出现时，不自然地别开了脸。

然而欧鸥下池之后，还非往戴非与面前凑，和戴非与说话。

乔以笙突然有种女妖精缠上唐三藏的即视感。

这个形容还是不太贴切，戴非与虽然没交过女朋友，但到不了唐僧的地步。

周固这时端着盘子来到她身旁，和她并排坐在水池边，卷高了裤管，双脚也伸进汤池里，旋即取过盘子里的一杯热茶递给乔以笙。

"谢谢。"乔以笙接过后说，"你怎么也不下池？"

周固笑着反问："不明显吗？"

乔以笙下意识地将耳边的碎发别到耳后，道："不用专门陪我的，你想泡就去泡。"

周固呷一口茶，道："没有，我确实也没什么泡汤的兴致，觉得和你一起待着会更有趣。"

乔以笙把话题转移到戴非与和欧鸥身上："有没有发现我表哥现在面对鸥鸥，眼睛都不知道该往哪儿看？"

周固也觉得有趣，道："收获打趣你表哥的素材一份。"

乔以笙忍俊不禁道："嗯，我也收获了。"

安静了三四秒，还是被周固绕了回去："你现在是不是和陆先生在一起？"

"没有。"乔以笙否认，佯装不知道方才的套餐是陆闯的行为，也装作不知道他对陆闯的挑衅行为，便说，"你之前说想问他讨个道歉，讨到了没？"

周固笑一下，道："算是讨到了。"

乔以笙心思转动。周固不了解陆闯对陆家的真正态度，那么在周固眼中，影响陆家竞标就等于报复了陆闯。

"不过我也相应地丢了工作。"周固耸耸肩。

果然……乔以笙不禁蹙眉。

见状，周固安抚道："我在做之前就猜到后果了。"

乔以笙微抿一下唇，问："值得吗？"

"爽到了，就是值得的。"周固看得很开的样子，"人不能活得太憋屈。你没有过明知不会有好下场，却还是想为了一口气而去做的经历？"

有，当然有。巧的是，乔以笙最近一次这样的经历，也和陆闯有关。

只不过乔以笙有点儿意外周固也会如此，她问："这算是你的另一面？"

此前周固留给她的印象是既绅士又稳重，做每一件事之前会清醒地权衡利弊，然后做出理智的决定。

现在周固明知可能只是蚍蜉撼树，却宁愿丢掉工作也要试图回击陆闯。

"嗯。"周固点点头，"你也认识一下。"

乔以笙笑道："哦，好的，认识了。"

和他相处还是一如既往地让她感觉很舒服啊。

"凉了吧？要不要换一杯？"周固伸手问她拿茶杯。

乔以笙递给他，道："谢谢。"

温泉池里，欧鸥和戴非与也不知道在聊什么，一直说个不停。

周固将茶杯还她时，乔以笙小声嘀咕道："该不会过了今晚，我的闺密和我表哥就谈上了吧？"

"有可能。"周固望过去。

乔以笙趁着戴非与不在，正好向周固打听："我表哥高中有没有早恋，或者暗恋呢？"

"我没听说过。"周固想了想说，"但我记得班上曾经有女生给非与送过早餐。"

"真的吗？"乔以笙燃起八卦之心了，迫不及待地问，"然后呢？"

"他……"周固的表情有些复杂，"他拎着早餐到讲台上，问班上同学是谁的东西放错地方了。女生估计因为害羞没敢当众承认吧。他看没人应，就把早餐放到教室的失物招领处了。"

"……"乔以笙的表情也跟着变得复杂。

周固替戴非与解释道："你表哥他不是故意装傻，他那时候是真的以为谁把早餐放错座位了，没有意识到这是喜欢他的女生偷偷送给他的。"

乔以笙抚额，所以现在的戴非与还是成长了，没有高中时期那么迟钝，否则他之前也不可能眼尖地瞧出来她和陆闯其实认识。

周固盯着她无意识地在水里晃动的白皙的双脚，说道："罗拉怀的不是我的孩子，已经得到证实了。我还没正式告诉过你。"

话题转得猝不及防，乔以笙反应了一瞬，继而点头道："哦，好，我现在知道了。"

"不需要我提供证据给你？"周固问。

乔以笙知道这是一句试探，指的是她之前答应过他，等他处理掉这些麻烦，如果她还没有男朋友，就重新给他机会。

她笑着摇头道："不用。"

周固也笑了，重重地长叹一口气，道："明白了。"

斟酌着，乔以笙撒谎道："别误会，不是你不好，是我的问题。你也知道我前男友的事吧？原本对我来讲已经过去了，但最近被网友翻来覆去地讨论，我多少还是受了一些影响，有些疲倦，暂时不想发展一段新恋情。"

讲完后，乔以笙发觉自己拒绝了，但好像又没完全拒绝，这和吊着周固毫无区别。

周固给她换杯新的热茶，道："我以为，陆先生也是你发展一段新感情的困扰。"

乔以笙眼皮一跳。

周固很坦诚地与她交谈："我不确定我的猜测是不是对的，但就之前陆先生对你及对我做出的行为，在我看来，他确实在纠缠你。"

乔以笙接回茶杯，道："很抱歉周固，我不想回答这个问题。"

"对不起。"周固也抱歉地说，"我可能冒犯到你了。"

乔以笙盯着水面，道："不能算冒犯。"

"小乔，真的对不起。"周固继续道歉，"我很多年没这样冒失了。离开校园适应社会规则之后，我为人处世也逐渐变得圆滑。

"或许有人认为我的绅士和沉稳间接说明了我是'老油条'，但我认为和人相处时能带给对方舒适感是一件好事。进退有度也确实已经成为我的本能。

"但今晚在你这里我很挫败。我的本能失灵了。"

"……"乔以笙不知道该如何反应。

显而易见，这番话无异于又一次的表白。

周固又找回了他失灵的本能，体贴周到地说："你不用说什么，听听就好了。你刚刚已经跟我讲清楚了，你暂时不想发展一段新恋情，所以我还是会继续当你的普通朋友。"

乔以笙的目光从水面转到他的脸上。

周固如常地对她笑笑，道："你不会想告诉我，连普通朋友也没得做吧？"

乔以笙摇摇头，还他一个笑容，道："谢谢你还愿意和我做朋友。"

他的工作，间接上也算因为她才丢的。

某种意义上，她觉得自己像个瘟神。陆闯不乐意她和其他男人交往过密，否则接近她的男人估计都得跟周固一样遭到陆闯的算计。

周固就是陆闯用来杀鸡儆猴警告她的。

所以就算是为了不祸害其他人，她也得和陆闯签署一份协议——乔以笙给自己同意和陆闯之间的床伴关系，又找到了一个理由。

陆闯又发来微信消息。

陆闯："你还没和你的表哥、闺密聚完？我的忍耐是有限度的，别是拿你的表哥和闺密作为你和周固幽会的挡箭牌。我最迟等你到零点，零点你要不来我的房间，你给我等着。"

没错，陆闯不仅跟来了会所，而且今晚也住这儿。

早在上一条消息里，他就给乔以笙发了房号。

乔以笙也决定一会儿去赴约。

但是说实话，乔以笙现在非但不害怕他的警告，反倒很想试一试，如果她零点前没有过去，后果会是什么？

现在距离零点其实还早，陆闯下的最后通牒不免失去几分威慑力。等戴非与和欧鸥泡完温泉上来，在欧鸥的倡议下，四人又一起打牌。

欧鸥之前从乔以笙这边顺手拿走的桃花手链还一直戴着。

巧的是，拥有同款手链的戴非与也戴着。

方才吃饭时欧鸥看见过，还调侃了一番像情侣手链。

泡温泉期间俩人均摘掉，见泡完温泉戴非与很快重新戴上，欧鸥又调笑道："你这么想招桃花吗？"

戴非与转头问乔以笙："你告诉她这手链是招桃花的？"

乔以笙自然是帮着欧鸥："舅妈当时让我们去，不就为了求姻缘？"

戴非与只能自己跟欧鸥解释："我这款的颜色和你的那款不同，我在我妈眼皮子底下偷梁换柱，给自己买的是转运珠。"

欧鸥丢出一张牌，道："嗯，没事，不管是招桃花还是转运珠，别人不知道，看上去都像情侣款。"

戴非与吃掉欧鸥的牌，道："我的转运珠还是很有用的，手气立刻变好。"

乔以笙和周固都无牌可出，过了。

欧鸥勾着唇继续丢出牌，反吃掉戴非与的牌，道："道明寺，你今晚看见我就该知道，你的转运珠起作用了。"

戴非与："……"

乔以笙："……"

于是整场牌局，欧鸥比先前吃饭时更直白地开撩戴非与。

打了1个小时左右，由于戴非与不断地给乔以笙使眼色，乔以笙做主让牌局到此为止，戴非与和周固回了他俩的房间。落在乔以笙眼中，戴非与的行为委实像被吓得不轻导致落荒而逃。

乔以笙和欧鸥也回她俩的房间，欧鸥搭着乔以笙的肩膀乐得直不起腰："你表哥怎么这么纯啊。"

"你故意的吧？"乔以笙其实瞧出欧鸥在恶作剧。

欧鸥敛了神色，很认真地问："那如果我真的对你表哥有兴趣，想追他呢？"

乔以笙在铺被褥："什么时候你想追一个男人还要征询我的同意了？"

"毕竟是你的表哥嘛。"欧鸥过来一起铺，"不过我这不是征询你的同意哦乖乖，我只是跟你打声招呼。"

乔以笙耸耸肩，道："那我也得跟你打声招呼，你追你的，我不会插手。"

意思就是不帮她，不提供情报。

相应地，乔以笙也不会偏帮戴非与。

欧鸥眨了下眼睛，道："那是当然的。"

但戴非与到底是自己的表哥，乔以笙还是强调了一句："你追的话就好好追，不想追了也直接点，别玩弄他的感情。"

欧鸥在乔以笙身旁躺下，动作幅度很大地点头，道："明白明白，我保证我不会玩弄你表哥的。"

"除非你表哥先玩弄我。"欧鸥补充一句。

乔以笙噎了噎，笑道："这种可能性太小了。"

最后乔以笙还是多好奇一嘴："你的实习生'小鲜肉'呢？"

屋里的灯熄了，欧鸥在玩手机，手机屏幕的光亮映照出她脸上的遗憾："小男生体力好是好，就是太黏我了，占有欲还超级强，都把情绪带到日常工作中了。

"这可不行。我也是要拼事业的，果然办公室恋情得谨慎。"

欧鸥记起来问乔以笙："你今晚和周固俩人的氛围好像不错？"

乔以笙假装已经困了，音调很小："没什么……就是普通朋友聊聊……"

欧鸥没有再追问，只是狐疑道："12点都没到，你这就要睡了，是不是太浪费难得的周末了？"

"……嗯。有点儿累。"乔以笙心虚得很，默默地对欧鸥说抱歉。

"行，那你好好休息。"欧鸥还是替她感到遗憾地说，"可惜了，这里的温泉果然是整个霖舟市最好的。明天早上起床你看看有没有兴致补泡，反正我退房前肯定要再泡一次。"

乔以笙低声应："好。"

既然乔以笙要休息，欧鸥便不说话了，又玩了一会儿手机，也睡下了。

等乔以笙听到欧鸥的呼吸声逐渐变得均匀绵长，才躲进被子里查看时间。

离零点还有半个小时。

陆闯订的房间就在她们的隔壁，乔以笙故意没有提前过去，又等了一会儿，剩最后5分钟时，才蹑手蹑脚地出去了。

乔以笙准备敲门的时候发现门是开的，陆闯给她留了门，她便直接进去了。

这里的布局一样是日式的，里面房间、外面庭院。

乔以笙在里面的房间没见到陆闯的踪影，便寻到外面的庭院。

果不其然，陆闯在庭院的露天温泉里泡着。

盈盈的水面摇曳着池畔灯盏的影子，烟雾缭绕之后，陆闯两条手臂敞开着搭在池边，后背倚靠池壁，脑袋往后仰着，脸上盖着毛巾，一动不动。

乔以笙怀疑他是不是自己泡着泡着睡着了。

但陆闯出声证明了他还醒着："呵，我就知道你会掐点。"

随着他抬起头，盖在他脸上的毛巾掉落。

陆闯敏捷地赶在毛巾掉进水里之前接住它，然后将毛巾挂到脖子上。

同时他漆黑的眸子精准地盯着乔以笙，表情又冷又臭。

乔以笙正好借此机会问他："陆闯，以前上学的时候，你每次替郑洋帮我到图书馆占座，其实都不是为了兄弟义气，是为了我吧？"

虽然已经不是第一次这样厚着脸皮说出这种有自作多情嫌疑的问题来羞辱他了，但她的耳根仍旧不可避免地悄悄发烫。

而且她的心底无法抑制地有些雀跃。

她承认，最近一想到自己这几年一直被陆闯喜欢着，她内心是欢喜的。

被人喜欢本身就是一件值得高兴的事。

陆闯对乔以笙的问题置若罔闻，道："乔以笙，掐零点很有意思，嗯？"

乔以笙也没理他的话，继续说自己的："陆闯，你不正面回答，我就当你默认了。"

"你帮我占座，我来了你也并没有马上走，你是不是在装睡？偷看我，为了能和我有独处的时间？"乔以笙继续猜测，揣摩陆闯那时候的真正目的。

陆闯却说："乔以笙，你没发现你现在讲的这些话，反而说明你以前也悄悄留意我，偷看我睡觉？"

乔以笙笑眯眯道："陆闯，你就是一直在抠我的字眼，找出我在大学期间正眼瞧过你的证据，好抚慰你被我无视的受伤的心。"

陆闯不屑地嗤笑道："如果你能让我记挂到这种程度，我哪有心思交其他女朋友？乔以笙，你不也说过我对你的那点感兴趣很廉价，怎么现在又不清醒了？"

乔以笙悠然道："或许你交其他女朋友也是为了忘记我，好让自己不再时时刻刻地记挂我。既然到现在你都还喜欢我，说明你的方法不奏效。"

"你瞧瞧你现在的样子。"乔以笙双手抱臂，绕着温泉池边缓缓踱步，饶有兴味地打量他，"我不在，你在我的公寓也待不住，也跟着来温泉会所，还吃周固的醋，搞那么多乱七八糟的幼稚行为。

"又脱光衣服泡在温泉池里，数着时间等我过来宠幸你。"

她说得很开心很得意，陆闯的脸色却越来越沉郁，嘴唇抿成一条平直的线。

乔以笙落座到池边，卷高裤管，两条腿伸进池子里，朝他的方向踢了踢水花，道："喏，我来宠幸你了，你还不来接驾？"

酒精是个好东西。

那会儿还在吃饭，看到陆闯发来房号，乔以笙便有意地小酌了一些。

后来打牌，乔以笙输牌，又被罚了几杯。

现在以微醺的外在状态对陆闯百般嘲讽，怪有趣的。

而她并未意识到，她讲这句话的语调百转千回，她踢水花的动作更是招摇魅惑。

陆闯从池子里朝她挪过来，捉住了她的一只脚踝。

他虎口的茧子在她的皮肤上有短暂的摩挲，激得她不由自主地轻轻战栗。

呼着气，乔以笙晃晃悠悠地主动将另一只脚从水里抬起来，搁在他的肩膀上。

她的两条手臂按在身后的地面上，以后仰的姿势睨视陆闯，问："今天你打算怎么伺候我，我的床伴？"

陆闯盯着她，一时之间没有动作，也没有说话。

但乔以笙从他黑若点漆的眸子中看到了自己的影子，而她的影子正在为他充满危险意味的情绪所吞噬。

乔以笙动了动她灵活的脚趾头，戳戳他的肩，问："怎么？没新鲜花样了？你不是有过那么多女人，特别有经验吗？"

陆闯终于重新开了口，问："这次喝了多少？"

"又看不出来我醉没醉？"乔以笙勾唇。

陆闯却好像很在意她喝酒这件事："喝得不开心？"

"你要么曲解我的心思，要么猜错我的心思，这样是得不到我的心的。"她明明挺开心的，今晚是一个愉快的夜晚。

陆闯自顾自地又问："怎么，还是因为郑洋？不是你说已经过去了已经没事了，让你表哥别去揍人？"

现在乔以笙确实有点儿不高兴了，道："你懂什么？"

她把脚从他的手掌中抽出来，伸进水里又往他脸上踢了踢水花，道："不要每次提到郑洋，你都流露出一副我很傻难怪被骗的神色。我被郑洋骗这件事，你也有责任不是吗？"

"怎么现在就成天破坏我和周固？怎么就非要当我的床伴还签合约约束我不能找其他男人？当初你在学校里不照样横行霸道，怎么就没见你使手段把我从郑洋手里抢过去？非但不抢，还把许愿沙让给他？"

乔以笙的胸口很堵："虽然你和郑洋都是垃圾，我不能在垃圾堆里挑好次，但如果当初你能阻止我和郑洋在一起，即便我和你没有结果，我也不会像这样被郑洋骗了8年。

"不仅如此，分手后我还要被他纠缠，甚至现在他被网友攻击，也要牵连我。"

乔以笙越说越难过，继续数落陆闯："还有，我的眼睛瞎，难道你的眼睛就不瞎？你比我早认识郑洋，你和郑洋相处的时间比我长，你比我更容易看清郑洋是个什么样的人，更容易发现郑洋做的那些事。你可以早点儿告诉我。

"可是你没有。这样论起来，你比我更眼瞎。

"你没立场瞧不起我被郑洋欺骗。

"你最没立场。"

讲到最后，乔以笙几乎是控诉。

明明不该是这样的。

她很清楚，郑洋是罪魁祸首，全是郑洋的错，需要负责任的只有郑洋，她该控诉的人也应该只有郑洋。

可她现在的指责，好似陆闯才是始作俑者，是最大的恶人。

难以抑制的酸涩漫过她的胸腔，涌入她的鼻间，冲上她的眼睛，乔以笙对陆闯感到离奇地愤怒。

陆闯的黑眸沉静。他重新握住她的脚踝，试图平复她不自觉间的发抖。

乔以笙想挣扎。

陆闯的手掌顺着她的小腿往上捋，眨眼间扶到她的腰间，在乔以笙毫无防备之下，将她拉下了水池。

"扑通"一声，水花四溅。

温泉水的暖意瞬间透过皮肤蔓延至乔以笙的四肢百骸。

陆闯搂住她，微垂着眸，淡淡地说："嗯，是，是我害了你。"

乔以笙在落水之际因为飞溅的水花下意识闭住眼睛，此时她眼睫轻轻颤动，应言睁开眼。

陆闯发丝凌乱，头发湿漉漉的，额角和鬓边的湿发黏在额头和脸颊，发尾也耷拉着。

水珠从他的发梢一滴接着一滴地掉落，仿佛也沾染了他双眸中浓稠的墨色，滴在水面上漾起一圈一圈的涟漪。

他深邃的瞳仁直勾勾地凝视着她。

乔以笙再也忍不住鼻腔的酸意，眼泪大颗大颗地掉了下来。

带着薄薄的茧的手指滑过她的面容，泪珠在陆闯的指腹间消失不见，转瞬又掉出。

陆闯继续擦了几下，指腹最终停在她的脸颊，他捧着她的脸，低下头颅，嘴唇轻轻贴住她的唇角，又缓缓地往上吻着她的眼睛。

他此刻的温柔如潮水般将她淹没。乔以笙反而更想哭，也越哭越厉害。

等乔以笙回过神来时，发现自己窝在陆闯的怀中，和他一起坐在温泉里。她圈着他的脖子，脸贴着他颈窝处潮湿又热烫的皮肤。

陆闯一只手搂住她的腰肢，另一只手的手指插入她的发丝之间，梳理她打湿的头发。

扯得乔以笙的头皮有点儿疼："你想把我的头发全拔光？"

陆闯动作一滞，道："别狗咬吕洞宾，你的头发打结了。"

乔以笙看不见，只能自己伸手抓一下，想验证他是否撒谎。

陆闯不爽地捉住她的手，道："要不要这样？"

乔以笙吸了吸鼻子，生出一个想法，道："别梳头了，有这个工夫，不如帮我捏肩按摩。"

"你说什么？"陆闯的音调听起来像是怀疑自己产生幻听了。

乔以笙的脚趾在水里轻轻蹭了蹭他的小腿，越发颐指气使，重复道："陆闯，帮我捏肩按摩。"

陆闯冷笑道："你还没睡，就先做起梦了？"

乔以筌坐直身体，与他对视，道："你不是承认，我被郑洋骗，你也有责任吗？那你还没跟我道歉。现在给你机会帮我捏肩按摩，你有什么不乐意？"

"你脑子哭出毛病了？"陆闯黑着脸说，"我最烦女人哭哭啼啼了，所以才应付你一句，你还真蹬鼻子上脸了是吧？"

乔以筌心梗又气愤，道："陆闯，活该你得不到我！"

她准备起身，却被他强行拉住。

"你打结的头发还没理顺。"他恶狠狠地道。

"我才不要你继续拔我的头发。"乔以筌拒绝。

"呵，理到一半了，你必须让我理完。"陆闯语气霸道。

"你有病。"乔以筌回骂，但为了自己头发的安全，她还是没再轻易乱动，以免被扯得更疼。

但她能感觉到陆闯比先前更小心翼翼。

天边闪烁着繁星，这是市区里见不到的。乔以筌忽然记起，那一年陆闯过生日，她跟着郑洋来宜丰庄园，晚上过夜时看到过比这更漂亮的星空。

应该是季节的原因。

陆闯的生日在初夏。

那年晚上，他们在西庄一个专供野营的草坪上烧烤、游戏，玩到零点，给陆闯点生日蜡烛唱完生日快乐歌后各自去休息。

乔以筌、欧鸥与其他两名女生挤在一顶帐篷里，其中一名女生的呼噜声比较响，乔以筌被吵得翻来覆去睡不着。

她把帐篷打开一条缝，想到外面透透气。

远远地看见之前烧烤的那棵树下还亮着灯，她便爬出帐篷，往树下走去。

走近后发现原来有人和自己一样也没睡。

那人就跷着二郎腿坐在树下的折叠椅里玩手机。

这段记忆之前明明被她忘在了犄角旮旯里，若非看到熟悉的夜景，乔以筌根本想不起来。

现在想起来，她又莫名地发现自己清晰地记得当时陆闯穿着一件白色的薄款冲锋衣，拉链拉至最高处，牙齿咬着拉链头，整个下巴藏进领口里。

她停住脚步。

陆闯仿佛没发现她，看也没看她一眼。

她便没有和他打招呼，径自坐到离他比较远的另一张椅子上。

周围的虫鸣蛐叫此起彼伏，其实也很吵，但比起呼噜声，就是格外动听。而繁星点点的夜空之于她完全是意外收获。

她一点儿也不觉得无聊，仰着脑袋盯了许久。

如果没记错，她眼角余光还无意间瞥见，原本低头玩手机的陆闯后来也抬头望向夜空。

正因为知道他也在看，所以某一瞬间她看到流星划过时，还颇为激动地打破了俩人间的沉默，问陆闯："你也看见了是不是？刚才那好像是流星？"

她想求证自己没有眼花。

陆闯却一点儿不乐意和她讲话似的，只是瞥了她一眼，含混地回应："不清楚。"

"真的没有流星吗……"回想到这儿，乔以笙不经意间喃喃出声。

还拥在她身后的陆闯没听清她讲什么，问："你说梦话呢，那么小声？"

乔以笙原本想大点儿声和他聊一聊这件往事，但察觉到陆闯现在正在帮她捏肩膀，她很意外，道："你不是不想帮我按摩，怎么又给按上了？"

"你确定我现在是在给你按摩吗？"陆闯拖腔带调的。

他微热的指尖在她的耳垂上摩挲。

乔以笙顿时一激灵。

陆闯轻轻地笑："乔以笙，你真的只是想要我帮你按摩而已？"

他潮湿的气息喷洒在她的后颈，仿佛带了电，她整个人都感到酥酥麻麻的。

乔以笙转头。

陆闯的双眸在水汽蒸腾中显得越发黑亮，像是浸润在水中的黑曜石。她甚至能透过他的眼睛看到自己。

陆闯低头，凑得更近些，几乎是鼻尖相触，似乎享受着这样和她呼吸相闻的亲密感。

更像在等她的主动，等她承认。

乔以笙一直认为陆闯身上最性感的部位是他的喉结。

此时陆闯不知是有意还是无意，做了个吞咽的动作。

他性感的喉结随之上下滑动。缀在上面的水珠因此滑落，像翻越了一座高山，紧接着又沿着他胸膛精瘦的肌肉往下汇进水里，荡漾起来的波纹朦胧了水底下的风光。

尤添一丝蛊惑。

又被他勾到了。

如果说上次她是无意识下的情难自禁，今次她便是情难自禁之下的故意为之，故意吻上他的喉结。

预料之内，陆闯和上次一样，身体轻微地发颤，呼吸刹那间加重。

乔以笙很满意他的反应，并抢先摆出上位者的姿态，微扬着下巴，倨傲地看着他，道："陆闯，伺候我。"

她松开了手。

陆闯低头，眸色越发深沉。

乔以笙一副懒洋洋的做派，并没有害怕什么。

陆闯哼笑着，以一个急促而狂野的深吻作为开场。

回到房间，乔以笙手肘软绵绵地撑着，想爬起来，道："我一会儿得回去，会被欧鸥发现我不在的。"

陆闯捉住她的脚踝，没怎么用力地一拉，便将她拽回到他的身前。宽敞的胸膛紧紧贴着她的后背，他热烫的指尖拨开她后颈的头发，嘴唇来回吻着她那颗小痣，问："你觉得你回得去？嗯？"

……回不去，确实回不去。

他这一吻，她也不想回去了。

乔以笙觉得陆闯和慢性毒药无异，她一点点地沉陷，回过神来想脱身时，已无法自拔。

明明折腾得很累，可乔以笙莫名地睡不着。

脑袋是放空的，浑身也是轻松的，她这两天积攒的负面情绪全部清空。

陆闯坐起来想抽烟，乔以笙伸手拿掉他嘴里的烟头，没好气地说道："我不想每次都吸二手烟，谢谢。"

"事儿真多。"陆闯轻嗤，抢回重新塞嘴里，但没点燃，只是叼在嘴里过过瘾。

旋即陆闯忽然说："你想一个办法把聂婧溪她奶奶旧房改建的项目推掉，你们事务所的项目那么多，你又不是非得做这个。"

"你是不是管太宽了？手都伸到我工作上来？"乔以笙蹙眉，猜测，"怎么，不想我和你未婚妻有过多的接触？"

陆闯瞥她一眼，玩味道："嗯，怕你哪天又吃飞醋，再跑来跟我闹着要解除合约。"

乔以笙眉眼骄矜，道："应该是你担心我从你未婚妻那里，不小心发现你没有遵守约定吧？"

陆闯勾了勾她的小腿，将烟咬到一侧嘴角去，凑到她唇边。

"这个项目耗时长，聂婧溪的要求肯定也多得不行，你非要做，我能想到的理由只有你指望着能在那边看到我。"

乔以笙将"不要脸"三个字砸到他的脑门儿上，道："确定不是你每次知道我去那边，就巴巴地跑去想多见见我？"

陆闯恶作剧一般，将烟从他的嘴里拿掉，转而塞进她的嘴里，道："那你就是希望余子荣继续骚扰你。"

"聂婧溪答应我她会处理的。"乔以笙把烟吐掉。

陆闯也不知是不是只剩这一根烟可抽了，从被子上捡起烟又塞回自己的嘴里，丝毫没在意烟嘴上沾满了她的唾液："她能处理什么。"

陆闯态度坚决地说："反正你别废话了，趁早换个项目做。"

乔以笙的态度也坚决，道："这个项目我很喜欢，虽然是薛工接的，但薛工放手让我来做。聂婧溪看起来也没太大的意见，我很珍惜这次机会，就算再被余子荣骚扰，我也不会放弃的。"

"有什么可喜欢的？不就一座破房子？"陆闯目光冷冷的，"你想要独立扛项目，万隆地产还有很多其他项目，你随便挑一个去锻炼。"

乔以笙来气了，道："你以前就是这么打发你身边其他女人的？你有病？我稀罕你们万隆地产的项目？我就算跟你说了我为什么喜欢这个项目，你能理解吗？对牛弹琴的事我为什么要浪费工夫？"

她横眉竖眼，拢着被子坐起来，道："请你搞清楚你只是我的床伴。我的事你管不着，即便是我老公，也无权干涉我的工作自由。"

她突然一刻也不想和他多待了，立即要走人。

陆闯的脸色在她说完几句话后冷冻成霜，他横过手臂揽住她的腰捞回她，将她按回榻榻米，道："嗯，跟我说你为什么喜欢那个项目是对牛弹琴、是浪费工夫。和我睡觉就不是，对吧？"

乔以笙盯着他的眼，稳住情绪道："从我们的关系来讲，不就是这样？"

"行！"陆闯耸耸肩，说道，"那我们别浪费工夫，接着来。"

第十一章
坠落

////////////////////

天刚蒙蒙亮，乔以笙返回自己的房间，却没想到在溜回去的途中会撞见周固。

欧鸥定的是套房。

乔以笙进门之后在公共区域遇到了他。她头皮发麻，下意识抱紧怀里的浴巾，心里暗戳戳地庆幸好歹她已经回来了。

"你……"周固打量她。

也就两三秒，周固背过身去，道："不好意思。"

"……"乔以笙顿时神经紧绷，低头看自己哪里衣裳不整了。

可她没瞧出自己有任何不妥之处，只能说明是周固过度绅士了。

"……刚泡完汤。"乔以笙撒谎，也注意到自己的方向是不对的，和从外面庭院回来的方向相反，所以她多解释了一句，"我衣服不小心弄湿了，是想找服务员问问有没有洗衣服务。"

周固点点头，道："好。"

"你怎么起这么早？"乔以笙佯装正常地多和他唠一句。

周固说："我习惯这个时间起床了。"

现在才6点……乔以笙也应了一句"好"，便溜回她和欧鸥的房间。

脱掉浴衣钻进被窝里后，她发现陆闯刚刚给她发了一条消息："你可真够着急的，给你准备的干衣服等会儿就直接让服务员送去你那儿了。"

乔以笙："我换衣服的时候你干什么去了？那会儿怎么不告诉我你准备了干衣服？"

陆闯："你换衣服的时候从头到尾回头看我了吗？嗯？"

正因为知道他的目光黏在自己身上，她才一直羞于回头。乔以笙摁手机的力道都不自觉加重。

乔以笙："谢了，不用让服务员送过来了，我能解决！"

外穿的衣服没什么，主要是贴身衣物。乔以笙知道欧鸥昨天过来的时候带了一次性内衣，并没有大问题。

她睡了两个小时的回笼觉，欧鸥起来时她也正好起来了。

而欧鸥一见她起来就问："你半夜去哪儿了？"

乔以笙："……"

欧鸥两只眼睛透着狐狸一般的狡黠，道："乔乔，在我面前耍小心思，你还有点儿嫩哦！"

乔以笙用被子将自己罩起来，没脸面对欧鸥了。

欧鸥隔着被子拍拍她，道："哈哈，别这样，我只是戳破你一下，没想真的追问你的去向。知道你现在有自己的小秘密啦。"

俩人收拾妥当，便出去和戴非与、周固一块吃早餐。

戴非与顶着两个黑眼圈，直打哈欠。

乔以笙好奇道："怎么？没睡好？"

周固笑道："事先声明，和我无关，我睡觉既不打呼也不磨牙。"

欧鸥插话："因为我昨晚到他脑子里跑太多次了呗。"

"……"这个老土的梗，乔以笙在大学期间就听她说过一次了，现在完全可以当作冷笑话。

戴非与显然被欧鸥的冷笑话噎到了，将话题转移到乔以笙身上，道："还说我，你的黑眼圈也很明显。"

"我和欧鸥聊天聊太晚了。"有欧鸥作为仰仗，乔以笙撒起谎来越发信手拈来。

早餐结束，4人便退房了。

退房之后他们没有立即走人，乔以笙又带着戴非与和周固在宜丰庄园里四处走走。

除开东、西、南、北四个庄内别致的服务项目，整个庄园里的风光也值得欣赏。

听过乔以笙简单的介绍之后，周固眼里满是笑意，道："我因为公事，之前也来过一次宜丰庄园，但今天才真正认识到这座庄园为什么能成为霖舟的地标建筑之一。"

乔以笙感到不好意思，道："其实建筑师的角度，往往比较无聊。"

"不，你讲得很有趣。"周固满是赞许。

戴非与颇为骄傲，道："也不看看是谁的表妹。"

欧鸥也十分捧场，道："我们乔乔以后可是要成为大建筑师的。"

乔以笙瞪一眼欧鸥。

不多时，戴非与踱步到乔以笙身边，低声问："以笙，为什么我觉得这个'宜丰庄园'，我好像很早以前就在哪儿听过？我是指私下里。"

乔以笙没想到戴非与记性这样好，道："嗯，我爸爸以前在餐桌上和我妈还有舅妈聊过的。我爸爸最初也是宜丰庄园这个项目的设计者之一。"

但很遗憾，没多久爸爸就发生意外了。

乔以笙那会儿读高三，她的目标很明确，大学要学建筑专业。爸爸曾经展望过，宜丰庄园动工期间，她在上大学，她课业之余完全可以借他之便参与进去，对她来讲不失为一次很好的学习机会。

所以她在宜丰庄园落成之前，便已经听过"宜丰庄园"了。

它是爸爸生前接触的最后一个项目。

"难怪。"戴非与轻轻拍拍她的后脑勺儿。

乔以笙笑笑道："用不着这样。"

她早已经走出父母去世的悲伤了。

戴非与戳穿她："你这几年也一次都没回过你家里吧？"

乔以笙闻言眸光轻闪。

戴非与提及的她的家，指的不是她租住的公寓，而是父母在世时，他们一家三口的那个家。

回忆太多，乔以笙一直不敢回去。

刚出事那段时间，杜晚卿从 G 县过来霖舟照顾乔以笙，每天晚上陪着她睡觉，可她还是会从梦中哭醒。

直至杜晚卿带着乔以笙搬出那个家，在医院旁边租了一套房子，她的情况才渐渐有所好转。

乔以笙恢复正常上课后，杜晚卿就去医院里看护昏迷中的乔敬启，其余时间为乔以笙准备一日三餐，并去学校接乔以笙放学。

后来乔以笙考入霖舟大学，开始住校。周末到医院照看昏迷中的乔敬启，寒暑假回 G 县。

大三，乔敬启去世，乔以笙再也没去过那家医院。

大五那年，乔以笙因为郑洋和杜晚卿发生争吵，险些连 G 县的家都丢掉……

"你怎么当表哥的？"乔以笙佯装生气。

戴非与笑着双手作揖跟她道歉："我错了，我亲爱的表妹，你可千万别跟我妈告状。"

走在前面的欧鸥朝他们挥挥手，道："喂，你们兄妹俩有悄悄话能不能回去再说？我和周固是不是很闲？"

乔以笙和戴非与加快步伐赶上他们。

才表示过没有很闲的欧鸥却对戴非与提议："来都来了，不如你再多留一天，过完周末再回去？"

戴非与不惜搬出杜晚卿，道："不行，我妈催我了，我得回去。她一个人在家我也不放心。我长这么大，还没有离开家超过两天。"

讲完他还不忘给乔以笙使一个眼色。

乔以笙想告诉他：不好意思，欧鸥不是那么好糊弄的。

宜丰庄园距离高速路口更近，所以戴非与决定从宜丰庄园出来后，便直接开车回G县。

临别前戴非与强调了两句："在霖舟不管受了什么委屈，都不许再瞒着我们。怕我妈担心，可以不告诉她，但你至少得告诉我。"

乔以笙乖乖巧巧地应道："好，为了不让你变成唐僧碎碎念，我向你保证一定会告诉你的。"

戴非与说："你不告诉我，我就问你的闺密。"

乔以笙故作诧异，道："原来你还想着继续和鸥鸥联系呀？"

戴非与敲她脑门儿，道："表哥不是用来被你打趣的，是用来给你当后盾的。别忘记，小时候我可每次都当你的王子。"

"知道了。"既然提起小时候，乔以笙便像小时候一样抱了抱他。

长大后，他们表兄妹俩几乎不再有亲密的举动了。

松开戴非与的时候，乔以笙还是补充一句道："小时候你不是每次都当我的王子。舅妈告诉我了，我还有一个小马哥哥，后来我更稀罕他给我当王子。"

"谁？"戴非与的眉头拧成结，问道，"什么小马哥哥？"

"看来你也不记得了。"乔以笙笑，说，"舅妈说是小时候家里的租客，就租在1楼的那个房间，是一位姓柳的阿姨的儿子。"

戴非与比乔以笙大3岁，还是比乔以笙记事的，即刻露出恍然大悟的表情，道："哦，那个浑小子啊，门牙被我揍掉一颗。"

乔以笙严重怀疑他讲反了，继续说："不对吧，舅妈说你小时候爱打架，唯一输给的对象就是小马。"

戴非与反驳："我妈记错了。"

乔以笙说："可——"

戴非与打断："我妈记错了。"

乔以笙："……"

行，他高兴就好。

最后戴非与还是承认了一句："那浑小子打架确实不错，我算遇到对手了。不过他打架是不要命的那种。当时才几岁啊？他的戾气就那么重。"

戴非与吐槽道："不是我坏心眼儿诅咒他。他要还是小时候的脾气，我怀疑他现在早已经被人打死扔在某条街巷里了。"

乔以笙问："听起来，你对他的印象还挺深的。"

"你对他的印象不深吗？"戴非与怨念很深地说，"我印象最深的一件事是，我让他扮作一匹马，他不乐意，还跟我打架，可转头他就去当你的马，给你骑。"

"什么？"乔以笙又是蒙的。

"他自愿扮马，让你骑他背上。"戴非与回忆道，"你们两个撇下我玩角色扮演。我看见了，他主动给你当白马，你开心得要命。"

乔以笙眨眨眼："……"

"反正在我看来，他小小年纪就暴露了骨子里重色轻友的属性，对你对我两套标准。你不记得他是好事，没什么好记的。"

上车前，戴非与非得又补充一句："你的白马王子永远只有你哥，记住了？"

乔以笙憋笑道："好的，记住了，哥。"

送走戴非与，乔以笙又和欧鸥一起向周固道别。

她要坐欧鸥的车，在此和周固告别是最稳妥的。

"嗯，改天有空再一起吃饭。"周固说。

乔以笙还记挂着他的工作，顺势道："那就等你有了新东家，我和鸥鸥一起帮你庆祝。"

欧鸥心领神会她是不想单独和周固见面，立刻附和道："找到新的发财之道千万记得来告诉我俩，别小气啊。"

周固笑着点点头道："好。"

等他的车子驶离，欧鸥指指自己的脸颊，道："来，知道该怎么做吧？"

乔以笙凑上去要亲两口，道："还有早上的一份。"

俩人笑作一团，嬉嬉闹闹地坐进欧鸥的红色跑车里。

乔以笙回到公寓一打开门，阴魂不散的陆闯已经舒服地躺在客厅的沙发里了，跷着二郎腿，又是一副等着被伺候的大少爷架势。

由于画过他躺在沙发上的人体画像，虽然现在看到他衣着完好地躺在沙发上，乔以笙的脑海里仍旧不自觉浮现出当时的画面。

香艳程度不亚于昨夜见他光着身体在温泉池泡汤的场景。

而陆闯此刻手里大咧咧拿着欣赏的，恰恰是那幅画。

没有比"老脸一红"的表情包更适合形容乔以笙此时的表情了。

明明更该"老脸一红"的是陆闯，但架不住陆闯脸皮厚。

陆闯的另外一只手则捏着颗梨，咬得脆响，斜勾着唇角一猜即准："乔以笙，你现在脑子里不干净。"

他还真是一不小心白送她一次撑他的机会。乔以笙顿时觉得好笑，道："对，我现在眼睛看到你，脑子里是你，自然不干净了。"

陆闯眉峰挑起一下，道："那要不要帮你刷刷干净？"

"我嫌越刷越不干净。"乔以笙脱掉外套，进卧室，锁上门，免得他跑进来。

不过陆闯没想进来。

乔以笙换完家居服后回到客厅，他依旧保持着原来的姿势，手里的那颗梨刚啃完。

投篮似的精准丢进垃圾桶的同时，他高声说："乔以笙，既然你现在有空，那可以包饺子了。"

刚走进厨房里，乔以笙就已经看见了流理台上摆着的他买来的食材。

她无语至极："不是告诉过你我不会？"

陆闯的声音从厨房门口传来："不会就现学，打电话跟你舅妈学。"

乔以笙回头，不满地道："还妄想劳烦我舅妈？"

陆闯说："乔以笙，你还欠我一个条件。现在我就使用这个权力，要你学会包饺子，你舅妈包的那种。"

乔以笙一愣道："我什么时候欠你了？"

陆闯走到她面前帮她回忆，道："你被许哲下药，我救你，送你回市区的车里，你向我道歉又道谢。"

"……"他的措辞特别故意，每一个字都在挑动她的神经，乔以笙快吐血了。

"记起来了？"陆闯通过她的表情判断，露出得逞的笑容，说，"你要赖账吗？嗯？"

完全能预料，今天她如若不答应，等于被他揪住一个话头，之后他将不断地在她耳边提起。乔以笙宁愿选择包饺子——说实话，她也想吃。

正巧也到周末和杜晚卿打电话的时间，于是她拨通杜晚卿的号码闲聊几句近况，顺便询问饺子馅的秘方。

"春节我们吃的那个馅。"乔以笙强调，她记得是和平常的味道有一点儿不同。

"茴香猪肉馅是吧？"杜晚卿笑着说，"调茴香馅确实有点儿小技巧，弄不好的话茴香会发黑，还会大量出水，还包不住。"

为了方便记要点，乔以笙将电话开为免提，让陆闯旁听顺便也动一动脑子。

别想把包饺子的事儿全丢给她。

杜晚卿教得特别详细，从教她如何挑选材料开始，然后到如何调出翠绿又不出水的茴香，最后连煮饺子的技巧都跟乔以笙强调了一遍。

乔以笙撇嘴，道："早知道大年初一我应该大清早就起床，到厨房里帮你一起包饺子，还能学一学。"

杜晚卿提出她今天在家里包一包，让戴非与拍视频记录下来，发给乔以笙。

乔以笙还是不想让杜晚卿太麻烦，道："不用的舅妈，没事，我慢慢琢磨，包不好就随便吃。"

最后一句乔以笙是看着陆闯说的，希望这人要点儿脸皮。

陆闯双手抱臂，给她一个轻挑眉尾的反应，欠极了。

"不麻烦，春节之后我和你表哥也没吃过饺子了，我们做，顺便给你拍个视频。"杜晚卿笑道，"你学会了也好，在霖舟又馋饺子了，可以马上吃到，不用再等回家来。以前就是因为你馋人家柳阿姨包的饺子，你妈妈学不会，我才帮你妈妈学到手的。"

乔以笙完全能想象自己的妈妈怎么个学不会法，妈妈最不擅长的就是做饭了，以前家里下厨房的人，更多时候也是爸爸。

当然爸爸的厨艺也一般般，所以乔以笙认为自己的厨艺一般般太正常不过。工作这半年多来的锻炼，甚至让她自信她一般般的厨艺超过了爸爸和妈妈。

不过乔以笙没想到这个饺子和柳阿姨有关，惊讶道："原来春节吃的，就是你一直提到的柳阿姨包的那种饺子啊。"

"是啊。"杜晚卿说，"我们 G 县这一带，没有用茴香包饺子的习惯。我第一次吃也挺稀罕的，加了茴香的饺子确实鲜嫩多汁。霖舟的超市估计买不着茴香草吧？"

"我回头看看。"乔以笙也不太清楚。

如果不是杜晚卿跟她形容，她都不知道茴香草长什么样。

结束通话后乔以笙特地搜了搜茴香草的图片。

而她重返厨房仔细查看陆闯买来的食材时，有些许惊讶，转头问斜倚在厨房门口的陆闯："你知道我舅妈的饺子里加了茴香草？"

一大束绿油油的茴香草跟野草似的正躺在袋子里。

陆闯深不见底的眸里沾染上晦暗不明的情绪，乔以笙眨眼的工夫又什么都瞧不见了，只看到他脸上挂着嗤笑，道："随便一吃就吃出来了。"

在这儿装呢？乔以笙也不屑道："你要真厉害，怎么不见自己做出来？"

她倒巴不得他能做，现在也犯不着来压榨她。

乔以笙把食材从袋子里取出来。

陆闯的茴香草买对了，其他的材料则和舅妈讲的有些出入。

不过没什么大碍，反正今天她也只是先练练手。

"杵着干什么？你等着吃白食啊？"乔以笙边说边取过围裙往身上套说道，"还不过来帮忙。"

陆大少爷倒是听话地过来了，两条手臂却突然分别绕过她的身体两侧，像要圈住她的腰。

乔以笙正要骂人，发现陆闯只是抓住她围裙的带子，帮她系在腰后。

格外地温柔。

但陆闯一开口，气氛就被完全破坏了。

"啧，乔以笙，你买的什么破围裙？这绳子怎么绕成这样？"

乔以笙："……"

"我让你帮我包饺子！不是让你帮我系围裙！"她生气地推开他。

陆闯摁着手机开始下单，道："趁早换条新的，看这条围裙……你的审美也是绝了。我刚以为这是用你丢掉不要的桌布改的。"

"呵，再绝有你给圈圈穿的大花袄绝？"既然提到圈圈，乔以笙不免担心，"你又把它托管在宠物店？你能不能好好待它？"

陆闯的语调漫不经心，道："不托管在宠物店，就得把它带过来。你擦个药都害羞被它看到，我们难道还给它现场直播——"

"你闭嘴吧。"乔以笙耳根发烫，恨不得找针线把他的嘴缝起来，又说道，"不帮忙就出去，别烦我。"

陆闯将手机塞裤兜里，卷高袖口上前来帮她一起洗茴香草，道："你让我来我就得来，你让我走就得走？我现在就高兴待在厨房，怎么着？"

乔以笙提眼角瞥他，轻飘飘地道："哦。"

估计是因为他一拳头打在棉花上，陆闯很明显地被噎住了。

乔以笙心里偷着乐。

陆闯未再胡搅蛮缠，和她一起专注于准备饺子馅上，不过依旧讨厌得很，一会儿嫌弃菜洗得不够干净，一会儿吐槽肉馅剁得不够碎，一会儿提醒她刚刚杜晚卿是怎么教的。

乔以笙数次生出把面团糊他脸上的冲动，但基于现实考虑，她还是没把陆闯轰出厨房。

因为陆闯的碎碎念不完全是站着说话不腰疼，对她包饺子确实有帮助。

为此乔以笙很难不怀疑，问："你是不是自己在家偷偷试着包过？"

陆闯斜眼道："我闲的？"

乔以笙说道："你难道不闲？"

陆闯忽然伸过手来，轻轻将她脸颊边的头发别到耳朵后，问："啧，头发丝吃到嘴巴里不难受？"

难受，当然难受，可是没办法，她两只手均沾着面粉，拨不了头发，刚刚还想着用手臂蹭一蹭，但乔以笙正准备上手，陆闯的动作比她快，先一步来帮了忙。

然而，下一瞬乔以笙突然意识到，他的手上也有面粉！

他哪儿是帮她别头发？分明是假借帮她整理头发整她！

乔以笙立刻要报复回来，往他脸上抹面粉。

陆闯早有准备，立刻捉住她的两只手腕。陆闯将她抵在流理台前，绵密的呼吸随着他舔舐的动作喷洒在她的耳朵上。她的耳朵仿佛燃起了火苗，开始发烫。

乔以笙浑身起鸡皮疙瘩，说道："你别乱来！"

"乱来什么？"陆闯低低哼笑，"我这是吃饺子。"

女人的耳朵是饺子——乔以笙的脑海中莫名冒出这么一句话。

不不，她最初听到的说法应该是——

"女孩子的耳朵是饺子。"

好像是一个女人很温柔的声音。

但小男孩儿的声音非得把软软糯糯的"女孩子"改成"女人"。

乔以笙怔怔然，不自觉地将这句话呢喃出声。

很模糊的记忆。

是她小时候接触过的什么人吧？

想到最近听杜晚卿和戴非与跟她聊起的柳阿姨和她的儿子小马，乔以笙猜测，这段模糊记忆中的女人和小男孩儿便是他们母子俩。

陆闯滞住，停下对她的戏弄。

乔以笙狐疑道："你是不是也知道这句话？"

乔以笙向他请教："什么意思啊？为什么女孩子的耳朵是饺子？长得像吗？"

陆闯盯了她两秒没吭气，再开口时先是发出嗤声："我只知道一个段子。"

"什么段子？"乔以笙好奇。

"好吃不过饺子……"陆闯以极其玩味的口吻讲出来。

"……"乔以笙暴怒，扬手就要给他一个大嘴巴子。

陆闯眼明手快地拦下来，皱眉道："恼什么？我只是搬运一个陈老三他们开过的玩笑。"

"你给我滚！"他的解释毫无用处，乔以笙甩开他的手，饺子也不包了，气汹汹地离开厨房，进卧室反锁上门。

回来的时候她就不该理他！早上他插手她的工作，她还没有原谅他！

"乔以笙！"陆闯叩门，声音听起来也不爽又不耐，"你讲点道理行不行？"

"滚啊，你耳朵聋了？别烦我！"乔以笙丢出枕头砸向门板，在床上掀过被子将自己整个人盖起来。

陆闯没了动静。

乔以笙不知道他是不是遂她的意，走了。但即便他走了，她暂时也不想出去。

解除关系吧。

什么床伴？她简直就是找了专门气她的人！

想着想着，乔以笙睡过去了。昨天夜里折腾得太久了，早上的回笼觉没起到太大的作用。

醒来时她闷得浑身是汗，窗外夜色招摇，手机不在身边，她不知道几点了。

揉着太阳穴，乔以笙走出卧室。

客厅也是黑的，静悄悄的，看来陆闯确实已经不在了。

但当她打开灯，冷不防照出餐桌前陆闯幽灵一般的身影，乔以笙差点儿没给吓出心脏病。

缓过来的乔以笙愤愤地问道："你干什么呀？"

陆闯五官分明的脸庞笼在光晕里，下颌线冷峻地绷着，一双眼睛直直地望向她，道："饺子包完了，吃不吃？"

乔以笙没作声。

虽然他的话里没有半个认错的字眼，但显然，他的这句邀请就等于他的道歉。

乔以笙很想问，他凭什么更高贵？道个歉都得暗示别人先给他梯子？

可她看着他现在的样子，总感觉可怜兮兮的——离谱极了，陆大少爷怎么会可怜兮兮？

俩人安静地四目相对，十几秒过去后，乔以笙还是不说话，但她也没再让他走，径自走去厨房。

饺子皮是陆闯买的现成的，他们要做的主要工序就是调饺子馅。因为是试做，怕味道不好浪费食材，所以只调了小半碗的馅。

她离开厨房那会儿，饺子才包了几个。

现在饺子皮剩很多，饺子馅已经全被陆闯包完了。

出乎她的意料，陆闯包的饺子卖相，比她包的那几个要好许多。

胜负欲使得乔以笙心里一堵，不服气自己怎么会输给他这个四体不勤、五谷不分的大少爷。

她的视线瞟向跟在她后面进来厨房的陆闯，问："你还不承认你不是第一次包饺子？"

"怎么就不能是我第一次包了？"她的开口让陆闯恢复惯常的散漫，嘴角勾起说，"同样是第一次包饺子，我包得比你好，说明我比你聪明、天赋比你高。"

乔以笙："……"

她又后悔了，时间能倒流回她和他讲话之前吗？

陆闯已然没事人似的上前来，兴致勃勃地说："快煮饺子，包完很久了。"

"你都能包饺子，怎么不顺便自己烧个水下饺子，非得使唤我？"乔以笙用上极差无比的语气，"我是你的保姆吗？"

陆闯："你应聘保姆的话，不合格吧？面试都进不了。"

乔以笙："……"

她扭头就要离开厨房。

陆闯用身体挡住她的去路，并将她拢在身前，道："我说你怎么越来越爱生气了？最近不是和我打嘴仗打得挺乐在其中的？今天又回到起点，光会生气，不回嘴了？"

"我没乐在其中，谢谢。"听起来乐在其中的反倒是他，乔以笙可心累得很。

陆闯睨视她，道："我看你就是饿的。赶紧煮饺子，吃饱了你就有力气回嘴了。"

真服了，又被他绕回煮饺子这件事了。

但……她确实饿了。

反正乔以笙是不可能把她忙活了两个小时调出的饺子馅全部白白留给陆闯吃的。

她到底还是折返回灶台前，烧水下饺子。

遗憾的是杜晚卿教给她的煮饺子的技巧，他们没学会，最后锅里的饺子全部馅皮分离。

那么就只能退而求其次——

"你试试味吧。"乔以笙从滚烫的汤水里捞出一颗馅放进碗里，然后交给陆闯说，"味儿对了就行，是吧？"

明明之前和杜晚卿讲电话时，她心态很好，都说了"做不好就随便吃"。

眼下真的没做好，她挺挫败的，也不免紧张，像做完考卷等待老师阅卷打分时的心情一样。

她紧张地看着陆闯用筷子夹起馅，准备往嘴里送。

"等等。"热气依旧冒得厉害，乔以笙下意识帮他吹了吹。

陆闯眯着眼睛盯着她，眸色略深。

乔以笙这才反应过来动作有点儿亲密。下一秒她颇为骄矜地扬下巴："太烫了影响饺子的口感，别到头来你诬蔑是我厨艺的问题。"

"我又没说什么。"说着陆闯将饺子馅直接一口咬进嘴里。

"熟了吧？"乔以笙试图从他的表情得到反馈，连好不好吃也不敢直接问。

但陆闯的表情毫无变化，只是细致地咀嚼着。

乔以笙等他吞下去，才重新开口："怎么样？"

陆闯依旧没理她，自顾自从锅里捞出第二个馅儿，道："你要不要再给我吹吹？"

语气轻佻，像在调戏人。

乔以笙瞪他一眼。

陆闯又咬进嘴里，和刚刚一样咀嚼得十分细致。

乔以笙按捺不住，道："给个准话行不行？"

陆闯慢悠悠地吃完，一边捞着第三个饺子馅，一边说："不是觉得我会诬蔑你，怎么现在又要我给'准话'？"

她也是昏头了，浪费时间在这儿等着他给反馈，不如自己尝尝。

乔以笙拿过一双新筷子，准备捞着吃。

陆闯这时托着碗把他的第三个饺子馅送到她嘴边，还帮她吹了吹腾腾的热气，道："礼尚往来。"

乔以笙："……"

陆闯说："干什么？不吃？"

乔以笙回道："怕你下毒。"

陆闯脸一黑，捏住她的下巴非把这个饺子塞进她嘴里，道："下毒你更得吃了。"

"你！"乔以笙是想把饺子馅吐到他脸上的，但因为咬了一口，她不能浪费粮食。

吃完后，乔以笙心情不错地打趣陆闯，道："原来你不说话，是因为被我做出的饺子好吃到讲不出话来。"

陆闯捞着第五颗饺子馅，一脸不屑，道："乔以笙，饺子不是你一个人做的，我也有份。没有我的监工和从旁指导，凭你的厨艺能有现在的效果？"

乔以笙挑起细长的眉尾，道："所以你还是承认，饺子好吃。"

陆闯欠欠地评价："跟你舅妈包出来的比，还差得远了。"

乔以笙看着已经开始吃第五个饺子馅了的陆闯，笑道："陆大少爷，你的身体比你的嘴巴诚实。"

陆闯说："饿的，不是因为好吃。"

落在乔以笙耳朵里，完全就是他在死鸭子嘴硬，道："哦？那你监工、指导得也不怎么样，搞半天并不好吃。"

陆闯送她一记白眼，捞起第六个饺子馅。

乔以笙这才瞄见锅里的饺子馅已经快没了，顾不得再撑陆闯，连忙也去捞饺子馅，道："陆闯，我们平分，别把我的份也吃掉。"

"什么时候这样规定过？谁吃到算谁的。"

"陆闯，你要点儿脸！"

……

俩人便这么站在锅边，你捞一颗我捞一颗地抢着吃。

最后连饺子皮也要拼手速。

乔以笙自然没赢过陆闯，吃到嘴的比他的少。

不过乔以笙还是吃饱了，因为她捞到的几个饺子馅的个头恰好都比陆闯捞到的大。

和陆闯抢饺子期间，乔以笙的脑海里又莫名地出现一个久远的模糊的画面。好像小时候，她也曾经和另一个小孩儿，像今晚这样一起守在锅边捞饺子吃？

饺子汤最后也被陆闯喝了个精光。

因此乔以笙认为，饺子馅和饺子皮煮分开了不算坏事，起码让汤有了味。

从客厅的沙发里拿回手机，乔以笙看到戴非与 7 点多钟时给她发来了杜晚卿包饺子的视频。

他好一通吃醋："我还在回 G 县的路上，我妈着急地打电话给我，我以为是我一天一夜没回家，她担心我，结果是催我快点儿回去帮她拍包饺子的视频给你。我就是一个工具人，我还回家干什么？我离家出走算了。"

乔以笙乐呵呵，故意火上添油，揶揄道："不可以的表哥，怎么可以离家出走？你长这么大，还没有离开舅妈超过两天，不是吗？"

戴非丢了个愤怒的"你走开"的表情包，又一次宣告和她的兄妹情谊破裂。

乔以笙笑翻在沙发里。

又带了笔记本电脑在她公寓里办公的陆闯瞥她一眼："乔以笙，又在和哪个男人聊天，开心成这样？"

狗嘴里吐不出象牙。乔以笙皮笑肉不笑，道："我唯一的而且永远的白马王子，我为什么不能开心？"

陆闯突然饶有兴味地挑一下眉峰，道："哦？"

乔以笙没再理他，趁热打铁再看看杜晚卿做饺子的视频，复盘今天哪道工序没到位。

很快，陆闯也强行凑过来一起观看，脑袋靠到她的肩膀上，沉得乔以笙肩头发酸，推开他。

陆闯重新靠过来。

乔以笙蹙眉道："我把视频发给你，请你用自己的手机看。"

陆闯只丢出一个字："发。"

可乔以笙发过去之后，陆闯还是靠着她。

"喂，"乔以笙不得不对他发起羞辱攻击道，"你现在是不是越来越喜欢我了，嗯？"

陆闯抬头，抿一下唇，道："你的脸皮确实是越来越厚了。"

"厚不过你。"趁此机会，乔以笙想离开客厅先去洗漱。

陆闯抓住她的双肩按回她，道："乔以笙，要不要试试茴香猪肉馅的吻是什么样的？"

"？"他这又是什么怪癖？乔以笙才没兴趣试，想骂他变态。

然而陆闯刚才的问话并非征询她的同意，仅仅在通知她罢了。

未等她反应过来，他的手掌按着她的后脑勺儿，将她往他的怀里压。

唇舌一经纠缠，不至尽兴，便轻易分不开。

周日一整天，乔以笙在计划之外的荒唐中度过。

星期一上班。

原本很担心她状态的李芊芊在见到她之后长出一口气，道："既然还能过夜生活，说明网络上的舆论已经被乔工消化得差不多了。"

乔以笙："……"

三番两次地，她不得不怀疑李芊芊是个深藏不露的高手，道："李工，你的恋爱经验是不是很丰富？"

"嘿嘿，你还不知道吧，"李芊芊眨眨眼，吊足胃口，继续说，"其实我拥有12个男朋友。"

乔以笙愣一下，有所预警地说："别告诉我是你喜欢的男明星，或者游戏里的纸片人。"

她知道现在很多女孩子四处收纳二次元后宫。

"当然不是。"李芊芊摸出手机，展示到乔以笙面前说，"给你看我和男朋友们的照片，货真价实，个顶个帅。"

乔以笙定睛一瞧，狠狠地怔住。

每张照片都是一个女人和一个帅哥脸贴脸的亲密合影。

乔以笙一开始没认出李芊芊，因为照片中的女人穿着性感，和李芊芊平时戴着黑框眼镜、刘海遮眉、素面朝天的淳朴形象大相径庭。

"李工你……"

"嘘！"李芊芊狡黠地做了一个食指竖于唇前的动作，继续说，"也不算秘密，大家都有自己的私生活。不过上班嘛，聊工作多一些。"

乔以笙对李芊芊刮目相看。李芊芊明明表现得像想谈恋爱但苦于没有对象可谈。

小组会议开始了。

李芊芊收起手机暂停和乔以笙的分享，最后低声跟她说："我想表达的就是呢，现在乔工你也知道了我工作以外的一些事，可千万别因为你前男友的事觉得在我这个同事面前不自在，没什么大不了的。"

乔以笙心底生出暖意。她感到很幸运，进入职场以来，没有遇到钩心斗角，反而拥有了一位非常不错的上司和一群有趣的同事。

这让原本对年会没有兴趣的乔以笙，多了一些期待。

下午大家基本都暂停了工作，有的小组准备的年会节目比较复杂，抓紧时间再去练习几遍。

乔以笙所在的设计部A组，没有兴师动众地搞集体节目，而是由一位做模型的男同事揽过担子，代表A组出战，准备表演脱口秀。

乔以笙才知道，这位平日里话特别少的男同事原来私底下还是一位业余的脱口秀演员。但他并不指望成名，只是当作个人业余爱好。

下午4点钟左右，在所长的带领下，大家集体坐车来到预订的酒店，热热闹闹地开启年会。

年会从5点到晚上9点，一共4个小时。

乔以笙的运气不错，抽中一个二等奖，是非常实用的吸尘器，她很满意。

李芊芊的运气就不太好了，只有阳光普照奖，顾名思义，就是全体职员都有的一个基础奖，一份零食大礼包聊表安慰。

散席后乔以笙和李芊芊随着其他同事一同离开宴厅。

宴厅门口，郑洋竟然在等她："以笙。"

乔以笙不明白郑洋为什么又来找她，没打算理。

"以笙。"郑洋要上前来。

李芊芊帮忙挡在了乔以笙的前面。

郑洋没有强行做过分的动作，只是越过李芊芊看着乔以笙说："你别害怕，我没有要怎样，我是来跟你道歉的。"

乔以笙蹙眉道："不用，事情都过去了。你不要出现在我面前，就是最大的道歉。"

她和李芊芊要走，郑洋却恳求道："以笙，我保证这是我最后一次出现在你面前。我要走了。临走前就是想再和你讲几句话，道歉也好，道别也罢，了却我的牵挂。"

霖舟待不下去了是吗？乔以笙没什么表情，问："你的牵挂为什么要我帮你了却？"

郑洋笑容苦涩，道："你就当可怜我，行不行？"

乔以笙沉默地看着郑洋。

一段时间没见，郑洋的模样又比之前憔悴了，眼眶略微凹陷，人也瘦了一大圈，网络舆论的压力似乎快将他压垮了。

不过他明显特地捯饬过自己，比起视频里他被拍到的胡子拉碴的邋遢模样要清爽很多。

"聊聊吧，以笙。"郑洋对她笑了笑说，"以前在学校里的一些事都还没和你仔细聊过。就在酒店上面的咖啡厅里坐一会儿，不会耽误你回去的。"

随即郑洋看向李芊芊，道："你好，你是以笙的同事吧？以笙一个人可能会不放心，能不能麻烦你陪她到咖啡厅里和我坐一会儿？"

李芊芊自然不好回答，等着乔以笙表态。

乔以笙心中盘旋着他刚刚提及"以前在学校里的一些事"，微微抿唇，最终做出选择："李工，麻烦你陪我一会儿了。"

郑洋很高兴："谢谢，谢谢你以笙。"

三人移步咖啡厅。

乔以笙选了一个靠近门口的位置。李芊芊坐在乔以笙旁边，点完咖啡后就主动把蓝牙耳机塞耳朵里，留给乔以笙和郑洋交谈的空间。

郑洋问乔以笙是不是还喝卡布奇诺。

以前如果喝咖啡，乔以笙一般会选择这个口味。

但现在郑洋这种表现出还记得她的饮食习惯的样子，只会起到反效果。

"我喝白开水就行。"乔以笙可不想晚上失眠。

郑洋点点头，把菜单还给服务生，给自己点了一杯黑咖啡。

乔以笙倒不知道他换口味了——当然，不知道实属正常，就连所谓8年的恋爱都是一场无效恋爱。

郑洋的视线转回来，落在她的脸上，他的双手交握放在桌面上，道："你和闯子……"

他欲言又止的样子。

乔以笙不喜欢他一上来就这样开场，道："我和陆闯什么关系也没有，你不用再认为我能帮到你什么。"

"不是，你别误会。我的公司已经没了，我一会儿也要走了，没有什么需要再找闯子帮忙的。"

郑洋心平气和，显得乔以笙刚刚以小人之心度君子之腹。

郑洋倒是表现得很理解她的反应："对不起，之前是我打扰你，今天我不请自来很抱歉。本来想先打电话联系你的，但你拉黑我了，我只能去你的工作单位找你。又很不巧，你们公司全都过来这边开年会了，我又只能找过来，在外面等你。"

乔以笙淡淡地"嗯"一声。

郑洋微微笑道："提闯子，主要是他在我和你过去的那段感情里绕不开。"

"没什么好绕不开的。"乔以笙接过服务生给她送来的温开水，"他只不过曾经短暂地对我有过兴趣而已。"

这是之前郑洋和陆闯在温泉会所彻底闹翻时，陆闯当着他们的面给出的回答。

郑洋却说："其实我觉得不只是那样。"

"为什么？"明明已经知道陆闯确实不只那样，但乔以笙还是下意识地握紧水杯。

她有点儿紧张，同时一股期待的情绪再次涌现。

乔以笙觉得她好像知道自己在期待什么——期待从郑洋口中获知更多陆闯喜欢她的证明，也就等于她拥有更多羞辱陆闯的说辞。

"一种直觉。"郑洋斟酌着道，"因为许愿沙，我才确定他对你另有心思的。但在那之前，我就隐隐感觉到，闯子对待你是特别的。我曾经还怀疑过，闯子是不是早就认识你。

"一个简单的例子。我们男生私底下的话题少不了女人。当时还在上学，聊的更多的是学校里的女生，聊的尺度也比较大。

"你很出众，我们新生入学没多久，很多男生就知道建筑系有你这么个人。后来你参加校园风采大赛，更多人注意到你。有一次陈老三他们就聊到你。

"我记得很清楚，闯子那时候不太高兴，骂陈老三每次只会聊女人，又说陈老三要聊能不能聊点儿精品，嫌弃学校里的女生太青涩，不如校外的女人。所以才开了个头，就被闯子打断，陈老三也就没再点评过你。

"陈老三他们不觉得奇怪，我却很敏感，我猜闯子是不想你被陈老三他们品头论足，所以有意制止的，毕竟平时他几乎不搭理陈老三他们讲什么话的。"

话至此，郑洋神情微妙地停顿两秒，笑了笑道："校友群里，他们没说错什么。从一开始，我就不是单纯地去结交闯子和陈老三这些朋友。

"一开始我和他们的关系没有那样好。在那一群人中闯子看似最游离散漫，仿佛陈老三才是拿主意的那个，但实际上主心骨是闯子。为了拉近和他们之间的关系，我才会对闯子更上心。"

"……"乔以笙不发表任何想法，她暂时也没什么想法。

如果不是已经知道陆闯喜欢她，她也将陆闯的种种行为和她联系起来，而郑洋说这番话也只会让人觉得他过度敏感了。

就像那个瘸脚的男同学，至今不知道陆闯喜欢她，至今不知道当年陆闯开车吓他的真正原因。

校友会那天，瘸脚的男同学只是为当年偷她衣服的事情道歉，顺便提到了陆闯。

他不是第一次偷女生衣服，高中时就干过这种事，原本已经改过自新了，进入大学后却还是忍不住手痒。因为乔以笙漂亮，所以倒霉地成为他下手的对象。

结果一失足成千古恨，他以为没人知道他做的这些，陆闯却找上门，还抖搂出他的腌臜往事。

一开始他死不承认，觉得陆闯的名声更差，凭什么来教训他。陆闯就开车追着他跑，看起来像是要撞死他，他害怕地一直跑，不小心把腿摔瘸了。

事后陆家确实赔了他一大笔钱。

他家里人也不希望他偷衣服的事情曝光，所以顺水推舟地收下钱，不追究陆闯的责任。

而他一直受到良心的谴责，这些年无比后悔过去的行为。

这次校友会无意间遇到乔以笙，他觉得这是老天爷给他的一次放过自己的机会，便鼓起勇气向乔以笙道歉。

乔以笙这才知道那个尘封在旧时光里的不为人知的秘密。

谁能想到呢？陆闯开车"撞"人致残事件背后的起因在于她。

乔以笙觉得陆闯太疯了。

思绪回笼，乔以笙看到郑洋端起服务员刚送来的黑咖啡，不加糖也不加奶直接喝，苦涩得五官全皱起。

何必？乔以笙蹙眉道："不习惯，为什么要点？"

"没事，我就是想试试。"郑洋笑道，"现在不试，就永远没机会明白它究竟有多苦。"

乔以笙觉得他这话讲得很奇怪。

未及她细思，她的注意力又被郑洋接下去的话拉过去。

"现在还这样说，你肯定不会相信，但我也得最后再讲一次。"郑洋注视着她，眼里有柔光，说，"以笙，我曾经真的被你吸引过，我追你，出自真心。"

不过下一句，郑洋话锋一转："可我也必须承认，若非感觉到闯子对你好像也有兴趣，我或许不会对你那样锲而不舍，坚持追你那么久。"

乔以笙无意识地微抿唇。

郑洋自嘲地坦诚："之前我说闯子嫉妒我。其实正好反过来，是我嫉妒他。

"我明明样样比他优秀，可他只不过运气比我好，含着'金汤匙'出生。我必须付出十倍努力才能够得到的东西，他轻轻松松什么都不用做就能拿到手，随便挥挥手就有一堆人主动送上门去讨好他。

"这激起了我的胜负欲，我很想证明我比他强。我那时候已经融入了陈老三他们那群人里，我努力地取代闯子，成为陈老三他们的主心骨。

"然后就是以笙你……当年我看得出来，你那时候和我一样，心底是瞧不起闯子的，这更让我觉得我们很合适。也促使我下定决心要追到你，和你在一起。"

讲到现在，乔以笙终于给了郑洋第一个明确的反应，那就是嘲讽的笑。

郑洋看到她笑了，低垂眼眸，道："嗯，我也觉得自己当年很可笑。"

然后是长达1分钟的缄默。

乔以笙闹不明白郑洋这是在反省还是讲不下去了。

她越来越觉得，今天郑洋整个人有种说不出的古怪。

不知道是不是最近的舆论压力令他改变太大，还是她对他的印象产生偏差，所以感到奇怪。

这时郑洋重新抬起头，又一次跟她道歉："对不起。"

继而郑洋恢复如常的笑意，道："你看我，不看闯子，让我很开心。

"后来我一度怀疑，是我猜错了。闯子交了很多女朋友，好像并没有把心思放在你身上。我让陈老三他们帮我追你，闯子也没有拒绝。我有想过他是不是打着帮我忙的机会，私底下和你接触，挖我的墙脚，可是也没有。

"我想，应该是他身边的女人太多了，既然我追你，他便遵守着'朋友妻不可欺'的规矩。他是不屑和我抢人吧。

"直到我们进山挖许愿沙。"郑洋回忆道，"进山前的准备其实很多都是闯子帮忙的。进山后听说了山里的情况，我原本已经被大家说服，不打算冒险的，但我发现闯子私下准备单独进山。

"他没告诉我们，但我的直觉告诉我，他可能要和我抢了。所以我改变主意，和大家商量，女生留守，男生进山找许愿沙。闯子就没再单独行动了。"

"……"乔以笙无话可说，内心也因为知晓了当年的更多详情而有些焦躁。

郑洋几乎快把咖啡喝光了，道："上次已经告诉过你，许愿沙其实是闯子先挖到的。分队的时候，我故意把我和闯子分在一组，一开始是为了监督闯子，让他不离开我的视线范围，但没想到真让他找到许愿沙了。

"我很卑劣，在他找到之后，就默认他是帮我找的，跟他道谢，试探他的反应。结果被我试出来了，他不愿意把许愿沙让给我。"

于是郑洋很直白地问陆闯，是不是也喜欢乔以笙。

陆闯没有承认，只告诉郑洋，想要就凭自己本事再去找。

郑洋便向陆闯表达了他对乔以笙的喜欢及对许愿沙的需求。

但说来惭愧，郑洋记不清楚当时自己情真意切的话具体是怎么说的。他只记得讲完之后，陆闯是沉默的，不知道在想什么。

他便趁着这个时候先下手去挖许愿沙。

因为太着急，他没注意到旁边那块石头是松动的，他才挖了一些，就连人带瓶摔下斜坡。

他的第一反应是抱紧许愿沙不能丢，之后便失去了知觉。

等他在医院醒来，睁开眼后看到的就是乔以笙红着眼睛守在他的床边。

郑洋嘲弄道："所以闯子说得没错，许愿沙是他让给我的。"

呵。乔以笙听完，重新生出对陆闯的愤怒。

她对陆闯而言究竟是什么玩意儿，才能被他这样给让出去了？

"让"这个字，本身就侮辱性极强吧？

郑洋深呼一口气，道："我也应该向闯子道歉，但我没办法见到闯子。我最近在想，如果以前我没有坚持追求你，你应该会成为闯子的女朋友。"

"不会，他不是我喜欢的类型。"乔以笙的声音难掩冷意，笃定道，"即便会，那我也会和他曾经的女朋友一样，短暂地交往一段时间就分手了。"

郑洋喝掉最后一口咖啡，道："这也是我前几年的想法。以前我不觉得对不起闯子，我和他是公平竞争，最后我赢了，我追到你是没错的。"

"可实际上错的是我。"放下咖啡杯，郑洋的双手重新在桌上交握，说，"我不该耽误你那么久。"

乔以笙无言。

窗外夜幕低垂，隐约能见到云层翻滚。

郑洋眼里情绪复杂，道："以笙，谢谢你听我忏悔。我知道时至今日我的道歉没有任何意义。"

听起来像是结束语了，乔以笙点点头，道："郑洋，好好正视你接下去的生活。"

"我会的。"郑洋因为笑而弯起来的眼睛里涌动波光，说，"以笙，遇到你我很幸运，你是一个很好的女孩儿，我祝你得到幸福，祝你永远快乐。"

"谢谢……"乔以笙感受得到，郑洋的态度非常诚恳。

她有一种时光倒流的错觉，回到还是大一时，她初识郑洋。

或许她也该相信，那时候的郑洋，真的喜欢她。

临别前，乔以笙还是关心了一句："你离开霖舟，要去哪里？带你妈妈一起吗？"

许哲呢？是不是也一起——她将话咽回肚子里，到底没问出口来。

这对他或许是个难题，她不问比较好。

郑洋没有正面回答，只是牛头不对马嘴地回道："大家都会很好的。"

旋即他便提醒乔以笙："快 10 点了，你回家吧，太晚了不安全。"

"嗯。"乔以笙拉上李芊芊，起身。

郑洋也和她们一起离开咖啡厅。

等到下楼的电梯后，郑洋没进去，留在电梯外。

"我坐另一部。"他笑着与她道别，"再见，以笙。"

语气异常地正式。

乔以笙狐疑看他一眼，礼尚往来，道："再见，郑洋。"

随着电梯门缓缓关上，郑洋始终保持温柔笑意的面庞一点点从她眼前消失。

莫名地，乔以笙有点儿心慌。

揣着心慌回到酒店大堂，她和李芊芊走到门口等的士，手机忽然有来电。

相当罕见，竟然是陆闯打的。

她和陆闯通电话的次数屈指可数。

乔以笙接起，听见陆闯问："郑洋有没有去找你？"

很难得，她听到他的着急。

"嗯，刚见完。"

"没事？"

"没事，说了些话。"乔以笙问，"怎么了吗？"

陆闯的声音很是沉重："陈老三告诉我，许哲收到郑洋留的遗书，正在疯狂找郑洋。"

乔以笙应声愣住。

而就在这个时候，半空中有一团黑影飞速地垂直下坠，落在她们面前的空地上。

番外:
遗忘的初吻

乔以笙大概永远不会知道,她和他有过这个吻。

而他也只会将此当作,夏夜晚风吹散的,一个没有做完的美梦。

那一天是 7 月 1 日,霖舟大学的毕业典礼。

1 年前,陆闯也是在 7 月 1 日这天顶着火辣辣的太阳参加了自己的毕业典礼,忍受着冗长且无聊的典礼流程,又在典礼结束后像个免费的旅游景点一样被陈老三拉着和不同的人合影。

然而陆闯没能如愿见到某人。郑洋在晚上的谢师宴上才提了一嘴,乔以笙赶期末作业,抽不出时间过来。

今年陆闯早早地去了学校,等碰上郑洋的时候,已经到了自由拍照的阶段,郑洋喊住他:"闯子,你怎么也过来了?"

陆闯朝几步开外的金融系的女生们努努嘴,很不耐烦地说:"我女朋友也是今天毕业,非要让我来。"

郑洋看去,随即收回目光,笑道:"你又换新女朋友了?上个星期在会所里见到的不是这位吧?"

陆闯的视线扫过郑洋身边穿着学士服的乔以笙,说:"不耽误你们拍照了,日头太晒,我去边上避一避。"

这边是学校正大门,进门有一座雕像,是毕业生必然不会错过的拍照地点。

郑洋喊住陆闯:"闯子,你等等。"

陆闯叼着刚塞进嘴里但没点燃的烟,闻声驻足,斜眼看郑洋。

郑洋问乔以笙:"要不就让闯子帮我们拍?"

乔以笙还在四处张望，寻找欧鸥的身影。闻言她看一眼陆闯，问郑洋："会不会太麻烦他？"

她压低了音量，四周也人声嘈杂，但陆闯就是听清楚了她讲的每一个字。

"不会的，就耽误闯子一点儿时间。"回答完乔以笙，郑洋偏头向陆闯确认道："可以吧，闯子？帮我和以笙拍两张照片。"

陆闯微抬下巴，伸出手，道："给我。"

乔以笙上前，将手中的相机递给陆闯。

陆闯接过。按了回放键，此时屏幕上显示的是乔以笙的单人照，照片背景就是校门口"霖舟大学"四个大字，她的怀里抱着一束玫瑰。

陆闯知道玫瑰是郑洋送给乔以笙的，一共99朵。

昨晚陈老三在群里已经调侃过郑洋了，订这么大束玫瑰，该不会想在毕业典礼上向乔以笙求婚吧？郑洋否认，说只是单纯祝贺乔以笙5年本科毕业，即将迈入研究生生涯。

花束大，有点儿重，刚刚是郑洋帮她抱着，现在准备拍照，乔以笙便重新抱回自己的怀里，她另一只手还挽住郑洋的胳膊。

透过镜头，陆闯看到乔以笙的脸上带一丝羞涩。

如果忽略她旁边的郑洋，其实现在乔以笙是望着他的。她天生自然上翘的眼尾加深了她的笑意，而她的笑意和羞涩，在此刻仿佛全部是因为他。

"闯子，拍了吗？"郑洋问。

陆闯回神，黑眸微微眯起，咬了咬烟嘴，声音含糊道："没。"

然后"咔嚓"一声，他摁下快门——只拍了乔以笙。

"没拍好，重新来一次。"

陆闯刚说完，"失踪"一会儿的欧鸥出现了，乔以笙立刻挥手示意欧鸥："你去哪儿了？快，帮我和阿洋拍几张。"

"机械工程系的几个朋友喊我过去出个镜呗。"欧鸥促狭道，"我这不是好心好意不给你俩当电灯泡？"

嬉笑间，欧鸥在乔以笙的示意下从陆闯手里拿过相机，顺便问候了陆闯："哟，竟然是陆闯。好久不见啊，没想到还能在学校里看到你。你们陆氏集团有没有好点儿的工作介绍给我？"

陆闯侧身往旁边一退，吊儿郎当的，问："你想要什么工作？"

"当然是钱多事少离家近的。"欧鸥打趣道，"怎样？能给我开个后门不？"

"想开多大开多大。"陆闯的嘴角斜斜勾起。

欧鸥举起相机对准乔以笙和郑洋，道："哎，你们两个怎么回事？你们可是情侣啊，再亲密点儿。郑洋，你怎么也得亲一亲我们乔乔吧？"

"好了，就这么拍。"乔以笙又羞又恼地直瞪眼。

欧鸥非得大声说："行吧，行吧，我们乔乔脸皮薄。"

陆闯沉默着继续退到边上去。

夏日骄阳炽热，人声鼎沸的欢喜里，他唯独望向她。

晚上，这一届毕业生的谢师宴，陆闯也去了。

这是陆闯在得知郑洋拍完照就要回公司忙工作，没时间继续陪乔以笙之后，临时决定的。

陪着前两天刚交往的女朋友在金融系的谢师宴上待了半个小时，陆闯借口到外面抽烟，以躲避冲着他陆家子孙的身份来他跟前搭讪的人。

经过建筑系的谢师宴时，他看见乔以笙挨着欧鸥正在讲话，她的脸上流露出淡淡的离愁。

出了酒店，陆闯并不想就此离开。

看不到乔以笙，他来谢师宴就没意义了。

他无聊地坐在车里抽烟，思绪完全放空。

时间悄然流逝，不知过了多久，陆闯在手机上编辑了分手的消息，发送出去，然后准备启动车子离开。

下一刻，乔以笙的身影突然进入陆闯的视野。

她一个人从酒店里出来，走路歪歪扭扭、跟跟跄跄。

她停在马路中央，左右看看，像在找什么东西。

虽然这条路平时过往的车辆不多，此刻也暂时没其他车辆，但乔以笙站在路中间到底是危险的，陆闯不禁拧眉。

等了一会儿，没见到有人出来找她，反倒是乔以笙自己绊倒了，猛地摔在地上，陆闯立刻下车，跑到她的身边。

乔以笙抓着陆闯的手臂，醉醺醺地抬起头，瞳眸折射着酒店霓虹灯的流光溢彩，整张脸显得越发顾盼生辉，她上下打量他："你……"

陆闯反应过来，他有点儿冲动了，他不应该和乔以笙有直接的接触。

"你是……"乔以笙的眉心微微蹙起，脑神经似乎是被酒精麻痹了，思维变得迟钝，记不起来他是谁，但她没继续想，借他的力从地上站起来。

陆闯下意识地想看看她有没有受伤，但乔以笙过河拆桥般马上推开他，然后摸自己身上的衣服，嘟嘟囔囔道："手机……我的手机呢……手机……"

没找到，她都给急出了哭腔。

陆闯将手机从地上捡起来，递到她面前。

"哦……原来在这里。"乔以笙接回手机，顿时展开笑颜说，"谢……谢谢你哦。"

陆闯断定她喝了不少，因为她呼出的气息里有很浓的酒精味。

拿着手机，乔以笙又歪歪扭扭地走起来，边走边拍照，也不知道在拍些什么，陆闯停在原地，犹豫着接下来是该跟着她还是怎样。

乔以笙忽然蹦蹦跳跳起来，还踩着他的影子跳。

也许是乔以笙现在不清醒的状态给了陆闯抱着侥幸的心理，他内心生出一丝勇气，他不再犹豫，走向她。乔以笙因为他影子的挪动而不开心，也跟着他的影子移步，继续踩住他的影子，道："你干什么呀……"

她的手机摄像头转而对准他的影子"咔嚓咔嚓"直拍。陆闯抓住乔以笙的手，拿过她的手机，确认她拍到都只是些糊掉的光影，这才放下心。

乔以笙倒也不管手机了，挣开他，一屁股坐在路边，抱住双臂，将脑袋埋进臂弯里。

陆闯没说话。出于私心，他既没喊她回谢师宴，也没问她想干什么。他坐在她的身边，安安静静的。

半晌，他的右臂一沉，有毛茸茸的触感贴上来。陆闯侧眸，发现乔以笙软绵绵地倒过来，并即将通过他的手臂继续往后倒去。

陆闯搂住乔以笙的腰，将她捞回来，她又整个人倒在他的腿上，看样子是睡着了，头发凌乱地贴在脸上，有一丝还被她吃在了嘴里。

陆闯屈起自己的膝盖，让她躺得更舒服点儿，又轻轻拨开她的头发。

他垂眸注视着她。

注视着。

注视着……

脑子里各种想法极尽地拉扯。

拉扯间，他慢慢地低下头。

和乔以笙的嘴唇相距仅余毫厘之际，陆闯停住。他觉得自己像一个小偷，紧张而害怕地享受着这奢侈的亲密的距离，又像一个猥琐的变态，贪婪地嗅着她的呼吸，她挟裹着淡淡酒气的馨香的呼吸。

猝不及防地，乔以笙的嘴唇擦过他的嘴唇，快速到陆闯没能第一时间反应。在确认乔以笙刚刚不过是为找更舒适的姿势，无意识地抬一下她的脑袋之后，陆闯才慢半拍地颤了颤。

他脑子里还在拉扯的各种想法瞬间汇聚在一起，变成一股强烈的冲动。

陆闯无法如常保持冷静，无法如常克制自己。他将冲动付诸行动，嘴唇重新寻到乔以笙的嘴唇，轻轻贴上去。

只是贴上去，仿佛他的理智回归了。

但已经足够了。

她的唇馥郁柔软，令陆闯联想到充满弹性的果冻，他久久舍不得离开。

直到乔以笙似乎有所察觉地又动了动，陆闯才恍恍惚惚地抬起头。乔以笙将脑袋往他怀里一埋，传出轻声的呓语："爸爸妈妈……圈圈毕业了……"

字字清晰入耳，陆闯滚烫的心一寸寸地凉下去，被打回了原形。

僵硬着身体呆坐了许久，他沉默地从乔以笙的手机里翻出她辅导员的电话，拨了过去。将乔以笙交给她辅导员之后，陆闯才驱车离开。

他莫名记起某个春意盎然的午后，他帮郑洋在图书馆里给乔以笙占座。

他随手取了一本书，摊开盖在自己的脸上假寐。

虽然眼睛被书挡着什么也看不见，但乔以笙来的时候，他还是第一时间就察觉到了。

他在她落座之后，佯装刚刚睡醒的样子，坐正了身体。

书从他的脸上滑落，他精准地接住书，和她的视线对上。

在四目相对的短短三秒，或者五秒之中，他仿佛听见自己心脏的跳动，听见自己血液的沸腾。

而他比乔以笙先错开眼，下意识地垂眸，盯着被他放回在桌面上的书。

书摊开的一页，恰恰是关于天文学里的一个定义，叫"洛希极限"。

两个天体会因为万有引力不断靠近，但它们之间有个保持安全的最短距离，称为洛希极限。一旦超过洛希极限，潮汐力会使其中一颗天体碎裂。

然后那颗已经粉碎崩塌的天体会化作星尘，渐渐聚拢在另一颗天体身旁，变成一个环，将那颗天体环抱。

彼时陆闯就想，乔以笙应该就是他的洛希极限。